에스페란토 원작 - 오늘의 중국을 이해할 수 있는 단편 소설집

잊힌 사람들<Forgesitaj Homoj>

《被遗忘了的人们》

예쿤젠(Cicio Mar)지음

잊힌 사람들

인   쇄 : 2023년 5월 02일 초판 1쇄
발   행 : 2023년 5월 05일 초판 1쇄
지은이 : 예쿼젠(Cicio Mar)
옮긴이 : 장정렬(Ombro)
펴낸이 : 오태영(Mateno)
출판사 : 진달래
신고 번호 : 제25100-2020-000085호
신고 일자 : 2020.10.29
주   소 : 서울시 구로구 부일로 985, 101호
전   화 : 02-2688-1561
팩   스 : 0504-200-1561
이메일 : 5morning@naver.com
인쇄소 : TECH D & P(마포구)

값 : 18,000원
ISBN : 979-11-91643-89-3(03890)
ⓒ 예쿼젠(Cicio Mar), 장정렬(Ombro)

에스페란토 원작 - 오늘의 중국을 이해할 수 있는 단편 소설집

잊힌 사람들 <Forgesitaj Homoj>

《被遗忘了的人们》

예쥔젠*(Cicio Mar)*지음
장정렬*(Ombro)*옮김

진달래 출판사

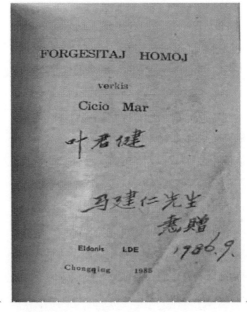

차   례

작가 소개

예쿤젠(叶君健:1914-1999)

작가이자 번역가, 국회의원, 대학교수였던 예쿤젠은 1914년 12월 7일 중국 후베이성 홍안에서 태어났고 'Ye Junjian', 'Yeh Chun-chan', 찌찌오 마르(Cicio Mar) 등의 필명을 사용하며, 중국어·영어·에스페란토로 작품 활동을 했다.

17세(1931년)에 에스페란토를 배웠고 1933년에는 일제하 조선 농민의 침탈을 그린 장혁주의 『쫓겨 가는 사람들』을 중국어로 번역, 출간하였다. 우한대학교를 졸업한 1936년에 일본으로 유학을 갔으나 1937년 7·7 사변 뒤 위험인물로 분류되어 중국으로 송환되었다. 이후 항일 통일전선의 문학예술 활동에 참여, 우한·홍콩 등지에서 다른 작가들과 함께 중국 최초의 국제 문학잡지 『중국 작가』를 창간, 일본 제국주의에 대항하는 중국 국민 투쟁을 전 세계에 알렸다. 에스페란토 원작단편소설집 『La Forgesitaj Homoj(잊힌 사람들)』을 1937년 발간(1985년 재판)했다.

그의 대표작 대하장편소설 3부작 『대지』는 구정치 체제의 멸망과 1919년 신공화정으로 이어지는 중국 역사의 한 시기를 잘 묘사한 것으로 평가받고 있다. 1944년에는 영국 정부의 초청으로 영국 순회강연을 하며 중국 국민의 항일 전쟁 영웅담을 알렸다. 1947년 중국 문학인으로서는 최초로 중국에 관한 영어 장편 소설 『산촌』을 발표, 1947년 영국작가협회에 의해 '이달의 우수 도서'로 선정되었다.

또 『안데르센 동화 전집』을 중국어로 발간하여 중국 사회에 큰 영향을 미쳤고, 그 공로로 덴마크의 '국기장' 훈장을 받았다. 1949년 귀국 후에는 『중국문학』(영어판 월간지) 편집인으로 25년간 일했다.

1980~82년 세계에스페란토협회 위원회 위원, 중국번역가협회 부회장, 중국작가협회 고문, 중국에스페란토연맹 부회장, 월간지 『중국보도』 자문위원, 세계에스페란토협회 위원회 임원 등을 역임했다.

우리나라에서는 장편소설 『산촌』(갈무리출판사, 2015년 발간)이 번역 소개된 뒤, 이 단편소설집 『Forgesitaj Homoj(잊힌 사람들)』은 두 번째로 소개되는 작품이다.

서문

이《세모(歲暮)에》라는 작품으로 시작된 창작의 길

예쥔젠(叶君健)

저는 중학교 시절부터 교내 간행물이나 학보에 단편 문장을 발표해 왔지만, 진정한 문학작품을 쓰기 시작한 것은 소설 쓰기라고 할 수 있습니다. 제가 19살인 중국 우한대학(武汉大学) 외국어과 2학년 때였습니다. 여기에 실린 〈세모에(Je la Jarfino)〉는 그때 지었습니다. 그게 '처녀작' 이라고 할 수 있습니다. 또. 이 작품 〈세모에(Je la Jarfino)〉는 1932년 겨울방학 동안 에스페란토어로 쓴 소설집 『잊힌 사람들 (Forgesitaj Homoj)』 안에 다시 수록되었습니다. 이 소설집은 1937년 출간되어 일본을 비롯한 국제 에스페란토 독자들이 큰 관심을 보내 주었습니다. 당시 저는 'Cicio Mar' (찌찌오 마르)라는 필명을 쓰고 있었습니다. 당시 이 작품이 국제 사회에서 큰 관심을 받은 것은 이 작품집 이전에는 동양에서 에스페란토로 발간된 원작문학 작품집이 없었기 때문일 것입니다. 이 작품집은 현재 에스페란토 문학으로서 외국어 출판과 관련된 에스페란토 문학사 저작물 리스트나 글에는 반드시 언급되어 있습니다. 부분적으로는 이 작품 출간은 저의 그 이후 문학의 길을 결정해 주었습니다.

왜 에스페란토를 쓰지 않으면 안 되었을까요?
그것은 시대 상황과 저의 개인 환경에 의해 결정되었습니다.

저는 원래 시골에 살았고, 저희 집은 부유하지 않고, 10여 무[1]의 농사를 짓고 있었습니다. 학교를 마친 방과 후 시간에는 저도 농사일을 거들었습니다. 생활은 아주 힘들고, 고난의 연속이었습니다. 열네 살 때 고향마을을 떠나 외지의 큰 도시로 가서 그곳에서 중학교에 다녔습니다. 하지만 제 머릿속에는 고향의 농촌 생활과 그곳에서 일하는 사람들이 잊혀지지 않은 채 있었

---

1) 역주: 畝: 중국의 땅 너비의 단위, 약 30평

습니다.

또 한편으로는 제가 대도시에서 생활하던 기간이 채 2년도 안 되어, 〈9.18사변〉[2]이 일어났습니다. 농민들의 삶은 제 눈으로 직접 보았습니다. 그분들은 개인 소유의 토지가 없어 1년 내내 고통을 받으며 살아야 했고, 지주의 착취, 관료의 착취, 내전(內戰)으로 인한 폐해, 서양 물자의 덤핑 공세 등으로 인해 농촌 경제는 파산으로 이어져 이미 도탄에 빠져 있었습니다.

당시 도시는 외국 조계(租界)[3]가 국가 중의 국가로 변했고, 서양 상품이 국내에서 판을 치니, 지방에서 나는 생산품은 잘 팔리지 않고, 실업자가 속출하고, 외국인들은 기세등등하고, 군벌들은 난폭해 있었습니다. 나라를 사랑하는 애국 청년들은 수시로 헌병에게 붙잡혀가는 상황이었습니다.

이 모든 것을 한 문장으로 설명하자면 이렇습니다. 중국 자체는 이미 무너진 처지였고, 더구나 일본이 우리나라를 침략했습니다.

"나라의 흥망성쇠는 백성에게도 책임이 있다. "

이제 어떻게 해야 하나?

열여섯, 열일곱 나이의 청년으로 저는 정신적으로 매우 우울하고 피폐해 있었습니다. 원래 제가 대도시에 왔을 때, 제 결심은 서양 물질문명을 보면서 수학, 물리, 화학, 외국어 등 당시 유용하다고 생각되는 지식을 꼭 배워보리라, 또 '나라를 구하는 과학'을 해 보리라는 계획을 세웠습니다. 그런데 그 새로운 상황은 나의 관심을 다른 곳으로 이끌었습니다.

특히 루쉰((魯迅)[4] 선생이 자신이 전공하던 의학을 포기하고

---

2) 역주 : 9.18사변은 중국 침략을 꿈꾸던 일본 군부가 1931년 9월 18일 밤 선양 인근의 남만주철도 류탸오후(柳條湖) 구간을 폭파한 뒤 이를 중국군 소행이라고 주장하며 만주 일대를 기습 공격한 사건을 말함. 일본은 이 9.18사변을 계기로 만주공략을 본격화했으며 마침내 만주국을 세워 중국점령을 위한 거점으로 활용했다.

3) 19세기 후반에 중국의 개항 도시에 있었던 외국인의 거주지역 또는 그 지구 안의 경찰 및 행정을 관리하던 조직

4) 역주 : 1881~1936. 중국의 작가, 사회운동가, 사상가. 근현대 중문학을 대표

문학의 길로 가게 되었다는 그분의 글을 읽은 후 더욱 그러했습니다.

저도 문학 창작의 길로 들어서는 결심을 했습니다. 저는 우리나라와 우리나라 국민, 특히 농민들이 세계 사람들에게 잊힌 지 오래되었구나 하고 느꼈습니다. 저는 세상 사람들, 특히 억눌린 사람들의 고통의 소리를 전 세계에 알려야 된다고 생각했습니다. 또 저는 이미 루쉰 선생과 션옌빙(沈雁冰)5) 선생이 소개한 억압받는 약자들의 문학 작품들을 읽었습니다. 그 작품들은 그 민족의 외침을 표현해 두고 있었습니다. 저도 이와 같은 문학 형식을 통해 이 분야에서 미력한 힘이나마 보태고 싶었습니다. 소수 민족 국가의 지식인들은 자신의 문학을 에스페란토로 번역해 발표하고, 또한 에스페란토 번역 작품들을 그런 지식계층이 읽고 있습니다. 그런 작품들을 읽으면서, 저는 이런 결론을 발견했습니다. 제가 도출한 결론은 -에스페란토가 약소민족 문학 교류에 효과적인 도구이구나 하고 말입니다.

그래서 저는 에스페란토로 창작할 결심을 했습니다. 저는 에스페란토를 배우고, 열심히 공부해, 이 언어를 창작 도구로 삼았습니다. 〈세모에(Je la Jarfino)〉라는 작품이 이러한 결심의 실천이었습니다.

또, 국민당 정부의 반동 통치 아래에서 에스페란토와 억압받는 약소민족의 특수 관계 때문에 당시 사람들은 이 언어를 "위험한 언어"로 여겨, 이 언어를 배우는 것도 보통 비밀리에 이루어졌습니다. 에스페란토 창작 또한 예외가 될 수 없었습니다.

하지만 이러한 불리한 상황에도 불구하고, 저는 뒤에 특히 루쉰 선생이 말씀하신 한 구절을 다시 읽으면서, 저는 에스페란토가 옳다고 믿음과 확신이 서고, 이를 지지할 제 결심은 흔들리지 않았습니다.

"나는 에스페란토 정신에 찬성한다고 스스로 확신하였고, 찬성한 뒤로도 20년은 더 되었습니다. 그 이유는 간단했습니다. 지금 돌이켜 생각해 보면, 첫째, 그것은 세계의 모든 사람, 특히 억압받는 사람들과 연합할 수 있고, 둘째, 나 자신의 분야인 문

하는 가장 중요한 인물이자 근현대 중문학의 아버지
5) 역주 : 1896-1981. 마오둔(茅盾:Mao Dun)의 본명. 마오둔이라는 필명은 첫 소설 '환멸'을 발표한 때부터 쓰기 시작함.

학을 위하는 길이고, 민족이 서로 문학을 소개할 수 있고, 셋째, 에스페란토어 사용자 몇 명을 만났는데, 그들 목소리는 다른 사람들을 위한 이타적 마음이었습니다."
(《集外集拾遗》答世界社问 : 中国作家对世界语的意见)(집외집 습유』 '세계사' 출판사 질문-중국 작가의 에스페란토 의견-에 답하다).

　작품 '세모에'는 제가 젊었을 때의 옛 중국의, 평범한 민초들의 삶을 묘사하고 있습니다. 그 삶은 회색이며 출구가 없었고, 당시 대부분의 하층민 삶의 현실을 반영하고 있습니다. 제 목소리 톤도 낮습니다. 제 심경도 아주 무력했습니다. 왜냐하면 제 마음도 계속해 이런 생활이 이어져서는 안 된다고 느꼈기 때문이었습니다. 당시 인물들과 그들 삶은 당연히 잊혀야 하고, 그런 중국인들의 삶이 오래 가면 안 되었습니다.
　이 작품이 실린 작품집 제목이 <잊힌 사람들>이 된 연유가 그러했습니다. 현재 그들 삶도 정말 과거 역사로, 절대로 재현될 수 없습니다. 하지만 그렇기에 이런 삶은 또 잊으면 안 될 것입니다. 그 또한 우리 국민의 어떤 역사 시기에 대한 기록이자 역사의 한 부분이기 때문입니다.

　이 작품집을 시작으로 저는 일반 작가와는 조금 다른 문학의 길을 걸었습니다. 외국어로 글을 짓고 번역하는 것이 나중에 저의 주요 문학 활동이 되었습니다.
　항일 전쟁 시기가 있었고, 제가 유럽에 체류한 시기도 있었지만, 저의 창작의 길은 에스페란토에서 영어로 확장되었습니다.
　저는 이 2가지 언어로 단편과 중편, 장편 소설과 문장을 짓고, 또 중국 작가들 작품을 번역해 외국에 소개하였습니다.
　하지만 제 목적은 언제나 일관되었습니다. -외국 독자들이 중국인의 삶과 투쟁과 운명을 알도록 하는 것이었습니다.

　해방 이후 우리나라 상황이 완전히 바뀌어, 그 '잊힌 사람들'은 중국 공산당 지도로 큰 산 3개를 무너뜨리고 새 중국을 세웠습니다. 우리는 이제 더는 억압받고, 힘없고 약한 민족이 아닙니다. 그래도 저는 우리 국민을 위해 외국 문학작품을 중국어로 직접 번역하면서도 외국의 중국 문학 독자들을 위해 외국어 문학 활동을 완전히 포기하지는 않았습니다. 저는 외국어를 사용해 중국 고대, 〈5·4 시기〉의 방황과 당대 작가들 작품을 외국 독자들에게 꾸준히 소개해 왔습니다.

1950년부터 저는 문학 잡지 〈중국 문학〉(현재 영어와 프랑스어로 발간)을 편집했고, 1974년이 되어서야 편집하는 일에서 물러났습니다. 그러고는 중국어로 소설과 산문을 짓는 데 시간을 더 많이 할애했습니다.

저는 그렇게 실천해 왔습니다. -에너지가 왕성했던 나날은 지나가고, "이제 황혼에 와 있습니다".
저는 이제 우리의 새로 탄생한 위대한 국토와 위대한 사람들 사이에서 우리의 오랜 문화 전통을 가진 국어로 글을 쓸 수 있게 되었습니다.

从《岁暮》开始的创作道路

叶君健

在中学读书的时候，我就开始写些短文章，在校刊或小报上发表。但真正写文学作品，在我来说，也就是写小说，那是从我在武汉大学外语系念二年级时开始的，也就是说，在十九岁的时候。这里发表的《岁暮》（Je la Jarfino），就是说我的第一部小说，也就是所说的"处女作"，于一九三二年寒假期间用世界语写成的，后来我把它收集在我的一部小说集《被遗忘了的人们》（Forgesitaj Homoj）里面。

当时我用了一个假名字"马耳"（Cicio Mar）。

这本书于一九三七年出版，曾经在日本和国际世界语读者中引起过较广泛的注意。这可能是因为在这本书以前东方还没有任何人用世界语写过整本文学作品的缘故。

他现在属于国际世界语文学的一部分，国外出版的有关世界语文学史的著作或文章总要提它一笔。

这本书的出版也部分地决定了我以后的文学道路。为什么要用世界语写作呢？这也是时代和我个人的环境所决定的。

我本来是个乡下人，生活在农村，家里也并不富有，自耕十多亩田地，我念私塾时课余也得参加一些农业劳动，生活还是相当艰苦的。十四岁时我离开村子，到外地的大城市去念中学，但我的脑子始终忘记不了农村生活和在那里劳动的人们。这是一方面。另一方面，我在大城市不到两年，九一八事变发生了。

农民的生活我是亲眼看见过的。他们由于缺少土地，终年辛苦地劳动，还得不到温饱，在加地主剥削，官僚压榨，年年内战，洋货倾销和整个农村经济的破产……，他们已经都陷入了水深火热之中。至于在城市里，外国租界成了国中之国，洋货充斥市场，本地工商业凋敝，失业者成群，外国人趾高气扬，军阀官僚横行霸道，爱国青年学生随时被宪兵抓走……，这一切似乎在说明：中国本身就已在崩溃，但现在日本又侵入进来了。"国家兴亡，匹夫有责"，现在该怎么办？作为一个十六、七岁的小青年，我感到非常苦恼和精神压抑。本来我来到大城市，看到了一点舶来的物质文明后，很想学点当时我认为有用的知识，如数学、物理、化学和外语等，打算以后作点"科学救国"的工作。但新的情况是我改变的注意，特别是当我读了鲁迅先生关于他自己如何放弃医学而从事文学的自述以后。

我决心搞文学创作。我觉得我们这个国家和它广大的人民，特别是农民，早就被人遗忘，被全世界的人遗忘了。我觉得我应该让世界的人民，特别是被压迫的人民，听到他们的呼声，我那时已经读了一些鲁迅和沈雁冰等人介绍过来的被压迫弱小民族的文学作品。它们表达出了这些民族的呼声。我也想通过文学形式在这方面做些微小的工作。从那些介绍过来的作品中，我发现它们是由这些弱小民族国家的知识分子自己译成世界语，而我们又是从世界语转译过来的。由此我得出这一结论：世界语是弱小民族文学交流的一种有效工具。于是我决心用世界语来创作。我开始学世界语，而且学得很认真，决定掌握这种语言，作为我创作的工具。《岁暮》就是这种决心的实践。这里似乎还得附带提一笔：在国民党反动统治下，因为世界语与被压迫的弱小民族的特殊关系，

当时曾被看作是一种"危险的语言"，学习世界语在当时一般是在保密的情况下进行的，用世界语创作当然也不例外，但这种不利的情况并未动摇我的"决心"，特别是后来，当我又读到鲁迅先生的这一段话的时候：

我自己确信，我是赞成世界语的，赞成的时候也早得很，怕有二十来年了吧。但理由很简单，现在回想起来：一、是因为由此可以联合世界上的一切人——尤其是被压迫的人们；二、是为了自己的本行，以

为它可以互相介绍文学；三、是因为见了几个世界语家，都超乎口是心非的利己主义者之上（《集外集拾遗》答世界社问：中国作家对世界语的意见）。

《岁暮》这篇故事所描述的是我青年时旧中国一些平凡的小人物的生活。这种生活是灰色的，无出路的，它也就是当时绝大部分处于底层的人们的现实。我的调子是低沉的，因为我那时的心境也很低沉。这

些人物和他们的生活当然要被人们遗忘掉，中国人民不能老过这样的生活。收进这篇故事的那个集子被命名为《被遗忘的人们》就是这个意思。现在他们的生活也真的成为了过去的历史，不会再重现了。但也正

因为如此，这种生活又似乎不应该被遗忘掉。它是我们的人民在某个历史时期的记录。

从这个集子开始，我就走上了略为与一般作家不同的文学道路，用外文写作和翻译，成了我此后主要的文学活动。在抗战期间是如此，我在欧洲居留的时间也是如此，只不过后来我从世界语又扩大到了英语。

我用这两种外语写短、中、长篇小说和文章，也翻译中国作家的作品，介绍到外国去。但我的目的却始终是一致的，让国外读者了解中国人民的生活、斗争和命运。解放以后，我国情况有了彻底的改变，那些"被遗忘的人们"，在中国共产党的领导下，推翻了三座大

山，建立了新中国。我们不再是被压迫的"弱小民族"。因此我觉得我应该也用中文直接为我们的人民翻译外国文学作品和自己创作，但我并没有完全放弃外文。我仍用他向国外读者介绍中国古代、"五四时期"和

当代作家的作品。从一九五零年起我编了一本外文刊物《中国文学》（现在有英文版和法文版），而且一编就是二十五年，只有到了一九七四年才离开它。现在不再做编辑工作，我就用较多的时间用中文写小说

和散文了。我也正在这样作，虽然我精力旺盛的时期已过，"只是近黄昏"，但我现在能生活在我们新生的伟大国土上和新生的伟大人民中间，用我们具有悠久文化传统的语言写作，我倒真的还感到"夕阳无限好"哩。

JE LA JARFINO

La regiono ĉe la limo de la norda provinco estis dezerta. Antaŭ la okuloj etendiĝis nur senfinaj ondlinioj de montoj, kiuj serpentumis jen supren, jen malsupren, foren al malproksimo, al la ĉielo de la nekonata lando. Troviĝis tamen kelkloke verdaj pinarbaroj kaj arbetaroj, sed en ili ne kaŝis sin eĉ unu vilaĝo. Oni apenaŭ povis aŭdi bojadon de la hundo aŭ kokerikadon de la koko kiu anoncis tempon al vojaĝantoj. Sur dorso de la montĉeno, inter la velkantaj flavbrunaj herboj, ŝtele zigzagis vojeto, ne multe irita, sed facile distingebla kiel pasejo dank' al la blankaj ŝtoneroj brilantaj sur ĝi. Ĝi kondukis de la nordo al la sudo kaj servis por ĉefvojo inter la norda kaj la suda provincoj. Apud ĉi vojeto, sube sur la montdeklivaĵo, staris malnova ŝtonpaviloneto, kiun konstruis montanoj foje loĝintaj en ĉi montaro en tempo forgesita. Ĝin konis plej bone la nordanoj, la vagvendistoj, la karbistoj, la argilaĵistoj kaj la maljunaj ĉasistoj. Ĉar tie ripozis ili dum tago kaj tranoktis, kiam malfruiĝas al ili hejmen reveni. La paviloneto staris sola, tute sola en la dezerta norda montlando. Sed ĉirkaŭ la jarfino ne mankis al ĝi ĉiutage vizitantoj. Fore sur la zigzaga vojeto jen grumblis proksimen unurada puŝveturilo. Ĝi estis puŝata de viro de malantaŭo kaj tirata antaŭen de knabo ĉirkaŭ dektri-jara. Ĝi portis ĉe la maldekstra flanko kelkajn malnovajn meblojn kaj

- 14 -

ĉifonajn pakaĵojn; ĉe la dekstra, sidis kapkline virino kun infano jam dormanta ĉe sia brusto. Proksimiĝante al la ŝtonpaviloneto, al ĉielo la vizaĝon turnis la veturilpuŝanto, vireto ĉirkaŭ kvardekjara, kies frunto jam senĉese ŝvitis. — La suno jam sin movas al la zenito···Tiel dirante, la veturilon li haltigis, kaj starante spiri por momento, li ekiris al la virino, kaj debrakumis de ŝi la infanon, por ke ŝi povis facile descendi la veturilon. Ŝi surteriĝis, reprenis de la viro la infanon. Kaj ili sidis unu apud la alia sur ŝtonbenko antaŭ la paviloneto kaj restis senvortaj. La knabo, apud ili sidanta sur ŝtono apude trovita, ankaŭ restis senvorta. La suno de decembro estis iomete pala, sed ne tute senbrila. Sunradio tamen, radiis en la profundon de la montaro, kie, kvankam nun eĉ la jarfino, ne kirlis la malvarmega vento kaj sekve ne estis tre frida. La hejmen rapidantaj vojaĝantoj ofte sentis sin iom varmetaj. La virino, kiu la rigardon langvore sternas laŭ la longo de la vojeto, al la nekonata proksimo, kvazaŭ ion ekmemorante, ekturniĝis al sia edzo tre neagema pro laco. Je la vido de lia vizaĝo pala, ŝia koro ektuŝiĝis kaj ŝi tuj tiris sian manikon al lia frunto kaj milde forviŝis la ŝviton senĉese elfluetantan. Dume ŝi ankaŭ ĵetis rigardon al la knabo, kiu malvigle sidis kun vizaĝo al la ĉielo stultiĝante. Kaj ŝi tuj ekstaris. Unurada puŝveturilo estas ĉefkomunikilo en ĉina vilaĝo, precipe en nordaj provincoj. La rado ununura estas enmetita en la mezo de la veturilo, inter du tabulaj flankoj tenataj iom supre de la rado , kiujn oni utiligas kiel sidilojn aŭ ŝarĝilojn. La puŝveturilon oni irigas tiel: ĝin puŝante ĉe ĝiaj du teniloj ĉe la malantaŭo , se ĝi peze ŝarĝiĝas, oni aldone ĝin tiras per ŝnuro ĉe la antaŭo. — Li malsatas jam, — ŝi krietis, — tiel longan vojon li iris, tirante peze ŝarĝatan puŝveturilon. Kaj la infanon ŝi urĝe sidigis sur la tero apud la ŝtonbenko, kaj rapidis al la veturilo. Tie ŝi elprenis rompitan ĉe la tenilo kaserolon el unu malnova sako, kiu entenas ĉefe la ilojn, novajn kaj malnovajn, de la kuirejo, kaj rulon da vermiĉeloj el la alia. La vireto, patro de la knabo, nun iom refreŝiĝinta de la laco, ekstaris kaj kolektis kelkajn ŝtonojn, per kiuj provizoran fornon li faris. La infano neprizorgata ekkurbigis la lipojn kaj kompatinde ekploris. Ĝia vizaĝo malbele grimacis, kiu pro manko de nutriteco aspektis terure vaksflava. La patrino tre kortuŝiĝis de la ploro. Kaj ŝi tuj ĝin karesis per unu mano, la vermiĉelojn kuirigantajn zorgante per la alia. La patro ne residigis sin por ripozi, li ekpromenis antaŭ la pavploneto malnova, jen spirante, jen kapon levante al la ĉielo enprofundiĝante en medito, jen rigardante la edzinon tre okupatan, la infanon kortuŝige plorantan kaj la knabon, kiu lace rigardis la aeren ŝvebantan vaporon el la kaserolo, kaj li eksuspiris. Tiu ĉi vireto estas sudulo, malalta, malgrasa, kun palflava vizaĝo kaj maldensaj brovoj kiuj foje kuntiriĝas en profunda malĝojo. Li estis ĝentila klera kompare al metistoj, vagantoj aŭ terkulturistoj en tiu ĉi monta lando; ĉar li profesiis kiel kasisto en tolbutiko en iu norda urbo. Pro la jardaŭra civila milito de militistoj kaj grandskala enpenetrado de la maŝinfabrikita varo, el fremdaj landoj kiu aspektas pli bela kaj kies prezo estas pli malalta, ol la enlanda permane teksita tolo, la eta butiko de lia mastro ne povis plu ekzisti kaj tial fermiĝis antaŭ la jarfino. Li estis honesta kaj fidela komizo, kiu ne postulis pli da salajro ol la necesan por lia modesta vivo, sed la bankrotinta mastro ne povis lin plu dungi nur je tia virto. Li deviĝis perdi la laboron ankaŭ antaŭ la jarfino. Post la laborperdo li tamen ne tuj forlasis la urbeton, kie li unue disciplinis sin kiel komizlernanto kaj poste perlaboradis ĝis nun, jam pli ol dek jaroj. Li restis tie por monato, je sia memelspezo, por trovi novan okupon. Sed ĉio ĉi vanis. La mondo jam surprizige ŝanĝiĝis, kion li, kiel komizo, neniam vidis aŭ spertis antaŭe. Ĉifoja bankrotado estas senescepta al butikoj, grandaj aŭ malgrandaj, en la norda monta urbeto, kiuj vendis la enlandan permane faritan varon. Li devis reveni al sia naskloko kaj serĉis alian metion. Por ŝpari monon li ne veturis per buso, sed per manveturilo, kiun li mem puŝis sur la longa, mallarĝa montvojo. ⋯ La tagoj venontaj estas eĉ pli multaj ol la haroj de hundo. Ni devas kiel eble ŝpari. Kiom la veturilpuŝado gravas al mi? Mi ankoraŭ estas juna kaj fortika. Sur la vojo li ofte tiel kvietigis la edzinon, kiu, vidante la ŝviton eltorentantan el lia frunto, ekkortuŝiĝis kaj grumblis, ke li ne devu ruinigi sin per tia penado kia ne decis por lia sano. La vorto, nun eligita de la edzo, kies signifon ŝi bone komprenis, vere ŝin mutigis. Sed ŝia koro certe ankoraŭ restis dolora. Kun dolora koro kaj mutigitaj lipoj ŝi ofte returnis malantaŭen la kapon kaj rigardis la edzon, liajn malhelan mienon kaj maldensajn brovojn. La edzo — li povis bone legi la esprimon de la mornaj okuloj de la edzino. Retenante la spiron, li antaŭenpuŝis ankoraŭ pli forte kaj rapide la veturilon, por montri ke li estis sufiĉe forta por la laboro. Sed dume la nigraj vejnoj ekelstaris el lia frunto kaj la ŝvito falis en pli granda guto. En tiu momento ŝi subite de li deturnis la rigardon, haste kaj konsterne kvazaŭ ŝtelisto, kaj la larmo ekbrilis kaŝe en ŝiaj okuloj. Kaj ŝi tuj descendis la veturilon kun la infano en la brako, por ke la veturilo iras malpli peze. Ŝi estis kamparanino. Ŝia familio ne estis riĉa. La edzo — tiu ĉi vireto, kvankam ne kapabla akiri multe da mono, certe estis bona, al ŝi fidela kaj ĝentila. Ŝi amis lin, al li ŝi oferis sian vivon, kaj volonte ŝi kun li suferis. Por malpezigi la financan ŝarĝon de la edzo, kiu per sia malgranda kresko kaj malbona sano, penlaboradis senripoze por la malriĉa familio, ŝi post la naskiĝo de la dua filo sin dungigis kiel suĉigistinon en iu riĉa familio same en la norda urbeto, lasante sian propran infanon nutrita per farunpastaĵo. Kiel la infano de la mastro estis demamigita, ŝi ankaŭ perdis sian okupon je tiu ĉi jarfino. Ŝia lakto elĉerpiĝis, elĉerpiĝis ankaŭ ŝiaj tutkorpa energio kaj forteco. Ŝi vidiĝis velkanta, ĉar sur ŝia vizaĝo jam reliefis linioj inter profundaj faltoj. La vermiĉeloj jam boliĝas en la murmuranta akvo, la vaporo supreniris serpentume en la aeron. La vireto tien kaj reen promenanta ekhaltis. Kvazaŭ ensorĉate li rigardis la difuzantan vaporon. Post momento li turnis la rigardon al la edzino, kiu, kun haroj senordaj, pala vizaĝo makulita de fumaĵo, sidas malvigle ĉe la fajrejo kun la infano en unu brako. Kaj li eklevis la vizaĝon al la ĉielo kaj profunde ekspiris. La edzino entenigis plenpelvon da vermiĉeloj kaj ĝin donis al la knabo apud ŝi sidanta. La manĝaĵo ne estis sufiĉa por la familieto, post la plenigo de la unua pelvo, restis en la kaserolo jam nur iom da supo. Tiom ŝi tute servis al la edzo. — Mi ne estas malsata, — mildvoĉe rifuzis la vireto, — vi manĝu. Je la vorto la edzino lin fiksis per sia malgranda okulparo, buŝon tordante. La vireto, konsternigata de la rigardo de la edzino, ekklinis la kapon, kaj por montri ke li estis vere sata, li mienis malŝate al la supo de vermiĉeloj. — Nu, vi aspektas tamen tre elĉerpiĝinta, — ŝi decidmaniere diris. — Vi nepre manĝu. Li ankoraŭ rifuzis, sed la edzino ĉiel devigis lin akcepti la vermiĉelan supon, nuran supon kiu konsistas nenion alian ol akvon kun pinĉpreno da salo. Finfine li dividis la manĝaĵon en du partojn, la plian li donis al la edzino. Post la manĝo la familio ripozis por momento antaŭ la ŝtonpaviloneto. La knabo refreŝiĝanta kvazaŭ ŝafido premsidas antaŭ la patrino, kiu, la senordajn harojn ordigante, senvorte suĉigas sian mamon al la infano. La patro, kun mentono al la ĉielo, senemocie rigardas al malproksimo, la malproksima montaro kaj la senfina serpentuma vojeto, samkiel la patrino, en granda muto. — Ankoraŭ restas dekok kilometroj por atingi hejmon,— diris subite la edzo, kalkulante la distancon sur la fingroj. Ne rediris la edzino, langvora kaj malstreĉa, sed ŝi milde mienis al la edzo kaj penridetis. Senvorte la edzo refalis en silento. — Kiam ni atingos hejmon , — li rekomencis post momento, kiel eble mildigante la voĉon, — eble jam estos en profunda nokto. Kaj la edzo subite paŭzis. La edzino montris mirigata de la ekinterrompo: — Nu? — Kiam ni atingos hejmon en la profunda nokto , — li mallaŭte daŭris , — ni devos refoje prepari iom bonan por manĝi. Kaj por li, o! Ia kompatinda knabo, li iras tiel longan vojon samkiel ni kreskuloj. Por ni, nu, manĝi aŭ ne, tute gravas neniel. Sed⋯ mi ne scias, ĉu jam ruiniĝis la forno, la domo kaj ĉio en ĝi, kiujn ni ne prividis dum tiel longa tempo. Se jes, mi timas ja, ĉu mi povas ripari aŭ ⋯La voĉo de la vireto iom post iom mallaŭtiĝis kaj fine tute neniiĝis. La edzino mire rigardis lin kaj ekatentis la amaran grimacon de lia vizaĝo, kaj ŝi ekkomprenas pri ĉio. — O! — ŝi intence detemigis la babilon por forgesigi al la edzo ĉian zorgon pri la estonto, ekkriante en ŝajne gaja voĉo. Viajn karajn maljunajn bogepatrojn vi devos viziti morgaŭ, ĉu ne? Dume la infano luldormiĝita, ĉe ŝia brusto ekvekiĝis kaj ploregis. Ŝi tuj ŝtopis ĝian buŝon per la mampinto. Kaj ŝi rekomencis la konversacion. — La gemaljunuloj vin ne vidis dum tiel longa tempo, ili certe vin regalos per bonege rostita kokino. — Jes! — kvazaŭ ion ekmemorante li ekkriis, — mi devos viziti viajn gepatrojn. Ili estas tiel bonkoraj al ni! Mi ne scias, kiel tiuj blank-haraj gepatroj fartas. Krome ankaŭ la vilaĝestron Huan, de kiu mi pruntprenis dudekmil monerojn kiel nian edziĝan elspezon antaŭ dekkvin jaroj. Eble la rentumo jam plimultiĝadas pli ol la propra kapitalo estas. Nu, mi nun devas la ŝuldon repagi en dolaro··· Ho ve! mi eĉ ĝis nun ne povas forigi la ŝuldon··· Kaj lia vizaĝo tuj montri pli malhela. La maldensaj brovoj kuntiris super la grizaj etokuloj, tre malgaje. — Ne estas via kulpo, ke vi ne povas repagi vian ŝuldon, — diris la edzino kun tute senriproĉa voĉo. — En la malbona tempo kia nun, eĉ ĉiokapablulo montras sin embarasita. Niaj tagoj venos ankoraŭ tre multaj, ĉu ne trafos nin almenaŭ por unufoje la bonŝanco? Vi ne estas ĝuema mallaboremulaĉo, vi certe povos akiri riĉetecon kaj vin malŝuldigi. — Jes, vi estas prava. Sed tio estas afero en la nekonata futuro. Mi nun tre timas ja, ĉu la vilaĝestro ĉifoje perforte devigus min repagi la ŝuldon. Se jes, mi ja ne povas min favorigi al li, kiel antaŭe, nur per tia malgranda donacaĵo, kiun mi al li oferos je la vizito morgaŭ. Por la vilaĝestro li speciale aĉetis paron da salitaj sovaĝanseroj kiel novjaran oferaĵon kaj signon de alta estimo al la vilaĝa potenculo, kiuj estas famaj lokproduktaĵoj de la norda provinco kaj kostas al li preskaŭ duondolaron. Por la patrinecaj maljunaj bogepatroj li elektis paron da rostitaj porkfemuroj, kaj diversajn merceraĵojn por la malpli intimaj parencoj kaj la samvilaĝanoj. Antaŭ ol li aĉetis ĉi lastajn donacaĵojn, lia frunto certe sulkiĝis. Sed post longtempa konsidero li fine aĉetis. Ĉar li volis montri per la donacaĵoj, ke li certe havis konvenan okupon en la malproksima lando, kaj ne estis tie senlabore vaganta kiel multaj vilaĝanoj, kiuj, perdante la teron, perlaboris en malproksimaj urboj kaj revenis hejmen post kelka tempo tute kiel ĉifonaj almozuloj. — Se lia sinjora vilaĝestro indulge permesus min iomete prokrasti la repagon de la ŝuldo, — li daŭris kun milda tamen peza voĉo, — mi estos libera por iom da tempo. Tiam mi iamaniere riparos la domon, se ĝi estis ruiniĝinta,,kaj lueprenos kampojn. Mi laboros sur tero kiel farmulo. La nunajn jarojn la fremda varo kune kun butikoj de ia novspeco enfluadas en urbojn kvazaŭ ŝtormo. La lokaj jam bankrotintaj butikoj ne povas restariĝi en mallonga tempo, mi pensas, ŝanĝi mian okupon kiel terkulturiston ja estas nuntempe por mi ununura rimedo···Aŭdinte la novan projekton, la edzino iom viglis. Kun emociaj brilantaj okuloj ŝi rigardis la vireton, de kapo ĝis la piedoj. — Jes, terkulturado ankaŭ estas bona vivrimedo, — ŝi poste malrapide diris. — Sed mi dubas, ĉu via sano permesus vin perlabori tiamaniere. — Mi povas! — li, ankaŭ iom vigliĝanta fortigis la voĉon. — Sciu, post kelkjara penado sur la tero ni povos iom akumuliĝi per senĉesa ŝparado kaj sekve ni povas vivi sendepende. Se venos prospera jaro, kiam la komerco povas profiti kaj la butiko de mia mastro remalfermi, mi kompreneble ree iros eksteren kaj dungigos min kiel komizon. Tiam ne estos necese por vi ankoraŭfoje forvagi kune kun mi al la malproksima loko kiel suĉigistino. Nia posedaĵo tiam jam sufiĉos por via vivo. Se cetere mi akiros iom pli da mono, mi certe sendos ĉi knabon al lernejo, por ke li sekuros por si iom bonan pozicion en la socio, pri kiu mi tiel sopiras. — Certe bone! — la okuloj de la edzino pro ekscitiĝo ekbrilis, — sed tiaokaze ni devas luepreni iom pli da kampoj. — Kompreneble. — Nu⋯ — kvazaŭ ion ekmemorante ŝi ekpezigis la voĉon, — kiom do ankoraŭ restas ĉe ni? La vireto ekpaliĝis pri la demando. Lia malgranda okulparo, emocie brilanta en kaŝita langvoro, ekmalheliĝis kaj ree sin montris senspirita. — Tri dolaroj⋯ Aŭdinte la vortojn, la edzino ne plu demandis, nek daŭris la parolon. Ŝi ekmutis. Ŝia vizaĝo montriĝis nigremorna. La suno jam iris al la okcidento kaj volis sinki en la foran montaron. Vespera malvarmo komencis ĉirkaŭpreni la vojaĝantojn, kies ombroj iom post iom iĝas sollongaj kaj grizaj antaŭ la ŝtonpaviloneto. La infano atakata de la malvarmo de la malfrua decembro, ekploregis, la eĥo kirlis en la valo de la senhoma norda montlando kvazaŭ stranga krio de fantomidoj. La vireto ekstaris, kapon klinante, apenaŭ povis eligi malfortan voĉon: — Jam malfruas. Kaj li firme tenis la ambaŭ tenilojn de la unurada puŝveturilo; la knabo, dorson klinante, ĝin tiris antaŭen kun ĝia ŝnuro trans sia ŝultro. La edzino kun infano residis sur ĝia dekstra flanko. Kaj ili rekomencis la longan vojon de tiu ĉi tago. Sur deklivaĵo de monteto la vojaĝanta familieto malrapide malaperis en pinarbaron, super kiu leviĝas jam la vespera nubo.

세모에

  북부지방 접경지대는 삭막하다. 눈앞에는 끝없이 산들이 물결처럼 펼쳐져 있다. 산은 위로 솟기도 하고, 아래로 내려간 것도 있고, 먼 곳을 향해 더 멀리, 낯선 나라의 하늘로 구불구불 뻗어 있기도 하다. 푸른 소나무숲과 관목들이 들어차 있는 산이 있어도, 그 산중의 숲 속에 있는 마을 하나는, 그래도 제 모습을 숨기지 못했다. 개 짖는 소리가 그 마을에서 겨우 들리고, 나그네에게 시각을 알려 주는 수탉 울음소리가 겨우 들릴 정도다. 그 산중의 산등성이의 마른 황갈색 수풀 사이로 좁은 길이 몰래 구불구불하게 나 있다. 사람들이 그리 많이 지나가지 않아도, 그 길에 윤이 난 하얀 자갈들은 이 길이 사람들의 통행로임을 쉽게 분간할 수 있다. 길은 북쪽에서 남쪽으로 향하고, 북쪽 지방과 남쪽 지방 사이를 연결하는 간선 도로다. 그 길옆, 산비탈 아래쪽에 돌로 된 오랜 누각이 한 채 있다. 그 누각은 이 산중에서 어느 시절인지 모르던 시절에 한때 살던 산사람들이 세웠나 보다. 이 누각을 가장 잘 아는 이는 북쪽 사람들, 행상하는 사람들, 숯장수들, 옹기장수들과 늙은 사냥꾼들이다. 그 사람들이 이곳에 들러 낮에는 휴식했고, 귀가하기에는 너무 늦은 시각이면 여기서 밤을 보냈다. 누각은 외로이 서 있다. 삭막한 북쪽 산의 나라에 외로이, 외로이 서 있다. 하지만, 세모에는 매일 누각에 찾아오는 이가 적지 않다.
  저 멀리서, 구불구불하게 난 길에 바퀴 하나 달린 수레가 다가온다. 그 수레가 가까이 오자, 덜컹거리는 소리가 들려 왔다. 이 수레를 뒤에서 밀고 있는 이는 성인 남자고, 앞에서 끄는 이는 열세 살쯤 되어 보이는 소년이다. 수레 왼편에는 몇 점의 오래된 가구와 짐보따리들이 놓여있고, 오른편에는 자신의 품에 자는 아기를 안은 채 고개를 숙인 한 여인이 앉아 있다. 돌로 지은 그 누각을 향해 가까이 오면서, 수레를 밀고 있는 마흔 살 가까운 나이의 키 작은 남자가 이마에 구슬땀을 뻘뻘 흘리고 있다. 남자는 잠시 하늘을 향해 고개를 들어 보았다.
  ―해가 이미 저 중천에 있네… 그렇게 말하면서, 남자는 수레를

그림 : 바퀴 하나로 가는 중국 수레.

멈추어 세우고는 숨을 가지런히 하려고 잠시 섰다가, 여인이 있
는 쪽으로 걸어가 여인이 수레에서 쉽게 내릴 수 있도록 여자
품에서 아기를 받아 준다. 여인은 땅에 내려서고는, 아이를 남
자에게서 다시 받아 안는다. 그리고 둘은 돌로 된 누각 앞의 섬
돌에 나란히 앉는다. 그리고는 그들은 말이 없다. 소년은, 둘이
앉은 곳에서 가까이 놓인 돌 하나에 앉고는, 또한 말이 없다.
  12월의 해는 조금 창백했으나, 온전히 빛을 잃지는 않았다.
햇빛은 저 산중의 깊은 곳으로 비친다. 그 산중은, 지금 한 해
의 마지막인 세밑이다. 세찬 찬 바람이 아직 불지 않으니, 그리
너무 춥지는 않다. 집으로 바삐 가는 나그네들이라면 자주 자신
이 좀 덥다고 느낄 정도다. 아내는 저 길을 길이 방향으로 낯선,
가까운 곳을 무기력하게 훑어보더니, 마치 뭔가 생각이 나는 듯
이, 피곤해 거의 움직임이 없는 남편에게 눈길을 돌려 본다. 남
편의 창백한 얼굴을 보자, 아내는 마음이 짠해, 자신의 소매를
남편 이마에 가져가, 끊임없이 흘러내리는 땀방울을 온화하게
닦아 준다. 그리고 여인은 멍하니 하늘만 쳐다보며, 힘없이 앉
아 있는 소년에게 눈길을 보낸다. 그런 뒤 곧장 자리에서 일어
선다. 바퀴 하나만 달린 수레는 중국 마을, 특히 북부지방에서
는 주요 운반수단이다. 바퀴 하나가 수레 중앙에 놓이고, 그 바
퀴와 조금의 높이 차이를 두고, 위쪽에 두 개의 널빤지가 있다.
그 널빤지는 앉는 자리가 되기도 하고 짐 싣는 공간이 되기도
한다. 그 수레를 사람들은 수레 뒤편의 손잡이 2개로 밀면서 다

닌다. 만일 수레 짐이 무거우면, 사람들은 그에 더하여, 수레를 밧줄에 매어, 앞에서 끌고 간다.

-저 아이가 배가 고프겠구나, 여인이 약하게 소리쳤다. -그렇게 먼 길을 왔으니, 더구나 저렇게 무거운 짐수레를 끌고 왔으니. 그 말을 하고는 품에 안은 아기를 섬돌 옆 땅바닥에 급히 앉히고는, 서둘러 수레로 간다. 그곳에서 낡은 보따리에서 손잡이가 깨진 냄비 하나를 꺼냈다. 그 보따리에는 부엌에서 쓰는 도구들이 옛것이나 새것이 들어있다. 다른 보따리에서 국수 한 다발을 꺼낸다.

소년의 아버지인 키 작은 남자가 지금 조금씩 피곤함에서 새로 회복하고는, 자리에서 일어나, 임시 화덕으로 쓸만한 돌을 몇 개 주워 온다. 아기는 자신에게 아무도 관심을 주지 않자, 입술을 삐죽거리더니 불쌍하게 울기 시작한다. 못생길 정도로 얼굴을 찡그린 아이 모습이 영양실조로 아주 거의 납같이 누런 병색이다. 어머니는 아기 울음소리에 아주 마음 아파, 곧 아기를 한 손으로 다독이면서, 다른 한 손으로 조심조심 국수를 젓고 있다. 아버지는 휴식하러 다시 자리에 가지 않고, 옛 누각 앞에서 숨을 내쉬면서 한 번은 고개를 하늘로 향한 채, 또 한번은 명상에 깊이 빠지기도 하고, 이젠 식사를 준비하느라 아주 분주한 아내를 쳐다보고, 또 마음이 짠할 정도로 울고 있는 아이도 보고, 냄비에서 하늘로 솟는 김을 피곤한 눈으로 쳐다보는 소년도 한 번 본다. 그리고는 크게 탄식한다.

이 남자는 남방 사람으로 키가 작고, 깡마른 체격에 창백한 노란 얼굴에 때로 깊은 슬픔 속에 웅크려지는 옅은 눈썹을 하고 있다. 이 산중 나라에서 수예품을 제작해, 이를 팔아 생활하는 사람들이나 방랑객, 또는 땅을 일구는 농민에 비해, 배움이 있는 사람이다. 군인들이 일으킨 1년이나 계속된 내전으로 또, 국내에서 손으로 만든 베보다 기계로 제조된 빛깔 좋은 값싼 외국 상품이 들어서는 바람에, 주인이 운영하는 작은 상점은 이제 버티지 못하고, 이 세모에 문을 닫아야만 했다. 그 남자는 정직하고 충직한 점원 일꾼이라, 자신의 검소한 삶에 필요한 것 이상의 임금을 요구하지도 않았지만, 주인은 충직한 성품만으로 계속 고용할 수 없었다. 그래서 이번 세모를 앞두고 직장을 잃게 되었다. 그러나 자신의 직장을 잃은 뒤에도, 곧장 자신이 살아온 그 작은 도시를 떠나지 않았다. 그 작은 도시에서 처음 견습생으로 훈육 받아, 지금까지 10년 이상 일해 왔다. 그곳에서 한 달간, 자신이 가진 자금으로 뭔가 할 수 있는 새 직업을 찾아보려고 남아 있었다. 그러나 이 또한 아무 소득이 없었다. 하지만 세상이, 점원으로 한 번도 본 적 없고 겪어본 바도 없는 정도로, 이미 놀랍게도 바뀌어 버렸다. 이번의 파산은, 국내서 만든 수예품을 팔아온, 북쪽 산중의 모든 크고 작은 소도시 상점에 예외 없이 닥쳤다.

남자는 자신의 고향으로 돌아가야 했고, 그곳에서 새 일거리를 찾아야만 했다. 돈을 아끼려고, 버스로 귀환하는 대신, 기나긴 좁은 산길에 직접 손수레를 밀어야 했다. …다가올 날들이 개털보다 더 많이 남아 있다. 우리는 가능한 절약 하며 살아야 한다. 수레를 미는 것이 내게 얼마나 중요한가? 나는 아직 젊고 힘이 남아 있다…그 길에서 남편의 이마에 끊임없이 흐르는 땀을 보고 마음이 짠해, 남편더러 이와 같은 애씀에 낭비하지 말라고, 건강에도 좋지 않다고 남편을 불평하는 아내를 연신 다독거렸다. 남편 입에서 지금 나온 그 말은, 아내가 그 의미를 잘 알기에, 정말 아내는 자신의 말을 잃게 만들었다. 그러나 아내 마음은 분명 여전히 아픔으로 남아 있어 자주 자신의 머리를 뒤로 돌려, 아픈 마음과 시무룩한 입술로, 남편의 어두운 표정과 엷은 눈썹을 여러 차례 바라본다. 남편은 아내의 우울한 눈길과 표정을 잘 읽을 수 있다. 숨을 참으면서, 여전히 더 세게 앞으로 밀면서, 그 자신이 이 일에는 아직 힘이 남아 있음을 보여주러 수레를 급히 밀었다. 그러나, 한편으로 검은 힘줄이 이마에 튀어나오고, 더 큰 땀방울이 얼굴에서 떨어진다.

그 순간 아내는 얼른 자신의 눈길을 남편에게서 돌린다. 아내의 두 눈에는 급히 또 깜짝 놀라 도둑이 제 발 저리듯이, 눈물이 울컥 보이기 시작했다. 그러고는, 자신의 아이를 품에 안은 채, 얼른 수레에서 내려, 수레를 미는 힘이 좀 더 가볍게 했다.

아내는 농촌 여성이다. 그녀 가족은 부유하지 못했다. 남편은 -이 키 작은 남자는, 비록 돈 버는 일에는 재주가 없어도, 분명 착하고, 그녀에게 충직하고 친절하다. 아내는 그런 그이를 사랑했고, 그이를 위해 자신의 삶을 희생했고, 기꺼이 그이와 고통을 함께 겪고 있다. 남편의 경제적 짐을 가볍게 하려고, 그 아내는 자신의 작은 체구와 건강이 좋지 않음에도, 가난한 가정을 일구는데 쉼 없이 애써 노력해 왔다. 둘째 아이를 출산한 뒤로, 북쪽의 그 소도시의 어느 부유한 가정에, 자신의 친 아이는 밀가루죽으로 자라도록 놔둔 채, 젖어미로 가서 일했다. 이제는 젖이 나오지 않자, 온몸의 에너지도 힘도 마찬가지로 거의 약할 대로 쇠약해졌다. 이제 시들어가는 것처럼 보였다. 얼굴에는 깊은 주름 사이로 줄이 여럿 뚜렷이 보였다.

국수가 이미 보글보글 끓는 물에서 뜨거워지자, 증기가 공중으로 뱀처럼 위를 향해 올라갔다. 남자는 이곳저곳으로 산책하다가 걸음을 멈추었다. 마치 뭔가에 홀린 듯이, 흩어져 가는 수증기를 내려다보았다. 잠시 뒤, 연기로 인해 찌푸린 얼굴과 흐트러진 머리칼과 함께, 한 손에 아이를 안고 불가에 맥없이 앉아 있는 아내에게 눈길을 돌렸다. 그리고 얼굴을 하늘로 향하고는 깊은 한숨을 내쉬었다. 아내는 자신의 옆에 앉아 있는 소년에게 국수 한 그릇을 가득 담아 주었다. 음식은 가족 전부가 먹기에는 충분하지 못했다. 한 그릇을 퍼담고 남은 음식이 국물과 함께 냄비에 조금 남아 있었다. 그걸 아내는 온전히 남편에게 주었다.

-난 배고프지 않소, -온화한 목소리로 남자는 거절했다. -당신이나 먹으쇼 그 말에 아내는 자신의 작은 두 눈으로 그이를 고정해 뚫어지게 바라보며, 입술을 삐쭉거렸다. 남자는, 아내 시선에 깜짝 놀라, 고개를 숙이고는, 자신이 배가 고프지 않음을 보여주려고, 국수 국물에 싫은 표정을 지었다.

-그래도, 당신은 힘을 너무 많이 썼네요, -아내는 결심하듯이 말했다. -당신이 반드시 이를 먹어 둬요. 남자가 여전히 거부해도, 아내는, 어떡하든지, 남편이 그 국물을 마시기를, 소금기 외에는 아무것도 없는 단지 국물이라도 마시기를 강권했다. 끝내, 남자는 국물이 남은 국수를 절반씩 나눠, 더 많은 쪽을 아내에게 주었다. 식사를 마친 뒤, 그 가족은 누각 앞에 잠시 더 휴식했다.

소년은 마치 어린 새끼 양처럼 이제 다시 자신의 몸에 기운이 생긴 듯, 어머니 앞에 단정하게 앉았다. 어머니는 자신의 흐트러진 머리카락을 정리하면서, 말없이 아기에게 자신의 젖을 먹이고 있다. 턱을 하늘을 향한 채, 아버지는 무덤덤하게, 저 멀리, 저 먼 산들과 또 끝없이 구불구불한 길을 보고 있고, 어머니도 큰 침묵으로 그 길을 바라보고 있다.

-고향 집에 도착하려면, 아직 18킬로미터는 더 남았네. 남편은 손가락으로 그 거리를 계산해 보며 갑자기 말했다. 아내는 무기력하고 긴장이 풀려 아무 대꾸하지 않았지만, 온화한 표정으로 남편을 한번 쳐다보고는 힘을 내 애써 웃어 보였다. 말없이 남편은 그 말만 하고는 다시 침묵으로 떨어졌다.

-내가 고향에 도착하면, 그때 - 잠시 자신의 목소리를 가능한 한 온화하게 하고 다시 말을 꺼냈다.

-아마 이미 한밤중이 되겠구나. 그리고 남편은 갑자기 말이 없었다. 아내는 남편의 말이 순간 끊기자 놀라움을 표시했다.

-그런데요?

-우리가 늦은 시각에 고향 집에 도착하면, 남편은 낮은 소리로 말을 이어갔다. -다시 뭔가 좀 좋은 먹거리를 마련해야 해요. 그러고, 저 아이가, 불쌍한 장남이, 이리도 먼 길을 어른처럼 걸었으니. 우리는 저어, 먹든 먹지 않든 전혀 중요하지만요. 그런데, …나는 모르겠어요…우리가 두고 온 부엌이나 집이, 그 안에 있던 모든 것이, 우리가 몇 년간 그렇게 가보지 못했던 그 집이 이미 폐허가 되었을 수도 있을지 모르겠어요. 만일 그렇다면, 나는 정말 걱정이 되어요. 내가 그걸 수리할 수 있을지, 아니면… 남자 목소리는 점점 낮아지더니, 마침내 온전히 말이 없었다. 아내는 놀라 남편을 쳐다보고는, 남편 얼굴의 씁쓸한 표정을 살펴보더니, 이 모든 것을 알아차렸다.

-오회! -아내는 남편이 가진 미래에 대한 모든 근심을 잊어버리려고 대화를 의도적으로, 한결 유쾌한 표정으로 소리치면서, 바꾸었다. -내일은 당신의 귀하신 장인 장모님을 뵈러 가야 하지 않겠어요?

한편 다독거려 재웠던 아기가 어미 품의 잠에서 깨어나더니 크게 울었다. 엄마는 아이의 울음 우는 입을 자신의 젖꼭지에 물려 막고는 대화를 다시 꺼냈다.

-친정 부모님이 그렇게 오랫동안 당신을 보지 못했으니, 그분들도 필시 당신을 아주 잘 요리한 암탉으로 대접해 줄 거에요.

-그렇겠지요! -남편은 마치 뭔가 생각나는 듯이 조금 큰 소리를 냈다. -내가 장인 장모님을 찾아 뵈어야지요. 그분들이 우리에

게 얼마나 마음을 많이 썼는지! 나는 백발의 어른들이 어찌 지내는지 모르겠어요. 더구나, 환씨 이장님도 그분에게 내가 15년 전에 우리 결혼 비용으로 2만이나 빌렸는데. 아마 이자만 해도 벌써 빌린 원금보다 더 많아져 있겠네. 이제 나는 그 빚을 달러로 갚아야 하겠네요… 아, 어쩐담! 내가 지금까지도 그 빚을 청산할 수 없으니… 그러자, 얼굴은 곧장 더욱 어두워진 모습이다. 옅은 눈썹은 회색의 작은 두 눈 위에서 아주 우울하게 웅크려졌다.

-그 빚 갚지 못한 게 당신 잘못이 아니지요. 전혀 비난이 섞이지 않은 목소리로 아내가 말했다. -이렇게 시절이 나쁘니, 모든 능력을 가진 이들도 황당해하고 있어요. 우리가 살아갈 날은 아직 여전히 많이 남았어요. 적어도 한 번 정도는 우리에게도 행운이 찾아오지 않겠어요? 당신도 일하지 않고, 놀면서 살아오지 않았으니, 당신은 분명 어느 정도의 부유함을 누릴 수 있고, 빚도 청산할 수 있을 거에요.

-그렇소, 당신 말이 맞아요. 하지만 앞으로의 일은 아무도 모르는 일이니. 나는 지금 정말 두렵기만 해요. 이장님이 나더러 그 빚 갚으라고 강하게 요구하실지도 모르겠어요. 만일 그렇다면, 나는 이전처럼 그분을 칭송하며 지낼 수 없을 거에요, 내일 그분을 찾아뵈면 쬐그만 선물이라도 들고 가야 할 것 같아요.

그 환씨 이장님을 위해, 남편은 특별히 절인 야생 오리 2마리를 마을 세도가인 그 이장에 대한 높은 존경의 상징이자 새해 선물로 구해 놓았다. 그 요리는 이 북쪽 지방의 유명 특산품이고, 그것은 거의 1달러의 절반에 해당했다. 아내 혈족의 늙으신 장인 장모를 위해 절인 돼지 다리 2개를 구입하고 또 덜 친한 일가와 마을 사람들을 위해서는 다양한 수예품들을 준비해 두었다. 이 마지막 물품들을 준비하면서, 자신의 이마에 주름이 더 생겼을 것이다. 그러나, 긴 시간의 고려 끝에 마침내 그 물품들을 준비해 놓았다. 왜냐하면, 먼 나라에서 제대로 된 직업을 분명 가지고 있었음을, 또 그곳에는, 자기 땅을 잃고, 저 먼 도시에 나가 돈벌이하며, 나중에는 시간이 흘러 거지가 되어 온전히 넝마 같은 옷을 입은 채 돌아오던 수많은 사람처럼, 그렇게 할 일이 없어 방황하는 이들과는 자신이 다름을 자신의 선물을 통해 보여주고 싶었다. -만일 마을 이장님이 용서하듯이 내가 진 그 빚의 갚음을 조금이라도 늦춰 주신다면, - 계속 온화하지만 무거운 목소리로 말을 이어갔다. -나는 어느 정도의 시간 여유는 가질 수 있을 거요. 그때 나는 어떤 방식으로든 그 집을, 만일 그 집이 폐허가 되어 있으면, 수리하고 경작할 땅을 빌려 보겠어요. 나는 그 고향 땅에서 농민으로 일할 거요. 최근 몇 년간 낯선 나라의 온갖 물품이 뭔가 새로운 종류의 상점과 함께, 도시로 태풍처럼 밀려 들어오고 있어요. 그 도시에서 이미 파산한 상점들은 다시 짧은 시간에는 일어설 수도 없어요. 내 생각에 이제 나는 논밭을 가는 농민으로, 그게 하나 남은 직업으로 여기고 살아가야 할 것 같아요… 새로운 계획을 듣자, 아내는 좀 활달해졌다. 감동적이고도 반짝이는 두 눈으로 아내는 그 키 작은 남자를, 머리부터 발끝까지 훑어보았다.

-그래요, 땅을 일구는 일도 좋은 생계수단이지요 -아내는 나중에 천천히 말했다. -하지만, 당신 건강이 그런 방식으로 생업을 이어가는 것을 허락할지 그게 나는 걱정이 되어요.

-난 할 수 있어요! - 남편도 마찬가지로 조금 활달한 목소리로 말했다. -알아 둬요, 논밭에서 몇 년간 땀 흘리고, 쉼 없이 우리가 절약하면 조금은 모을 수 있을걸요. 그러면, 우리는 자립해 살아갈 수 있을 거요. 만일 상업으로 이익을 남길 수 있는 번창하는 해가 오면, 내 주인이 경영하던 상점도 다시 문을 열 수 있을 거요. 나는 물론 다시 외부로 나가, 다시 점원으로 일하게 될 수도 있을 거요. 그때는 당신은 나와 함께 젖어미로 먼 지방을 돌아다니지 않아도 될 거요. 그때 우리 재산으로 살아가기에는 이미 충분할 거요. 만일 내가 좀 더 벌게 되면, 이 아기를 학교에 보내, 이 아기가, 내가 그렇게 고대하던 사회에서 좋은 자리를 가질 수 있을 만큼 안정될 거요.

-분명 좋아질 거예요! 아내의 두 눈은 흥분되어 반짝이기 시작했다.

-하지만, 그런 경우에 우리는 약간 더 많은 땅을 경작하려고 빌어야 할 거요.

-물론 그리 되겠지요. 그런데요. 마치 뭔가 생각난 듯이, 자신의 목소리를 낮게 깔며 말했다. -이제 우리에게 얼마나 남아 있어요?

남자는 질문에 얼굴이 창백해졌다.

작은 두 눈은, 숨어 있는 무력감에도 감동적으로 빛나던 작은 두 눈은 이제 어두워지기 시작하고, 다시 자신은 흥미를 잃게 되었다.

-3달러…

그 말을 듣고서, 아내는 더는 질문하지 않았다. 아무 대화도 이어가지 않았다. 말이 없고 얼굴은 먹구름처럼 우울해졌다.

태양이 이미 서쪽으로, 저 먼 산맥 쪽으로 기울어져 가고 있다. 저녁나절의 차가움이 여행자들을 에워싸기 시작했고, 누각 앞에서 그들 그림자는 조금씩 외로이 길어지고, 회색이다.

12월 하순의 냉기가 뻗쳐 오자, 아기는 울음을 크게 터뜨렸다. 그 울음소리의 메아리가 마치 어린 도깨비의 이상한 외침처럼 저 인적 없는 북쪽 나라의 계곡에서 휘젓고 있다. 남자는 고개를 숙인 채, 자리에서 일어나, 겨우 자신의 낮은 목소리를 낼 수 있다.

-이미 해가 기울고 있네.

그리고 바퀴 하나 달린 수레의 양손잡이를 세게 잡았다. 소년은, 등을 굽힌 채, 수레를 자신의 어깨에 놓인 밧줄로 앞으로 당긴다. 아내는 아기와 함께 다시 수레 오른편에 앉았다. 그리고 그들은 다시 이날의 머나먼 길을 가기 시작했다. 좁은 산비탈 길에서 그렇게 걸어가던 가족 모습이 소나무 숲으로 천천히 사라졌다. 숲 위로 이미 저녁 구름이 보였다.

RAKONTO PRI EDZIĜO

1

Tiujn ĉi tagojn Grandkapo Ma Fan estis libera, tute libera. Kiel vilaĝa lernejmastro aŭ "legoscia sinjoro" kiu ĉiam sin okupis pri oficialaj aferoj inter vilaĝoj, tiel li, kun sulkigita frunto, mallevitaj okuloj, enpensante promenis sur la vojeto preter la vilaĝo. Kiam li ekkaptis la vidon de servistino pioĉanta en la kampo, aŭ de maljuna mastrino lavanta vestaĵojn apud la vilaĝa lageto, li nepre aliris al ŝi, por iom babili. Ke li elektis virinojn kiel siajn alparolatojn estis pro tio, ke ili scias la "hejman aferon" pli bone ol ordinaraj viroj. Sed la inoj estas ĉiam aferoplenaj, ili ne volas klaĉadi por sufiĉe longa tempo, tial li ofte foriris tute nekontente.

Sed iun matenon vidiĝis sur monteto la babilema, maljuna Korvino, la mastrino de la vermiĉelejo, kiu estis paŝtanta sian malgrasan azenon. Rekoninte ŝian ombron, li tuj apudiĝis. Kaj kvazaŭ en hazardo haltis antaŭ ŝi.

— A! Onjo Liŭ, vi estas tiel laborema, riĉeco baldaŭ venos al vi.

— O! Onklo Ma — la mastrino eklevis la kapon kaj ridete diris, — dankojn pro via komplimento. Sed···nu, mizera kia mi, eĉ revon pri riĉeco ne posedas!

Post kelkaj tiaj kromvortoj Ma Fan silentis. La paro

da malgrandaj, rondetaj okuloj ekturniĝis rapide en liaj okulkavoj. Kiel kutime li tiam englutis kelkajn gutetojn de salivo kaj komencis eligi la ĉiam samajn vortojn: — Onjo Liŭ, kiel vi opinias pri mi?··· La vermiĉeleja mastrino fikse rigardis lian malgrandan okulparon por momento kaj ridetis. — O, vi estas benita homo, — la bonkora virino laŭkutime laŭdis la maljunulon. — Feliĉo baldaŭ falos sur vi. Kun rideto ŝvebanta ĉe la lipoj Grandkapo Ma Fan enmetis la komplimentajn vortojn en la orelojn. Tamen li kapskuis, ŝajnigante ne kredi: — Kie venos la feliĉo? Mizera kia mi! — Ma Fan modeste neis. — Ne tiel diru, — la mastrino tordis sian buŝon. — Ĉu ne estas, ke vi jam alproprigis al vi edzinon? La edzino, tiel obeema, laborema, modesta! Kaj la bona Dio sendos al vi dikan filon. — Obeema, ŝajnas al vi?··· Nu, tute mia, ŝia koro ne okupiĝas pri iu alia plu··· nu? — Ajaja, vi estas tiel nervema, — la Korvino komencis graki. — Kiun ŝi plu amos, preskaŭ kvindek-jarulino? hahaha···
— Ke la bona Dio···? Ma Fan iom ruĝiĝis de la ridego de la maljuna Korvino, tamen li plue flustre demandis. — Jes, ŝia ventro ja rondiĝas. Tiam la suno jam moviĝetadis supren al la alta morusarbo apud kampo sub la monteto. La babilema mastrino ekmemoris, ke ŝi jam malfruis prepari la matenmanĝon, eble la sovaĝa mastro jam furiozis en la kuirejo, en kiu la malnovaj mebloj estas tiel rompeblaj! Tial ŝi rapide

aldonis: — Baldaŭ venos al vi dika infaneto. Kaj ŝi sin turnis kaj komencis rapidi hejmen. — Dankojn pro via bona deziro, tio eble efektive okazus. Ankaŭ Grandkapo Ma Fan foriris. Denove li rondvagis preter la vilaĝo por momento. Renkontinte neniun kun kiu li povis konsulti, li sin trenis hejmen. Ĉe la pordo li unuavide fiksis la okulojn al la edzino. La maljuna virino sidis ĉe la forno, zorge preparis kaĉon. Ŝi ne vidis la eniranton. Li staris senvorte kaj atentis pri ŝia ventro. Ĝi ne estas ronda kiel la maljuna Korvino diris.

— Ĉu eble? ⋯ Ne⋯ne⋯ — Ma Fan iom dubis en si mem. La edzino susure, malvigle laboretis. Ŝi jen ŝovis faskon da pajlo en la fajrujon, jen ĝemis supren levante la vizaĝon. La vizaĝo, nu, ne estis tiel belaspekta, vaksflava, faltoplena, nigre makulita en la haŭtosulketoj per fumaĵo kaj polvo⋯ Kaj la okuloj ankaŭ ne estis akvokolora, ili jam malheliĝas sub la ŝvelantaj palpebroj⋯. — Ne eble⋯ tiel maljuna!

Ma Fan balbutis kaj balancis la grandan kapon. Aŭdinte la murmuron, la maljunulino surprizite levis la kapon kaj kaptis la vidon de la edzo staranta ĉe la pordo. Ŝi lin gapis senvorte por momento. Sur ŝiaj vangoj kaj en ŝiaj okuloj ne vidiĝis floreco, kiu devas aperi ordinare ĉe la nova edzino edziniĝinta ne pli ol tri monatojn. La nova geedza paro interrigardis. Sen ruĝiĝo la edzino malsupren ĵetis la rigardon kaj denove ŝovis faskon da pajlo en la fajrujon. Iom malespere la brovoj de Ma Fan kuntiriĝis. Li enpaŝis, sidis sur la tripieda seĝo, metante la kapon en la manoj. Post mallonga tempo la rizkaĉo jam estis bone elboligita. La edzino ĉiam silentema senvorte ĉerpis pelvon da kaĉo kaj ĝin metis sur la tablo. Ma Fan altabliĝis, tenante la pelvon en la manoj, li komencis manĝi. Dum la manĝado li plurfoje ŝtelrigardis la edzinon. La edzino ne estis tiel delikata kiel la ordinaraj sinjorinoj koncerne manĝadon. Kiel almozulino, malsatanta por longa tempo, ŝi manĝegis, pelvon post pelvo. — Nu, ŝi devas naskigi⋯ — Ma Fan kapjesis al si mem, — ŝi ja manĝegas kiel fortika viro. Kaj Grandkapo Ma Fan sentis sin iom kontenta kaj esperhava.

2

Grandkapo Ma Fan estis feliĉa, tiel diris multaj vilaĝanoj, ĉar li, estante maljuna kampdungito kvindeksesjara, alproprigas al si edzinon, kvankam laŭdire maljunan, sen granda elspezo aŭ ia ajn malfacilaĵo. Ankaŭ Ma Fan pensis sin bonŝanca, li ja tro facile akiris la edzinon, kion li ne povis dum sia junaĝo pro malriĉeco. La motivo de la edziĝo estis hazarda kaj la procedo, simpla. Estis iu pluva tago, kiam la nevo Huan Fukvei, la filo de lia kara mortinta fratino, vizitis lin, irinte vojon pli ol dudekkvin liojn malproksime de la onklo. Tio estas speciale malofta afero, ĉar la junulo, kiu devis nutri la familion de kvin membroj, ĉiam okupiĝis en kampafero.

La vizito estas ĝojinda por parencama onklo. Por distri la gaston, lian solan parencon, Ma Fan malgraŭ la grumblo de la mastrino forlasis sian laboron kaj iris al sia dormejo, ĉambro apud la bovstalo. Tie li babilis kun la junulo pri ĉiu temo interesa. Fumante la pipon kaj babilante, ili sentis sin nedireble ĝoja. — Hej, oĉjo, — ekrigardante la vizaĝon de la onklo, ion ekmemoris la nevo, kaj kun voĉo serioza li diris, — vi vere maljuniĝas! Vi devas ripozi por ke iom ĝuu en la mondo, vi ja ankaŭ estas homo. Kaj kio estas speciale necesa por vi, estas havi edzinon. Ŝi ne nur kuiros por vi kaj flikos viajn vestaĵojn, por ke vi estu komforta; sed, kara oĉjo, ŝi ankaŭ naskigu al vi filon, kiu kontinuigos vian familian linion kaj estos via apogo kiam vi ne povos labori plu. Aŭdinte la neatenditajn vortojn, la mieno de Ma Fan tuj serioziĝis. Sed li ne tuj eĥis la junulon. Kvazaŭ ion konsiderante li kapklinis. Por montri ke liaj vortoj ne estas tiel same sensignifaj kiel tiuj de la ordinaraj vilaĝaninoj, la zorgema junulo gravmiene ekmenciis la frazojn de la vic-saĝulo Mencius, kiujn li iufoje ŝtelaŭdis de iu vilaĝlerneja mastro: — Estas tri aferoj, kiuj montras la homon ne fileca al siaj prapatroj. Senfileco de tiu homo estas la unua. Hej, pensu pri la vortoj de nia vic-saĝulo!

Ma Fan ankoraŭ tenis sian grandan kapon klinantan. La junulo, stulte lin rigardante kaj atendante lian opinion pri liaj vortoj, jam englutis kelkajn gutojn da salivo kaj malpacienciĝis. — Nu, jes ja, — post momento da pripensado Ma Fan palpante la barbeton kaj kapjesante eklaŭdis la junulon pri lia saĝeco, — viaj vortoj estas tute pravaj. Mi devas havi filon. Mi, solulo, devas havi filon almenaŭ por ripari mian tombon post mia morto. Mi jam elsuferis en tiu ĉi mondo, mi devos ripozi prizorgate en la subtera mondo. Mi estas senapogulo. Kaj la problemo de edziĝo rememorigis al li multajn pasintaĵojn. La patro estis kampdungito kulturanta la kampojn por diversaj mastroj dum sia vivo. La patrino, servistino. La familieto estis malriĉa, posedanta nenion. Iun someron ĥolero vizitis ilin. Pro manko de mono por venigi kuraciston la geedzoj ambaŭ mortis de la infekta malsano. Ma Fan mem, de la aĝo dekkvin-jara, fariĝis bovpaŝtisto, senpage laboranta por bienmastro. Post dekses li ekfariĝis kampdungito. Tiam oni al li pagis dek mil monerojn pojare. En la dudekjaraĝo, en la somero li grave malsanis pro trolaboro. Li forlasis la laboron por ripozi. Sed kiam li resaniĝis; jam estis post la aŭtuna rikolto; neniu bezonas kampdungiton plu. Vagante de vilaĝo al vilaĝo li travivis la vintron malsata. La venantan printempon li malfacile trovis iun novan mastron, kaj li kiom eble zorgeme laboregis, por ke li ne plu perdu la okupon. Li ŝparadis iom da mono por maljuneco kaj eventuala malsano. Sed la mono estis tiel malfacile akirebla kaj la ŝparita tiel malmulta. Kiu scias, kiom da jaroj li vivos post li perdos la laborkapablon? Kiu povas garantii, ke li ne malsanos kiel la kompatindaj gepatroj?

Por kontinuigi la familion postlasitan de la kompatindaj gepatroj oni devas edziĝi, por la maljuneco venonta oni des pli devas edziĝi. Ma Fan tiel pensis. Kaj li je la unua fojo komencis konsideri sian devon kiel membro de la familio Ma. — Mi devas havi filon! La voĉo estis decida. Kaj la novaĵo pri lia volo de edziĝo disvastiĝis en la vilaĝoj. Iun tagon venis al li Nigra Hundo Ĉan, lia malnova amiko. La amiko haltis ĉe la kampo, kiun Grandkapo Ma Fan estis pluganta; kaj kun serioza mieno, li mallaŭte demandis Ma Fan post kelkaj kromvortoj: — Ke vi volas edziĝi!⋯ Ma Fan haltigis la bovon, rektigis sian dorson, kaj, apogetante la manojn sur la tenilo de la plugilo, stulte rigardis la amikon pro la neatendita demando. — Mi havas tian intencon, sed, seddd ⋯ kial do vi scias pri la afero? — He, he⋯ — la ulo bonhumore ridetis, kio povas forflugi preter la oreloj de Nigra Hundo? Li estas eksterordinara homo, kiu kapablis kapti eĉ venton preterpasantan. Nu, returnu al la demando. Malnova amiko, ĉu vi vere havas la intencon? — Certe. — Ma Fan seriozigis la mienon. — Kiel ni estas bonaj amikoj mi ne devas mensogi al vi. Certe mi havas la intencon. — Do, feliĉan vinon de vi mi volas drinki, — la nigra ulo ridis. — Mi provu plenumi vian deziron. Kaj Nigra Hundo Ĉan kun vervo rakontis al li pri iu virino, kiun li konis. Ŝi estis vidvino de iu mortinta farmulo, lia bona amiko. Tiu terkultura ulo estas stranga homo. Li, estante malriĉa farmulo, ofte nedece kondutis: kvankam li estis obeema al sia dungmastro, li ŝatas drinki. Iun tagon post la aŭtuna rikolto li laŭkutime invitis la maljunan bienestron al sia domo por esprimi siajn estimon kaj dankon. Dum la tagmanĝo li riĉe regalis la maljunulon per rostitaj kokinoj; aromigita porkviando, fritaj fiŝoj kaj aliaj bongustaj vegetaĵoj kaj buljono. Unue li modeste kaj humile servis al la mastro vinon kaj nur al si mem poste. Sed post kelkaj glasoj li ruĝiĝis, kaj perdis la humoron. Li salte levis sin de la benko. Kun pugnita mano li forte batis la tablon kaj raŭkvoĉe muĝis al la maljuna mastro: — Vi, maljunulaĉo, ĉiam min ekspluatas. Rememoru, lastan aŭtunon vi forprenis perforte mian tutan rikoltaĵon, mia familio trasuferis la vintron kaj tiun ĉi printempon malsata. Vi, senkorulaĉo. Jen mi donas al vi finkalkulon. Kaj li svingis la pugnon preter la nazo de la mastro. La mastro protektante sian nazon konsterne forkuris eksteren. Li freneze kriis kaj alvokis sian amikon la vilaĝestron kiu alvenis kun kelkaj fortikaj junuloj. La ebrianta farmulo estis ligita kaj sendita al la guberniestro. Oni enkarcerigis lin por tri monatoj. Kiam li estis liberigita, la kampo jam estis forprenita por la terposedanto. Li fariĝis vagulo kaj terserĉanto. Post kelkaj monatoj li mortis de malsato kaj malgajo, postlasante tri gefilojn kaj la ĵus proponitan vidvinon.

— Ĉar ŝi trasuferis multe da malfacilaĵoj — , aldonis Nigra Hundo post la rakontado, — ŝi scias, kiel mastrumi la hejmon. Amiko, malkaŝe diri, vi ne estas tia homo, kia povas edziĝi kun virino florsimila. Vi bezonas virinon modestan kaj iom maljunan, kiu scias la hejman aferon, ĉu ne? Ma Fan ne tuj respondis al la amiko, kies sinceraj kaj zorgemaj okuloj fiksis sur li. Li tamen kun kapo mallevita, buŝon fermante, enpensante silentis. — Jes, modestan virinon mi bezonas, sed···. tamen ĉu ŝi ankoraŭ povas naski···ki··· Post momento li levetis la okulojn al la kamarado kaj mallaŭte, iom hezite, tiel demandis.

— Aja, — Nigra Hundo larĝe malfermis la buŝon, — temas pri tia afero. Ĝi koncernas destinon! Se la sorto destinus vin havi filon, ŝi certe gravediĝos. Se ne, eĉ la deksesjara virineto ne gravediĝas por la tuta vivo. — Nu, nnn··· — Grandkapo Ma Fan faris sonon el nazo, kaj post momento da meditado kapjesis, — eble vi estas prava··· Mi do edziĝu. Tiele li edziĝis kun la vidvino. La ceremonio estis simpla. Oni kondukis la novan edzinon de ŝia vilaĝo al la domo de Ma Fan. En salutaj vortoj "Feliĉon kaj prosperon al vi!" la nova paro fariĝis geedzoj. Ma Fan elspezis ne multe da mono por la edziĝa festo. Jen ĉio: li regalis per dekkelkaj pelvoj da bongustaj manĝaĵoj la celebrantajn gastojn, inter kiuj troviĝis plej honore Nigra Hundo, la svatulo, la nevo, la laŭkutima vicsvatulo; kaj la maljuna Korvino, ofte konsilantino de Ma Fan.

3

Ma Fan jam atingis kvindekses en la jaro de edziĝo. Jam maljunulo! Ankoraŭ kampdungito sub la jugo de alia nun oni ne devis esti, pensis Ma Fan al si mem. Li ja rezervis iom da mono. Kaj sekve li maldungiĝis. Lia plano estis: Unue ripozi por unu aŭ du monatoj kaj poste sin okupi kiel etvendisto aŭ kolportisto. Se tio ne sukcesus, trovu mastron ree kiel kampdungito; tio nun ne estis tre malfacila por li, li estis tiel obeema kaj laborema. Post kelkaj monatoj eble la bona Dio benus lin, honestan homon kiel li mem pensis, per filo. Tiam venos al li la vivapogo kaj li povos, post kelkaj jaroj, kiam la filo fariĝos kampdungito aŭ metiisto, tute ne labori. Tial li kolektis la monon diskaŝitan en la truoj en la ĉambro kaj komencis novan vivon kun la edzino. La edzino estis vere laborema, modesta kaj mastrumkapabla, Ŝi tutatage restis silenta en la domo laborante.

Ĵus post kokerikado de la koko, kiam la krepuskbrilo ankoraŭ ne enŝteliĝas, tra la fenestraj fendoj en la ĉambron, ŝi leviĝis forlasante la varman liton. Ŝi ŝpinis en la duonkrepusko apud la radŝpinilo, ĝis kiam la sunradioj entrudis la domon. Tiam Ma Fan tusinte por kelkaj minutoj ankaŭ ellitiĝas. Kaj ŝi eniris la kuirejon prepari la matenmanĝon. Dum tago ŝi aŭ ŝpinis aŭ lavis la vestaĵojn, aŭ ordigis la polvajn meblojn. Se estis nenio por fari, ŝi sidis en malhela angulo de la ĉambro, senvorte, kiel kokino en sia nesto. Kun neniu ŝi volis klaĉi pri sensencaĵo. La unua ĝojindaĵo por Ma Fan estis, ke ŝi ĉiam senvorte kaj fidele laboris. Dorson kurbigante, ŝi vere kiel mastrino, movetis tien ĉi-tien en la domo. Tio estis vojo al prospero, pensis li. Ŝia maljuneco por Grandkapo Ma Fan estis nenio, ĉar, li ofte sin konsolis, ke li mem ankaŭ estis maljunulo. Kian utilon havas la "eta birdo" en la mizera domo kia mia?

Ma Fan tiel sin demandis dum la nokto kiam li sentis la edzinon, kuŝantan apud li, faltoplena ĉe la korpo. Kaj tiam li denove varme karesis ŝin. La edzino dume iom tremante malantaŭen sin tiris, sed ŝi finfine sen vortoj lasis sin ĉirkaŭprenata. Tiel Ma Fan restis libera por kelkdek tagoj post la ediĝo. La plej memorindaj tagoj en la vivo. Li vagis, babilis kun amikoj neatendite renkontataj. En iu posttagmezo, promenante sur la kampvojo, li ree renkontis Nigran Hundon, kiu vage vendis arakidojn al la bovpaŝtantaj buboj. Kun gaja mieno Ma Fan proksimiĝis kaj varme premis la ŝultron de la amiko.

— Hej, malnova amiko, ĉu la negoco prosperas?

— Nu, sufiĉe bone. Kiel vi fartas? Via vizaĝo brilas, kio simbolas, ke feliĉo baldaŭ venos al vi, eh?

— Nu······nnn···

Ma Fan ne respondis, nur bonhumore ridetis. Vidante

- 44 -

la gajecon de la honesta maljunulo, Nigra Hundo ŝovis sian kapon pliproksimen al lia vizaĝo, kaj lin fiksis per akra rigardo.

— Ĉu plaĉas al vi la virino? Hehehej···Ma Fan konsterniĝis de la pika demando, li rapide mallevis la okuloin kaj klinis la kapon. Malrapide li balbutis: — Nu···kontenta··· Nigra Hundo ja estas lerta ulo. — Mi neniam fanfaronas , — Nigra Hundo balancigis la dikfingron rektigitan, — Mi, Nigra Hundo, neniam faras malbonon. Kaj li svingante la kapon en la aero iomete ridetis. Dank' al via helpo. Sed···dd··· — Ma Fan gargaris, — ĉu ŝi por ĉiam ne forflugos de mi kaj nasko···ss···al mi···. — Ahaha···nia Grandkapo estas tiel nervema. Hahaha···. La juna arakidvendisto eksplodis per ridego. Ankaŭ Ma Fan ridis, kvankam iom konsternite.

4

Sed la filon atendatan la bona Dio neniam sendos. Unu monato pasis, denove monato. La edzino montris neniam ŝanĝon fizikan. Kiel kutime, ŝi senvorte dorson kurbigante laboris en la domo, de matenkrepusko ĝis la profunda nokto. Ŝi ne juniĝis, nek tuj maljuniĝis; ne lacigita, nek vigliĝanta. Ĉiam same. Ma Fan iom post iom iĝis senpacienca. Li ofte proksime observis, ekzamenis, ĉu estis ŝanĝo en la ventro de la edzino. Nenia. Nur iunokte la edzino aspektis iom neordinara, sed tio ne estis ĝojinda. Estis vespero, ĵus post la vespermanĝo. Ekstere ekblovis aŭtuna vento. Steloj tremante brilis malvarme, hundoj bojadis al la ventsusuro. Ĉiuj sentis sin malvarmaj. La vilaĝanoj ĉiuj sidis en siaj domoj kaj babilis por sin distri inter la familianoj. Ankaŭ Ma Fan sidante kune kun sia edzino serĉis vortojn por konversacii. Sed anstataŭ eksciti la gajan atmosferon, la silentema virino sekrete larmis, sidante en la malhela angulo de la ĉambro. —Kio okazas al vi? Ĉu maltrankvilo en la ventro? Ma Fan mirplene demandis, pensante, ke eble ŝi jam gravediĝis. La virino kiel kutime mutiĝis. Kvazaŭ kovanta kokino ŝi sidis senmove, kun senemocia mieno. — Kio?

Ma Fan malpacience alproksimiĝis, kaj etendis la manon, intencante tuŝi ŝian ventron. Tiam ŝi skuetis la kapon kaj protektis la ventron per ambaŭ manoj. — Ho, — ŝi timeme krietis, — estas nenio. Ma Fan fiksis la okulojn sur ŝia ventro, ne kredante la vortojn.

— Mi ne kredis. Bona edzino, se vi vere gravediĝas, nu···mi···mi aĉetos porkviandon por vi···nu?··· Kaj li movis sin tiel proksime al ŝi, ke ŝi eĉ sentis la sangan varmecon de lia vizaĝo. Ŝi konsterniĝis kaj tremis. Per unu mano ŝi puŝis lin for de ŝi, kaj per la alia tiris la nigran ĉifonan kaptukon viŝi la larmon ĉe la okulanguloj. — Ne, ne estas tiel, ŝi senforte diris, Mi nur ekpensas pri miaj infanoj forlasitaj. — O! vi pensadas pri aliuloj. — Ma Fan mire ekkriis. La silentema virino ĉifoje diris iom multe. — Ne, ne, ne aliuloj, sed miaj propraj infanoj. Estas tiel malvarme, vi scias. Mi dubas, ĉu ili havas sufiĉajn vestojn. Aŭdinte la vortojn, Ma Fan subite paliĝis kaj malantaŭen sin tiris de la edzino. — Ŝia koro finfine ne apartenas al mi··· Ma Fan balbutis al si mem idiote staranta en la mezo de la ĉambro. — Naski al mi filon···nu···tute fantazia revo! Vidante la strangan manieron de la edzo, ŝi ekkonfuziĝis. Stulte ŝi rigardis la grandkapan maljunulon, kiu premante la ambaŭ tempiojn kun manoj ekpromenis tien kaj reen, tute freneze. Ŝi tremis, ŝia tutkorpo tremis. Ekstere la okcidenta vento klak-klake skuis la pordon kvazaŭ ploregante. Ŝi samtempe ektimis. Ŝiaj oreloj streĉiĝis. Ŝajnis al ŝi, ke ŝi aŭdis ion. — Panjo, ni estas malvarmaj kaj malsataj···La voĉo ŝajnis esti tiu de la plej aĝa filo. — Panjo, kial vi, jen satanta, nin forgesas?··· Estas la ĝemkrio de la malgranda filo. — O! en la domo restas nenio por ili. — ŝi ekmemoris kaj sentis froston en la dorso. Post la morto de la patro ĉia havaĵo en la domo elĉerpiĝis. Oni vivtenis per sovaĝvegetaĵoj kaj akvo. Sed la kriantaj intestoj ne povas ĉiutage toleri tiajn manĝaĵojn. La kreskantaj kaj maturiĝantaj knaboj ploregis, ankaŭ la patrino larmis, ploro regis la domon. Vidante la mizeron de la familio, la bonkora kaj "saĝa" Nigra Hundo, la bona amiko de la mortinta patro, kunigis la patrinon al Ma Fan, "riĉeta maljuna frato". — La homo laŭdire estas

- 47 -

riĉeta kaj filama eble li permesas min helpi vin⋯ Antaŭ ol ŝi iris al la domo de Ma Fan ŝi tiel diris al la infanoj. Sed efektive?⋯ — Aja, mi preskaŭ ilin forgesis, — la silentema virino subite kriis, emocie sentante sin peka. — Mi neniel helpis ilin!

Kaj ŝi denove mutiĝis post murmuro. Kaŝante la kapon en ĉifonaj manikoj, ŝi larmis. — Ŝi havas aliajn, karajn al si mem⋯Mi ruiniĝas,⋯finiĝas⋯Aaa! ⋯. Grandkapo Ma Fan balbutis al si, daŭrante paŝi tien kaj reen. Antaŭ la lumeto de la meĉo lia maljuna ombro solece ŝanceliĝis sur la malnova muro el tero.

5

La tutan nokton Ma Fan ne povis endormiĝi. Li turniĝadis en la lito. Li ĝemis, senforte, melankolie ĝemis. Lia kapo turniĝis, li sentis, ke ĉio antaŭ la okuloj griziĝas. — Mi tute ruiniĝas!

Li malfacile eligis la frazon kun doloro. Ŝi havas siajn proprajn filojn kaj familion. Ĉu ŝi naskos filon por mi? Stultulo! Kial mi, tiel maljuna, nutras virinon per la malfacile ŝparita mono ? Ho, mia apogo? Mi estas sola, tute, Kion fari?

Kaj li ektaksis sian havaĵon, sian nuran apogon. Kiel kampdungito jam de pli ol dudek jaroj, li certe, jaron post jaro, ŝparadis iom da mono. En ĉiu jarfino li kalkulis siajn monerojn, sian salajron de la tutjara laborado, kaj poste transŝanĝis ilin en dolarojn por rezervi. Post la edziĝo li eksiĝis, intencante fariĝi metiisto. Dume li, malriĉulo, havanta nek kampon propran, nek lueprenitan, devas aĉeti rizon, ĉion necesan por la ĉiutaga vivo. La virino? Nu, ŝi ĉiutage dorson kurbigante, mute movetante en la ĉambron, nur konsumas rizon. Kiom ŝi manĝas dum la manĝo! ⋯ Unu, du, tri⋯ Ho! restas ĉe mi ne multe da mono plu — Ma Fan kriis, — La venontaj nekalkuleblaj tagoj!⋯ Mi ja maljuniĝas ⋯tuj kiam mi perdos la forton, la laborforton⋯ Kaj li ektremis, ege tremis. Kaj li ekmemoris pro siaj gepatroj, kiuj mortis de ĥolero pro manko de mono por venigi la kuraciston; pri sia malnova amiko Flavlupo Den, kiu, tuj kiam li perdis la laborpovon, estis maldungita de la mastro kaj poste mortis de malsato. — Min trafos la sama sorto!

Li denove akre kriegis, kiel en inkuba sonĝo. La maljuna edzino, kuŝanta apud li, konfuzite tremis. Ŝi antaŭtimis, ke io malbona falos sur ŝi. Kiom eble ŝi sin movis iom fore de la stranga maljunulo. Senvorte, senbrue ŝi klinis la grizharan kapon ĉe la brusto kaj ĝin kaŝis en la manoj, en la litaĵoj. — Min trafos la sama sorto!

Post kelkminunta silento la stranga maljunulo ankoraŭfoje akre kriegis. La silentema virino terure konvulsiis, malvarme ŝvitis. La lito skuiĝis pro tremo. La ratoj, susurantaj sub la lito, terurigite diskuregis. Kaj ekkokerikas la koko kaj la krepusko entrudas tra la murfendoj en la ĉambro. Post momento aŭdiĝis bovbleko ekstere kaj paŝoj de fruleviĝantaj laboremaj vilaĝanoj. Ma Fan leviĝis kun ŝvelantaj okuloj, malsupre de kiuj jam ĉirkaŭas paro da bluaj duoncirkloj pro sendormo. Li sentis sin iom peza en la kapo. Ĝemante li sin trenis eksteren. Li sidis sur ŝtono ĉe la vilaĝfino. — Mi ruiniĝas!⋯ — Ma Fan senĉese balbutis. Venis la molkora Korvino. Ŝi, kun fosilo sur la ŝultro, estis rapidanta al la kampo. Vidinte Grandkapon Ma Fan murmuranta, ŝi haltis antaŭ li por momento. — Aja , onklo Ma, ŝi larĝe malfermis siajn rondajn okulojn kaj mire kriis, — Ĉu vi malsanas? Malvarmumo? Ventrodoloro? Venu al la lernejmastro Li, kiu scipovas preskribi medikamentojn. Ma Fan kuntiris la maldensajn grizajn brovoin kaj skuante la kapon, malfacile grumblis. — Ne, tute n e⋯ Kaj li silentis. Sed post momento li denove komencis:

— O, onjo Liŭ, ĉu miii⋯estas destinita suferi ⋯ii?⋯ ĉu mi⋯i⋯?⋯ — Nu, oĉjo Ma, vi estas homo benita! Vi nun havas vian fidelan, eternan akompanantinon. Ŝi baldaŭ naskos dikan infanon. La bona Korvino neniam ŝprucis malbonajn vortojn. Ekkonsciante ke ŝi jam babilis pli ol dek minutojn, ŝi urĝe ekrapidis al la kampo fosota. Hu-hu-hu- Ma Fan premis la ambaŭ manojn ĉe la pezaj tempioj. La suno jam leviĝas alte en la ĉielo. Varmaj radioj ŝutiĝas sur la korpo de Ma Fan. Li sin sentis iom pli varma. La intestoj komencis krieti. La granda kapo pli peziĝis. Tiam Ma Fan stariĝis; profunde elspirante li sin trenis ree hejmen. La edzino sidis en la angulo de la kuirejo, senemocie rigardante la sunradiojn sur la tero, entrudantajn tra la tegolbreĉoj. La blankgrizaj haroj estas senorde pendiĝantaj ĉirkaŭ la faltoplena, nigregriza vizaĝo. La okuloj ŝvelantaj ankoraŭ tenas larmojn. Perceptante la eniron de iu, ŝi levetis la okulojn , rigardis tiudirekten por momento, poste ree kliniĝis. Neniun vorton ŝi eligis el la buŝo. Ŝi sidis, sidis, tute senmove, kiel maljuna birdo post la renverso de la nesto en la malvarma vintro. — Inkubino! Inkuba rizkonsumulino! Kial mi?···mi···Aa··· Mi tute ruiniĝas?···Ĉio finiĝas por mi··· Vidante la maljunulinon, li denove fariĝis maltrankvila. Kiel frenezulo li ree forvagis eksteren.

6

Post kelkaj tagoj, en iu mateno Ma Fan portante ĉirkaŭ unu kilogramon da porkviando iris ŝanceliĝante al la direkto de la domo de la vilaĝestro. Atinginte la domon, li haltis ĉe la pordego por momento. Aŭdiĝis tusado de la vilaĝestro en la ĉambro. Li proksimiĝis al li, kiu estis trinkanta teon. Ma Fan klinis sin preskaŭ ĝis la tero kaj humile diris: — Via sinjora moŝto, jam de longe mi deziris viziti vian moŝton depost mia edziĝo, sed la hejmaj bagateloj ĉiam malhelpis min tion plenumi. Tiel indulgema, via moŝto povas pardoni

min, mi estas certa. Hodiaŭ mi oferas al via moŝto ĉi kvanteton da porkviando⋯Mi ja timas per tiom mizera aĵo esprimi mian humilan estimon al via moŝto. Bonvole akceptu. — Ne necesas tia ceremoniemo. Ne necesas ja. La vilaĝestro bonhumore, modeste rediris, sed tamen li akcepte deprenis la viandon kaj ĝin pendigis ĉe la klinko de la pordo. Poste li verŝis tason da teo por Ma Fan. Ma Fan ekstarante akceptis la tason, trinkis kaj gustumante maĉis la teofoliojn inter la dentoj. Por longa tempo li kapklinis, ne povis eĉ unu vorton diri. — Ej, onklo Ma, vi aspektas pli malgrasiĝanta kaj maljuniĝanta, — por rompi la silenton la vilaĝestro ekdiris. — Ĉu vi malsanas? — Nu, direble, ke jes. Sed⋯ — kiel io kuŝas en la gorĝo, Ma Fan ne povis daŭrigi la parolon. — Rideto flirtis ĉe la lipoj de la vilaĝestro, kiam li vidis la manieron. — Tiujn ĉi tagojn vi estas libera, kaj ne plu dungiĝos, ĉu ne? La vilaĝestro serĉis vortojn por paroli.
— Jess⋯sed⋯ Ma Fan, sulkigante la frunton, frotante la manplatojn, serĉis ĝentilajn vortojn por esprimi sian penson, sed vanis. Denove li silentis por kelkaj minutoj. — Via sinjora moŝto, — post momento li malgraŭ ĉio rekomencis, — vi ĉiam estas justa kaj prudenta. Ni vilaĝanoj ja ĉiuj konfidas al vi. Via moŝto ja estas nia juĝisto⋯ Kieel⋯ via moŝto jam bone scias, mi estas malriĉa kampdungito. Mi edziĝis antaŭ kelkaj monatoj, dank' al la svatuloj Nigra Hundo Ĉan kaj mia nevo⋯ Sedd⋯ la edzin⋯

Li denove ne povis daŭrigi la parolon. La vilaĝestro ridete observis lin por momento. Poste li kapjesis: — Nu, via edzino?···Ŝi ne plaĉas al vi, ĉu ne? Jes, ŝi estas maljuna, mi scias la aferon. — Ja, sed···sed··· plue, ŝi ne povas gravediĝi···kaj···· La vilaĝestro restis senmova en sia seĝo, kaj diris nenion. Li nur englutetis la teon. Post momento de silentado li meditante kapjesis al si mem kelkafoje.

— Nu, la vilaĝestro levis la mentonon, okulojn duone fermante, — kian paŝon vi volas preni? — Mi pensas··· nu···ĉi tie Ma Fan interrompis momente, — via sinjora moŝto estas justa kaj potenca··· Se via moŝto permesus, mi···petos Nigran Hundon resendi ŝin al ŝia propra hejmo, ŝi estas tiel sopiranta al siaj infanoj, mi ne volas ŝin··· Aŭdinte la vortojn, la vilaĝestro subite batis la tablon. — Neeble! Se vi volus eksedziĝi de ŝi, vi devas pagi iom da mono pro ŝia perdo de la ĉasteco. Vi sciu, vi jam makulis la ĉastecon de la kompatinda vidvino. Vi estas krimulo laŭ la vortoj de niaj pasintaj saĝuloj. Vi nepre pagas la monon, alie mi ne povas garantii, ĉu la justa guberniestro enkarcerigos vin post la eksedziĝo. Mono! Grandkapo Ma Fan, fikse rigardante la vilaĝestron, povis nenion diri. Ho, restas ĉe mi jam ne multe da mono plu. Kiom oni povas pagi?···Nu, neeble···. Lia vizaĝo subite paliĝis kaj li tremis, li apenaŭ povis stari. — Lasu min do konsideri··· via sinjora moŝto. Li klinis sin al la vilaĝestro ankoraŭfoje , kaj eliris. Denove li malgaje vagadis en la vilaĝo, konfuziĝante pri ĉio, eĉ la nombro de la moneroj, kiujn li kaŝis tie ĉi-tie en la domo. Lin ekenvolvis inkuba ombro.

7

Grandkapo Ma Fan ekmalsaniĝis. Li febris, terure febris. Ĉirkaŭ la lito kolektiĝis amaso da vilaĝanoj, la buboj, la amiko Nigra Hundo Ĉan, la nevo Huan Fukvei kaj la molkora Korvino. Ĉiuj kun simpatiaj okuloj rigardis la suferantan maljunan terkulturiston. — Ĉio finiĝas por mi!··· La maljunulo malvigle murmuris al si mem, iom sulkigante la frunton. — Ne tiel diru, oĉjo Ma. Kiu ne alfrontas iom da malfacilaĵo sur la vojo de vivo? Trankviliĝu. Dio benu vin, ke via malsano baldaŭ foriĝu. Intime tiel konsolis Nigra Hundo sian suferantan amikon, imitante la tonon de maljunaj vilaĝaninoj, kiuj scipovas mildigi la ĉagrenon de la malsanulo per decaj vortoj. Aŭdinte la vortojn, Ma Fan rapide skuis la manon : — Vi ne komprenas la aferon, Nigra Hundo, tute ne···ne···En-en-en···
— Ne tiel deprimiĝu , oĉjo Ma , — konsolis la bonkora Korvino — La sorto destinas vin feliĉa, iam iu sortdiristo tiel diris, ĉu ne? — Jes, tiel diris la sortdiristo. Mildvoĉe eĥis la fileca nevo. — Neeble, neeble, — Ma Fan levis la okulojn al la ĉirkaŭantoj kaj palpis per la senforta mano la nevon; — nevo, ni estas malbonsortuloj ··· mi kaj vi ĉiuj inkluzive la

maljunulinon, via onklino⋯He he⋯hu-hu-hu⋯A! Kie estas ŝi!

Ma Fan malfacile tusegis kaj spiregis. Kaptinte la vortojn de la malsanulo, la lerta Nigra Hundo Ĉan vokis laŭtvoĉe: — Onklino! onjo! Venu kaj alportu tason da varma akvo. Rapidu! Post momento la silentema virino sin balancante eniris, portante pelvon da varma akvo ĵus bolita. Kiel kutime ŝi senvorte apudiĝis al la lito, kaj tenis la pelvon proksime al la suferanto. La suferanta maljunulo levis la okulojn kaj fikse ŝin rigardis. La vizaĝo de la silentema virino restas la sama; faltoplena, senemocia. — Aa! Vi maljuna mizerulino, — maljuna Ma Fan deprenis de ŝi la pelvon kaj ĝin metis sur la apuda seĝo, — vidu vian malbelan vizaĝon. Ĝi montras, ke vi devas suferi, suferi por eterne. Maljuna mizerulino⋯O ! Ankaŭ m i⋯Ho, kiom multe da malfeliĉuloj!⋯ La maljuna virino ankoraŭ restis staranta, senemocie, sen vortoj por diri. (Dume la nevo, Nigra Hundo, la bonkora Korvino ĉiuj larĝe malfermis la buŝojn, kaj rigardis la scenon, ne sentante ĝin interesa, nek malinteresa. Ĉiuj gapis unu la aliajn. — Kion plu paroli pri la vivo? Ĉio ja finiĝas, — post momento de silentado la malsanulo malfacile rekomencis la parolon al la silentema virino.— Nu, mi ankoraŭ havas naŭ dolarojn kaŝitajn en la fendo de la muro malantaŭ la lito. Eltiru ilin. Se mi mortos, aĉetu por mi ĉerkon per kvin dolaroj, ceterajn vi povas disponi laŭ via plaĉo. Pli bone, ke vi denove kunvivos kun viaj filoj. Vi estas ja maljuna···necesas al vi zorgo fila···ankaŭ al la filoj patrina···Hu-hu-hu···he—he··· Tusante Ma Fan kortuŝe larmis.

Estis la unua fojo kiam la maljuna terkulturisto vere ploris. Rigardante la amarmienon de la spireganta maljunulo, la silentema virino ne povas teni sin plu senemocie staranta. Ŝiaj lipoj konvulsiis kvazaŭ volus ion diri, sed finfine ne povis. Nun, en ŝiaj okuloj jam brilis larmgutoj. La apude starantaj konatoj, Nigra Hundo, maljuna Korvino, kaj la nevo, ne sciante kial, ĉiuj samtempe mutiĝis. Silento regis la malgrandan ĉambron. En ĉies okuloj radiis malsekeco; la babilema Korvino eĉ tiris la manikon al la okulanguloj por viŝi la senkaŭzan larmon.[6]

---

6) Kampdungito, kiu pro manko de kampo sin dungigas al la terposedanto. La limtempo ĝenerale estas unu jaro, de januaro ĝis la lasta tago de decembro, Se li ne plaĉas al la mastro en la dungperiodo, oni povas kiam ajn maldungi lin. La jarosalajro antaŭ kelkaj jaroj estas proksimume sesdek mil moneroj ĉirkaŭ dudek ĉinaj dolaroj.

어느 결혼 이야기

1

 머리가 큰 마판이라는 이 남자는 요즘 한가롭다, 온전히 한가롭다. 이 마을 저 마을에서 늘 공무로 바쁜 마을 향교 선생님이나 "글 읽을 줄 아는 선비" 라도 된 듯이, 생각에 잠긴 채, 주름진 이마에, 두 눈을 아래로 향한 채, 마을 주변 길에 산책하고 있었다. 밭에서 괭이로 농사일하는 하녀를 보게 되거나, 마을 저수지에서 빨래하는 중년 아줌마를 보면, 당연히 그 사람들에게 다가가 무슨 말이든 대화를 좀 나누었다. 자신의 말 상대로 여성을 주로 선택한 것은 이 때문이다. -여자들이 "가사일" 은 남자보다 더 잘 안다. 그러나 부녀자들은 언제나 할 일이 너무 많아, 장시간 다른 사람들과 침을 튀겨가며 욕이나 할 처지가 아니었다. 그래서 남자는 자주 대화를 제대로 나누지 못한 채 그 자리를 벗어나야 했다.
 그런데, 어느 날, 마을 동산에 재담을 즐기는 늙은 암까마귀 -자신의 집에 키우는 깡마른 노새에게 풀을 먹이러 나와 있는 국수집 아줌마-가 보였다. 그 아줌마 그림자를 알아채고는, 곧장 그 아줌마 옆으로 다가갔다. 그리고 우연히 만난듯이, 옆에 서서 말했다.
 -아! 류 아줌마, 이렇게 열심히 일하니, 곧 부자가 될 거요.
 -오 마 삼촌. 안주인은 고개를 들고는 살짝 웃으며 말했다. -칭찬해주니 고맙네요. 하지만, …저기, 나같이 가난한 사람은 부자가 될 꿈도 못 꾸지요!
 이런저런 인사치레의 대화를 한 뒤, 마판은 말이 없다. 작고, 둥근 두 눈동자가 급히 움푹 파인 눈구덩이에서 돌고 있었다. 그때 평소처럼 침을 몇 모금 삼키고 늘 하던 말을 꺼내놓았다.
 -류 아줌마, 아줌마는 나를 어찌 생각하요? … 그러자 국수집 아줌마는 마판의 작은 두 눈을 잠시 쳐다보며 살짝 웃었다.
 -오호, 마판 삼촌이야 축복받은 이름을 가졌지요. 마음씨 착한 여인은 습관처럼 중노인을 치켜세웠다. -복이 곧 삼촌을 찾아올 거요.
 마판은 자신의 입가에 웃음을 살짝 보이며, 자신의 귓속에 그

칭찬의 말을 새겨들었다. 하지만, 곧, 믿기지 않는다는 듯이, 고개를 내저었다.

-그 복이라는 것이 어디서 오겠어요? 나같이 비천한 사람에게도 오겠나요! 그러면서 마판은 수줍게도 그 말에 부정했다.

-그런 말 말아요. 아줌마는 자신의 입술을 삐쭉거렸다. -이미 삼촌은 아내도 있지 않나요? 말 잘 듣지. 일 잘하지. 겸손하지, 그런 아낸데 뭘 걱정해요! 선하신 신은 당신에게 떡두꺼비 같은 아들을 점지해 주실 거에요.

-아줌마는 그 사람이 말 잘 듣게 그리 보이나요?…

-그럼, 내가 보기에는, 부인 마음이 뭔가 다른 사람에게는 가 있지 않거든요. 그렇지요? 아-야-야, 당신은 신경이 날카롭군요, ─암까마귀 별명을 가진 그 아줌마가 까악-까악 소리를 내지르기 시작했다.─ 그럼, 낼모레 오십 줄에 들어선 여자가 그럼, 누구를 사랑하겠어요? 하하하…

-선하신 신이라고요…? 마판은 그 늙은 암까마귀의 함박웃음에 얼굴을 붉히었다. 그러더니, 하지만 여전히 더 낮은 소리로 물었다.

-정말, 배가 정말 불러, 동그랗게 되어 있다구요.

그때 해가 이미 저 동산 아래, 밭 옆의 키 큰 뽕나무 위에까지 가 있었다. 그런 이야기를 좋아하는 아줌마는 사나운 자기 남편이 아침 준비가 늦은 이유로 부엌에서 화가 나 부엌가구들을 때려 부술 수 있음을 알아차렸어도 이 말을 덧붙였다:

-마 삼촌, 당신에게는 떡두꺼비 같은 아이가 태어날 거요. 그러고는 자신의 몸을 돌려 자신의 집으로 발걸음을 서둘렀다.

-그런 축원을 해주시니, 고맙네요. 아마 실제로 그럴 수도 있겠지요. 큰머리의 마판도 그 자리를 벗어났다.

마판은 이제 다시 잠시 마을 주위를 산책하며 돌고 있었다. 이제는 더는 물어볼 사람이 없자, 자기 집으로 천천히 갔다. 출입문 앞에서 아내를 한 번 쳐다보았다. 그 중년 여성은 화로 앞에 앉아, 죽을 끓이고 있어서 그렇게 들어서는 사람을 보지 못했다. 남편은 아무 말 없이 서서, 아내 배를 주목했다. 그 배는 암까마귀가 말하듯이 그리 불러 있지는 않았다.

-배가 불러 있는가? …아니…아니야… -마판은 좀 스스로 의심스러워했다. 아내는 어슬렁거리며, 무력하게 자기 일만 하고 있

었다. 이제 화구에 짚을 한 다발 밀어 넣고, 위로 고개를 들어 한숨을 내쉬었다. 얼굴은 그리 아름답지는 않았다. 납처럼 누렇고, 주름져 있고, 연기와 먼지로 인해 주름진 살갗에 까만 점이 박혀 있다… 그리고 두 눈은 물처럼 맑지도 않고, 부어오른 눈썹 아래가 어둡다. -아마 아닐 거야…저리 나이가 많은데!

마판은 혼잣소리로 말을 더듬거리고는, 자신의 큰 머리로 아니라고 표시하며 흔들었다. 남편의 중얼거리는 소리를 들은 중년의 아내가 갑자기 고개를 들어, 출입문에 서 있는 남편 눈길을 잡고 잠시 멍하니 쳐다보았다. 양 볼의 두 눈에는 시집온 지 채 석 달 되지 않은 신혼 아내에게 보통 보이는 화색이란 보이지 않았다. 그 신혼부부는 마주 쳐다보았다. 얼굴 붉힘도 없이 아내는 자신의 눈길을 아래로 향하고, 화구에 짚 한 다발을 다시 밀어 넣었다. 좀 실망한 마판은 자신의 두 눈썹을 움츠렸다. 방에 들어가, 세 발짜리 의자에 앉아, 두 손으로 자신의 머리를 잡았다. 잠시 뒤 쌀죽은 잘 끓었다. 아내는 언제나 말없이 조용하게 죽 한 그릇 퍼서는 자신들의 탁자에 놓았다. 마판은 탁자에 다가가, 두 손으로 죽그릇을 잡고 먹기 시작했다. 아내는 여느 여인처럼, 음식에 대해 그리 까다롭지는 않았다. 오랫동안, 배곯은 거지처럼, 한 그릇, 두 그릇도 먹어치운다.

-저기, 이 여자는 아이를 생산해야 해… 마판은 자기 스스로에게 고개를 끄덕였다. -저 여인 먹성이 건장한 남자처럼 좋구나. 그리고 큰 머리의 마판은 이제 자신도 좀 만족하고 희망도 생겼다.

2

큰 머리의 마판은 행복하다. 그렇게 수많은 이웃 사람이 말했다. 왜냐하면, 머슴으로 살아오다가 쉰여섯 살에 장가를 가서 이제 아내를 얻었다. 비록 말로는 늦었으나, 그리 많은 지출 없이 또는 그리 큰 어려움 없이 아내를 얻었다고 생각하니, 마판도 자신을 행운아라고 여겼다. 젊어서는 가난해 아내를 구할 수 없었는데, 이제야 아내를 정말 너무 쉽게 얻었다.

그 결혼 계기는 우연하게도 이뤄졌다. 그리고 과정은 간단했다. 비 내리던 어느 날이었다. 평소 존경하는, 죽은 형의 아들인 조카 환후크베이가 걸어서 25리나 떨어진 곳에 사는 마판 삼촌

댁을 방문했다. 그것은 아주 특별한, 흔치 않은 일이다. 왜냐하면, 5명의 식구를 먹여 살리는 청년은 언제나 농사일로 바쁘다.

조카가 찾아오자 친지를 사랑하는 마판 삼촌은 기뻤다. 그렇게 멀리서 온 손님, 즉, 유일한 조카를 즐겁게 하러, 마판은, 자신이 일하는 집의 안주인이 불평해도, 자기가 하던 일을 잠시 멈추고, 소 외양간 옆 자기 숙소로 갔다.

그곳에서 조카인 청년과 뭐든 흥미로운 주제에 대해 이야기를 이어갔다. 둘은, 각자 담뱃대를 들어 담배를 피우며, 또 잡담도 해가며, 자신들이 말할 수 없을 정도로 기쁨을 느꼈다.

-저기요, 삼촌, 삼촌 얼굴을 한 번 살펴보고는, 조카는 뭔가 생각이 났는지, 좀 진지한 목소리로 말했다. -삼촌은 정말 늙었네요! 세상을 좀 즐기면서 휴식도 좀 해가며 사셔야지요. 삼촌도 정말 사람이구요. 그러니 삼촌에게 지금 특히 필요한 것은 아내를 취하는 겁니다. 아내가 있으면, 그 숙모가 삼촌이 편안히 지내도록, 삼촌을 위해 밥해주고, 삼촌 옷도 기워 줄거구요. 이에 더하여, 삼촌, 숙모가 될 사람은 대를 이어주고, 삼촌이 더 일하지 못할 때는 의지가 될 아들을 낳아 줄 거에요.

기대도 하지 않았던 그런 말을 듣자, 삼촌의 표정은 곧장 진지해졌다. 그러나 청년에게 반응을 즉각 하지는 않았다. 마치 뭔가를 생각하는 듯이, 고개를 푹 숙였다. 자신의 말이 여느 마을 여자 말처럼 그렇게 무의미하지 않음을 보이려고, 청년은 진지한 표정으로 한때 어느 마을 향교 선생님에게서 몰래 주워들은 맹자 말씀 중 한 대목을 들먹였다. -사람이 일생에 자기 부모에게 불효하는 3가지가 있는데, 그중 첫째가 그 사람에게 자손이 없음이라 하던데요. 우리가 존경하는 맹자 말씀을 한번 생각해 보세요, 삼촌!

마판은 아직도 자신의 큰 머리를 숙인 채 있었다. 청년은, 삼촌을 멍하게 쳐다보며, 자신의 말에 대한 삼촌의 의견을 기다리며, 이미 몇 번 침을 삼키고는, 안절부절못한 채 있었다.

-그래, 맞네, 정말, - 잠시 생각을 한 뒤, 마판은 자신의 수염을 만지고는, 조카가 하는 말의 현명함을 고개를 끄덕이며 칭찬했다. -자네 말이 온전히 맞네. 내게 아들이 있어야지. 내가, 아들 하나는, 내가 죽은 뒤에 내 무덤을 돌봐 줄 아들 하나는 있어야지. 나는 이미 이 세상에서 너무 고생이 많았거든. 나는 저

세상에서는 돌봄 받으면서 휴식해야 하지. 나는 의지할 때가 없는 사람이야.

결혼문제는 수많은 지난날을 생각하게 했다.

아버지는 평생 여러 주인을 위해 땅을 경작해 주던 머슴으로 사셨다. 어머니는 남의 집 하인으로 사셨다. 그 가족은, 아무것도 지니지 못한 채, 가난하게 살았다. 어느 여름날에 콜레라 전염병이 가정에 닥쳤다. 의사를 부를 돈이 없어, 부모가 당시 전염병으로 별세했다.

마판 혼자서 15살 때부터 소를 돌보는 아이로, 농장 주인을 위해 무임금으로 일하고 있었다. 열여섯부터는 머슴으로 일했다. 그때 1년에 1만전(錢)을 받았다. 스무 살 되던 해 여름, 너무 많은 일로 온몸이 아팠다. 휴양해야 하였기에 일자리를 떠났다. 병이 나았을 때는 이미 추수가 끝난 시절이었다. 그때는 아무도 머슴을 필요로 하지 않았다. 이 마을 저 마을로 떠돌아다니면서, 배를 곯았다. 다음 해 봄에 어렵게 새 주인을 만났고, 자신의 일자리를 잃지 않으려고, 성심을 다해 일했다. 약간의 돈을 모아 자신의 노후 질병을 대비해 놓았다. 그 돈은 그렇게 어렵게 벌었으나, 모은 돈은 그리 많지 않았다. 만일 자신의 일할 능력을 잃었을 때는 몇 년간 더 살 수 있을지 누가 알까? 자신의 부모처럼 갑자기 병을 얻지 않는다고 누가 보장하겠는가?

불쌍한 부모가 남겨놓은 가계를 잇기 위해 사람은 결혼하고, 닥쳐올 늙음을 생각해 사람은 더욱 결혼해야 한다. 마판은 그렇게 생각하고 있었다. 그리고 처음으로 자신이 마씨 가족 일원으로서의 의무감을 생각하기 시작했다.

-나는 아들이 있어야 해!

그 목소리는 결정적이었다.

그리고 결혼에 대한 염원 소식은 온 마을에 퍼져나갔다. 어느 날 검둥개 찬이 찾아왔다. 찬은 자신의 오랜 친구다. 그 친구는 큰 머리의 마판이 밭을 갈고 있는 밭에 와서 멈추어섰다. 그리고 진지한 표정으로 마판에게 몇 가지 인사말을 나눈 뒤, 낮은 소리로 물었다. -그래 형님은 장가가고 싶지요!…마판은 자신의 소를 멈춰 세운 뒤, 자신의 등을 바로 세우고는, 두 손을 그 쟁기 손잡이에 기대고서, 기대하지 않은 질문 때문에 멍하니 그 친구를 쳐다보았다.

-나는 그런 의도야 있지, 하지만, 하지만…왜 자네가 그 일에 대해 아는가? -허허… - 그 친구는 기분 좋게 살짝 웃었다. 이는 이 검둥개가 그런 소문을 자신의 귓전에 흘러 지날 수도 있겠는가? 친구는 자신의 주변을 지나치는 바람 소리까지도 붙잡을 수 있는 특이한 사람이었다.

-이제 그 질문으로 돌아가 보시지요. 형님, 형님은 정말 그럴 의도가 있어?

-분명 있지. -마판이 진지한 표정을 지었다. - 우리가 좋은 친구인데, 어찌 내가 자네에게 거짓으로 말하겠는가? 나는 분명 그럴 생각이 있네.

-그럼, 제가 형님이 주는 행복한 술 한 잔을 마셔야겠네. 검둥이 녀석이 말했다. - 내가 형님의 염원을 성공시켜 주겠어요.

그리고 검둥개 찬은 생기발랄하게 자신이 아는 한 여성을 소개하며 이야기해 주었다. 자신의 좋은 친구이자 농민인 남편과 사별한 아내란다. 그 농민인 친구는 이상한 사람이라고 했다. 그 친구는 가난한 농민으로 자주 부적절하게 행동했다고 한다: 자신의 주인을 위해 복종하며 일해 왔지만, 술 마시는 것을 좋아했단다. 가을 추수가 끝난 어느 날, 예전처럼 집으로 모시던 그 늙은 주인을 초대해 존경과 감사를 표시하려고 했다.

점심 식사 때 닭요리를 풍성하게 차려 그 노인을 대접했다. 향기 나는 돼지 수육, 어육 튀김과 다른 맛있는 채소들과 맑은 고기 수프(부용탕)을 내놓았단다. 먼저 겸손과 수줍음으로 주인에게 술을 대접하고, 자신도 나중에 조금 술을 마셨다.

그러나 그 술 몇 잔에 얼굴이 붉어지고, 흥이 사라졌다.

그런데, 갑자기 벌떡 자신의 긴 의자에서 일어났다. 불끈 쥔 주먹으로 자신의 식탁을 치고, 늙은 주인을 향해 포효하듯이 말했다:

-당신 말이야, 늙은이 주제에, 언제나 내게 모든 것을 뺏어만 갔지요. 기억해 보쇼 지난해 가을에는, 당신은 강요하듯 내가 추수해 놓은 것 전부를 뺏어갔지요. 내 가족은 지난겨울을 엄동설한으로 보내야 했어요. 올봄에도 배곯은 채로 말이요. 당신은, 양심도 없는 작자야. 이제 나는 당신에게 마지막으로 계산해야겠어. 그리고는 주인의 코앞에 주먹을 흔들었다.

주인은 자신의 코를 보호하면서, 깜짝 놀라, 집 밖으로 서둘러

내뺐다. 주인은 미친 듯이 고함을 질러, 친구인 마을 이장을 불렀다. 이장은 몇 명의 건장한 청년과 함께 왔다. 그 술 취한 머슴은 묶인 채, 고을 현감에게 붙들려 갔다. 그곳에서 3개월간 갇혀 있었다. 방면되었을 때, 소작하던 땅은 그 땅 주인에게 되돌려졌다. 방랑객처럼 이 집 저 집으로 자신이 경작할 땅을 빌기 위해 쫓아다녔다. 몇 달 뒤에, 굶주림과 우울증으로 죽게 되었다. 자식 셋과 방금 소개한 그 아내를 남긴 채.

-왜냐하면, 여자가 수많은 어려움을 견뎌냈기에, 그 검둥개가 이야기 뒤에 덧붙여 말했다. -여자는 집안을 어찌 다룰지 잘 알고 있네요 형님, 솔직히 말해, 형님이 꽃 같은 젊은 여인에게 장가갈 그런 사람이 아니지 않아요? 형님은 집안일을 할 줄 아는 수수하고 좀 나이 먹은 여성이 필요하지요, 안 그런가요?

마판은 자신에게 진지하고 성실한 두 눈으로 보고 있는, 그 손아래 친구에게 즉각 대답하지는 않았다. 하지만 고개를 숙이고 입을 다물고 생각에 잠긴 채 말이 없었다.

-그래, 수수한 여자가 필요하지, 하지만,…하지만, 그래도 아직 아이를 낳을…낳을…

잠시 뒤 두 눈을 들어, 나이 어린 친구를 쳐다보고는 낮고도 좀 주저하면서 그렇게 물었다.

-아야, 검둥개 찬은 자신의 입을 크게 벌이고는 말했다. -문제는요, 그건 운명에 맡겨 둬야 해요! 만일 그 운명이 형님에게 아들을 가질 수 있으면, 분명 임신할 수 있을걸요. 만일 그렇지 않으면, 16살 여자라도 평생 아이를 가지지 못할 수도 있어요.

-저기, 저-어 저-어 저-어-기… -큰머리의 마판은 콧소리를 내고는, 잠시 생각한 뒤, 고개를 끄덕였다. -아마 자네 말이 맞아… 그럼 내가 장가를 가보지.

그렇게 해서 그 과부에게 장가가게 되었다. 결혼식은 간단했다. 사람들이 그 결혼식을 위해 한 일은, 그 신부를 자기 집에서 마판 신혼집으로 데려다준 것이 전부였다. "두 사람에게 행복과 번영이 함께 하기를 기원합니다!" 라는 인사말도 함께. 새로운 한 쌍은 이제 부부가 되었다. 마판은 결혼식에 그리 많은 돈을 들이지는 않았다. 이게 전부다. 자신의 결혼식에 참례한 하객들에게, 그중에서도 가장 영예롭게는 중매쟁이 검둥개 찬, 관례상 둘째 중매쟁이 조카, 또 마판에게 자주 조언을 해주던 늙은 암까마귀를 포함해 결혼식에 참례한 하객들에게 접시에 담긴 10가지 이상의 맛있는 음식으로 대접했다.

3

마판은, 결혼하던 해에, 이미 쉰여섯의 나이였다. 이미 늙은이다! 다른 사람을 위한 멍에 아래서 여전히 머슴으로 살아가는 것은 이제는 그만해야겠다고 생각했다. 그동안 정말 약간의 돈을 모아 두었다. 따라서 이제 남을 위한 일에 자신을 고용하지는 않았다. 계획은 이러했다: 먼저, 한두 달 쉬고, 나중에 작은 판매상이나 행상이 되는 계획을 세우자. 만일 그게 여의치 않으면, 다시 머슴으로 일할 주인을 찾아보자. 그게 지금은 그리 어려운 일이 아니지만, 그렇게 복종하고 일을 하기 좋아했다. 몇 달 뒤 아마 좋은 신께서, 그처럼 스스로 정직한 사람에게 아들을 축복으로 내려 주실 거야 하고, 생각해보았다. 그때 삶에 힘이 될 것이고, 몇 년 뒤에는 그 아이가 머슴이 되거나 수예품 만드는 사람이 되면, 그때는 이제 더는 일하지 않아도 된다. 그때문에 자기가 거주하는 방에 구멍을 여럿 내어 모은 돈을 분산해 놓고는, 아내와 함께 새 삶을 시작했다. 아내는 정말 일도 잘하고, 겸손하고 가사 일에도 능력이 있어 매일 집 안에서 일을 하며 묵묵히 지냈다.

여명의 빛이 창문의 쪼개진 틈을 지나, 방 안으로 아직 틈입하지도 않은 때인, 수탉이 꼬-끼-요-하고 울면 바로, 아내는 따뜻한 침대를 떠나 자리에서 일어났다. 햇빛이 그 집에 들어설 때까지, 그 집의 물레바퀴 옆에서 반쯤 희미함 속에서 실을 잣고 있었다. 그때 마판은 몇 번 기침하고는 역시 자리에서 일어났다. 그리고 아내는 아침을 준비하러 부엌으로 들어갔다. 낮에는 실을 잣거나 빨래하거나, 아니면 먼지 묻은 가구를 정리했다. 만일 할 일이 없으면, 방의 어두운 구석에서, 말없이 마치 둥지의 암탉처럼 앉아 있었다. 마을의 아무와도 무의미한 일에 대해 침을 튀기며 대화하고 싶지도 않았다. 마판에게는 맨 처음 기쁜 일은, 아내가 언제나 말없이 또 충직하게 일한다는 점이다. 등을 구부린 채, 정말 안주인으로서 그 집의 여기저기로 움직였다. 그것은 발전을 위한 길이라고 마판은 생각했다. 큰 머리의 마판에게 아내의 늙음은 아무것도 아니었다. 왜냐하면, 자주 자신을 위로하기를, 스스로 노인이라고 여겼다. 자신의 집과 같은 이 가난한 집에서 "작은 새"가 무슨 소용이 있겠는가?

마판은 자기 아내를, 자신 옆에 누운 아내를, 온몸에 잔주름이 많다고 느끼는 밤에는 그렇게 자문했다. 그리고 그때 다시 아내를 따뜻하게 안아주었다. 아내는, 좀 자신을 뒤로 좀 떨면서 몸을 빼다가도, 마침내 말없이 자신을 안아주는 남편에게 모든 것을 맡겼다. 그렇게 해서 마판은 장가간 뒤 수십 일을 자유로이 지냈다. 인생에서 가장 기억할 만한 순간이었다.

돌아다니며, 친구들에게 갑자기 찾아온 새 삶을 이야기했다.

어느 날 오후, 소일하면서 논두렁 길에 산책하고 있었는데, 다시 소를 방목하는 아이들에게 땅콩을 파는 친구 검둥개를 만났다. 반가운 표정으로 친구에게 다가가, 어깨를 따뜻하게 눌렀다.

-어이, 오랜 친구, 하는 일은 잘 되어가나?

-그럼요, 충분히 좋아요, 형님은 어때요? 얼굴이 밝은 것을 보니, 곧 행복이 찾아올걸요, 안 그런가요?

-에이, 그것은…

마판은 대답하지 못하고, 즐거운 기분으로 웃기만 할 뿐이다. 검둥개 친구는, 정직한 늙은이의 유쾌한 모습을 보니, 자신의 머리를 그 얼굴에 더욱 가까이 들이밀고 날카롭게 째려보았다.

-여인이 맘에 들어요? 헤헤헤이…

마판은 그 날카로운 질문에 깜짝 놀라, 서둘러 두 눈을 내리고, 고개를 푹 숙였다. 천천히 더듬거리며 말했다.

-저기…만족하지…검둥개 친구, 자네는 재주꾼이야.

-저는 한번도 과장해 말하지 않아요 -검둥개 친구가 엄지를 추켜세우고는 흔들었다. -저는요, 검둥개지만, 한 번도 나쁜 짓을 하지 않았어요. 그리고 공중에 자신의 머리를 흔들면서 조금 웃었다..

-자네 덕분에. 하지만…만… 마판은 목을 간지럽혔다. -그 사람은 영원히 나에게서 날아가지 않을 것이고, 나에게 낳아 줄 거…야…나에게…

-아하하…우리 큰머리 형님이 그 일에 신경이 쓰이는군요. 하하하… 그 젊은 땅콩판매상은 크게 웃음을 터뜨렸다. 깜짝 놀란 마판도 함께 웃었다.

4

그러나 고대하던 아들을 선하신 신은 전혀 보내지 않을 모양이다. 한 달이 지나고, 또 한 달이 지났다. 아내는 아무런 신체 변화가 없다. 여느 때처럼, 집안에서 등을 굽힌 채 동틀 때부터 늦은 저녁까지 말없이 일에만 몰두했다. 아내는 젊지도 않고, 곧 늙지도 않았다. 피곤하지도 않았고, 활발하지도 않고, 언제나 똑같다. 마판은 조금씩 조급해져 아내의 배의 변화가 있었는지 자주 가까이서 관찰하고, 시험도 해 보았다. 아무런 변화가 없다.

어느 날 저녁이 그 아내에게는 좀 예사롭지 않은 날이었으나, 그것은 기뻐해야 할 일은 아니었다. 저녁이고, 방금 저녁 식사를 마친 뒤였다. 바깥에는 가을바람이 불기 시작했다. 별들이 떨면서 차갑게 비추었고, 개들이 바람 소리에 짖어댔다. 모두 자신을 춥다고 느꼈다. 마을 사람들은 모두 자신의 집 안에 앉아, 가족 식구들끼리 즐거운 재담을 나누고 있었다. 마판도 아내와 함께 앉아 대화할 거리를 찾았다. 그러나 뭔가 흥겨운 분위기를 자극하는 대신, 그 침묵만 하는 여인은 조용히 몰래, 그 방의 어두운 구석에 앉아서 눈물을 흘리고 있었다.

-당신에게 무슨 일이 있어요? 배에 뭔가 잘못되었소? 마판은 깜짝 놀라, 아마 이미 임신해 있을 것으로 생각하고 놀라 물어 보았다. 여인은 일상처럼 말이 없다. 무표정한 얼굴로, 아무 움직임이 없이 달걀을 품은 암탉인 것처럼. -무슨 일이 있어요?

마판은 참지 못하고 다가가, 자신의 한 손을 내밀어 아내의 배를 만져 보고 싶었다. 그때 아내는 고개를 흔들고는, 양손으로 자신의 배를 보호했다. -오호, -두렵다는 듯이, 걱정스럽다는 듯이 약하게 소리쳤다. -아무것도 아니에요

마판은 아내의 배에 시선을 둔 채, 아내가 하는 말을 믿기지 않았다.

-난 못 믿겠어요. 여보, 만일 당신이 진짜 임신했다면, 이제… 난…나는 당신을 위해 돼지고기를 살까요. 그럴까요?… 그리고 아내에게 더욱 다가가자, 아내는 남편 얼굴에서 피의 따뜻함을 느낄 정도였다. 깜짝 놀라 움찔했다. 한 손으로 남편을 자신에게서 밀어내고는, 다른 손으로 자신의 두 눈가에서 눈물을 닦으려고 검정 두건을 당겼다.

-아뇨, 그렇게는 하지 마세요. 아내는 힘없이 말하였다. -저에
겐 두고 온 아이들 생각이 나서요.
-외, 당신은 다른 사람들 생각을 하고 있었군요. -마판은 놀라
소리쳤다.
지금까지는 말이 없던 여인은 이번에는 좀 더 길게 말했다.
-아뇨, 다른 사람들이 아니라, 제가 낳은 자식들 말이에요. 이렇
게 날이 차가우니, 당신도 알다시피. 그 아이들이 옷이나 제대
로 입고 있을지 걱정이 되어요.
그 말을 듣자, 마판은 갑자기 창백해지고는, 자신을 그 아내에
게서 한걸음 뒤로 물러섰다.
-아내 마음이 끝내 내게 향하지 않는구나…. 마판은 방 한가운
데 바보처럼 선 채 중얼거렸다. - 내게 아들을 낳는다는 것은…
그것은…그것은 온전히 꿈에서나 있는 일이구나!
남편의 이상한 표정을 보고, 아내는 혼비백산해져 멍청하게도
두 손으로 관자놀이를 누르면서, 방 안에서 완전히 미친 듯이
이리저리로 왔다 갔다 하는 큰 머리의 노인을 바라보았다. 아내
는 온몸을 떨었다. 바깥에서는 서풍이, 마치 통곡하듯이, 문을
덜컹덜컹 흔들거렸다.
동시에 무서움을 느꼈다.
두 귀는 긴장했다.
뭔가를 마치 들은 것 같았다. -엄마, 우리는 춥고 배곯고 있어
요…그 목소리는 장남 목소리인 것 같았다. -엄마, 왜, 엄마는
배불리 먹고서, 우리를 잊고 있어요?… 작은 아들의 한숨어린
외침이다.
-외! 집에 두고 온 자식들을 위해서는 아무것도 남아 있지 않
구나. - 이를 기억하고는, 등에 식은땀을 느꼈다.
아버지가 별세하자, 그 집의 모든 재산은 다 써버렸다. 야생
채소와 물로만 생계를 이어가고 있었다. 그러나 그 배곯음을 외
치는 내장은 매일 그런 음식만으로는 참아낼 수 없었다. 커가는
소년들은 통곡했고, 어머니도 눈물지었고, 울먹임은 그 집을 지
배하고 있었다.
그 가정의 불쌍함을 본, 착하고 "현명" 한 검둥개가, 죽은 아
버지의 착한 친구인 자신이, "조금 부유한 늙은 형제" 인 마판
에게 그 어머니를 아내로 맞아 새 살림을 차리게 중매했다. -사

람이 소문에는 조금 부자이고, 자식을 사랑한다 하니, 아마 나에게 너희들을 돕도록 허락해 줄 거야… 마판 집으로 시집오기 전에, 그렇게 자식들에게 말해 놓았다. 하지만, 실제로는?…

-아하, 나는 그 아이들을 잊고 있었어요, -조용히 있던 여인이 갑자기, 자신에게 죄가 있음을 감동적으로 느끼면서, 큰 소리로 말했다. -내가 그 아이들에게 아무 도움이 되지 못하니!

그리고 다시 잠시 중얼거린 뒤 이제는 말을 그만하고 자신의 옷 소매에 고개를 숨긴 채, 눈물지었다.

-저 여자는 다른, 자신에게 귀한 사람들이 있구나…나는 망했어,…나는 끝났어…아아아!… 큰 머리의 마판은 자신에게 중얼거리며 말했다. 방 안에서 이리저리로 왔다 갔다 하면서. 등불 심지의 작은 불빛 앞에서 마판의 늙은 그림자는 방바닥에서 오래된 벽 위로 외로이 흔들거리고 있었다.

5

밤새 마판은 잠을 한숨도 잘 수 없었다. 침대에서 뒤척뒤척했다. 한숨을 쉬고, 말없이, 우울하게도 한숨만 내쉬었다. 머리는 빙 돌아, 모든 것이 눈앞에 회색처럼 느껴졌다. - 나는 이제 완전히 망했구나!

힘들게 고통 속에서 한 문장을 내뱉었다. 아내에게는 자신의 아들과 가정이 있구나. 아내가 나를 위해 아이를 낳아줄 거라고? 멍청한 것! 왜 내가, 그렇게 늙은 내가, 어렵게 모아 둔 돈으로 저 여자를 먹여 살리고 있는가? 오, 내 의지란? 나는 외로워, 온전히, 그런데 어떡한담?

그리고 자신의 재산을, 자신의 유일한 지지점을 평가해 보기로 했다. 20년 이상을 머슴으로 살아왔으니, 필시 해마다 약간의 돈은 모아 두었을 것이다. 매년 말 자신의 모은 재산을 계산해 보고, 온전히 한 해 노동의 급료를, 그리고 나중에 그것들을 저축하기 위해 달러로 환전해 놓았다. 장가가고 난 뒤, 이제는 그 머슴 일을 하지 않고, 수예품 제조업자가 되려고 한다. 한편, 개간하는 자기 소유의 토지도 없고, 빌어 경작하고 있는 토지도 없으니, 쌀을 사야 하고, 매일 삶을 위해 필요한 모든 것을 사야만 한다. 저 여인은? 이제, 매일 매일, 등을 웅크린 채, 이 방에서 말도 없이 겨우 움직이면서, 쌀만 축낸다. 한 번 먹을 때는 얼마나 많이 먹는가!…하나, 둘, 셋,,,회! 나에게는 이제 더 많은 돈은 있을 수가 없겠구나. -마판은 큰 소리로 말했다. -다가올 셀 수 없는 날들은.. 나는 이제 늙었으니… 내가 이제 힘을, 노동할 힘도 다 써 버렸는데… 떨기 시작하더니, 크게 몸을 떨었다. 그리고 돈이 부족해 의사 선생님을 부를 수 없어 콜레라 전염병으로 별세한 자기 부모님이 생각났다. 그리고 친구 황여우 덴 -힘이 없어지자, 자신의 머슴 일에서도 해고되고 곧장 배곯아 죽은- 도 생각났다. -나도 똑 같은 운명이 닥칠 거야!

다시, 마치 황당한 꿈속에 있는 듯이, 날카롭게 고함을 질렀다. 그 옆에 누워 있던 늙은 아내는 깜짝 놀라 온몸을 떨었다. 뭔가 나쁜 일이 곧 자신에게 닥칠 것이라고 무서운 예감이 들었다. 이 낯선 늙은이에게 가능한 좀 멀리서 있고 싶어 움직였다. 말없이, 소리도 없이, 자기 가슴에 회색 머리를 숙이고는, 그 머리를 두 손으로 감싼 채 이불 안으로 숨겼다. - 내게도 똑같은 운명이 닥치겠구나!

몇 분의 침묵 뒤, 그 이상한 노인은 다시 한번 날카롭게 고함을 질렀다. 그 소리에 놀란 침묵하던 여인은 공포에 질려, 경련을 일으키고는, 식은땀을 흘렸다. 침대는 공포감으로 흔들렸다. 침대 아래 돌아다니던 쥐들이 깜짝 놀라, 여기저기로 다 내뺐다. 그리고는 수탉이 울음을 울기 시작하고, 여명이 방의 벽틈 사이로 밀고 들어왔다. 잠시 뒤, 바깥에서 소가 우는 소리가 들리고, 일찍 일어나 움직이는 마을 사람들의 발걸음 소리도 들려왔다.

마판은 두 눈이 벌게진 채로 일어나니, 잠을 제대로 못 잔 두 눈의 아래에는 푸른 반원이 양쪽에 에워싸 있었다. 자신의 머리가 좀 아픈 것을 느꼈다. 한숨을 쉬며, 바깥으로 겨우 움직였다.

마을 어귀에 놓인 돌에 앉았다. -나는 망했다구!…- 마판은 끊임없이 중얼거렸다. 그때 마음씨 약한 암까마귀가 다가왔다. 어깨 위로 쟁기를 들고 농사지으러 자신의 밭으로 가고 있었다. 큰 머리의 마판이 끊임없이 중얼거리는 것을 본 그 암까마귀가 그 머슴 앞에 잠시 멈추어 섰다. -아야, 마 삼촌, 자신의 두 눈을 크게 뜨고는, 놀라며 소리쳤다. -아픈가요? 감기? 배가 아파요? 처방전을 쓸 줄 아는 향교 선생님 리에게 가봐요! 마판은 자신의 옅은 회색 눈썹을 웅크리고는, 고개를 내저으며, 어렵게 불평하는 소리를 했다. -아니에요, 전혀 아니에요…그리고는 말

이 없었다. 하지만, 잠시 뒤 다시 말을 꺼냈다:

-오, 류 아줌마, 내가요… 고통을 당하는 운명인가요? 내…가요?

-저기요, 마 삼촌, 당신은 축복받은 사람이거든요! 당신은 지금 충직하고, 영원한 동반녀를 두고 있는데. 곧 당신에게 두꺼비 같은 아이를 생산해 줄 거요. 그 착한 암까마귀는 한번도 듣기 싫은 소리를 내뱉지 않았다. 10분 이상이나 이미 대화를 나눈 것을 알고는 곧장 밭일하러 서둘러 갔다. 호-후-후- 마판은 무거운 관자놀이에 자신의 두 손을 누르고 있었다.

해는 이미 하늘 높이 떠오른다. 따뜻한 햇살이 마판의 온몸으로 흩어진다. 이제는 좀 더 더워짐을 느낀다. 뱃속에서는 이미 작게 외치고 있었다. 큰 머리가 더욱 무거워졌다. 그때 마판은 자리에서 일어났다. 깊이 숨을 내쉰 뒤, 다시 자신의 집으로 걸어갔다.

아내는 부엌 한 모퉁이에서, 기와와 기와 틈새로 억지로 틈입한, 땅에 들이친 햇볕을 바라보면서 무표정하게 앉아 있었다.

그 회백색의 머리카락은 정리되지도 않은 채, 온 주름진, 검고도 회색의 얼굴 주변에서 흩트린 채, 풀어헤친 채 있었다. 부어오른 두 눈에는 여전히 눈물이 고여 있었다. 누군가 들어오는 것을 알아차리고 두 눈을 들어, 그 사람이 오는 방향으로 잠시 내다보고는 나중에 다시 고개를 숙였다. 자신의 입에서 아무 말도 내지 못했다. 마치 한겨울에 둥지가 뒤집혀 떨어져 나온 새처럼, 아무 움직임 없이 앉아, 앉아만 있었다. 악몽이다! 악몽 같은 쌀만 축내는 여자! 왜 나는? 나는… 아아… 나는 온전히 망해 가는가? …나에겐 모든 것이 끝나고 있어… 그 늙은 여인을 보자, 마판은 다시 침착함을 유지하지 못했다. 마치 미친 사람처럼 다시 바깥으로 내돌았다.

6

며칠 지난 뒤, 어느 날 아침에 마판은 돼지고기를 약 1킬로그램 들고, 마을 이장 집으로 비틀거리며 가고 있었다. 그 집에 도착하고서, 잠시 대문 앞에서 멈추었다. 방에서 이장의 기침소리가 들려 왔다. 차를 마시고 있는 이장에게 다가갔다. 마판은 거의 땅에까지 고개를 숙이고는 겸손하게 말했다: -이장님, 제가 결혼한 뒤로 이장님을 찾아뵈려고 했지만, 집안의 대소사 때문에 이를 이행하지 못했습니다. 그러니, 마음씨가 너그러우신 이장님께서 저를 용서해 주실 거라고 분명히 믿고 있습니다. 오늘 제가 이장님께 이 작은 돼지고기를 드리고 싶습니다…. 이런 비천한 것으로 이장님에 대한 저의 존경심을 표현한다는 것이 두렵습니다. 기꺼이 이를 받아 주십시오.

-그런 인사치레는 필요치 않네. 정말 필요치 않네. 마을 이장은 기분 좋게도, 겸손하게 이에 답했지만, 기꺼이 그 돼지고기를 받아들고는, 이를 그 집의 문고리에 매달았다. 나중에 마판에게 차 한 잔을 내놨다. 마판은 자리에서 일어나, 찻잔을 받아 마시고는, 입맛을 다시면서, 이 사이에 끼인 찻잎을 씹고 있었다. 한참 동안 고개를 숙이고는 한마디조차 할 수 없었다.

-어이, 마삼촌, 자네는 몸이 더 마른 것 같고 더 늙어진 것 같네 그려. 그런 침묵을 깨려고, 이장은 말을 꺼냈다. -자네, 어디 아픈가?

-그렇다고 할 수도 있겠습니다요. 하지만… -자신의 목에 뭔가 걸려 있는 것처럼, 마판은 무슨 말을 할 수가 없었다. 그런 마판을 보자, 이장의 입가에 웃음이 살짝 보였다.

-요즘 자네는 일이 없다면서, 이제 누군가에 고용될 생각도 없는가? 이장은 자신의 말을 이어갈 것을 찾고 있었다.

-그러, 그렇습니다요. 하지만… 마판은, 이마를 한번 찡그리고는, 두 손을 비비면서, 생각을 펴낼 친절한 말을 찾으려고 했으나 실패했다. 다시 잠시 말이 없었다. -이장님, -잠시 뒤, 그럼에도 다시 말을 꺼냈다. -이장님은 언제나 정당하고 설득력이 있으십니다. 지혜로우십니다. 저희 마을 사람들은 정말 모두가 이장님을 믿고 의지하고 있습니다. 이장님은 정말 판관이십니다…이, 이, 이장님이…아시다시피, 저는 가난한 머슴으로 살아왔습니다. 몇 달 전에 검둥개 찬과 제 조카, 그 둘이 중매한 덕분에, 장가들게 되었습니다…하지만, 하지만요.. 아내가… 다시 말을 이어갈 수가 없었다. 이장은 살짝 웃으시며 잠시 마판을 관찰했다. 그러고는 고개를 끄덕였다. -그래, 자네 아내?…그 아내가 자네 마음에 들지 않는단 말인가? 만일 그렇다면, 그래, 그 아내는 나이가 많지, 나는 그 일을 알고 있네.

-정말, 하지만…하지만,…더구나, 아내는 임신할 수 없습니다… 그리고요…

이장은 자리에서 움직임이 없고, 아무 말이 없이 차를 한 모금 삼킬 뿐이었다. 잠시 침묵한 뒤, 여러 번 고개를 끄덕였다.

-저기, 이장은 턱을 들고, 두 눈을 반쯤 감고는 말했다. -그래 자네는 어떤 선택을 하고 싶은가?

-저는 생각해 보았지요…저기…여기서 마판은 잠시 말을 끊었다. -이장님은 정당하시고 힘도 있으시니, 만일 이장님이 허락하신다면, 저는…요청합니다. 그 검둥개더러 여자를 그녀의 옛집으로 다시 데려가라고 요청하고 싶습니다. 그토록 자신의 아이들을 만나고 싶다 하니. 저는 여자를 원치 않습니다… 그 말을 듣고 난 마을 이장은 탁자를 갑자기 탁-치더니. 이렇게 말했다.

-불가하네! 만일 자네가 혼인을 물리려 한다면, 그 여인의 정조를 잃게 했으니, 돈을 내야 하네. 자네는 알아야 하네, 자네는 그 불쌍한 정숙한 과부의 흠결을 만들어 놨어. 자네는, 지난날 우리 현인들 말씀에 따르면, 죄인일세. 자네는 필시 돈을 내뇌야 할 걸세, 아니면, 나는 판정을 내릴 읍장 어르신이 자네가 파혼하면, 자네를 감옥에 가둘지 모르니. 그 일에 내가 자네 입장을 변호해 줄 수는 없네.

-돈이라고요!

큰 머리의 마판은, 이장을 뚫어지게 쳐다보면서, 아무 말도 더 할 수 없었다.

오호, 내게는 지금도 남아 있는 돈이 얼마 없는데, 이에 더해 내가 내야 하는 돈이라고? …그건, 불가능하다… 얼굴이 갑자기 창백해지고, 몸을 떨고, 거의 서 있을 수도 없을 지경이었다.

-제가 생각할 수 있도록 시간을 좀 주십시오…이장님.

다시 한번 이장에게 고개를 숙여 인사하고, 그 집에서 나왔다.

모든 것에 혼돈 상황이 와서 다시 자신의 집에 여기저기 숨겨둔 그 엽전들의 숫자에 대해 생각해보면서, 우울하게 마을에서 돌아다니고 있었다. 황당한 그림자가 마판을 에워쌌다.

7

큰 머리의 마판은 몸이 갑자기 아프기 시작했다.

열이 나, 나중에는 심하게 열이 났다.

침대 주변에는 마을 사람들, 아이들, 친구 검둥개 찬, 조카 환 후크베이와 여린 마음씨의 암까마귀까지 모두 모였다.

걱정어린 눈길로 모든 사람은 고통을 당하고 있는 늙은 농민을 내려다보고 있었다.

-모든 것은 내게 끝나는구나!… 마판 노인은 씁쓰레하게 혼자 중얼거렸고, 이마를 약간 찡그리고는 말했다.

-그런 말을 하지 마세요, 마 삼촌, 인생길에 있어 약간의 어려움을 마주하지 않는 사람이 누가 있겠어요? 침착해요. 신이 축원해 줄 겁니다. 병은 곧 나을 거요. 친절하게 그렇게 검둥개가, 그 병자의 슬픔을 완화시키려는 마을 안노인 어조를 흉내내며 고통스러워하는 친구를 위로했다. 그 말을 듣고나서, 마판은 급히 손을 내저었다.

-자네는 이 일을 이해하지 못하고 있네, 검둥이, 절대로, 절대, 전혀-전혀…

-그리 실망하지 말아요, 마 삼촌, -마음씨 착한 암까마귀가 위로했다. -운명이 행복을 점지해 놓았어요. 이전에 어떤 점쟁이가 그리 말했어요, 그걸 잊었나요?

-예, 그렇게 말했어요, 온화한 목소리로 그 옆에 있던 조카가 말했다. -불가능해요, 불가능해요, -마판은 두 눈을 주변 사람들에게 들고는 무력한 손으로 조카를 찾았다. -조카, 우리는 운명이 나쁜 사람들이네,…나나 자네, 모두는, 저 늙은 여자, 자네 숙모를 포함해서, 모두가…허허..후-후-후..! 그 여인, 어디 있는가!

마판은 어렵사리 기침을 크게 하고, 한숨을 크게 쉬었다. 그 노인의 말에, 능숙한 친구인 검둥개 찬은 큰 소리로 불렀다. -숙모요! 숙모요! 이리 와서, 따뜻한 차 한 잔 가져와 주세요. 어서요!

잠시 뒤, 그 침묵하던 여인은 자신의 몸을 비틀거리며 들어섰다. 방금 끓인 따뜻한 물 한 그릇을 들고 들어왔다. 평소처럼 말없이 침대에 가까이 와, 고통을 당하고 있는 환자 가까이 그릇을 들고 있었다. 고통받고 있는 노인은 두 눈을 들고는, 여인을 자세히 올려다보았다. 그 침묵하던 여인 얼굴은 여전히 같았다. 주름이 가득차 있고 여전히 무표정하다..

-아아! 당신은 늙고 가련한 여인이네, -늙은 마판은 여인이 내미는 그릇을 받고는, 그것을 옆의 의자 위에 올려놓았다. -자, 봐요, 당신의 힘든 얼굴이 이를 보여주고 있어요, 당신이 영원

히 고통을 당해야 함을, 고통당하고 있음을 보여주고 있어요. 늙고도 가련한 여인. 외 나도…오, 얼마나 많은 불행이 있었던가!…

늙은 여인은 여전히 아무 말 없이, 무감정으로 서 있었다. 한편 조카와, 검둥개 찬과 그 마음씨 고운 암까마귀는 크게 입을 벌인 채 그 장면을 보고 있었다. 이 장면이 흥미롭지도 않고, 흥미롭지 않지도 않은 이 장면을, 모두 서로 멍하니 바라보고 있었다.

-인생에 대해 더 무슨 말을 하겠어요? 모든 것은 정말 끝났어요. -잠시 침묵한 뒤, 그 환자는 어렵사리 말 없는 아내에게 말을 시작했다. -저기 보쇼, 나는 아직 이 침대 뒤, 벽의 틈새에 숨겨 놓은 9달러가 있어요. 그것들을 꺼내 보오. 만일 내가 죽으면, 5달러는 내 관을 구입하는 것에 쓰고, 나머지는 당신 마음대로 하쇼. 당신이 당신 자식들과 함께 사는 것이 더 나을 거요. 당신은 정말 늙었으니,…당신에게는 당신을 돌봐 줄 아들이 필요하요…그 자식들도 엄마 보살핌이 필요할 거요. 호-후-후. 허-허-허…기침을 하면서 마판은 마음이 찡하게 눈물을 흘렸다.

이 늙은 농부가 정말로 울음을 운 때는 이번이 처음이었다.

숨을 크게 한 번 내쉬고는, 씁쓸한 표정으로 누워 있는 남편을 내려다보면서, 지금까지 말이 없던 아내도 더는 아무 감정 없이 서 있을 수는 없었다. 두 입술은 뭔가 할 말을 하려는 듯이 웅크렸으나, 마침내 말을 할 수 없었다. 이제 두 눈에는 이미 눈물방울이 맺혀 있었다.

그 옆에 서 있던 지인들, 검둥개 찬, 늙은 암까마귀와 그 조카는, 이유도 모른 채, 모두 동시에 말이 없었다. 침묵은 이 작은 방안을 누르고 있었다. 모든 눈가는 젖어 빛나고 있었다.

말하기를 좋아하는 암까마귀는 이유 없는 눈물을 닦으려고 눈 가장자리로 소매를 당겼다.[7]

---

7) (저자 주) 당시 머슴은 자신의 농토가 부족해, 토지 소유자에게 자신이 고용된다. 보통 머슴으로 일하는 기간은 1년이며, 1월부터 12월 말일까지다. 만일 그가 머슴으로 일하는 동안, 그 주인에게 맞지 않으면, 주인은 언제라도 그 머슴을 해고할 수 있다. 한해 머슴살이 임금은 몇 년 전까지만 해도 약 6만 전인데, 이는 중국 달러로는 약 22달러에 해당했다. 1달러가 약 2,700전에 해당한다.

Onklo Drinkema

La folioj de la platanoj susure falas en la korto, el okcidento veas la ĝemanta vento. Jen pluvema aŭtuno. Mi sidanta en la ĉambro ekstaras kaj promenas kaj rigardas tra la fenestro eksteren la nubon kurantan en la griza firmamento. Kaj mi ekrememoras la onklon drinkeman···Ha ha! Tiu maljunulo forestis de mia memormaro jam multajn, multajn jarojn··· Estis pluva tago. Grumblado aŭdiĝis el la apuda kabano, kie troviĝis nia bovstalo kaj la dormejo de niaj kampdungitoj. La grumblado estis eligita de la maljunulo, nia bovpaŝtisto, kiun mia fratineto kaj mi kutime nomis "onklo". La vetero estis malhele prema. Ĉiuj jam liberiĝis de la laboro kampa. Nia grizhara onklo, jen libera, estis paŝanta tien reen, solece kaj murmurante, en sia dormejo··· Mia patro ekparolis: — Lin turmentas ree la diablaĉo. Diablaĉo signifas alkoholaĵon. Post minuto la grumblado sin ĉesis. Ĉesis sin ankaŭ la paŝado. La maljunulo estis foririnta, mia patro balbutis al si mem, foririnta al la drinkejo ĉe la vilaĝfino. Sed post ne tre longe li revenis. La paŝo proksimiĝis, proksimiĝis, kaj jen lia figuro aperis ĉe la pordo.
— Kian malagrablaĵon vi ree kaŭzis al la vilaĝanoj? — vidante lian eniron en ebrieco, mia patro ekdemandis. Li ne respondis. Liaj manoj terure tremis, kaj sur la

faltplena haŭto eĉ troviĝis vundoj, kiujn sendube estigas la unggratado de vilaĝaj bubaĉoj kiujn li ofte batis post ebriiĝo.

— Mi jam plurfoje vin admonis forlasi la glason, — mia patro rigardis amarmiene la vundojn sur liaj manoj; — sed la vorto ĉiam preterflugas viajn orelojn kvazaŭ vento. Kaj vi ankoraŭ daŭre kaŭzadas al mi multajn malagrablaĵojn kun la vilaĝanoj… Kaj la patro subite sulkigis sian frunton, kvazaŭ sennombraj plendaĵoj ŝtopiĝis en sia gorĝo, tiel preme , ke li apenaŭ povis eligi plu eĉ unu vorton. La onklo ankoraŭ montris sin neniel atenta pri la admono. Li staris murmuranta tute kiel surd-stultulo. Sango bolis en lia vizaĝo kaj liaj vangoj estis kovrata ĉe malsana ruĝo. Kaj en liaj okulkavoj elstaris la okulgloboj. La vinaromo vomige alpremis nin. Tenante sian kapon oblikve, li ekrigardaĉis min, tiam ankoraŭ dekkelk-jarulon. Ŝajnis, ke li volis ekmuĝi. Mi bone memoris, ke li emis bati bubojn dum muĝado post la drinko. Mi tuj kaŝiĝis malantaŭ la de patro sidata seĝo, kaj la maljunulon strabis mi malŝate nur per unu okulo tra la breĉo malsupre de la kubuto de la patro, timante tamen fronti lin. La malŝata strabado tre lin kolerigis. Li ensaltis de la pordo kaj kriegis: — Ŝa? vi etulo!

Kaj, li svingis la manon jam pugnitan en la aero. Tiam mia patro ekleviĝis de la seĝo kaj, min defendante, hurlis al li: — Kion vi volas fari? Dume la patro forte lin forpuŝis, malsupren al la korto. Li, la maljuna ebriulo, estis malforta, tro malforta por la puŝo. Li falis kaj lia frunto frapiĝis al la tero. Frotante sian frunton, kiu nun jam sangetas, li releviĝis kaj staris malantaŭ la pordo kun vizaĝo al la antaŭa fenestro, gapante eksteren, senvorte kaj senpense. La pluvovento entrudis, la velkaj haroj, kiuj restis, blovataj de la akra aero ekdancis super la preskaŭ kalva kapo. Post longa momento li turnis al ni la rigardon; la sang-bolanta vizaĝo jam kvietiĝis de la malvarma vento kaj sin montris pala. Li proksimiĝis al la patro, pene ridetigante la lipojn: — Mi neniam plu drinkos, mi ĵuras. Kaj al mi direktinte la okulojn, kiuj nun jam estas amikecaj, li etendis siajn manojn, per la amikeca voĉo li diris: — Mi ne vin timigis ĝis nun kaj ankaŭ vi ne min timas, Ĉu ne?

Liaj buŝanguloj profunde fendiĝis pro la pena ridetado. Mi ankoraŭ ne kuraĝis respondi , mi kuntiris la kapon tute de lia vido. Ĉar mi ĉiam memoris, ke lia manplato estis larĝa kaj peza, kiam ĝi falis sur la vango. — Ne, mi ne timigis vin, mi pensas ne. Kaj li foriris. Ĉe la pordo al ni li turnis por ankoraŭfojo la rigardon kaj ridetis. Mi ekstaris, sin ĵetis al la brusto de la paĉjo, sed mia rigardo ankoraŭ postsekvis la maljunulon forirantan. Liaj ĉifonaj vestoj flirtis en la entrudanta vento, tiel facile, tute kiel la kelkaj grizharoj sur lia kapo. Lia figuro ŝanceliĝanta ĉe la pordo memorigis onin pri la fantomo, fantomo skeleta. — Kia bona

homo li estis, — mia patro suspiris post lia malapero.
— Sed kiam li kutimiĝis al la alkoholaĵo por unufojo, li por ĉiam ruiniĝas!
Mia patro ekmutiĝis post la diro kaj rigardis penseme la pluvon ekster la fenestro. La pluvgutoj senĉese falis, falis, unu post la alia, en senfinaj longaj linioj. La tegoloj
eksonis pro la frapado de la gutoj, kaj ĉi sonado estigas en ni la senton de silento, de trista kvieto. — Vi estas bona knabo, — post longtempa paŭzo la patro rekomencis, — vi neniam drinkos. — Jes, — mi kapjesis — ĉar drinkulo estas sovaĝa. Kiel aminda la onklo estas, se li ne batas min dum ebriiĝo. La maljuna onklo ja estis bona, eĉ pli bona ol la patro, kiam lin ne regis la alkoholo. Li tiel afablis al mi, ke li ofte aĉetis sukeraĵon por mi per sia propra mono. Kaj en la vilaĝa publika festo, li estis la ununura, kiu paciencis min surteni sur sia ŝultro por kapti la vidon de la ludprezentaĵojn. En la enuaj vintraj tagoj li kutime rakontis, por nin distri en la peza tempo, la neelĉerpeblajn fabelojn, ĉu amuzajn, ĉu terurajn, kiuj donis al mi ĉiam diversajn sonĝojn en la nokto. Sed kiam gutetoj da vino englitiĝas en lia gorĝo, li fariĝas besto, pli furioza ol la bestoj en liaj teruraj fabeloj.
— La alkoholo aliigas la naturon de la homo, — la patro daŭris, — kaj igas onin forgesema pri ĉio. Jen vidu, kiel devojiĝas li de sia homa naturo⋯ — Kiam li vagis al nia loko el la norda provinco, li aspektis

tute kiel ĉifona almozulo; ni dungis lin en nia butiko kiel komizon simple pro kompato. Knabo, vi sciu, tiam la fremdaj varoj ankoraŭ ne entorentis en la vilaĝajn urbetojn, nia komerco estis profitdona kaj tial ni ankoraŭ povis dungi plian komizon. La dungado ne restis senrekompenca. Ĉar li scipovas legi kaj iom skribi. Ekde la unua tago kiam li eniris nian etbutikon — ha! Ĝis nun jam pasis pli ol dekkvin jaroj, — li estis prudenta kaj laborema; ni ne lin rigardis kiel fremdulon, eĉ kiam ni rezignis de la urbo, post la bankroto de nia etbutiko pro la konkurso de la fremda varo, ni retenis lin en nia hejmo, donante al li la plej malpezan laboron — la bovpaŝtadon. Mi sciis, ke li estas senhejmulo; mi intencis, ke li pasigos siajn lastajn tagojn inter ni tute kiel inter siaj propraj familianoj. — Sed li ne vivas tiele kiel mi deziris. Li sin dronis en vino, kaj dum ebriĝo li insultas kaj batas aliajn, kaŭzante al mi sennombrajn malagrablaĵojn. Bona knabo, kiel via mastro, eĉ se la plej bonkora, vin rigardos, kiam vi kondutas tiamaniere dum vi estas lia dungito?···
Mi ne respondis. Kun konfuzitaj okuloj mi rigardis la paĉjon, lian sinceran kaj malgajan mienon. — Niaj antikvuloj proverbis — la patro aldonis pezvoĉe, — vino estas la plej venena serpento en la mondo. Mia karuleto, bone enkapigu tiun ĉi frazon! Ĝi estas la neelĉerpebla trezoro en via vivo. Tiam mi ankoraŭ ne estis sufiĉe klera por kompreni la

signifon de la proverbo, Sed mi komprenis, de la mienesprimo de la patro, ke li malŝatis la maljunan onklon, iam laboreman kaj prudentan komizon, pro lia sincedo al la serpenteca ebriiĝaĵo. Mi ekkompatis la maljunulon kaj mi volis lin senkulpigi antaŭ la patro, kiu lin malŝatis.

— Li diris, ke li ne plu drinkos. — Nekredeble, — la patro skuis sian kapon. — Sed se li plu amikiĝos kun la venena diablaĉo···mi nepre··· La voĉo de la patro subite obtuziĝis kaj la frazo fariĝis nefinebla.

— Ĉu vi diras, ke la onklo ne plu restu en nia hejmo, se li redrinkos? Mi ekdubis kaj timis, gapante la vizaĝon de la patro, kiu estis pala kaj sulkigita.

— Jes, povus esti tiel··· Lia voĉo iĝis pli peza kaj obtuza. Kaj li tuj turnis la vizaĝon al la fenestro kaj rigardis senemocie eksteren la plumban ĉielon kaj la flugantan nubon; ŝajne, ke li intence evitis mian rigardon — miaj okuloj tiam estis naivaj, mi pensas. Mi ankoraŭ fikse lin rigardis, sed mi ne kuraĝis lin demandi, ĉar li restis funebre silenta. Mi nur preĝis kaŝe en mia koreto, ke tiu maljunulo ne plu tuŝu la glason··· Sed mia preĝo sin montris vana. Ĉar en la vintro, ĉirkaŭ la jarfino, mia onklo ree drinkis kaj fariĝis sovaĝa post la drinko.

Estis ankaŭ pluva tago. Post la tagmanĝo ni estis sidantaj ĉirkaŭ la forno kun mia fratineto. Kaj mi fabelis al ŝi pri la flugpova feino, pri kio mi aŭdis de la onklo dum la ĵus pasinta nokto. Subite aŭdiĝis

bruego ekster la pordo. Kaj post minuto aperis antaŭ ni la samvilaĝanino Korvino, la mastrino de la vermiĉelejo, sekvata de aro da bubaĉoj, inter kiuj troviĝas ankaŭ ŝia trezorfilo Verdmuso. La vizaĝon de tiu ĉi bubo, krom vualitan per nazmuko, ankaŭ ŝirmis sango. La okuloj de Korvino terure turniĝis. Anhelante ŝi furiozis al mia patro, lin montrante per la fingro: — Ĉu vi respondecas pri via dungito? La patro ekstaris kaj paliĝis. Li jam perceptis, kio okazas kaj kiu estigas la malagrablaĵon. Li tamen pene trankviligis sin, montrante nenian ekskuon. — Kio okazas, kara mastrino? — Kio! — Korvino kriis , — ĉu vi ne scias? Via dungito la nordulaĉo batis mian Verdmuson dum ebriiĝo en la drinkejo, kaj kiam mia edzo lin forpuŝis por defendi la knabon, li severe vundis lin. Vi scias, kia besto via dungito estas post la drinko. Kaj ŝi plengorĝe ploregis, la larmo torente elfluis el ŝiaj okuloj:
— Mia kara, vi estas vundita, grave vundita, vundit a···Vi ne plu povas labori··· Ho! Dio! kiamaniere mi plu sinsubtenas, kaj mia Verd-muso···Ho, Dio Dio Dioooo!
La patro kuntiris la brovojn kaj sin montris tre konsternita. — Ne ploru, kara mastrino, — la patro milde diris al ŝi, — mi baldaŭ maldungos tiun aĉulon. Bonvole trankviliĝu. Sed ŝi ne trankviliĝis, male la plorado fariĝis pli akra. — Kion fari? — la patro murmuris al si mem, turnante la vizaĝon al la plafono.

Verdmuso, korrompita pro la kompatinda ploro de sia panjo, ankaŭ ekkurbigis la lipojn kaj tiris la manikon al la okulangulo por viŝi la larmon, kiu jam elfluas en du linioj al la tordita buŝo. — Kara mastrino, — mia patro petis, — se via edzo, la mastro, grave vundiĝas, bonvolu iri al kuracisto kaj mi pagos la necesan sumon por la kuracado. Kaj, mi jam diris, baldaŭ mi maldungos tiun nordulon, por ke la sama malagrablaĵo ne plu okazu. La mastrino de la vermiĉelejo estis iom kontenta de la promeso de la patro. Ŝi ĉesis plori, forviŝante la larmgutojn sur la vizaĝo kaj purigante la nazon. Ŝi ne plu havis kion priplori. La mieno de la patro sin montris tre amara, por longa tempo li suspiris post la foriro de Korvino kun ŝia filo. — Ho ve, tiu maljunulo, ve··· — la patro murmuris al si mem, ekpromenante tien reen en la domo. Mi ekmiris, starante kontraŭ la piedo de la manĝtablo: Kio la patron plu turmentis, kiam la ploranta Korvino jam foriris?

Post momento de frenezeca promenado li eniris sian ĉambron; sed tuj eliris, prenante kun si kontlibron. La libron li foliumis, refoliumis; je la mezo li haltigis la fingrojn kaj medite rigardis la paĝon. Mi tiam jam povis deĉifri kelkajn vortojn; mi konis, ke la tri vortoj en la supro de tiu paĝo estas nomo de la onklo. — Lia salajro jam elĉerpiĝis! Tiel al si mem la patro ekkrietis. Post la krieto restis denove profunda ĝemado. La vespermanĝo de tiu tago estis senamuza.

La patro ne gaje babilis, la onklo ne interese fabelis. Ĉiuj restis senparolaj ĉirkaŭ la manĝtablo. — Tio ne estas mia kulpo, — la patro ekrompis la silenton per tre malforta voĉo, sin turnante al la onklo, staranta kontraŭ li ĉe la tablo,— vi devas min pardoni. Vi ja bone laboris por ni, mi tion scias, ĉiam scias. Sed nun la drinko⋯ La voĉo de la patro ekvibris tre senenergie kaj fine fariĝis tute neaŭdebla.

La onklo ĉifoje nenion diris. Kutime, kiam la patro menciis drinkon koncerne al li, li volis eligi la frazon: "Mi neniam plu drinkos, mi ĵuras." Ĉifoje ne. Li mutis, kapon klinante al la tero. — Estas nenio⋯— post longa momento li levis la kapon, la voĉo estis ankaŭ malforta. — Mi jam delonge volas revagi al mia norda provinco⋯ Post la vortado la kapon ree mallevis mia onklo. La vejno sur lia frunto konvulsiis terure sub la faltplena haŭto. Li ŝvitis. La vaporumo pligrizigis liajn harojn grizajn, ĉirkaŭ lia kapo.

La patro tuj deturnis sian rigardon de la onklo malantaŭen al la malantaŭa muro. La vespermanĝon mia patro ne povis fini. La onklo manĝinta ne pli ol duonpelvon da boligita rizo, senvorte forlasis la ĉambron. Lia ombro, antaŭ la lumeto sur la meĉo, ŝanceliĝis sur la muro kaj iom post iom malaperis en la granda mallumaĵo ekster la pordo. Mi ektremis post lia malapero. Mia koreto saltetis en mi, timante, iom malfeliĉa okazus al tiu maljunulo, kiu hodiaŭ nokte aspektas tiel malgaja. Mi postkuris lin, spirante, al lia dormejo apud la bovstalo. Mi forgesis jam tute pri lia larĝa manplato. Li sidis sur la lito apud tableto, kaj apogante la mentonon sur la mano, rigardis la tremantan lumeton sur la olelampo. Li jam profundiĝis en penso; mian alproksimiĝon li tute ne perceptis. Lian manon mi provis tuŝeti kaj vokis: — Oĉjo!

La subita voko kvazaŭ surprizigis lin, ke li eklevis la kapon. — O! Vi.. Li etendis ambaŭ manojn kaj min brakumis en sian bruston. Mi supren rigardis lian vizaĝon, larĝe malfermante la okulojn. — Ke vi volas revagi al via norda provinco, vi diras? Li ridetis ĉe la demando kaj karese ordigis miajn harojn per siaj ambaŭ manoj. — Jes, — li mallaŭte diris, — ĉar mi estas nordulo. Mia naskoloko estas en la norda lando. Tie mi havas domon kaj kampon kaj filojn — o! la filoj, ili estus same belaspektaj kiel vi, se ili ne perdiĝis en la inter ekstermaj bataloj de la militistoj. Vi scias, la militistoj de la sudaj provincoj ofte bataladis kun tiuj de la nordaj, por perforte interrabi la teron, kaj dum la batalo ruiniĝis ĉio de la vilaĝanoj. Mia posedaĵo neniiĝis, miaj edzino kaj filoj dispeliĝis — Dio scias kien. Eble ili jam neniiĝis same kiel la pafbrulitaj domoj··· La onklo subite paŭzis, kaj kvazaŭ ion pripensante stulte rigardis foren, al la faŭka mallumaĵo.

— Jen, — li rekomencis per tre peza voĉo: — mi forgesis ilin post mi rifuĝvagis al via loko. Sed nun, jen maljuniĝinta, la rememoro pri ili, precipe la filoj, ekfreŝiĝas en mia kapo, kaj min ekatakas la hejmveo, Ĉu vi spertis la hejmveon?···Kaj jen kial mi emas bati vin knabojn. Mi tordis mian buŝon, tute konfuzita de liaj parolo kaj demando. — Vi ne spertis? — li karesis miajn harojn per la fingroj kaj ridetis. — Nu, vi estas ankoraŭ malgranda. Sed, — li ridete demandetis, — ĉu vi ne sopiras min, post mi foriros de ĉi tie morgaŭ matene? Se jes, la sopiro estus iom simila al la hejmveo.

— Nu, ne diru pri foriro! — mi ekkriis. — Mia patro volonte vin restigas ĉe ni, se vi forlasas la alkoholaĵojn. Do, oĉjo, ne plu drinku! — Kiel povas esti! — li larĝe malfermis la okulojn. — Mi ne povas plu vivi sen vino. — Ĉu la gusto de vino estas dolĉa? — mi ekmiris. Mi ne volas la fluidaĵon. Kial vi amas ĝin! — O! tion vi ne komprenas. Kiam vi grandiĝos, tiam vi eble komprenos··· La onklo subite ree serioziĝis la mienon. Li ree direktis sian senemocian rigardon foren, al la faŭkan mallumaĵon, kaj sin dronis en la profundan enpensmaron, kiu, ŝajne, tute kiel la faŭka mallumaĵo , sternis senfina antaŭ liaj okuloj. Mi konfuziĝis, kun larĝe apertata buŝo mi tute konfuziĝis antaŭ la maljunulo. — Ne cerbumu, bona knabo, — li peze diris, — estas ja nenio. Nu, jam malfruas. Iru dormi. La panjo jam pretas komfortan litaĵon por vi. Adiaŭ··· Kaj li senenergie min forpuŝis eksteren trans la pordo. — Adiaŭ! Mi diris. Mi tamen estis iom kolereta je la forpuŝo. Samtempe mi sentis min ankoraŭ konfuzita, kaj nedireble malgaja. La sekvantan matenon mi vekiĝis pli frue ol ordinare, kaj mi tuj leviĝis, por adiaŭi la onklon. Ĉar mi sonĝis la nokton, ke li ree bele fabelis kaj post la fabelado li petis mian pardonon pri lia forpuŝo fare al mi lastnokte kaj diris, ke li nepre disiĝos kun mi kaj la familianoj kaj la kampoj kaj la bovo je la frua mateno.

Sed kiam mi ŝtelglitis — ĉar mi ne volis veki lin —en lian dormejon, tie restas jam nur malplena lito. Neniu sciis, kiam la maljunulo foriris. Duonjaron poste, mia patro min prenis forvagi al grandaj urboj, ĉar ankaŭ okazis en mia naskloko militistaj bataloj, kiuj forbalais ĉian posedaĵon de la vilaĝanoj. Kaj mi forgesadis, jaro post jaro, ĉion knabjaran. Sed nun, post la morto de la patro, vivante sola en anguleto de la antikva urbo Wuchang, mi ekmemoras pri la modesta naskvilaĝo, kaj pri la modesta homo la onklo. Dume mi ekpensas en mi, ke mi jam komprenas, kial alkoholon amis la maljunulo···

Sed kiam mi ŝtelglitis — ĉar mi ne volis veki lin —en lian dormejon, tie restas jam nur malplena lito. Neniu sciis, kiam la maljunulo foriris. Duonjaron poste, mia patro min prenis forvagi al grandaj urboj, ĉar ankaŭ okazis en mia naskloko militistaj bataloj, kiuj forbalais ĉian posedaĵon de la vilaĝaroj. Kaj mi forgesadis, jaro post jaro, ĉion knabjaran. Sed nun, post la morto de la patro, vivante sola en anguleto de la antikva urbo

Wuchang, mi ekmemoras pri la modesta naskvilato, kaj pri la modesta homo la onklo. Dume mi ekpensas en mi, ke mi jam komprenas, kial alkoholon amis la maljunulo···

술 좋아하는 삼촌

플라타너스잎들이 마당에서 바람에 날려 떨어져 있고, 서풍이
웅-웅-거리며 한숨을 내보내고 있다. 이제 비가 자주 오는 가을
이 되었다. 나는 내 방 안에 앉아 있다가 일어나 산책하며, 회
색 창공에서 달려가는 구름을 창문 밖으로 쳐다보고 있다. 그리
고 그때 술 좋아하는 삼촌이 생각났다…

하하! 그 노인은 내 기억에서 이미 많은, 수많은 해 동안 잊힌
채 있었다.

…비 오는 날이었다. 우리 집의 소 외양간이자 우리 머슴들 숙
소이기도 한 사랑방에서 불평하는 소리가 들려 왔다. 불평 소리
는 우리 집에서 누나와 내가 "삼촌" 이라 부르던 노인, 우리
집의 소 키우는 사람 입에서 나오는 소리였다. 모두 이미 농사
에 자유로워 있었다. 우리의 회색 머리카락의 삼촌은 이제 자유
로운 몸으로 숙소에서 여기저기로 외로이 또 뭔가 중얼대면서
어슬렁거리고 있었다… 아버지는 말씀하셨다.

-또 저 사람이 그 귀신으로 고통을 입고 있구나. 귀신이란 바로
술을 뜻한다.

1분 뒤, 불평 소리는 저절로 중단되었다. 그러자 어슬렁거리는
소리 또한 멈추었다.

-노인이 이미 그 자리에 없구나. 아버지는 혼자 뭔가 말했다.
마을 끝에 있는 주막에 갔나 보네.

하지만 그리 오래 지나지 않아, 노인은 귀가했다. 노인의 걸음
이 가까이, 더욱 가까이 다가왔고, 그리고 노인의 모습이 문 앞
에 보였다.

-자네는 마을 사람들에게 어떤 불쾌한 일을 만들었는가?

그 삼촌이 술 취한 채 들어 오는 것을 본 아버지가 물으셨다.
삼촌은 아무 말이 없다.

아무 대답이 없이 두 손은 심하게 떨고 있고, 고랑이 진 살갗
에 심지어 상처들이 보였다. 술 취해 노인 삼촌은 마을 아이들
에게 손찌검하고, 할퀸 손톱으로 인한 자국이 분명히 생긴 상처
도 보였다.

-내가 여러 번 자네에게 그 술 그만 마시라고 조언했는데도, -

아버지는 삼촌의 두 손에 생긴 상처를 씁쓸한 표정으로 쳐다보고 있다. -그런데도 자네는 그 말을 언제나 마치 바람이 지나간 것처럼 여기니, 또 자네는 여전히 계속 내게 우리 마을 사람들과의 수많은, 불쾌한 일을 만들고 있으니…

그리고는 아버지는, 자신의 셀 수 없이 생겨나는 불만을 목에 가득 차 있는 것처럼, 그걸 말로 나오는 것을 막으면서, 그렇게 갑자기 이마를 찌푸렸다. 삼촌은 여전히 그런 아버지 충고에 아무 신경을 쓰지 않는 듯한 태도를 보였다. 청각장애인처럼 못들은 체하거나, 멍청이처럼 온전히 그렇게 중얼거리면서 그 자리에 서 있다. 얼굴에 피가 끓어 올라, 양 볼은 아픈 홍조로 덮여 있었다. 움푹 들어간 눈두덩이에서 눈알이 돌출되었다. 삼촌의 술 내음에 우리는 토하고 싶은 생각이 들었다. 머리를 비스듬히 유지한 채, 삼촌은 나를 먼저 쳐다보았다. 그때 내 나이는 열 몇 살이었다. 뭔가를 내게 알리려고 고함을 지르고 싶은 것 같다. 나는 삼촌이 술 마신 뒤 고함을 지르며 아이를 때리는 경향이 있음을 잘 알고 있었다. 나는 얼른 앉아 계시는 아버지 뒤편에 몸을 숨겼다. 그러자 나는 아버지의 팔꿈치 아래의 틈새 사이로 한 눈으로만 그 삼촌을 싫은 듯이 보고 있고, 그 삼촌과 정면으로 마주치는 것을 두려워하였다. 싫어하는 곁눈질이 그 삼촌을 아주 화나게 했나 보다. 출입문에서 뛰어들어와, 고함을 질렀다.

-호오? 요런, 귀여운 녀석!

그리고는, 삼촌은 이미 공중에 자신의 주먹 쥔 손을 흔들어 보였다. 그때 아버지가 의자에서 일어나, 나를 막아서면서, 삼촌을 나무라셨다.

-자네, 지금 뭘 하려는가?

그러면서 아버지는 삼촌을 강하게 밀쳐, 마당 아래로 밀어냈다. 삼촌은 늙고 술마저 취했으니, 당연히 힘이, 그 밀침에 힘이 너무 약했다. 삼촌은 그렇게 마당에 쓰러져, 이마가 땅에 고꾸라졌다. 이제 벌써 피가 나기 시작하는 이마를 문지르면서, 삼촌은 다시 자리에서 일어나, 앞창문에 얼굴을 댄 채, 출입문 뒤편에 서서, 말없이 또 아무 생각 없이 멍하니 창밖만 내다보고 있었다. 비바람이 들어왔고, 조금 남아 있는 늙은 삼촌의 머리숱은 날카로운 공중에 날려 거의 벌거숭이 같은 머리 위에서 휘날리고 있었다. 오랜 시간이 지나, 우리를 한 번 쳐다보았다. 피멍이 든 얼굴은 이미 차가운 바람에 고요해지고, 창백한 모습이다. 삼촌은 아버지께 다가와, 입가에 억지로 살짝 웃음을 보이며 말했다.

-나는 이젠 술을 더는 마시지 않겠소이다. 내 맹세하리다.

그러고 나를 향해서 이미 지금은 우호적인 눈길을 보내면서, 삼촌은 두 손을 내게 내밀고는 다정한 목소리로 말했다.

-지금까지 내가 너를 무섭게 하지 않았나. 그러고 너도 내가 무섭지 않지?

입 가장자리는 깊은 억지웃음에 찢어졌다. 나는 아직 대답할 용기가 나지 않고, 삼촌 눈길 때문에 온전히 더욱 머리를 수그렸다. 왜냐하면, 나는 언제나 기억하기를, 그 손바닥이 내 뺨에 닿을 때, 손바닥은 넓고 무거웠다.

-아뇨, 저는 삼촌이 무섭지 않아요, 무서워하지 않아요. 그러자 삼촌은 그 자리를 떠났다. 출입문에서 우리를 한 번 더 돌아보고는 미소였다. 나는 자리에서 일어나, 아빠 품속으로 달려갔지만, 내 눈길은 여전히 그 자리를 떠나는 삼촌에게 가 있었다. 넝마 같은 의복은, 불어오는 바람에 몇 가닥 남은 머리카락이 휘날리듯, 그렇게 쉽게 휘날렸다. 출입문에서 비틀거리던 뒷모습은 사람들에게 귀신, 해골만 있는 귀신을 연상하게 했다.

-이전에는 얼마나 착한 사람이었는가. -아버지는 삼촌 모습이 보이지 않자 살짝 말했다. -저 삼촌이 술에 한 번 찌들자, 영원히 폐인이 되어버렸구나!

아버지는 그 말 뒤로는 아무 말씀이 없으시고 생각에 잠긴 채 창밖의 비만 바라보고 계셨다. 빗방울은 끊임없이 토닥토닥 내렸고, 연이어 끝없이 긴 줄로 내리고 있다. 기와 위에도 그 빗방울이 부딪혀 소리가 들리고, 이 빗소리는 우리에게 침묵의, 우울한 고요함의 감정을 생기게 만들었다.

-아들아, 너는 착한 아이니, -긴 시간의 간격 뒤에 아버지가 말을 꺼냈다. -너는 술은 절대 마시지 말거라.

-네. 나는 고개를 끄덕였다.

-술에 취하면 사람은 난폭해진단다.

저 삼촌은 만일 술 취해 나를 때리지 않으면, 정말 존중할만하다. 저 삼촌은 정말 착했다, 술이 그 삼촌을 지배하지 않을 때는, 아버지보다도 더 착했다. 자주 자신의 돈으로 나를 위해 사탕을 사줄 정도로 내게 정말 다정하게 대해 주었다. 그리고 마을의 공식 행사에도, 내가 마을의 공연 행사를 잘 볼 수 있도록 어깨에 나를 언제나 올려준 유일한 사람이다. 지루한 겨울날에는 보통 밤늦은 시각에도 우리를 재미있게 해 주려고 끊임없이 동화를 말해 주어, 그 동화 내용이 즐거운 것이든, 공포의 것이든 내게 밤중의 다양한 꿈을 만들어 주었다.

그런데 술이 한 방울이라도 들어가면 짐승이, 들려주던 동화 속 짐승보다 더 무서운 짐승이 되어버렸다.

-술이란 것이 사람의 본성을 바꾸어 놓는단다. -아버지는 말씀을 이어갔다. -그리고 사람을 모든 것에 대해 잊게 만들어 버린단다. 지금의 저 삼촌 모습을 봐라, 삼촌의 평소의 인간다운 성정에서 얼마나 벗어나 있는지를… 그리고 저 북쪽의 성(省)에서 우리 마을로 흘러들어왔을 때 완전히 헝겊으로 가린 거지 모습이었단다. 우리는 너무 불쌍해 우리 상점 점원으로 고용했지. 아들아, 너는 알아 두어라, 그때, 낯선 외국 제품이 아직은 우리의 시골 같은 소도시에 밀물처럼 들이닥치지 않았을 때였지, 그때 우리 상업은 이익이 많았지. 그래서 우리는 여전히 또 다른 점원을 고용할 수 있었지. 그 고용이 보상 없는 것도 아니었단다. 왜냐하면, 삼촌은 읽을 줄 알고 좀 쓸 줄도 알았으니. 우리 소점포에 들어온 첫날부터 -하! 지금까지 이미 15년이 지났구나, - 진지하고 일도 잘 해왔단다. 우리는 삼촌을 낯선 사람으로 대하지 않았지. 대도시에서 외국 상품들과의 경쟁으로 우리 소점포가 파산된 뒤에도, 우리는 우리 집에 살게 해, 가장 낮은 일거리를- 외양간의 소를 키우는 일- 주었다. 나는 삼촌이 고아라는 것을 알고 있다. 나는 삼촌이 노년을 우리 사이에서, 온전히 우리의 가족 구성원들처럼 그렇게 우리와 함께 지낼 걸로 여기고 있었단다. -하지만 내가 원하는 방식으로 그렇게 살고 있지 않단다. 술독에 빠졌고, 술에 취하면, 이웃에 욕하고, 두들겨 패기도 해서 내게 온갖 불쾌한 일을 만들어 냈지. 착한 아들아, 네 주인이, 그분이 최고로 마음씨 곱다 해도, 만일 네가 그 주인의 점원으로 있을 때, 네가 그런 식으로 행동한다면, 너를 어찌 보겠는가?…나는 대답하지 못했다. 혼비백산한 눈으로 나는 아빠를, 아빠의 진지하고 우울한 표정을 쳐다보았다. -우리 선

인들은 이런 속담을 말씀하셨단다. -아버지는 좀 무거운 목소리로 말씀을 덧붙이셨다. -술은 세상에서 가장 무서운 독이 든 뱀이란다. 애야, 이 말은 잘 머리에 잘 새겨 두거라! 그 말은 네 삶에서 버리지 말아야 할 보물이란다.

그때 나는 아직 그 속담의 의미를 이해하기에는 아직 너무 총명하지 못했다. 어렸다. 그러나 나는 이해하기를 아버지의 표정을 통해, 아버지께서 저 늙은 삼촌을 싫어하시는구나, 한때는 일 잘하고 설득력 있던 점원을, 뱀 같은 술독에 빠져 버린 것으로 저 늙은 삼촌을 싫어하시는구나 하고 생각했다. 나는 그런 삼촌이 불쌍했고, 싫어하시는 아버지 앞에서 처지를 변호해주려고 했다.

-삼촌은 이제 술을 더는 드시지 않겠다고 하였어요.

-믿기지 않아,- 아버지는 고개를 흔들었다. -그러나 만일 그 독사 귀신과 계속 어울리면…내가 이제는 꼭…

아버지 목소리는 갑자기 둔탁해지더니, 문장을 끝내지 못했다.

-삼촌이, 다시 술을 마신다면, 우리 집에서 더는 못 있게 하시겠다는 말씀이신가요? 나는 의심을 하기 시작하고 두려웠다, 창백해지고 주름진 얼굴의 아버지 얼굴을 쳐다보면서, 의심하기 시작하고 두려웠다.

-그래, 그리될 수도 있지… 아버지 목소리는 더욱 무겁고 둔탁해졌다. 그리고 아버지는 곧장 창가로 얼굴을 향하고는, 저 납 같은 하늘과 날아가는 구름을 무감동으로 쳐다보았다. 아버지는 의도적으로 나의 눈길을 피했다. -내 두 눈은 그때 순진했구나 하고 나는 지금 생각해본다. 나는 여전히 아버지를 쳐다보았지만, 아버지께 물어볼 용기가 없었다. 왜냐하면, 아버지는 장례식 모습처럼 조용했다. 나는 그 늙은 삼촌이 더는 술잔을 들지 않기를 어린 마음으로 기도했다. …그러나 나의 기도는 아무 소용이 없음이 판명되었다. 왜냐하면, 그 겨울에, 연말에, 삼촌은 다시 술을 마셨고, 술 취한 뒤, 행패도 다시 부렸다.

그날도 비 오는 날이었다. 점심 뒤의 일이었다. 우리는 누나와 함께 난로 주위에 앉아 있었다. 그리고 나는 삼촌에게 지난밤에 들은, 날아다니는 요정 동화를 누나에게 이야기해 주었다.

그런데 갑자기 출입문 밖에서 뭔가 크게 소란스러운 소리가 들렸다.

잠시 뒤, 우리 앞에 마을 사람인 암까마귀가, 국수집 안주인이, 여러 아이를 이끌고 왔다. 그 아이 중에 암까마귀의 금쪽같은 아들 초록 생쥐도 보였다. 그 소년 얼굴은 콧물이 흐르고, 더구나 피로 덮여 있었다. 암까마귀의 두 눈은 공포가 느낄 정도로 돌아가 있었다. 숨을 헐떡거리며, 그 아줌마는 우리 아버지에게 난폭하게 다가와, 손가락으로 가리키며 말했다.

-당신이 당신 점원 책임을 져야 하지 않겠어요?

아버지는 자리에서 일어났으나 창백해져 있었다. 아버지는 이미 무슨 일이 일어났음을 직감하고는, 누가 이런 불쾌한 일을 저질렀는지도 짐작할 수 있었다. 그러나, 그럼에도 아버지는 자신을 침착하게 하고는, 아무런 놀람을 표시하지 않으려고 했다.

-무슨 일이 있나요, 아줌마?

-무슨 일이 있었냐고요? 암까마귀는 고함을 지르고는, -당신은 모르고 있어요? 당신 점원인 그 북쪽에서 온 사람이 술집에서 술에 취해, 내 아들 초록 생쥐를 때렸다구요. 그리고 제 남편이 아이를 때리는 것을 막으려고 그 점원을 밀치자, 이번에는 그 점원이 그이에게도 심하게 손찌검을 했어요. 당신이 이미 알고 있듯이, 그 점원은 술에 한 번 취하면 짐승이 되는지는 잘 알고 있지요.

그리고 아줌마는 대성통곡하며 두 눈에서 눈물이 철철 흘러내렸다.

-여보, 당신은 상처를 입었지, 심하게 심하게도 상처를 입었네…당신은 이제 일도 할 수 없구나…오! 하느님! 나는 이제 어찌 살겠어요, 또 내 초록 생쥐는 어떡한담…오, 하느님, 하느님, 하-아-아-느니-이-임!

아버지는 두 눈썹을 웅크리고는, 아주 놀랐음을 보였다. -그만 울어요, 아줌마. -아버지는 온화하게 말했다. -내가 곧 그 나쁜 놈을 해고하겠어요. 잠깐 진정해 주십시오, 그러나 아줌마는 진정하지 못하고, 울음은 더욱 날카로워졌다.

-어떡한담?

아버지는 혼자 중얼거리더니, 얼굴을 천장으로 향했다. 자기 어머니의 가련한 울음 때문에 마음이 상한 초록생쥐는 입술을 삐죽거리며, 찡그린 눈의 두 선 사이에서 이미 흘러내린 눈물을 닦기 위해 눈가로 자신의 소매를 끌어 올렸다.

-아줌마, -우리 아버지가 요청했다. -당신 남편이 심하게 상처를 입었다면, 어서 의사 선생님을 찾아가서 치료를 받으세요 치료비를 지불하겠습니다. 그리고, 이미 말했듯이 그 북쪽 사람을 해고해, 똑같은 불쾌한 일이 벌어지지 않도록 하겠습니다.

국수집 안주인은 아버지의 그런 약속을 듣고는 조금 분이 풀렸다.

아줌마는 울음을 멈추고는, 얼굴의 눈물 자국을 손으로 닦고, 코도 깨끗하게 풀었다. 아줌마는 이제 울 명분이 더는 없었다. 아버지의 표정은 아주 씁쓸했다. 아줌마가 자기 아들을 데리고 우리 집을 나선 뒤에도 한동안 아버지는 한숨을 냈다.

-아니, 이럴수가, 그 노인이…어찌 그럴 수가… 아버지는 혼자 중얼거렸다. 집 안에서 이리저리로 오랫동안 왔다갔다 했다. 나는 식탁 다리의 맞은편에서 선 채로 놀랐다: '저 암까마귀 아줌마가 떠난 뒤에도 아버지는 무슨 일로 저리 고통스럽게 있는가?'

그 미친듯한 산책의 순간 뒤에, 아버지는 자기 방으로 들어갔다. 그러나 자신의 장부 책을 들고 곧장 나왔다. 그 장부를 뒤적이고, 또 뒤적였다. 중간에 아버지는 손가락을 가만히 둔 채, 생각에 잠겨 그 페이지를 내려다보고 있다. 나는 그때 이미 몇 가지 낱말을 해석할 수 있었다. 그 페이지의 맨 위쪽에 놓인 세 낱말이 삼촌 이름임을 알 수 있었다. -그이 급료는 이미 다 지출되어 버렸구나! 그렇게 아버지는 혼자 살짝 말을 했다. 그 작은 외침은 다시 깊은 한숨이 되어 남아 있었다.

그날의 저녁 식사는 아무 즐거움이 없었다. 아버지는 이제는 더는 유쾌하게 지내지 못하셨고, 삼촌도 흥미롭게 동화를 말해주지 못했다. 모든 식구가 식탁에서 아무 말이 없었다.

-그건 제 잘못이 아닙니다. -아버지는 아주 약한 목소리로 그 침묵을 깨고는, 자신의 몸을 그 삼촌에게 돌려서는, 식탁 맞은편에 서 있는 삼촌을 향해 말했다. -자네는 나를 이만 용서해야 할걸세. 자네는 정말 우리를 위해, 정말 일은 잘해 왔음을, 우리가 그 점을 잘 알고 있고, 여전히 알고 있네. 하지만 지금 그 술이….

아버지 목소리는 아주 무기력하게도 진동하더니, 그 문장은 마침내 완전히 끝을 내지 않은 채, 들리지 않았다. 삼촌은 이번에는 아무 말이 없었다. 아버지가 삼촌의 술 취함에 대해 언급할 때, 보통 삼촌은 다음의 문장을 곧장 말하고 있었다. "저는 이제는 술 마시지 않겠습니다. 제가 맹세합니다." 그러나 이번에는 아니었다.

삼촌은 말이 없고, 고개를 땅으로 향한 채 숙이고 있었다.

-별거 아닙니다만…- 긴 침묵 뒤에 삼촌은 고개를 들고, 그 목소리는 여전히 힘이 없었다. - 나는 이제 내 고향 북쪽 성으로 되돌아가고 싶습니다…

그 말을 한 뒤, 삼촌은 다시 고개를 숙였다. 얼굴의 정맥은 고랑이 가득한 살갗 아래서 겁에 질린 채 웅크리고 있었다. 땀을 흘리고 있었다. 수증기가 머리 주변의 회색 머리카락을 더욱 회색으로 만들었다.

아버지는 곧장 자신의 시선을 삼촌에게서 뒤편 벽으로 돌려 버렸다.

아버지는 저녁 식사를 끝낼 수 없었다. 따뜻한 밥 한 그릇의 절반도 다 먹지 않은 삼촌은, 말없이 자신의 방으로 들어가 버렸다. 삼촌의 그림자는, 등잔불 심지 앞에서, 그 벽에 흔들리고 있고, 조금씩 출입문 밖의 큰 어둠 속에서 사라졌다. 나는 삼촌이 그 자리에서 없어지자 몸을 떨었다. 불행한 일이 오늘 저녁에 그렇게 우울해 있던 노인에게 일어났구나 하고 내 어린 심장은 안에서 두근거렸다.

나는 삼촌 뒤를 따라 들어가, 숨을 한 번 내쉬고는 외양간 옆의 삼촌 숙소로 뒤따라 갔다. 나는 삼촌의 넓은 손바닥에 대해서는 이미 잊고 있었다. 삼촌은 작은 탁자 옆의 침대에 앉아 등잔불의 떨리는 불빛을 보고 있었다. 이미 생각에 잠겨 있었다. 내가 가까이 온 것을 전혀 알아차리지 못했다. 삼촌 손을 나는 건드리려고 하면서 불러 보았다.

-삼촌!

갑작스런 나의 부름에 마치 놀란 듯이 고개를 들었다.

-오회! 너구나… 두 손을 뻗어, 나를 자신의 품으로 안았다. 나는 얼굴을 올려다보았다. 두 눈을 크게 뜨고서.

-삼촌은 북쪽 성(省)으로 돌아간다고 그렇게 말했나요?

내 물음에 살짝 웃고는, 다정하게 두 손으로 내 머리카락을 쓰다듬어 주었다.

-그렇단다,- 낮은 소리로 말했다. -왜냐하면, 나는 북쪽 사람이니. 내 고향이 북쪽 나라에 있어. 그곳에 내 집이 있고, 땅이 있고, 아들도 여럿이 있어- 오! 그 아이들이, 그들이 너처럼 멋지게 자랐겠구나. 만일 그 아이들이 군벌들이 극단으로 벌인 전쟁 통에 실종되지 않았다면. 너도 알지, 남쪽의 여러 성(省) 군벌들이 저 북쪽 군벌들과 싸움을 자주 벌이니, 서로 땅을 강제로 뺏기 위해서, 또 전쟁 중에는 마을 사람들이 가진 모든 것을 다 망쳐 놓지. 내 재산은 폐허가 되어버리고 내 아내와 아들들은 뿔뿔이 헤어지게 되었지. 하느님은 어디로 갔는지 아시겠지. 아마 그들은 이미 총에 부서진 저 집들과 마찬가지로 어디론가 사라져 버렸어…

삼촌은 갑자기 말을 중단하고는, 뭔가 생각에 잠긴 듯이 저 멀리, 무시무시한 어둠 속으로, 멍하니 쳐다보고는 말을 이어갔다.

-이 봐, -아주 묵직한 목소리로 말을 시작했다. -나는 네가 사는 이곳으로 피난 온 뒤로 고향 사람들을 잊고 살았네. 그러나 지금, 늙어 보니, 고향 사람들, 특히 내 아들들이 머릿속에 다시 떠올라, 고향 그리움이 나를 괴롭히고 있어. 너는 고향이 그리운 적은 없지?… 그게 너 같은 아이를 때리던 이유였네.

나는 삼촌 말과 질문에 온전히 혼돈되어, 입을 삐죽거렸다.

-너는 그런 걸 경험하지 않았겠지? -삼촌은 내 머리를 손가락으로 쓰다듬고는 살짝 웃었다. -저기, 너는 아직 어리니까. 하지만, 살짝 웃으며 물었다. -너는 나를 그리워하지도 않겠지. 이 집에서 내일 아침, 내가 떠나도. 만일 그리움이 생긴다면, 그리움은 뭔가 고향 그리움과 비슷할 걸세.

-아뇨, 그런 떠난다는 말씀은 마세요! 나는 소리쳤다. -아버지는 삼촌을 우리 곁에 있도록 할거에요. 만일 삼촌이 술 마시지 않으면요. 그래요, 삼촌, 이제는 술 마시지 마세요!

-어째 그럴 수가 있을까! 삼촌은 두 눈을 크게 뜨고 말했다. -술 없이 더는 살 수 없네.

-술이 달콤해요? 나는 놀라 물었다. -나는 술을 먹고 싶지 않아요. 왜 삼촌은 술을 사랑해요!

-오, 그것을 너는 이해하지 못할 거야, 너는 장성하면, 그때 그걸 이해하겠지… 삼촌은 다시 진지한 표정으로 말한 뒤 다시 저 멀리, 무서운 어둠 속으로 무표정하게 눈길을 보냈다. 그러

고 다시 깊은 침묵의, 생각의 바다로 빠져버렸다. 이는 마치 무서운 어둠처럼, 두 눈앞에 끝없이 펼쳐졌다. 나는 깜짝 놀라 입을 쩍-벌리고, 노인 앞에서 혼비백산했다.

　-그리 고민하지 말거라, 애야, 삼촌은 무겁게 말했다. -정말 아무것도 아니야. 이제 너무 늦었구나. 자러 가거라. 엄마가 너를 위해 이부자리를 펴놓았을 거다. 잘 자게…그리고 무기력하게 나를 저 출입문 바깥으로 밀어냈다.

　-안녕히 가세요! 나는 말했다.

　하지만 나는 삼촌이 그렇게 나를 밀어내자 화가 좀 나기도 했다. 동시에 나는 여전히 혼비백산해졌고, 말할 수 없을 정도로 우울해졌다.

　다음 날 아침에 나는 평소보다 더 일찍 잠자리에서 일어나, 삼촌과 작별하러 곧장 일어서서 나갔다. 왜냐하면, 내가 간밤에 꿈을 꾸었는데, 삼촌이 다시 아름답게 동화를 이야기하고, 그 동화를 끝낸 뒤에 삼촌은 자신이 간밤에 나를 밀침에 대해 나에게 용서를 빌었고, 이제 나, 내 가족, 이곳의 논밭, 소와 이제 헤어져야 한다고 말했다.

　내가 잠자던 방에서 나와 몰래 삼촌 방을 보았다. 그러고는 나는, -삼촌을 깨우고 싶지 않아 삼촌 숙소로 몰래 들어가 보니, 그곳에는 빈 침대만 덩그러니 놓여있었다.

　아무도 삼촌이 언제 떠났는지 몰랐다.

　반년 뒤, 어머니는 나를 대도회지로 보내려고 데리러 갔다. 왜냐하면, 내가 태어난 곳에도 군벌들 싸움이 벌어지고, 그 싸움에 마을 사람들이 가진 모든 것이 쓸려 가버렸다. 그리고 나는 이런 일을 잊고 또 잊고 지냈다, 어린 시절의 모든 것을.

그러나 지금, 아버지 별세 뒤, 옛 도시 우창(武昌)의 한 모퉁이에 혼자 지내면서, 나는 자신의 고향 마을을 추억하며 살아가던 겸손한 삼촌을 추억하고 있다.

　한동안 나는 그 추억 속에서 왜 삼촌이 술을 사랑하게 되었는지를 이미 이해하고 있다.(*)

Kiel Triumfo Van Reiras al Armeo

1

Antaŭ ol li eniris la armeon kaj fariĝis soldato, Triumfo Van estis jam kampdungito. Kaj jen li ree laboras sur la tero, kvankam li ankoraŭ portas la nomon soldatan: Triumfo, kiun li donis al si mem en la armeo. Lia dorso estos iom ĝiba, sed li ne konsideras sin malbelaspekta. Antaŭ multaj homoj, inkluzive la legscian, preskribeblan lernejmastron, li ofte fanfaronas, ke la ĝibo ne malhelpas onin esti grandulo, kiun la sorto destinas granda, ke ĝi ĝuste servas kiel signo, per kiu la eksterordinara homo distingiĝas de la ordinaraj ktp. Ĉu Nigra Hundo Ĉan ne diris, ke li iam akiris la gloran rangon — kaporalecon? Sed certe malfavoraj estas liaj malgrandaj okuloj, pro kiuj Triumfo suferas ja tre multe. Ili estas ĉiam malklaraj, kvazaŭ vualitaj per lakto. En la kazo kiam ekleviĝas venteto aŭ naĝas de ie fumo, tiu perloparo ĉiam kompatinde larmas. La vilaĝanoj scias, ke li ne apartenas al la kategorio de larmemuloj, kvankam lia koro ofte sin montras mola kaj sentema, sed oni tamen lin ŝercmokas ĝuste pro tia senkaŭza larmo, dirante, ke li sopiras sian panjon, mortinta de ĥolero antaŭ longa longa tempo. La panjosopiron Triumfo ne rigardas maldeca. Sed li ne estas infano, nek sentimentala homo! Li estis, kiel li iam kolere diris al la mokantoj, kaporalo, kiu brave kaj fidele defendis sian generalon kontraŭ la malamiko! Tial por ĉesigi la oftan mokon, li, laŭ la diro de lia amiko Nigra Hundo Ĉan, vizitis en iu profunda nokto la Templon de Terdio kun pakego da incensoj kaj orumitaj paperoj, kaj preĝpetis la Terdion kuraci liajn abomenindajn okulojn. Sed tamen ili neniam montriĝas helaj aŭ larmreteneblaj. Dometon li havas ĉe la fino de la vilaĝo. Jen lia tuta posedaĵo. Kiel kampdungito, li ja povis konservi iom da mono el la jara salajro, sed, al diablo, kiom li foje akiris, tiom li tuj elspezis, dank' al la vetludo, kiu estas lia "amata ĉevaleto". La dometo devis resti ĉiam truplena. Kaj en vintro la kirlanta vento ĉiam senbride kaj sovaĝe tonis sian simfonion en la truojn, kiu, akompanata de akra malvarmeco, ververe tre suferigis lin, precipe lian malgrandan okulparon. Sed nun, reveninte de la armeo, li decide ilin ŝtopas, kaj eĉ la murojn ornamas per legendaj bildoj, kiujn li aĉetis en urbo. Ĉar li jam edzinigis "buduaran fraŭlinon" el najbara vilaĝo. Tiu ĉi fraŭlino ja estas trezoro. Kun kiom da peno, klopodo kaj eĉ larmo li ŝin akiris! Ŝi estas la amata filino de la konata Korvino, mastrino de la vermiĉelejo. Aglonaza kaj giganta ino. Ŝi povas plenumi la kamplaboron kiel la fortika terkulturisto, kaj dume ankaŭ mastrumi la hejmon kiel la plej kapabla kaj ĝentila sinjorino. Jam antaŭ multaj jaroj, kiam li ankoraŭ estis ĉifona kampdungito, Triumo Van ŝin ekamis kaj admiris. Kaj li ekambiciis kaj decidis, ke li nepre edzinigu ŝin, se ne nuntempe, en la venonta estonto. Li tamen ekprovis en la tempo estanta, li do petis sian amikon Nigra Hundo Ĉan svati por li la fraŭlinon ĉe ŝia patrino. La nigra amiko ne rezignis pri la bela ofico. Kaj li kun grava mieno vizitis la mastrinon de la vermiĉelejo.

— Kion vi babilaĉas , vi nigra ulaĉo? — aŭdinte la vortojn de la svatisto, la mastrino de la vermiĉelejo ekkoleriĝis kaj sentis sin ofendita. — Ke mia filino edziniĝu al tiu almozuleca kampdungito? Senhonta ĝibulaĉo ! fivetemulo!

La neatendita insulto kaj malŝato de Korvino, alportitaj de la amiko svatisto Nigra Hundo Ĉan, hontigis Triumfon Van preskaŭ ĝis morto. Sed li ne malesperiĝis de la malsukceso. Li do ekprovis konkeri la koron de la estonta bopanjo. Li pene laboris por sia mastro, esperante, ke li altigos lian salajron. Tiam li povos, li pensis en si, aĉeti novajn vestojn, kaj, ilin portante, li povos montri al la mastrino kaj ŝia amata filino, ke li ankoraŭ ne estas ĉifona malriĉulo. Sed, ve, lia mastro tute silentis pri lia klopodo. Iun vesperon li do atentigis lin, dirante: — La kampaferon mi finis en tri tagoj, kion preti bezonas almenaŭ tri homoj n⋯ La mastro ridetis kontente kaj dankis lin afable, sed neniam parolis pri la salajro. — Al diablo!

Ĉifoje Triumfo Van vere malesperiĝis. Li ne plu volis labori, sed sin cedis al sia amata ĉevaleto, la vetludo.

Li venigis en sian domon la famajn personojn de la ĉirkaŭaj vilaĝoj, kaj ekvetis la kubĵeton. En tiu nokto li perdis ĉiun soldon ĝis tiam ŝparitan krome li ŝuldis al multaj homoj. Je la disiĝo la venkant-kreditoroj kaptis lin ĉe la brako, minacante, ke li tuj pagu la ŝuldon, alie ili pendos lin senvestita sub la morusarbo antaŭ lia domo. Li surgenue larmis kaj promesis, ke li redonos la sumon en la proksimaj tri tagoj. Sed je la matenkrepusko li ŝtele forkuris al armeo kie li servis kiel dungsoldato. Tie li tute ŝanĝiĝis, eĉ lia antaŭnomo ŝanĝiĝis per la multe promesanta vorto; Triumfo !

Post tri jaroj li revenis al la naskiĝvilaĝo bone vestita.

— Mi jam enuas pri la oficialaj aferoj en la armeo, — Triumfo tiel diris al siaj amikoj renkontataj. — Mi volas ree vivi per laboro sur la tero. La amiko Nigra Hundo Ĉan, tiam tre ekscitita de lia nova vesto, verve disvastigis inter la vilaĝanoj la sciigon, ke lia amiko nomata Triumfo Van promociiĝis en la nacia armeo ĝis la rango de kaporalo! Kaj cetere akiris multe da mono kaj nun volis per la sumo vivi feliĉan, rezignan vivon sur la tero! Triumfo ne neis la diritaĵon. Kaj Nigra Hundo mem ankaŭ kredis, ke li diras la veron. Kaj la vilaĝanoj ankaŭ ne dubis pri la afero kaj rigardis lin kun amikecaj okuloj. La mastrino de la vermiĉelejo ankaŭ ne tenis sin tiel malafabla kiel antaŭe, ŝi volonte edzinigis sian amatan filinon al la kaporalo.— Jen !

lun posttagmezon post la edziĝo, tiun nuran vorton

Triumfo eligis, skuante sian dikfingron al la amiko Nigra Hundo, kiu estante jam mezaĝulo, ankoraŭ restis "sprita fraŭlo".

2

La vivo kun la edzino estas io nova. Li ne povas, obeante la bonan konsilon de la karulino, plu diri, eĉ pensi, pri la armeo, en kiu li iam sin gloris, sed kiu estas plena de danĝero! Krome li volonte faris la ĵuron al la edzino, ke li neniam plu vetludos, ke li diligente laboros laŭ ŝia deziro, sur la kampoj, kiujn li farmas de lia sinjora vilaĝestro. La edzino kredas lian diraĵon, sed ne estas tute kredema kiel sentimentalaj sinjorinoj. — Jen, laboremo kaj ŝparemo estas la plej rekta vojo al prospero, — la filino de la konata Korvino diris nun tute kiel mastrino. — Sed, se vi rompos vian ĵuron kaj ree sin cedos al la vetludo, mi tiam nepre elkavigos viajn rondajn etokulojn! Triumfo Van senvorte gapis sian edzinon, larĝe apertante la buŝon. Li iom tremis en si kaj ekpentis, ke li ne devis fari tian ĵuron. Sed, estante iam kaporalo en la armeo, li ne volis sin montri timema antaŭ la edzino, li do turnis la rigardojn al la muro kaj kapon svingante en la aero li ekzumis kanteton pri la legendaj personoj en la bildojn gluitajn sur la muro, ŝajnigante, ke li ne atentis pri la sensignifaj vortoj de vilaĝa bagatela virino. — Vi do estas tre libermensa! La aglonaza edzino parolis en si, aŭdinte lian kantzumon. Krom la kokoj, kokinoj kaj kokidoj, ŝi eknutras du porkojn, kiuj je la jarfino dikiĝante, ŝi antaŭkalkulis, enspezos al la hejmeto almenaŭ dek dolarojn. — Kiam vi estas libera, — ĉifoje la edzino iom milde diris al li, — do paŝtu la porkojn. Vi scias, kiom ili enspezos al ni je la jarfino, kiam ni ilin vendos al la porkbuĉisto…!

La vortoj de la edzino estas pravaj. Sed krom la kamplaboro li ankaŭ devas kolekti lignaĵon por la manĝpreparo kaj zorgi pri diversaj aferoj kampa kaj familia. Jen aldone liajn ŝultrojn ekpezigas la porkpaŝtado. Lia frunto eksulkiĝas, la brovoj kuntiriĝas kelkfoje, la vizaĝo amare grimacas. Finfine li multe akceptas la bonan ideon de la kara edzino sen plua vortado. — Kara amiko! — foje la amiko Nigra Hundo Ĉan ekkrias, renkontante lin paŝtantan du dikajn gruntantajn porkojn en la profunda vespera krepusko, — vi maldikiĝas! — Jen… — Triumfo varme premas la ŝultrojn de la bona amiko kaj preskaŭ larmas je liaj kortuŝaj vortoj, — mi certe maldikiĝas, mi sentas tio n…. Mia korpo jam denaske ne estas fortika. Ho, jen aldone…. — Triumfo ekimitas la tonon de la vilaĝa maljunulo, — la familia vivo ja estas plena de amargusto…. — Nu, ne tiel diru, — Nigra Hundo ekkonsolas la amikon, imitante la tonon de la maljuna vilaĝanino, — kiu volas vivi por nura tago, tiu devas suferi por la tuta tempo. Sed…Kara amiko, oni tamen devas ripozi por iom, ekzemple, duontagon post monata laborado, ĉu ne? Triumfo balancas la kapon, tre malgaje. Sekve en iu pluva tago kiam oni povas nek labori en la kampo, nek paŝti porkojn, Triumfo ekvolas iom sin amuzi, jam laciĝinta korpe kaj mense. Por eviti la suspekton de la edzino ke li revetludos, li ne glitas al la najbaroj kie li antaŭe ofte sin distris per babilado kun la mastro aŭ mastrino, sed kaŝe vokas al sia domo la amikojn, "bonaj kaj bonetaj", kiuj estas neniuj aliaj! Nigra Hundo Ĉan, Huan Fukvei ktp., por pasigi la tempon enuan. La amikoj venas. Kelkaj klaĉas kun li pri tre interesaj temoj en la vilaĝo; kelkaj ekpromenas en la halo, aprecas la legendbildojn sur la muro, zume legante iliajn ilustritajn vortojn. Ĉi-lastaj estas amatoroj. Ili povas klarigi, kiu estas la plej rimarkinda persono en la historio; kiu sinmortigis sub la arkponto, kies vizaĝo estas pentrita la plej viva ktp··· Tamen estas unu bildo, pri kiu neniu komprenas. Ĝi temas pri moderna sceno, sceno de batalo. Vidante la embarason de la amikoj, Triumfo tuj ekstaras. — Ha ha! Ĝi estas sceno okazinta antaŭ kvar jaroj en kiu mi ankaŭ partoprenis! — Triumfo ekĝemis, rigardante la bildon. — La sceno kvazaŭ okazus hieraŭ, ha, kiel rapide forflugas la tempo! La apude starantaj artaprecantoj rigardas lin kun larĝe malfermantaj buŝoj, ne komprenante la signifon de lia ekĝemo. La ĉiam scivolema Nigra Hundo mirplene okultaksadas lian ĝibon, el kiu li kvazaŭ dezirus esplori ian lernaĵon. Tiam subite elkuras la aglonaza mastrino el la kuirejo, kie ŝi aferplene okupiĝas. — Vi pasigas vian tagon tie l, starante malstreĉe? — ŝi ekhurlas, lin antaŭen puŝante ĉe la ĝibo. — Vi mallaboremulo! La bovo en la stalo jam kriegas de longe pro malsato, ĉu vi ne havas orelojn? Triumfo ekpaliĝas, sed tuj ruĝiĝas. Senvorte li sin trenis eksteren por paŝti la bovon, forlasante la amikojn en sia domo. En la vespero li grumbletadas antaŭ la edzino. Li asertas, ke ŝi ne devas lin insulti tiamaniere antaŭ la bonaj amikoj, kiuj lin admiras; ke ŝia ofendo vundas lian dignecon — ekskaporalecon. Li plue rezonas, ke homo ofendita de sia propra edzino ne rajtas postuli la estimon de aliaj kaj la malrespekto de aliaj signas la malhelan estonton de tiu homo. Tial, li konkludas, ŝi ne plue lin insultu antaŭ la publiko. — Ekskaporalo! estimo! Jes, vi rajtas postuli la estimon kaj pasigi la tempon klaĉante kun tiuj sentaŭguloj, se vi povas vivi sen manĝi! La aglonaza mastrino tute ignoras pri lia valoro kaj merito. — Se vi min malŝatus, — Triumfo malespere diras, — mi ree venos al la armeo. Kaj vi vidos! Aŭdinte la vorton "armeo", ŝi ekfurioziĝas. Firme mordante sian lipon, ŝi pikas lian frunton per la pinto de sia montra fingro. — Vi sentaŭgulo! vi ventkapulo! Se vi plu diros pri armeo⋯ se vi plu diros pri arme o⋯! Kaj ŝi obtuze ekploregas, kaj insultadas lin, ke li estas ŝtonkorulo, kiu povas forlasi sian amatan edzinon neprizorgita⋯ Ŝian aglonazon gapante, li ree senvorte silentas, kaj ne plu kuraĝas mencii pri la armeo, pri sia eks-rango, la kaporaleco⋯ Sed li ekpigriĝas. Tre malvigle li laboras, malstreĉe movante en la kampo kvazaŭ skeleta fantomo. Se estas okazo por amuzi, li ŝtele forkuras de la laboro. La aglonaza mastrino jam atentis pri tio. Ŝi antaŭjuĝas, ke li rompos sian ĵuron, ĵuron pri sindeteno de la vetludo.

Tial ŝi ne lasas eĉ moneron fali en lian manon; ĉiun soldon enspezitan ŝi konservas por si. Plue ŝi avertas lin: Li ne foriru de ŝi post la vesperiĝo, sed ŝin akompanu, ĉu zorgante la hejman aferon, ĉu babilante kun ŝi en la ĉambro; alie li ne revu manĝi eĉ rizeron preparitan de ŝi! La regulo nun aranĝita de la kara edzino tre embarasas lin, kvazaŭ kateno ĉirkaŭanta la kolon. Li tamen ne ribelas. Nur per murmuro li vole-nevole atentigas al ŝi la ideon, ke li ne estas tia ordinara terkulturisto kia en la okuloj de la bagatelaj virinoj, kiuj estas tre senkapablaj esplori la grandecon de la homo; ke li jam montris grandan kapablon en la armeo⋯ Sed ĉio ĉi vanas por la aglonaza virino. Male, tio kolerigas ŝin. — Kian kapablon vi havas? vi ventkapulo! Kaj ŝi jen antaŭen puŝas, jen reen tiras lin ĉe la brako. Ĉiokaze li ree havas nenion por diri, starante kvazaŭ stultulo. Je la vido de lia stulteco la edzino fariĝas pli kolera. Ŝi ekploras, en akra tamen obtuza voĉo, dume la larmo kaj la nazmuko kunfluis sur ŝia vizaĝo, ĉirkaŭ ŝia buŝo. — Mi trompiĝas de vi, stultulo! Mi tute ruiniĝas edziniĝinte kun vi ventkapulo! Ĉu vi scias, kion vi vere posedas? Vi eĉ ne estas laborema! La rapide eltorentaj vortoj lin surdigas kaj lin terurigas tre. Li timas ŝin kaj eksentas, ke ĉio de li ruiniĝas unufoje por ĉiam de tiu virino, kiu severe lin regas. — Ha, ha! la vivo en ordinara hejmo estas certe senplezura. Li tiel flustris al kelkaj amikoj, la tono estas pesimista kaj deprimita.

3

Sed pli senplezura oni sin sentas en la aŭtuno. La aŭtuna rikolto de tiu jaro estas tre malriĉa pro monatdaŭra senpluveco en la somero, kaj tio de Triumfo Van sin montras preskaŭ nula. Tion kaŭzas krom la natura katastrofo, la fakto, ke li, Triumfo mem diris, estas homo kutima al la vivo en armeo, ne al la kamplaboro. Sed la mastrino malverigas lian diraĵon, konstante antaŭ iliaj amikoj, ke ĉiu lia vorto estas mensogo. — Kion vi povas krom la kamplaboro? — la altkreska edzino lin demandas, premstarante antaŭ li. — Ĉu vi forgesas, ke iam vi estis kampdungito? Kutima al la vivo en armeo! Ĉu vi ne hontas, parolante tiel? Kvankam li gajnas nenion el la kampoj farmitaj, la bienmastro tamen ne atentas pri tio. Li postulas laŭkontrakte tiom da lupago, kiom oni pagas en la riĉrikolta jaro. Por ke la bienmastro ne forprenos la kampojn, kiuj donas al vivtenaĵon al la tuta familio de Triumfo Van, la prudenta, mastrumlerta edzino laŭpostule pagas la lupagon, lombardante la vintrajn vestojn por kompletigi la sumon. Sed al la

edzo kaj si mem ŝi ne sin tenas tiel afabla kaj komplezema. — En vintro, — ŝi diras al la edzo, — ni ne multe laboras, kaj tial ni ankaŭ ne devas konsumi tro multe da rizo, ni devas iom konservi por la venonta longa printempo. Kaj ŝi ekpreparas ĉiutage nur kaĉon, en kiu akvo estas la ĉefelemento. Triumfo tre suferas de la nova manĝaĵo. Laŭ kresko li estas pli malgranda ol la edzino sed lia stomako ne estas malpli larĝa. Ĝi povas enteni kutime tri pelvojn da kuirita rizo. Nun la akvaĵa kaĉo povas pleni nur angulon de lia stomako, kaj en la profunda nokto li ofte vekiĝas pro la kriego de la intestoj. Ne tolereble!
— Kion fari?
Li demandas sian amikon Nigra Hundo Ĉan, kiu spertas plej bone la malsaton pro tio, ke li ne havas teron, nek monon por ĝin luepreni. — Nu, ni iom ĝuu!
— la nigra amiko flustras ĉe lia orelo. — Oni aranĝos vetludon en la urbo Balivan, mi aŭdis. En la Luna Salono de Barbiro Huan! Sed kontante! — Bone! Mia amata ĉevaleto! Kaptante la intertempon kiam la kara edzino nutras la porkojn en la apuda porkstalo, Triumfo silente enŝteliĝas en ŝian ĉambron. Senbrue li malfermas la kason kaj poste esploras sub la kapkusenoj, kie la mastrino ofte kaŝas monon. Li prenas el ili plenmanon da moneroj kaj rulon da papermono. Post tio li surpiedpinte glitas el la ĉambro kaj flugrapide kuras al la urbeto. Antaŭ la Luna Salono li haltis. Ke la mastro Barbiro Huan, amiko de

Triumfo, donas tian elegantan nomon al sia razejo, tute ne rezultas, ke ĝin frekventas lernuloj aŭ talentuloj. Ĝiaj plej honoraj gastoj konsistas el neniuj aliaj ol la farmuloj de la ĉirkaŭaj vilaĝoj, kiel Nigra Hundo Ĉan, Larĝbuŝo Liŭ, Huan Fukvei ktp··· Ili ja scipovas legi tri aŭ kvar vortojn, ekzemple, tiujn sur montrotabuloj; sed, se temas pri lernaĵo, oni povas sendanĝere diri, ke iliaj kapoj estas malplenaj. Tiuj ĉi konatoj nun kolektiĝas en la Luna Salono, ĉirkaŭ granda tablo. Sep aŭ ok kapoj, granda, ronda, kava, pinta, duonronda ktp. centriĝas sur unu objekto, en unu punkto, meze sur la tablo. Ĉiu kun vizaĝo varmruĝa, oreloj sangkolorantaj, okuloj elstarantaj··· Tuj kiam li kaptas la vidon de la amaso, Triumfo Van sin urĝe enpremas inter la homoj, kaj, elpoŝiginte plenmanon da moneroj, ilin li ekmetas sur la tablo, kriante: — La paran![8] Je la ekkrio ĉiu turnas la kapon, mirante, ke tiel kuraĝe la monon metas la nove venanta vetludanto. Barbiro Huan, sidanta ĉe la supra parto de la tablo, levas la brovojn kaj ekvidas Triumfon Van kaj lian malgrandan okulparon. Li kuraĝigas lin: — Hura,

---

8) En voilaĝoj oni ĝenerale vetludas per la vetludilo nomata "Danshuang"(nepara - para). Oni metas paron da kuboj en la taso kaj ĝin kovras per la kovrilo. Poste la ludĉefo skuas ĝin en la manoj por ke la kuboj turniĝas en ĝi. Dume la vetludantoj metas sian monon ĉu sur la para ĉu sur nepara nombro, markitaj sur la tablo, tute laŭ sia volo. Post la malkovrado de la taso la punktoj sur la kubparo montras la rezulton.

kaporalo!

Tiu ĉi ulo nun ree funkcias kiel ludĉefo en la vetludo. Tion ne kaŭzas la fakto, ke li havas pli da mono; li povas prezidi la ludon nur pro tio ke li havas la vetludilojn kaj samtempe estas mastro de la salono. Oni diras, ke liaj kuboj estas ŝanĝeblaj sub la kovrilo laŭ lia volo, kaj tion insistas plej firme Larĝbuŝo Liŭ, kiu perdadas en ĉi salono multan monon inkluzive eĉ sian plej amatan novjaran veston, kiun li vendis por pagi la vetŝuldon al Barbiro Huan. Sed tre malmultaj kredas la aserton, kaj mastro Huan ĉiam restas la ludĉefo. Post kelkaj minutoj kiam ĉiuj jam bone finmetas la monerojn sur la tablo, Barbiro Huan malfermas la kovrilon de la taso. La kuboj en la taso kune montras la nombron 6. Jen la para!

Triumfo Van enmanigas duoblon da mono de la tablo. Kontenta rideto ŝvebas de sur liaj lipoj. Nigra Hundo Ĉan, premstaranta apud li, ektiras lian manikon kaj mallaŭte flustras: — Amik-kaporalo, vi ja estas eksterordinara ulo! Triumfo ne respondas, li nur svingas sian kapon en la aero kun granda vervo. — La neparan! Li ree metas plenmanon da moneroj sur la tablo. Ĉifoje la kuboj montras 9. Tiamaniere la amikoj en la Luna Salono vetludadas ĝis la vesperiĝo, la vervo pli altiĝas. Vidiĝas kelkaj bubaĉoj vespermanĝi ekster la salono, tenante po ĉiu pelvon en la manoj. La disiĝon ekproponas Larĝbuŝo Liŭ, kiu ree perdas kelkcent monerojn en ĉifoja vetludo. — Kial ekdisiĝi?

— miras Triumfo Van, — la ludo estas tiel interesa! Ĉu vi havas pli belan ŝancon por ludi en vilaĝo, por vi kamparanoj, ol ĉi-tiean? — Jes ja⋯ jajaja, — eĥas Nigra Hundo Ĉan, sed ne povas diri la kialon, — jajaja⋯ jaja⋯ Kaj Triumfo Van detabliĝas, ordonante la salonserviston, — la razlernanton de Barbiro Huan — alporti tri botelojn da ruĝa vino kaj kelkajn pladojn da bongusta manĝaĵo. Malavarmiene li diras al la razisto Huan: — Kara ulo, kvankam vi estas mastro, mi tamen regalas vin, kaj ankaŭ vin — li turnis al Larĝbuŝo, Nigra Hundo, kaj kelkaj aliaj, kiuj apude staras larĝe apertante la buŝojn, — vin, miajn amikojn. Kaj li unue malŝtopas la botelojn. Plengorĝe li englutas la ekscitigan alkoholaĵon. La konatoj de la Luna Salono ĉiuj gaje drinkas. La ruĝo iom post iom leviĝas de ĉies kolo al la oreloj. Jen sonigante la ĵus gajnitajn monerojn en la poŝo, jen ritme batante la aceran tablon per fingroj, Triumfo Van, la ekskaporalo, ekkantas la kortuŝan, melankolian, por ĉiuj amikoj novspecan kanton "juna vidvino", kiun li lernis en la armeo.

Vivas en la kaban' vidvin' juna, Vizaĝo bela kun brovpar' arkluna. L'edz' forlasis ŝin, mortis dum-batale. Ĝemante, ŝia larm' elfluas pare⋯

Kaj Nigra Hundo, ĉiam scivolema kaj lernema pri nova afero, senĉese ripetas la lastajn du liniojn;

razisto Huan laŭritme batas la teron per la piedoj; Larĝbuŝo Liŭ, kvankam iom, malĝoja pro la perdo de mono, ankaŭ svingas la kapon en la aero, ĝuante la tristan kanton. Jen en la Luna Salono de Balivan ekmuzikas diversaj belaj sonoj. La noktkurteno jam falas ekstere. La pordoj de butikoj jam fermiĝas kaj lumiĝas lampoj, kies strioj ŝtelrigardas eksteren tra fendoj de fenestroj. La en butikoj laborantaj junaj uloj, fininte la vespermanĝon, jen enŝteliĝas en la salono, unu post la alia, por ĉeesti la belan ludon. La kantintaj kaj drinkintaj amikoj, jam lace klinetis la kapojn post la orgio, sed revigliĝis tuj de la vido de la novaj vetludantoj. Ĉiuj do reamasiĝas al la tablo. — La paran! Triumfo Van zorgplene metis tri cent moneroj sur la para nombro sur la tablo, kaj poste proksimigas siajn malgrandajn okulojn al la tablo.

Sed, sen montri kial, la punktoj sur la kubparo kune aperas 3, post la malkovro de la taskovrilo. Kaj senbedaŭre la razisto Huan albalaas al sia flanko ĉiujn monerojn ĉe la para nombro. Triumfo Van ne bedaŭras pri la perdo. Male, li metas kvar cent moneroj ree sur la para, dezirante, ke, li, krom rehavigi al si la jam perdintan, ankaŭ gajnos. Sed la Dio ne lin benas laŭ lia volo, la kvar cent belaspektaj moneroj ankoraŭ sin glitas en la manon de la amiko razisto Huan. — Ok cent sur la para! Ĉiuj nove envenintaj ludantoj, surprizigitaj de la tondra voĉo, ekturnas la rigardojn al

Triumfo Van, mirante, kia ulo tiu ĉi ĝibulo estas, kiu kuraĝas veti tiun grandan sumon. Larĝbuŝo Liŭ ankaŭ lin gapas, stulte. — Nu, amiko, — Larĝbuŝo Liŭ lin atentigas tuŝante lian talion, — deprenu iom de la sumo. Ĝi estas tro granda! — Kion vi scias? — malŝate rediras la ekskaporalo, — vi kampulo! Mi vetludis je dolaro en la armeo!

La kovrilo de la taso malfermiĝas, la kubparo ree prezentas la nombron 3. La gastoj de la Luna Salono ĉiuj kun admirplenaj okuloj rigardas la grandan amason da moneroj albalaita al la flanko de la ludĉefo Barbiro Huan. Triumfo eksentas sin varmega sur la vizaĝo kaj la mokridon en la rigardo de la kunvetludantoj. Por montri ke la perdo por li estas nur bagatela sumo, li laŭeble laŭtigas sian obtuzan voĉon kanti la "Juna Vidvino". — Mil sescent sur la para! Post la kanto li krias. Sed la nombro de moneroj en la poŝo ne konformas al la sumo. La razisto Huan scias la aferon, li volonte pruntdonas al li kvin mil da moneroj. — Kiel ni estas bonaj amikoj, — Nigra Hundo Ĉan intime diras al la ekskaporalo, — ni ne devas esti ceremoniema ankaŭ koncerne monaferon. Laŭplaĉe disponu la mian. Kaj li ankaŭ elpoŝigas plenmanon da mono, kiom, laŭ la flustro de tiu nigra ulo en la orelon de Triumfo, nombras ankaŭ kvin mil! La ceteraj vetludantoj, admire kaj surprize, rigardas tiujn ĉi amikojn, kiuj tiel bone intimiĝas, tute kiel fratoj. Triumfo akceptas la sumojn de ambaŭ amikoj. Li denove metas ilin, cent post cent, sur la para nombro. Li diras, ke li havas specialan obstinon kaj favoron por la para. Kiom li perdas sur ĝi, tiom ĝi nepre redonas al li. — Foje, kiam mi estis en armeo, — Triumfo Van nun ree parolas pri la armeo, — mi perdis dudek dolarojn sur la para, sed mi insiste persiste sekvis la nombron, kaj finfine mi gajnis. Sed ĉifoje la abomeninda kubparo ĉiam restas neparnombra. Ĝis la meznokto Triumfo Van jam perdas ĉiun soldon kunprenitan, kaj krome ŝuldas multe al al bonaj amikoj Barbiro Huan kaj Nigra Hundo Ĉan.

— Ohoho··· La salon-mastro subite leviĝas de la benko ĉe la tablo kaj, la dormemajn okulojn frotante per fingroj, urĝe rapidas al la necesejo. La apudstaranta Larĝbuŝo, kiu ne povas vetludi post la perdo de sia mono, ekoscedas kaj malvigle spiras. En la stomako la efikon perdas jam la ruĝa alkoholaĵo. Ĉiuj gastoj de la Luna Salono jam volas dormi. Larĝbuŝo Liŭ, ne sintenebla pro la atako de la dormemo, jam ŝtele forglitis el la "salono" sen diri adiaŭon. La ceteraj amikoj ankaŭ ekmovas la piedojn post la foriro de Larĝbuŝo. Triumfo Van iras antaŭen, Nigra Hundo poste; unu kantas la tristan kanton, la alia ripetis ĝiajn lastajn du liniojn:

L'edz' forlasis ŝin, mortis dum-batale. Ĝemante, ŝia larm' elfluas pare···

Kiam la salon-mastro returnas de la necesejo li ektrovas sian salonon malplena. Baldaŭ la etan saloniston li ordonas, ke li tuj postkuru Triumfon Van por peti la drinkpagon, kiun li promesis pagi kaj pri kiu li nun ŝajne jam forgesis.

Haltigite de la akra vokado de la eta razlernanto, la kantanta ekskaporalo ekkoleriĝas. Li grumblas al si, ke lia amiko Barbiro intence embarasas lin, sendante tian nazmukuleton al li dum li revenas hejmen. — Ĉu mi ŝuldas al li la monon? — Triumfo kolere hurlas al la knabo, — Rediru al via mastro, ke mi nun ne havas monon. Mi volas vidi kion li faros al mi! Kaj rekomencante la kanton, li marŝas antaŭen kun la amikoj. Je la krucvojo ili disiĝas. Kiam li revenas en la vilaĝon, li ŝtele eniras sian domon, kies pordoj ankoraŭ ne estas riglitaj. Ne atendas tie la edzino kun vergo en la mano. Kun feliĉa sento li englitas la dormĉambron. La edzino estas bone enlitiĝinta, vidiĝas nur ŝia nazo kaj frunto ekstere de la litkovrilo. Je la eniro de Triumfo la okulojn ŝi malfermetas. Sed ŝi ne movas sin, nek lin insultas. Kun malklara voĉo ŝi nur murmuras, ke ŝi donos al li la finkalkulon morgaŭ matene. Post la vorto ŝi refermas siajn okulojn, kaj ekaŭdiĝas ronketo. Triumfo, ŝajnigante aŭdi nenion, rampas en la liton. En la mateno Triumfo leviĝas pli frue ol la edzino. Por eviti la malagrablaĵon, kiun la edzino nepre kaŭzos al li, li volas cedi sian amatan matenmanĝon por paŝti tutan tagon ekstere tiujn du porkojn, kiuj nun jam bone dikiĝas. Sed kiam li malfermas la pordojn, tie jam atendas la amikoj Barbiro Huan kaj Nigra Hundo Ĉan kun kelkaj aliaj junulaĉoj. Sen paroli kun li iom ajn, ili rekte entrudas la domon, kaptas en la stalo la dikajn porkojn per ŝnuro kaj ilin perforte kondukas for. Ĉe la pordo la amiko Barbiro Huan ekparolas: — Mi scias, amiko, ke vi ne povas repagi la ŝuldon, kiun vi de mi prunteprenis hieraŭ nokte. Nun mi do forprenos la porkojn, ĉar mi nun bezonas tre urĝe la monon. Ne kulpigu min. Vi scias ja, ke ilia kosto kune ankoraŭ ne egalas al la ŝuldo, ĉu ne? — Jes, jajaja, bona amiko, jajaja — la amiko Nigra Hundo Ĉan ekkomencas, — Sed⋯dd⋯, nu, la ŝuldo estas ŝuldo, amikeco tamen ankoraŭ restas amikeco, ĉu ne?

Kaj ili fulmrapide forkuras kun la porkoj. La kara edzino, ĵus leviĝinta el la lito, elkuras el la ĉambro, kaj postkuras la amikojn de la edzo. Sed la piedoj de tiuj aĉuloj estas tiel rapidaj kaj facilaj, ke oni apenaŭ povas vidi iliajn ombrojn post nur minuto. Haltiĝinte la aglonaza edzino restas spiranta por momento.

— Kion vi faris! Ŝi poste paŝas al la ekskaporalo, firme mordante siajn lipojn. — Vi ree vetludis kun tiuj aĉuloj, mi jam bone sciis. Kaj ŝi pinĉas lian orelon; tenante la vizaĝon oblikve al la lia, fikse rigardas lin en liajn okulojn. — Diru al mi, kial vi ekrompas vian sanktan ĵuron! Mi volas scii vian koron! Triumfo firme fermas siajn malgrandajn okulojn; kvazaŭ surdulo li nek respondas, nek faras ian mienon. — Nu, mi volas vidi, per kio de nun vi pluvivos! — la kara edzino apenaŭ povas eligi la vorton pro trokoleriĝo. — Vi ventkapulo!···

Tiun tagon ŝi ne preparas manĝojn, nek laboras pri la hejma afero. Antaŭ la altaro de la prapatroj ŝi sidas, lamentante kaj priplorante, ke ŝi trompiĝas de li, ke li ruinigas ŝin··· Triumfo sentas sin iom sentimentala, ĉar li kredas al si, ke ŝia plorkanto nun ree vekas en lia mola koro melankolion kaj triston. Je la vespero li surŝultras pakaĵeton da malnovaj vestoj kaj ŝtele forglitas el la vilaĝo.

Ĉe la krucvojo li renkontas sian "bonetan" amikon Larĝbuŝo Liŭ. La amiko demandas: — Kien vi iras, en tiel malfrua vespero?

— Al la armeo! Mia amiko generalo··· nu··· lian nomon mi ĵus forgesis, li leteris al mi, ke mi tuj iru al li por esti oficiro.

반 승리는 어떻게 군대에 다시 가는가

1

반은 군대에 입대해 별명 하나를 얻었는데, 그 별명이 승리(勝利)이다. 반 승리는 군에 가기 전에는 농사짓는 일꾼이었다. 자신이 군에서 얻은 별명인 승리라는 이름을 논밭에서 다시 일하는 지금도 쓰고 있다.

등이 곱사등처럼 조금 굽었으나, 자신은 이를 추하다고 느끼지 않는다. 글을 읽을 줄 아는, 약방문을 쓸 줄 아는 마을 학교 선생님을 포함해, 수많은 사람 앞에서, 곱사등이가 사람을 대인으로 있게 하는데 방해가 되지 않는다고, 대인이 될 운명이면 대인으로 살아가기에, 또, 곱사등이가 특별한 사람과 평범한 사람을 구분하게 하는 징표처럼 바로 그렇게 작용한다며 자주 자랑을 해 왔다. 별명이 검둥개인 찬은, 반이 한때 빛나는 계급 -하사관-을 얻었다고 말하지 않았던가?

그러나 분명히 비우호적인 것은 작은 눈이다. 때문에 반 승리는 정말 아주 고충이 많다. 눈이 언제나 잘 보이지 않아, 마치 우유로 가려진 것 같았다. 바람이 갑자기 불어오거나, 어딘가에서 연기가 날아오면, 그 진주 같은 눈알에서는 언제나 불쌍하게도 눈물이 흘러나온다. 마을 사람들은, 반이 비록 마음이 자주 여리고 민감해도 눈물을 글썽이는 사람들의 부류에는 속하지 않음을 잘 안다. 하지만 아무 이유 없이 눈물을 글썽이고 있는 모습을 본 사람들은 자신의 엄마를, 오래 오래전에 콜레라 전염병으로 별세한 자신의 엄마를 그리워하네 하며 놀린다. 반 승리가 엄마를 그리워하는 것을 부적당한 것으로는 보지 않는다. 하지만 어린아이도 아니고, 감수성이 충만한 사람도 아니다! 자신을 놀려대는 사람들에게 한때는 화를 내며 말한다. -자신은 용감하고 충직하게 자신의 장군이 적과 싸울 때 적으로부터 그 장군을 지키는 일을 한 하사관이었다고! 그래서, 그런 자주 놀림 당하는 것을 중단시킬 방법이 있는가 하고, 친구 검둥개 찬에게 조언을 구한다. 그러자 찬은 지신(地神)을 모시는 절에 향과 장식용 종이를 한 다발을 들고 한밤중에 찾아가, 지신께 가증스런 두 눈을 좀 치료해 주실 것을 기원하라고 했다. 그렇게 해 봐도 두 눈이 전혀 더 밝아지지도 않거니와, 눈물 흘러내림을 멈추지는 못했다.

반은 마을 어귀의 작은 집에서 산다. 집 한 채가 전 재산이다. 농사 일꾼으로 1년 머슴살이 삶으로 어느 정도 돈을 모아 두었지만, 그렇게 모아놓은 것을 빌어먹을, 그만큼 "사랑하는 말"인 내기 노름에 단번에 즉시 날려 버렸다. 그래서 그 작은 집 한 채는 언제나 구멍이 많은 채, 수리도 하지 못한 채 놔두어야 했다. 휘몰아치는 겨울바람을 언제나 재갈 물릴 수도 없으니, 야생적으로 그 집의 구멍 난 곳들에서 교향곡 소리가 들려 왔다. 그 바람은, 세찬 냉기를 동반해, 생동감 있게 엄청 괴롭혔는데, 특히 작은 두 눈에 괴롭힘이 심했다.

하지만 지금, 군에서 돌아와서 마침내 자신이 도회지에서 사온, 옛 전설 그림을 그 구멍들에 메우고, 벽에도 붙였다. 왜냐하면, 이제 이웃 마을에 사는 '규방 규수'에게 장가가게 되었다. 이 아가씨가 보배다. 아가씨를 얻는데 얼마나 많은 노력에 애씀과 눈물이 쓰였던가.

아가씨는 잘 알려진 암까마귀라는 여인 -국수집 안주인-이 애지중지하게 여기는 딸이다. 반의 아내 코는 독수리 코와 닮았고, 몸집이 컸다. 힘센 농부처럼 농사일을 잘해 낼 수 있고, 또 집 안일도 가장 능력 있고 친절한 여성처럼 잘해 낼 수 있다. 반 승리는 자신이 아직 넝마 같은 머슴으로 있었을 수년 전부터 아가씨를 사랑하고 존중해 감탄하고 있었다. 그러면서도 야심찬 결심으로 굳히기를 반드시 장래에, 지금은 아니라도, 그 아가씨를 아내로 맞고 싶다고 했다. 그래서 지금 시점에 혼사 일을 시도해, 자신의 친구 검둥개 찬에게 아가씨 어머니를 한 번 만나, 딸을 혼인시킬 의사가 있는지 물어보라고 요청했다. 그래서 그 검둥개는 이 아름다운 임무를 마다하지 않았다. 그래서 검둥개는 진지한 표정으로 국수집 안주인을 찾아갔다.

-당신, 검둥개, 당신은 무슨 그런 말을 하요? -중매쟁이 검둥개 찬의 말을 듣고 난 국수집 안주인은 벌컥 화내고는, 자신이 모멸감을 느낀다고 했다.

-내 딸이 저 거지 같은 머슴에게 시집을 가라고요? 부끄럼도 모르는 곱사등이하고! 견줄 데를 견줘야지!

예기치 않은 욕설과 혼사가 싫다는 암까마귀 말을 중매쟁이 검둥개 찬을 통해 들은 반 승리는 거의 죽을 정도로 부끄럼을 느꼈다. 그러나 그런 실패에도 절망하지 않았다.

이제 장래 장모의 마음을 먼저 살 계획을 세웠다. 그래서 온 힘을 다해 자신이 머슴 사는 주인을 위해 열심히 일하면서, 자기 급료를 주인이 올려 줄 것을 기대했다. 그때 가면 가능하리라, 자신의 마음속으로 그렇게 생각했다. 그때 새 옷을 사 들고 국수집 안주인과 딸을 찾아갈 계획이다. 이를 통해 자신이 두 사람에게 지금은 아직 넝마 같은 가난뱅이가 아님을 알릴 계획이다.

그러나, 주인은 머슴인 반 승리의 노력에 대해 전혀 관심이 없었다. 일언반구도 없었다.

어느 날 저녁에 자신의 주인에게 강조해 말했다:

-적어도 제가 하는 농사일은 세 사람이 처리해도 못하는 일인데도, 그걸 혼자서 사흘에 걸쳐 마칩니다요…

주인은 살짝 만족해하며 웃으며, 친절하게 고마움을 표시했지만, 급료에 대해서는 전혀 말이 없었다.

-빌어먹을!

이번에 반 승리은 정말 절망했다. 더는 일할 생각은 않고, 대신에 자신이 사랑하는 말인 노름에 빠져 놀았다.[9] 자기 집으로 인근 마을들의 유명인사를 초대해, 주사위 던지기 노름을 시작했다. 그날 밤에 자신이 평생 모아놓은, 군 복무로 받은 돈 전부를 잃었을 뿐만 아니라, 여러 사람에게도 빚을 졌다.

노름이 끝나 헤어질 때, 노름의 승자이자 빚쟁이들은 반의 팔을 붙잡고는, 노름에서 진 빚을 곧장 갚으라 위협했다. 만일 그걸 이행하지 않으면, 집 앞 뽕나무에 발가벗겨 매달아 놓겠다고 했다. 자신의 무릎을 꿇고는 눈물 흘리며, 노름빚을 앞으로 3일 이내 다 갚겠다고 약속했다.

그러나, 그 밤이 새자, 군대에 몰래 지원 입대해, 그곳에서 용병으로 복무했다. 그곳에서 완전히 변해, 성명도 수없이 약속한

---

9) (저자 주) 마을에서는 사람들은 보통 "단쑤앙"(홀-짝)이라는 노름으로 놀이를 한다. 사람들은 작은 잔에 주사위 2개를 넣고, 이를 덮개로 가린다. 나중에 노름 진행자가 그 작은 잔을 손으로 흔들어 그 안의 주사위를 돌린다. 반면에 노름에 참가한 사람들은 온전히 자신의 바람대로 자기 돈을 탁자에 이미 표시된 홀수나 짝수 중 한 곳에 건다. 나중에 그 2개 주사위에 나온 숫자 합이 홀수 또는 짝수의 결과를 보여준다.

'승리'로 바꿨다!

그로부터 3년이 지났다.

자신의 고향 마을로 잘 차려입고 돌아왔다.

-군대에서 하던 공무에 내가 지루해졌어, -승리는 자신의 친구들을 만나면 그런 말을 했다. -나는 농사에 다시 종사하면서 살고 싶네.

자신의 친구 검둥개 찬은, 그때, 군대서 돌아온 반의 새 옷을 보고는 흥분해, 마을 사람들에게 생기있게 '승리'라는 친구가 국민군대에서 하사관 계급으로 승진했다는 소식을 전파했다!

더구나 돈도 많이 벌었고, 이제는 군 복무 때 급료로 이 땅에서 행복한, 은퇴자 삶을 살고 싶다고도 했다! 승리는 그런 떠도는 말을 부정하지 않았다. 그리고 검둥개는 반 승리가 진실을 말한다고 스스로 또한 믿었다. 또 마을 사람들도 그 일에 대해 의심하지 않고, 우호적인 눈길로 봐 주었다. 국수집 안주인도 이제는 이전처럼 냉랭하게 대하지 않았다. 더구나 안주인은 기꺼이 자신의 사랑하는 딸을 하사관에게 시집을 보냈다. -그렇게 되었다!

결혼한 뒤의 어느 날 오후, 승리는 이미 중년 나이지만, 여전히 "정신적인 총각"으로 남아 있는 자신의 검둥개 친구에게 자신의 엄지를 흔들며 한마디만 했다.

2

아내와의 결혼 생활은 뭔가 새로움이 있었다.

자신이 한때 영예롭게 여기는 그 위험천만한 군대 이야기는 한마디 말도 꺼내지도 말고 생각지도 말라는 아내 말에 복종하였다!

그밖에도 이제는 노름에도 가담하지 않을 것이고, 자신의 바람대로, 마을 이장의 토지를 빌어 성실히 일하리라는 맹세도 기꺼이 했다.

아내는 그 말을 믿었지만, 여느 민감한 부인처럼, 온전히는 믿지 않았다.

-그러니, 일을 성실히 잘하고 절약해 사는 것이 잘 사는 지름길이라니까요, -그 유명한 암까마귀의 딸은 안주인으로서 이제 말하고 있다. -그런데, 만일 당신이 맹세를 저버리고, 다시 노름

에 빠진다면, 나는 그때 당신의 동그란 두 눈을 빼내 버릴 거요!

반 승리은 아내를 말없이 바라보며, 입을 쩍 벌린 채 있었다. 자신의 몸을 조금 떨면서, 그 맹세를 아내에게 하지 말 걸 하며 후회했다. 그러나 군대에서 한때 하사로 있었으니 아내 앞에서 자신이 무서워하고 있음을 내색하고 싶지 않았다. 그래서 눈길을 벽으로 향하고는, 고개를 허공에서 흔들면서, 그 벽에 붙여 놓은 그림들에 나오는 전설의 사람들에 대한 노래를 흥얼거렸다. 마치 마을의 하찮은 여인의 무의미한 말에는 관심 없다는 듯이.

-그래 당신은 아주 자유로운 영혼을 가진 사람이군요! 독수리 코의 아내는, 남편의 흥얼거리는 노랫소리를 들으며 혼자 말했다. 그러면서 수탉, 암탉이나 병아리들을 제외하고도, 돼지 2마리를 키우고 있으니, 연말이 되면 그 가축들이 통통해질 것이고, 또 이 작은 가정에 적어도 10달러의 수입은 될 것으로 봤다. -당신이 시간이 나면, -이번에는 아내가 온화하게 남편에게 말했다, -저 돼지들을 좀 돌봐 주세요. 연말에 도축장에 돼지들을 내다 팔면, 얼마나 수입이 될지는 잘 알고 있겠지요…!

아내 말이 맞았다. 하지만 농사일 외에도 반 승리는 또한 음식을 익히는데 필요한 땔감을 모아야 했고, 농사와 가사의 다양한 일에도 신경을 써야 했다. 그래서 이에 더해 어깨에 돼지 키우는 짐이 더해졌다. 이마에 이제 고랑이 파이고, 눈썹이 여러 번 찡그렸고, 얼굴은 씁쓸하게 인상을 찌푸렸다.

마침내 군말 없이 사랑하는 아내의 좋은 의견을 많이 받아들였다.

-여보게, 친구! -한번은 친구 검둥개 찬이, 이미 해가 넘어간 저녁에 2마리의 뚱뚱하고 꿀꿀거리는 돼지를 돌보는 반을 찾아와 말을 걸어왔다. -자네, 살 빠졌네!

-그게… -반 승리는 착한 친구 어깨를 따뜻하게 감싸고 진심 어린 격려에 거의 눈물이 날 지경이었다. -내가 분명 살이 빠졌어, 나도 그걸 느껴…. 내 몸이 어려서부터 강하지는 않았거든. 오호, 그게 더하여… -반 승리가 마을의 노인 어조 흉내를 냈다. -가족이란 삶은 정말 씁쓸한 맛으로 가득하지….

-그래도 그렇게 말하지 말게, -검둥개도, 마찬가지로 마을 노

인 어투로 친구를 위로했다. -하루 삶만 살기를 원하는 자는, 온종일 그 일에 고충이 많지. 하지만… 여보게 친구, 사람은 좀 쉬기도 해야 하는 거네, 예를 들어, 달포 일하면 반나절은 쉬어 야지, 안 그런가?

반 승리는 고개를 흔들며, 아주 우울한 모습이다.

따라서, 비 오는 날에는 농지에서 일할 수도 없고, 돼지도 밖에 내놓기도 어려워, 그 날에 반 승리는 심신이 좀 피곤한 자신을 위해 즐거움을 좀 찾으려고 했다.

다시 노름에 빠져 있을 거라는 아내의 의심을 피하려고 이웃집 주인이나 안주인과의 잡담으로 평소 시간을 보내던 이웃집으로 곧장 가는 대신, 이번에는 몰래 자신의 집으로, 다름 아닌 바로 자기 친구들을 "좋은 친구든, 덜 좋은 친구든" 불러들였다! 지루한 시간을 보내기 위해 바로 그 친구들 -검둥개 찬이거나 환 후크베이 등- 을 불러들인 것이다.

친구들이 왔다.

그들이 모이면, 어떤 이는 그와 함께 마을에서의 아주 흥미로운 화제를 놓고 침을 튀겼다. 또 어떤 이는 거실에서 함께 거닐며, 벽에 걸린 전설 속 그림을 보며 찬사를 보내고, 그림에 있는 글귀들을 중얼거리며 읽어 보기도 한다. 이 마지막 일인 글 읽기는 모두 아마추어 수준이다. 그들은 역사 속 가장 괄목할만한 인물이 누구인지 설명할 수 있다. 누가 활모양의 다리 아래서 자살했는데, 그이 얼굴이 가장 생생하게 그려졌다는 등… 하지만 아무도 이해하지 못하는 그림이 하나 있다.

이 그림은 현대 그림으로 전쟁의 한 장면을 다룬 것이다.

친구들의 당황해하는 모습을 본 반 승리는 곧장 앉은 자리에서 일어났다.

-하하! 이 장면은 나도 참전한 적이 있는 4년 전 전쟁의 한 장면이네! -반 승리는 그림을 보고 한숨을 내쉬며 말을 이어갔다. -저 장면이 어제 일 같네. 아하-, 시간이 얼마나 빨리 지나가는지!

그 옆에 서 있던 미술 감상하던 사람들은 입을 크게 벌인 채, 반이 내쉬는 한숨의 의미를 이해하지 못한 채 쳐다보았다. 늘 궁금함을 참지 못하는 검둥개 찬이 곱사등이 친구를 놀라움이 가득한 눈으로 보면서, 그 지식을 탐구하려는 듯했다.

그때 갑자기 그 집 안주인이, 일로 분주한 부엌에서 독수리 코의 안주인이 뛰쳐나왔다.

-당신은 그렇게 한가로이 하루를 보내네요? 하고 비난하면서, 남편의 곱사등을 앞으로 밀쳤다. -당신은 한가한 사람이군요! 외양간의 저 소는 이미 오래전에 배고프다고 저렇게 크게 울어대는데도, 당신은 귀가 없나요?

그 말에 남편은 창백해지더니, 곧장 얼굴이 붉혀졌다.

말없이 바깥을 향해 걸어가, 소에게 풀을 뜯어 먹게 하려고 소를 데리고 밖으로 나갔다. 자신의 집에 놀러 온 친구들을 놔둔 채로.

저녁에 아내 앞에서 자신을 존중하는 착한 친구들 앞에서 그런 식으로 남편을 비난하면 안 된다며 아내에게 불평을 약하게 드러냈다. 또 그런 비난이 남편의 위엄 -전직 하사관 신분- 에 상처를 주었다고 했다. 그러고는 결론을 내리기를, 아내에게 상처 입은 사람은 다른 사람들에게 존경을 요구할 자격이 없으며, 다른 사람들의 경멸은 그 사람 장래마저 어둡게 한다고 했다. 그래서 결론을 내리기를, 이제는 아내가 여러 사람 앞에서 남편 욕은 하지 말라고 했다.

-전직 하사관이라고요! 존경이라고요! 좋아요, 당신은 그런 아무 쓸모 없는 작자들과 침 튀기며 존경을 요구하고 시간을 보낸다고요. 당신은 아무 먹을 것이 없는데도요!

독수리 코 아내는 남편의 가치와 기품을 완전히 깔아뭉갰다.

-만일 당신이 나를 싫어한다면, -반 승리는 절망스럽게 말하기를, -나는 다시 군대로 가겠어요. 그럼, 당신은 군대 간 남편을 보게 될 거요!

"군대"라는 말을 듣자, 아내는 폭발해 버렸다. 아내는 입술을 단단히 깨물고는, 둘째손가락 끝으로 남편 이마를 찔렀다.

-당신은 아무 쓸모 없는 인간이요! 당신 머리엔 바람만 든 인간이요! 만일 당신이 군대라는 말을 다시 한번 발설하면… 만일 당신이 군대라는 말을 다시 한번 말하면요…!

그러고는 둔하게 울먹이며, 사랑하는 아내도 돌보지 않고 떠나려고 하는, 돌과 같은 마음씨의 사람이라며 욕을 연신 퍼부었다 … 독수리 코를 멍하니 보면서, 남편은 다시 말이 없고, 더는 군대에 대해, 자신의 전직 계급 하사관에 대해 말할 용기가 없었다… 그래서 더욱 자신의 삶이 느리게 감을 느꼈다. 이제 일은 하지만 아주 무기력하게 하고, 일터에서도 마치 해골 같은 귀신처럼 긴장하지도 않은 채 느릿느릿 움직였다.

그런데도 즐거운 순간이 있으면, 몰래 그 일에서 내뺐다.

독수리 코의 아내는 이미 그 점을 잘 파악해 두고 있었다.

아내는 남편이 노름에 참여하지 않겠다는 맹세를 저버릴 걸 미리 알고 있었다.

때문에, 남편 손에 동전 하나도 떨어뜨려 놓지 않았다. 아내는 모든 들어온 가족 수입은 자신을 위해서만 보존했다.

더구나 남편에게 주목해 단단히 말해 두었다: 남편이 저녁에는 아내 옆에서 떠나지 말고, 집안일을 돌보든, 방에서 이야기를 나누든, 옆에만 있으라고 요구했다. 그리하지 않으면 더는 아내가 준비해 놓은 밥 한 톨도 먹는 것은 꿈도 꾸지 말라고 했다!

귀한 아내가 지금 발설한 규칙은, 자신의 목을 둘러싼 족쇄처럼 아주 당황하게 했다. 그러나 남편은 반발하지 않았다. 단지 중얼거림으로 싫든 좋든 아내에게 자신은 사람의 위대함을 탐색하는데 아주 무능한, 쓸모없다는 그 여인의 눈에 비치는 그런 평범한 농사꾼이 아니라는 이야기만 강조해 놓고 싶다. 또 군대에서 위대한 능력을 이미 보여주었다고도 했다… 하지만 이 모든 것은 독수리 코의 여인인 아내에게는 소용없는 헛일이었다.

정반대로, 그런 중얼거림은 아내의 화에 불을 지폈다.

-당신 능력이라는 것이 뭐요? 당신은 허풍쟁이! 그러고는 아내는 이제 남편 팔을 잡고서는 앞으로 밀쳤다가, 다시 자신 앞으로 당기기조차 했다.

아내의 이런 행동에, 남편은 바보처럼 선 채로 아무 말을 더할 수 없었다. 남편의 멍청함을 본 아내는 더욱 화를 냈다.

아내는 날카롭고도 둔탁한 음성으로 울먹이더니, 반면에 눈물 콧물이 얼굴에서 입가로 흘러내렸다.

-난 바보 같은 당신에게 속았어요! 당신 같은 허풍쟁이께 시집 오는 바람에 내 모든 것을 황폐해 버렸어요! 당신이 진정으로 가진 게 뭔지 알아요? 당신은 일도 잘하지도 못하니!

급류처럼 쏘아대는 말에 남편은 귀가 먹고, 아주 공포에 질렸다. 아내가 무섭고, 엄하게 지배하는 저 여인이 자신이 가진 모든 것을 영원히 또 단번에 폐허로 만들어 버렸구나하고 느꼈다.

-아, 아! 평범한 가정 삶에 즐거움이란 도저히 볼 수 없군.

그렇게 자신의 친구들에게 속삭였지만, 어조는 비관적이고 풀 죽어있었다.

3

그러나, 더욱 풀이 죽게 만든 일은 가을이 들어섰다고 느끼는 시점에 생겼다.

그해 가을 추수는, 여름에 한 달 내내 비가 오지 않아, 아주 흉작이 되어버렸고, 반 승리의 농사 수확도 거의 없다 해도 과언이 아니다.

원인은, 반 승리 스스로 말했듯이, 자연 재앙 외에도, 자신이 군대 생활에만 익숙한 사람이지, 농사일은 그렇지 못했다는 것에 있었다. 그러나 안주인은 그 말을 믿지 않고, 남편이 하는 말은 모두 거짓말이라며 친구들 앞에 드러내놓고 말하였다.

-농사일 말고 당신은 뭘 할 수 있어요? -키 큰 아내가 남편 앞에 압박하듯이 서서, 남편을 채근했다. -당신이 한때 농사짓는 머슴인 걸 잊었어요? 군대 생활만 잘한다고요! 당신이 그리 말하면 부끄럽지 않아요?

농사짓던 땅에서 아무것도 얻지 못했음에도 불구하고, 자신이 임차해 이용한 농지의 주인은 그 점을 무시했다.

주인은 풍년이 들었을 때 받은 만큼의 농지 임대료를 계약 내용대로 이행하라고 요구했다. 반 승리의 온 가족의 생계수단이 되어 온 그 농지를 지주가 되가져가는 것을 막아 보자며 아내는 설득력 있고, 가사 일을 잘 처리하듯이, 임차료 대금을 맞춰 보려고 가족의 겨울옷을 저당 잡힌 덕분에, 그 돈으로 요구한 임차료를 지급했다. 그러나, 남편과 자기 자신에게는 여전히 불만을 표시하며 툴툴댔다.

-겨울에는, 남편에게 말했다, 우리는 그리 많은 일을 하지 않으니, 너무 많은 쌀을 허비하지 말아야 하고, 내년 봄을 넘기려면 좀 절약해가며 살아야 하거든요.

그리고 매일 죽만 내놓았는데, 그 죽의 내용물 대부분이 멀건 물이다.

반 승리는 그런 새로운 음식 -죽을 먹는 것을 참느라 아주 고충이 많았다. 그렇게 생활하면서도 반 승리는 아내보다 더 키가 작아도, 배는 더 좁혀지지 않았다. 배는 규칙적으로 하루 세 그릇의 밥을 담을 수 있다. 지금 물만 있는 국은 배의 한 모퉁이만 채워 준다. 한밤중에 자주 자신의 배가 꼬-르-륵-하는 큰 소리에 그만 깨기 일쑤다. 참아낼 수가 없다!

  -어떡한담?

땅도 없고, 땅을 빌릴 수 있는 돈도 없었기에 배곯음에 이력이 난 자기 친구 검둥개 찬에게 물어보았다.

  -…저, 그것은 우리가 좀 즐기는 수밖에는! - 검둥개 친구는 귀에 대고 소곤댔다. -사람들이 읍내에서 내기 노름을 할 거라고 하네, 내가 그렇게 들었거든. 이발사 환이 영업하는 '월관'에서 말이네! 그런데 현금을 들고 가야 하지!

  -…좋지! 내가 사랑하던 그 놀음!

  아내가 인근의 돼지우리에 죽을 퍼주고 있는 참에, 반 승리는 조용히 아내가 이용하는 방에 몰래 들어갔다. 소리도 내지 않고, 금고를 열고, 나중에 아내가 자주 돈을 숨겨둔 베게 밑도 뒤졌다. 그곳에서 한 줌의 동전과 한 다발의 지전을 집어 들었다. 그 뒤 발꿈치를 들어 그 방에서 빠져나와, 쏜살같이 읍내로 내달렸다. '월관' 앞에 멈추어 섰다. 집주인이자 반의 친구인 환 이발사가 자신의 이발관에 그런 우아한 이름을 붙여 놓았지만, 그곳에는 학생이나 재능있는 이들은 전혀 찾아들지 않았다. 그리고 월관 이발관을 찾는 가장 영예로운 고객들은 다름 아닌 인근 마을의 농사짓는 사람들인, 검둥개 찬, 넓은 입의 류 씨 성을 가진 남자, 환 후크베이 등이다… 그들은 정말 한두 글자는 읽을 수 있다, 예를 들어, 전시판 위에 있는 몇 글자 정도는. 그러나, 배움에 대해 말하자면, 사람들은 그들 머리는 비어있다고 위험 없이 말할 수 있다. 이 지인들이 지금 월관의 큰 테이블 주위에 모여 있다. 예닐곱 사람의 머리가 -크거나, 둥글거나, 머리가 벗겨져 있거나, 뾰쪽하거나, 반원 등등의- 탁자 위의 한 가운데의 한 가지 물건, 한 가지 지점에 집중해 있다.

  모두 얼굴이 덮인 채 붉고, 귀는 핏빛이고, 두 눈은 튀어나올 듯 하다…

  반 승리가 참여하자, 대중의 시선을 잡은 직후, 사람들 사이로 자신을 밀어놓고는, 또, 동전 한 줌을 탁자 위에 놓으면서, 소리를 질렀다: -짝수*에 걸었어요. 그 외침에, 새로 들어온 노름꾼이 그렇게 용감하게 돈을 내놓는 것에 놀란 사람들이 그 사람에게 고개를 돌려보았다. 이발사 환은, 탁자의 맨 위의 자리에 앉아, 눈썹을 치켜들어 반 승리의 작은 두 눈을 보았다. 이발사가 반 승리를 격려했다. -만세, 하사관!

이발사 환이 지금 다시 내기 노름에서 대장 노릇을 하고 있다. 더 많은 돈을 가진 사실로 그렇게 되지는 않다. 노름 도구를 가지고 있고 또 이발관 주인이기 때문에 노름을 주관할 수 있다. 주사위들은 덮개 아래서 자기 바람대로 변할 수 있다고 사람들은 말한다. 또 그 점을 가장 확고하게 주장하는 이조차도 자신의 가장 귀한 신년 의복조차 그 의복을 이발사 환에게 진 빚을 청산하려고 팔아버린 것이다. 이를 포함해 수많은 돈을 이발관에서 잃어 온, 넓은 입을 가진 류 씨가 줄곧 주장했다. 그러나 아주 적은 사람들만 그 주장을 믿었다. 이발관 주인 환은 언제나 노름꾼 대장 노릇을 했다. 모두 탁자 위에 동전들을 마지막으로 놓자, 이발사 환은 작은 잔의 덮개를 펼쳤다. 그 잔 속의 2개 주사위는 합쳐 숫자 6을 보여주고 있다. 그러니, 짝수다!

반 승리는 탁자에 놓은 자신의 돈의 2배를 손에 넣었다. 만족한 미소가 입가에 떠올랐다. 검둥개 찬은, 옆에서 자리를 차지하려고 주변을 세게 밀치고는, 소매를 끌어 낮은 소리로 속삭였다: -하사관 친구야, 자네는 특별한 사람이군!

반 승리는 대답하지 않고, 큰 생동감으로 고개를 내저었다.

-이번에는 홀수! 반 승리는 탁자에 한 주먹의 동전을 내놓았다. 이번에는 2개 주사위 숫자 합이 9로 판명되었다. 그런 식으로 월관 이발관 친구들은 저녁이 될 때까지 내기 노름을 하고, 그들 생기가 더욱 높아졌다.

몇 명의 아이들이, 자신들의 손에 각자 밥그릇을 들고 이발관 입구 바깥에서 저녁을 먹고 있었다. 이번의 내기 노름에서 수백 개의 동전을 또 잃은 입이 넓은 류가 먼저 작별을 제안했다.

-왜 벌써 가요? -반 승리가 놀라 말했다, -노름이 이렇게 재미나는데! 자네는 이곳보다, 농사꾼으로써 마을에서 노름할 더 아름다운 기회가 있는가?

-그래 정말… 야야야, -검둥개 찬이 메아리를 냈으나, 그 이유를 말할 수 없었다,

―야야야…야야…

그리고 반 승리는 그 탁자에서 벗어나, 이발관 종업원인, 이발사 환의 면도 견습생에게 다가가, 명령했다.

-홍주(紅酒) 3병 하고 음식도 몇 접시 가져오게.

자비심 어린 표정으로 이발사 환에게 말했다. -이보게, 자네가 주인이지만, 나는 그럼에도 자네를 대접하고 싶네. 또 자네도. -큰 입을 가진 검둥개 찬과 입을 크게 벌린 채 옆에 서 있는 몇 명의 다른 사람들을 향해 말하고는, -자네들을, 내 친구들을 대접하고 싶네.

그러고는 먼저 술병 뚜껑을 땄다.

홍분을 가져다주는 술을 한 모금 가득 삼켰다.

월관의 지인들은 모두 즐거이 마셨다.

붉음은 점점 모든 사람의 목에서 귀까지 올라갔다. 호주머니에서 방금 벌어 둔 동전들이 소리를 내고 있고 또한 리듬에 맞춰 손가락으로 단풍나무 탁자를 때리면서, 전직 하사관인 반 승리는 모든 친구를 위해 심금을 울리면서도 우울한 새 노래인 군에서 배운 노래 "청춘의 과부"를 부르기 시작했다.

움막에는 젊은 과부가 산다네,
활모양의, 달 눈썹을 한 아름다운 얼굴의 과부가 산다네.
남편은 아내를 떠났고, 전쟁 중에 죽었다네.
한숨 속에, 과부 눈물이 양 볼에 흘러내리네…

그러자 언제나 새로운 일에는 궁금함도 많고 배우기를 좋아하는 검둥개 찬이, 그 노래의 마지막 두 줄을 끊임없이 되풀이했다. 이발사 환은 그 리듬에 맞춰 자신의 두 발로 땅을 두들겼다. 넓은 입을 가진 류는, 돈을 잃어 좀 풀이 죽은 채로, 그 노래를 즐기면서 공중에 머리를 흔들었다. 읍내 이발관 월관에 이제 다양한 아름다운 소리가 음악이 된다. 저녁 커튼은 이미 바깥에는 내려졌다. 상점들이 이제 하루 일을 끝내고, 그곳의 출입문은 이미 닫히고, 등불 불빛이 창문들 틈새를 통해 바깥으로 몰래 빛나고 있다. 상점에서 일하는 젊은 녀석들은 저녁 식사를 마치고는 이발관으로 하나둘씩 그 아름다운 노름에 참석하러 몰래 들어선다. 노래를 부르며 술을 마친 친구들은 대향연 뒤라 이제 피곤해 하나둘씩 고개를 떨군다. 하지만 새 노름꾼들을 본 사람들은 다시 활기가 돈다. 그래서 모두 다시 탁자로 모여든다.

-이번에는 짝에! 반 승리는 조심스레 탁자에서 짝수 쪽에 300에 해당하는 동전을 놓는다. 그러고는 탁자에 작은 두 눈을 더 가까이 간다.

그러나 향방을 모른 채 잔의 덮개를 펴자 주사위들의 숫자 합은 3이다. 그리고 애석함도 없이 이발사 환은 가슴 쪽으로 짝수 쪽에 건 모든 동전을 쓸어온다. 반 승리도 잃음에 애석해하지 않는다. 정반대로, 다시 짝수 쪽에 자신이 가진 400에 해당하는 동전을 올려놓고는, 이미 자신이 잃어버린 동전을 다시 찾는 것을 바라는 것 외에, 더 벌 수 있기를 기원했다. 하지만 하느님은 그 바람에 축원해 주지 않고, 400의 아름다운 동전들은 여전히 친구인 이발사 환의 손안으로 미끄러져 갔다.

-짝수에 800!

모든 새로 들어온 노름꾼들은 그 천둥 같은 목소리에 깜짝 놀라 그렇게 소리지르는 곱사등이라는 자가 과감하게 큰돈을 거는 것을 보며, 누구인지 보려고 하면서 자신들의 눈길은 반 승리를 향한다. 넓은 입을 가진 류는 한 번 멍하니 바보처럼 쳐다보고는 말했다.

-이보게, 친구야, 큰 입의 류가 반의 허리를 건드리면서 말했다, -그 많은 돈을 제발 좀 거두게. 저건 너무 큰 액수야!

-자네가 뭘 알아? 싫은 듯이 전직 하사관이 되받아 말했다, -자네는 농사꾼이야! 나는 군대에서 달러로도 내기해 본 적이 있다구!

잔 덮개가 열리자, 주사위 숫자 합은 다시 숫자 3으로 밝혀졌다. 월관 손님들은 모두 아주 감탄한 표정으로 노름주관자인 이발사 환 앞에 쓸려가 있는 큰 액수의 동전을 쳐다보았다.

반 승리는 자신의 얼굴이 화끈거리고는 함께 노름하는 사람들의 눈길에서 비웃는 표정을 느낄 수 있었다. 잃은 액수가 하찮은 금액임을 보이기 위해, 가능한 크게 자신의 목소리를 둔탁하게 하면서, "젊은 과부" 노래를 불렀다.

-1600을 짝수에 다시!

노래를 끝낸 뒤 외쳤다. 하지만 호주머니에 있던 동전의 수효는 합계와 맞지 않았다. 이발사 환은 그 사실을 알고 반 승리에게 5,000에 해당하는 동전을 빌려주었다.

-우린 좋은 친구지, -검둥개 찬은 친절하게 전직 하사관에게 말했다, -우리는 돈에 관련해 형식적이 아니어도 돼. 원대로 내 것을 가져가 쓰게. 그리고 검둥개 녀석이 반 승리 귀에 하는 속삭임에 따라, 그만큼의 돈을 자신의 호주머니에서 한 주먹 내놓았는데, 그 액수 또한 5,000이다!

여타의 노름꾼들은 놀라고 감탄해 거의 친형제처럼 행동하는 이 친구들을 바라보았다. 반 승리는 두 친구가 제안한 액수의 돈을 받았다.

그 돈을 다시, 짝수 쪽에 몇백씩 걸었다. 말하기를 짝수에 특별한 고집과 호의가 있다고 했다. 짝수 쪽에서 잃은 만큼, 그만큼 그 액수는 반드시 돌아온다고 했다.

-내가 군대에 있었을 때는 한 번 이런 일이 있었어, -반 승리는 지금 다시 군대에 대해 말하고 있다, -나는 짝수에 20달러를 잃었거든, 하지만, 나는 줄곧 짝수에 또 걸었지, 마침내 내가 승리를 얻었거든.

하지만 이번에도 가증스런 주사위의 숫자 합은 언제나 홀수에 가 있었다. 한밤중까지 반 승리는 이미 그렇게 함께 빌린 돈 모두 잃게 되었고, 또 자신의 좋은 친구인 이발사 환과 검둥개 찬에게 여분의 다른 돈을 빌렸다.

-오호호… 이발관 주인은 갑자기 탁자 곁에 있는 벤치에서 일어나, 손가락들로 자신의 잠이 고픈 두 눈을 비비고는, 급히 화장실로 달려갔다.

곁에 서 있던 넓은 입을 가진 류는 돈을 잃고 내기 놀음을 할 수 없어, 하품을 시작하고는 풀이 죽어 한숨을 내쉬었다.

배에서는 그 붉은 홍주가 이미 그 효과를 잃었다.

월관의 모든 손님은 이제 잠이 고프다. 넓은 입의 류는 잠이 밀려오는 것을 참지 못하고, 이미 작별인사도 없이 "월관 이발관"에서 몰래 미끄러져 나왔다. 다른 친구들도 넓은 입을 가진 류가 떠나간 뒤 자신의 발걸음을 움직이기 시작했다. 반 승리가 앞장서 걸어갔고, 검둥개 찬이 뒤따랐다. 한 사람은 쓸쓸한 노래를 부르고, 다른 사람은 그 노래의 마지막 두 소절을 되풀이했다:

"남편은 아내를 떠났고, 전쟁 중에 죽었다네. 한숨 속에, 과부

이발관 주인이 화장실에서 돌아와 보니, 거실이 비어있음을 알게 되었다.

곧 작은 살롱을 지키는 사람에게 명령하기를, 곧장 술값을 받아오라고, 그날 마신 홍주 술값을 내기로 약속했지만, 그 점을 이미 잊고 있던 반 승리를 뒤쫓아 가라고 명령했다.

어린 면도 견습생의 날카로운 부름에 발걸음을 멈춘 전직 하사관은 화를 벌컥 냈다. 스스로에게 불평을 늘어놓기를 집으로 가고 있는 동안 저런 코맹이를 보낸 친구인 이발사가 의도적으로 자신을 당황하게 만들었다고 했다.

-내가 그 친구에게 그 돈 빚졌어? -반 승리는 화를 벌컥 내며 소년을 질책했다. -자네 주인에게 나는 지금 돈 없다고 말해. 나는 그 주인이 내게 어떻게 할지 보고 싶네! 그러고 그 노래를 다시 부르면서, 친구들과 함께 앞으로 걸어갔다.

십자로에서 그들은 헤어졌다.

마을로 들어서서는 아직 문고리가 걸려 있지 않은 자기 방의 방문을 열어 몰래 방으로 들어갔다. 그곳에 손에 회초리를 든 아내는 기다리고 있지 않았다. 행복감에 취해 침실로 들어갔다. 아내는 편하게 자고 있고, 이불 바깥으로 아내의 코와 이마만 보였다.

남편이 들어서는 소리에 아내가 두 눈을 살짝 떴다. 그러나 움직이지도 않고, 욕도 하지 않았다. 둔탁한 목소리로 아내는 남편에게 내일 아침에 보자고 중얼거릴 뿐이다. 그 말을 한 뒤, 아내는 다시 두 눈을 감자, 곧 작은 코 고는 소리가 들려왔다. 남편은 들었다는 듯이 침대 안으로 기어올랐다.

아침에 남편은 아내보다 먼저 깼다.

아내가 필시 퍼부을 것을 피하려고 이제는 제법 살이 통통한 집에 키우는 돼지들을 바깥에서 먹이 주려고 사랑하는 아침 식사를 포기하고 싶다.

그러나 집의 출입문을 열자, 이미 그곳에 친구들인 이발사 환과 검둥개 찬이 몇 명의 다른 부랑배들을 데리고 와 기다리고 있었다. 한마디 말도 없이 그들은 곧장 집안으로 들어와, 외양간에서 통통한 돼지들을 줄로 꽁꽁 묶고, 묶인 돼지들을 강제로 끌고 갈 채비를 하였다. 출입문에서 이발사 환은 말을 꺼냈다.

-나는 아네, 친구, 자네가 내게서 지난밤에 빌린 그 돈을 갚을 수 없음을. 그러니 나는 지금 저 돼지들을 잡아갈 터이네, 왜냐 하면 나는 긴급하게 지금 돈이 필요하거든. 나를 비난하지는 말 게. 자네는 저 돼지로는 아직도 그 빚이 충분하지 않음도 알고 있겠지, 안 그런가?

-그래, 야야야, 좋은 친구, 야야야 -검둥개 찬이라는 친구는 이 제 말을 꺼냈다. -하지만…저기…, 저기, 빚은 빚이고, 우정은 아직도 우정으로 남아 있지, 안 그런가?

그리고 그들은 번개처럼 돼지들을 안고 내뺐다.

사랑하는 아내가 자신의 침대에서 방금 일어나 방에서 뛰쳐나 와 자기 남편의 친구들을 뒤쫓았다.

하지만 그 악한들의 발걸음은 그렇게 빠르고 쉽사리 달아나니, 1분이 지나서는 그들 그림자도 볼 수 없을 정도였다.

독수리 코를 가진 아내는 그만 지쳐, 잠시 숨을 골랐다.

-당신이 무슨 일을 저질렀지요! 전직 하사관에게 다가가서 입 으로 세게 물었다. -당신은 다시 저런 악한들과 노름했음이, 내 가 이제 잘 알게 되었어. 그리고 아내는 귀를 당기고는 얼굴을 남편 얼굴에 더 가까이 비스듬히 다가가 두 눈을 쩨려보았다. - 내게 말해 봐, 당신의 신성한 맹세를 왜 깨버렸는지를! 나는 당 신의 마음을 알고 싶어!

남편은 단단하게 작은 두 눈을 감아버렸다. 마치 귀 먼 듯이 아무 대답도 하지 못하고, 아무 표정도 짓지 않았다.

-이제, 나는 당신이 뭘로 더 살아갈지 보고 싶다고! -고귀한 아내는 너무 화가 나 말을 제대로 다 할 수도 없을 지경이었다. -당신은 허풍쟁이!

그날 아내는 음식도 만들지 않고, 가사 일도 전혀 하지 않았다.

선조들을 모신 제단 앞에 앉아 한탄하며 울며불며 남편에게 속았다고 하며 남편이 자신을 황폐하게 만들었다고 호소했다.

…반 승리는 자신이 좀 감각적인 것을 느꼈다, 왜냐하면 자신에 게 아내의 통곡 같은 노래가 지금 여린 마음에 우울함과 처절 함을 가져다주었다.

그날 저녁이 되자 남편은 헌 옷을 한 보따리 싸서 어깨에 짊 어지고, 몰래 마을을 빠져나왔다.

길이 갈라지는 곳에서 자신의 "조금 착한" 친구인 큰 입의 류를 만났다.

그 친구가 물었다. -이렇게 늦은 시각에 어디 가?

-군에 가야 하네! 내 친구 장군이… 저기… 장군 이름은 내가 방금 잊어먹었네, 그분이 내게 편지를 보내, 입대해서 장교로 지내려면, 속히 오라고 해서 말이네.(*)

Fantomo

— Ekzistas fantomo en tiu lageto!

Post momento de disputo tiel tondris unu juna kampdungito al la alia. La voĉo sonis firma kaj decida.

— Ba! fantomo! mi neniam ĝin vidis. Nekredeble! Tiel kontestis la alia, esprimante sian nekredemon al la aserto. Post tio li metis la mentonon en la manoj apogantaj sur la kruroj, kaj sin turnis al la maljuna kampdungito sidanta kontraŭ li, esperante, ke eble venus de li la subteno pri lia opinio. Sed la maljunulo tamen profunde silentis, ne eligante aprobon, nek malaprobon. Konsciante, ke li vane atendis lian eĥon, li turnis la vizaĝon al la luno kiu jam sin movis al la zenito, kaj ankaŭ dronis en profunda silento. Estis la luna nokto mezjulia. La grajnoj dedraŝitaj dum la tago jam amasiĝis meze sur la draŝejo, en formo de piramideto, ĉirkaŭ kiu estis faritaj pajlocindre kvin grandaj nigraj vortoj "RIĈA RIKOLTO DE KVIN GRENOJ". Ĉe la fino de la draŝejo sidis alte granda stako de pajlo, apud kiu tiuj kampdungitoj starigis grandan moskitneton en kiu ili dorme tranoktos, gardante la grenamason. La mezjulia luno brilis bele kaj serene. Kaj de tempo al tempo alblovis de la sudo la milda brizo, sur la draŝiloj meze de la draŝejo, ne volis ekdormi. Ili interrakontis la legendojn ĉirkaŭvilaĝajn por pasigi gaje la mezsomeran nokton.

Kiam oni babilis pri la lageto situanta sube de la monteto Terkoko, unu juna kampdungito ekdiris, ke troviĝis en ĝi akva fantomo, sed la alia insistis ne. Ĉiu havis sian rezonadon por sin pravigi. La konversacio sekve ekinterrompiĝis. Por interpacigi tiujn du junajn kampdungitojn, la maljunulo, kiu ĝis nun restis muta, decidvoĉe ekesprimis sian opinion dirante:

— Certe tie troviĝas fantomoj!

Kaj por konvinkigi al ili la aserton li serioze diris la sekvantan rakonton. Sed ĝi ne estas originala fantomo de tiu lageto, ĝi estas la reaperanto de iu homo. Se mi rakontus al vi ĝian devenon, tio ja estas longa rakonto. Kelkdek liojn de tie ĉi orienten, vi eble vidos tie dikan pinarbon, tiel dikan, ke oni povas apenaŭ ĝin ĉirkaŭpreni per ambaŭ brakoj. Apud ĝi staras templeto de Terdio, malantaŭ kiu troviĝis iam kabano. Mi loĝis tie preskaŭ unu monaton — ho! tio jam fariĝas memoraĵo apenaŭ memorebla!

La unuaj loĝantoj estis nordulo kaj lia edzino, el Honan provinco. Li aspektis altekreska kaj iom dika; ĉirkaŭ lia kapo plektiĝis eĉ longa harligo, el kiu ofte elvaporiĝis nedirebla mucida odoro, kiam li ŝvitis dum laboro. Estis vintro, kiam mi lin renkontis. Li portis tiam sur la piedoj grandajn tolŝuojn kaj paron da dikaj ŝtrumpoj el kotontolo, kiajn portas la vagboksistoj. Lia frunto estis kuprokolora kun kelkaj vejnetoj elstarantaj. Liaj fingroj estis dikaj kaj maldelikataj, kiajn mi neniam vidis antaŭe. En tiu vintro mia mastro, al kiu

mi kompreneble ankaŭ estis kampdungito, ofte murmuris, kaŝe aŭ malkaŝe, ke mi ne laboris energie kaj tro ŝatis distriĝon; li do min maldungis en la novembro, donante al mi kvar milojn da moneroj kiel mian jarsalajron. Sed fakte mi neniam sincedis al mallaboremo. Li min maldungis, mi pensas, simple pro tio, ke mi manĝis kiel fortika ulo ankaŭ en la vintro, kiam la kamplaboro ja ne estis tiel multa kiel en printempo kaj somero. Mi sekve forlasis la domon de mia mastro sen ajna grumblo, kiun, mi, kiel kampdungito, ne rajtis eligi. Surdorsante pakaĵeton de ĉifonaj litaĵoj kaj vestaĵoj mi ekvagis de vilaĝo al vilaĝo, serĉante novan okupon. Sed ĉia klopodo restis vana. Pasigante ne pli ol monaton, mi forspezis por ĉiutaga manĝo preskaŭ ĉion, kion mi havis ĉe mi — eĉ la ĉifonajn vestaĵojn mi forlombardis. Mi fariĝis tre konsternita tiam. Iun tagon kiam mi vagante atingis hazarde la ĵus diritan templeton de Terdio, mi apenaŭ povis plutreni la paŝon pro ega malsato. Mi volis fali tie. Sed subite mi kaptis la vidon de kabano malantaŭ la templeto, mi tuj vigliĝis kaj ree pene trenis min tien, dezirante, ke mi eble povus almozi iom da manĝaĵo. Sed mi tuj malesperiĝis, kiam mi staris antaŭ la pordo de la kabano, ĉar ĝi ŝajnis treege
malriĉa, kia tranoktejo de almozuloj. Mi ekhezitis kaj ne kuraĝis malfermi miajn lipojn. La mastro tamen estis neimageble afabla. Vidante mian konsternan manieron, li tuj aliris al mi kaj premis mian ŝultron

varme: — Bona ulo, — li alparolis min kvazaŭ amiko — vi aspektas tre laca, ĉu pro malsato?

Lia troa afableco igis min iom hontema respondi, ke en mia stomako bruas akra kriego. Mi do balancetis la kapon. — Nu, vi malsatas. Kaj li sin turnis al la kabano, vokante sian virinon porti al mi kelkajn pecojn da dabinoj. Tiam mi ja ne sciis, kiel mi devis plie eligi dankajn vortojn. Post kiam mi elmanĝis la manĝaĵon, li aldonis jene: — Amiko, vi ŝajnas esti senlabora ulo, vagante sencele kun paketo da litaĵo sur la dorso, ĉu ne? Ĉu ne estas bone, ke vi vivas kun ni kaj ni kune perlaboros per fajroligno-kolektado? Mi pensas, tio ankaŭ bonas por vi same kiel por ni, ni estas solaj ĉi tie. Aŭdinte la vorton "sola", virino, kiu susure okupiĝis apud la forno, tuj elŝovis la kapon el la pordo. — Ho! bona gasto, — ŝi urĝe diris, — vi ne scias, kiel timige estas vivi en tiuj ĉi monatoj! En meznokto ofte ekhurlas frenezvento, tiam la arboj skuiĝegas kaj kriegas, kvazaŭ elsaltas el la profunda arbaro malsate muĝantaj tigroj. Nia etulo, tro terurigita de la kanon- kaj pafilsono en nia naskiĝloko, ofte ploregas ĝis mateno, kiam ĝi aŭdis la ventkrion dum la nokto. Tiu ĉi virino ŝajne ankaŭ intencis min restigi ĉe ili. Ili, fremduloj al tiu ĉi regiono, eĉ montriĝis tiel gastamaj al mi! Mi ne estas malmolkora ulo. Kial mi povis rifuzi la proponon resti ĉe ili? Krome nenien mi povis plutreni miajn piedojn en la vintro kiam neniu volis akcepti dungiton. Tial, flanken ĵetante la paketon de litaĵo, mi paŝis en la kabanon, kaj, kvazaŭ ĝia malnova loĝanto, malsupren kuŝis plene sternante la kvar membrojn sur la pajlomato sur la tero. Mi forgesis entute tiam, ĉu estis konvene por mi, senhejma, senedzina ulo, vivi en la sama, mallarĝa kabano, kun la nordulo kiu havas sian virinon. La nordulo diris al mi, ke jam unu jaron li loĝis ĉi tie kun siaj virino kaj infano. Li vagis al tiu ĉi distrikto unu almozpete. Poste li starigis malantaŭ la templeto de Terdio solan kabanon kaj restadis ĝis nun, vivtenante per fajroligno-kolektado. Li estis fortika. De frumatene li eniris montojn por kolekti fajrolignojn, kaj portis kun si dabingojn, kiel satigaĵojn de la tuta tago. Kiam li revenis je la sunsubiro, li jam akiris tri aŭ kvar centojn da moneroj, forvendinte la fajrolignojn kolektitajn tiutage en la urbeto. Sed en vintro kiam ekneĝas ekstere, kolekti la fajrolignojn fariĝis neeble. Iun tagon pluvan mi tute senpripense lin demandis: — Kian vivrimedon vi havas? Se la pluvo daŭras tri tagojn, lia sinjora Malsato kunprenos vin al la ĉielo, ĉu ne?

La nordulo eligis bonhumoran sonon el la nazo, tute indiferente al mia vortoj. Dume li ridetfiere batis sian kruron per la larĝa manplato, supren ŝovante kelkfoje la brovojn. — Mi diras al vi, suda ulo, — li humore ekdiris, — tian rimedon mi forĵetos tuj post la alveno de la novjaro. Mi diras al vi, mi jam lueprenis de lia sinjora moŝto Li kampojn! Nu, grandajn kampojn.

Dudek muojn!

Mia kapo ekturniĝis. Sinjoro Li estas riĉa bienmastro, posedanta pli ol mil muojn da tero, mi bone scias pri tio. Kiel li, fremdulo en tiu ĉi regiono, povas luepreni liajn kampojn? Li estis tiel prudenta, ke li neniam luedonis siajn kampojn al tiuj, kiujn li ne konfidis. — Kiel vi povas kulturi liajn terpecojn vi, nordulo? — Kial ne? Mia korpo estas fortika, fortika kiel bovo, — kaj li frapis sian larĝan bruston per la manplato, montrante sian fortecon, — kial la sinjoro ne luedonas al mi kampojn? Hm, ne nur tion. Li pruntdonas al mi ankaŭ agrikulturilojn! Kompreneble mi devas lin rekompenci por ili tuj post la rikolto. Kaj li ridis, aldonante: — Bona ulo, ni penu kune en ĉi vintro! Por akiri iom da mono — tio estas nia kapitalo. La venontan printempon, bovon ni aĉetos kaj komencos la laboron pri la kampoj. Diri la veron, bona suda ulo, mi restigas vin ĉe ni tute pro tio, ke vi nin helpu kulturi la farmitajn kampojn. Senhejma, malriĉega ulo vi estas, — vi tion diris al mi; tia ulo, kiu ne posedas eĉ pantalonon por porti. Ni do ne estu fremdaj unu al la alia. Parton de la rikoltaĵo kompreneble ni sendos al la bienmastro kiel la lupagon de la kampoj, la alian parton ni konsumos por ni mem. Pripensu, kiel gaje ni vivos en la sekvanta vintro. Tiam ni ne plu timos la neĝadon aŭ pluvadon, ĉu ne?

Post la diro li fikse rigardis min, sonetante en la naztruoj, el kiuj elmontras kelkaj nazharoj, preskaŭ duoncolon longaj. Mi tiam pensis en mi, ke lia vojo estus ĝusta. Nek fajroligno-kolektado, nek sindungo al mastro estis bonaj rimedoj: Estante kampdungito, mi ĉiam malsatis dum la vintro kiam la mastroj ne plu bezonis la laborforton. — Bone! — mi konsente krietis, — sed, nu··· ĉu vi estas lertmanulo je la kamplaboro?

— Kial ne? — li larĝe malfermis la okulojn, — mi estis farmulo!

Kaj ni ekklopodis en tiu vintro por akiri iom da mono, kaj ekpreparis nin por terkulturado en la venonta printempo. Sed pro tio ke la ĉiela hundo englutis la lunon en tiu jaro[10], la senpluveco daŭris dum tuta someroj, la rikolto aŭtuna tiakaŭze montriĝis tre malriĉa. Oni ekmalsatis. La vilaĝanoj vivtenantaj per fajro-ligno-kolektado plimultiĝis en la vintro. La sekaj branĉoj de arbegoj seniĝis, la arbustoj en la monto ĉirkaŭ la vilaĝoj, tagon post tago, malaperadis sen postsigno. Kaj eĉ la arbojn de potenculoj oni kuraĝis forhaki. Iun tre tre mallunan nokton, kelkaj junuloj — diablo scias, de kie tiuj sentaŭguloj venis — forrabis tri kamelojn de la sinjoro Ĉanlou. Vi ne scias, kiel belaj kaj grandiozaj tiuj tri kamelioj estis. Ili staris unuvice antaŭ lia domo kvazaŭ verdaj ombregoj dum printempo kaj

---

10) Laŭ ĉina mitologio, luneklipson kaŭzas la fakto, ke la "ĉiela hundo" formanĝas la lunon kaj tio simbolas la sekecon de la jaro.

somero. Sinjoro Ĉanlou tre koleris, ke oni eĉ kuraĝis rabi liajn proprajojn! Tio estis nenio alia ol atako kaj ofendo al lia sinjora moŝto. Li diris, ke li nepre eltrovos tiujn sentaŭgulojn. Kaj ilin sendos al sia amiko la guberniestro. Sed li neniel povis diveni, kiuj el ĉirkaŭaj vilaĝoj estas la rabintoj. Finfine li konjektis, ke tion faris la fajroligno-kolektisto el la norda provinco. — Tiu hundaĉo! — li koleregis, — mi nepre forpeli lin el tiu ĉi loko. Li vere sendis kelkajn junulaĉojn al la kabano de la nordulo, en kiu mi tiam ankaŭ estis. Tiuj aĉaj uloj ĉiuj tenis armilojn en la mano, kaj fiere hurlis al ni ĵus lace revenintaj de la montoj. La virino de la nordulo sciis, ke io malbona okazos al ni ĉiuj. Ŝi tuj surgenuis, petante, ke la junaj sinjoroj iom mildigi la tondran koleron. Dank' al la fakto, ke sinjoro Ĉanlou estas la intendanto de sinjoro Li, de kiu la nordulo farmas kampojn, tiuj aĉuloj estis petataj ne detrui la kabanon. Sed ili vunde batis la nordulon kaj forportis ĉiujn monerojn, de ni pene ŝparitajn por aĉeti bovon en la printempo venonta. Post ilia foriro, la nordulo kaj lia virino stulte interrigardis, ne ridante, nek plorante. Mi sentis doloron, vidante la scenon. Vi scias, kiel sentema kaj mola estas mia koro. — Estas bone, — mi diris post momenta silento, — ke ni de nun disiĝu. La bovo jam ne estas aĉetebla por ni, kaj vi, kompatinda nordulo, ankaŭ vundita. Kiel ni kulturos la kampojn?

Mi prefere foriras por retrovi por mi mem mastron, ĉar mia stomako, ne malpli malgranda ol la via, atendas manĝaĵon. Kiel ni jam estas amikoj, mi sincere konsilas al vi, ke estas ankaŭ prefereble por vi returni al via naskiĝloko kie vi eble trovos pli bonan vivrimedon. Vi ja tro suferas ĉi tie, en fremda regiono. Aŭdinte miajn vortojn, la nordulo tuj paliĝis. — Bona frato, ne tiel diru! La voĉo estis tre peza, kaj vibris iel ploreca. — Mi ne povas reveni al mia naskiĝloko. — li rekomencis, rigardinte min por momento. — Tie oni militadis, la kampoj kaj la domoj detruiĝis de kanonoj kaj pafiloj. Nuntempe eĉ ankoraŭ restas tie diversaj armeoj kiuj ofte batalas unu kontraŭ la alia. Neniu povas vivi pace tie; eĉ hundeto ne troviĝas. Kiuj vivas tie estas la uloj kun pafiloj sur la ŝultroj⋯ Li subite paŭzis, grimacante, kvazaŭ penante forgesi ĉion pri lia naskiĝloko. Poste li deturnis la rigardon al la ĉielo kaj detemigis la parolon: — Mi estas fizike tre fortika, kiel mi jam diris al vi, bona amiko. Mi rememoras. Antaŭ kelkaj jaroj oni kaptis min kiel militkulion en la armeon. Imagu, kia estis la vivo tiama. Oni ŝarĝis al mi pli ol cent ĝinojn pezan, kaj min vergis, ordonante, ke mi iru cent liojn potage. Krome la manĝaĵo proporciigita al mi estas tre malmulta. Mi tamen povis toleri ĉion ĉi kaj ne suferis troe. La batoj kion la junulaĉoj donis al mi vere ne tre gravas. Maksimume post tri tagoj mi certe resaniĝos. Tiam mi denove povos iri en la montojn por kolekti fajraĵon. Jen gravas nur, ĉu ni estas laborema. Se jes, aĉeti bovon ja ne fariĝos tro malfacila tasko por ni. Kaj li varme premis miajn ŝultrojn per liaj ambaŭ larĝaj harozaj manoj, atendante mian respondon. Mi rigardaĉis lin, lia virino okulfiksis min, la etulo, sidanta stulte sur pajlo, gapis sian panjon. Mi ne sciis, kion diri. Mi sentis en mi, ke mia koro ree moliĝas. — Bone, — mi finfine senenergie diris, — mi do restas ĉe vi por helpi vin kulturi la kampojn farmitajn. Senhejma, malriĉa vaganto kia mi estas, mi ja ne havas altan deziron. Kie mi povas manĝi, tie mi restas kontente kaj gaje. La nordulo kaj lia virino samtempe ridetis, aŭdinte miajn vortojn. La vintron ni tri trapasis penlaboreme kaj manĝis kiel eble plej malmulte, celante savi savi iom da mono sufiĉa por aĉeti bovon. Suferojn mi ne sentis, ĉar niaj koroj estis ĝojaj. Flavbovon ni vere sukcesis havigi al ni en la sekvanta printempo. De sinjoro Li ni jam pruntprenis la agrikulturajn instrumentojn. Jen ni komencis la laboron en la kampoj. Oni proverbis: Venas riĉa rikolto post la mizera jaro. La frazo ŝajnis vera. Ne mankis la ĝustatempa pluvo dum la printempo. Preskaŭ kvin tagojn foje, pendis pecoj da nigra nubo en la ĉielo, kaj post momento ili transformiĝis en freŝaj pluvgutoj. Rememoru, kia estis la kazo en mizera jaro. Jes, ne mankis tiam ankaŭ kelkaj pecoj da alloga nubo. Sed pluvgutoj? Nu, diablo scias, kien ili sin kaŝis. La rizburĝonoj estis tre ĉarmaj. Ili kreskis ridetante kaj abunddense, kvazaŭ nova verda tapiŝo vidita de malproksime. Ofte dum la sunsubiro kiam mi finis la laboron de la tago, mi promenis sur la kampvojo, kun dentpioĉilo sur la ŝultro, vidante la verdajn grenkampojn. La nordulo, kiu kutime postiris min, ĉiam tuŝis varme mian ŝultron, kiam ni iris al la loko, kie la freŝaj burĝonoj kreskis plej bele. — Suda ulo, — li bonhumore diris, — Vidu! kiel vi pensas pri la burĝonoj?

Post la demando sekvis kontenta rido. — Nu, bone, — mi rediris, ankaŭ bonhumore, — tre tre bone. Kompreneble, kio tiam ŝvebis ĉirkaŭ mia vizaĝo estis ankaŭ kontenta rideto. Kaj mi pensis en mi:

— Ne plu necesas esti kampdungito sub la jugo de la bienmastro. Post kelkaj jaroj da farmado, kiam mi elŝparos iom da mono, mi starigos sendependan familion por mi mem. Ĉiutage ni tri, mi, la nordulo kaj lia virino, kune iris al kampoj antaŭ ol la suno leviĝis, kaj tie laboris esperplene kaj senlace. Venis la sezono somera. Ĉion kion ni konservis en la vintro elkonsumis jam, restis nur paketoj de ĉifonaj vestaĵoj, kiujn ni ankaŭ poste lombardis por la sumo de ĉirkaŭ naŭ mil moneroj. En la majo ĉio el niaj propraĵoj elĉerpiĝis. La rizsupo kaj sovaĝaj legomoj fariĝis niaj ununuraj manĝaĵoj. Sed eĉ en tia malfavora kondiĉo ni sentis neniel embarasitaj; kontraŭe ni iĝis pli viglaj kaj energiaj dum la laborado, ĉar nin satigis ora sonĝo, ke ĉia mizero foriĝos, tuj kiam ni rikoltos bone en la aŭtuno. Kelkfoje eĉ kiam la ŝvito grandgute eltorentis, ni ankoraŭ restis, senmanĝe kaj senripoze, en la verdaj kampoj, kiujn ni neniam forlasis antaŭ la sunsubiro. Haha! mi ne scias, kial mi fariĝas nuntempe jam tiel senenergia. Tiele ni trapasis la varman someron. Venis jam la aŭtuno — la sezono de rikolto! Nia penlaboro ne vanis. La grenoj dedraŝitaj amasiĝis meze sur la draŝejo en sufiĉe granda amaso, kiu vidiĝas vere kiel montetoj! Nu, mi forgesas diri pri la grajno. Ĉiu grajno estis ero de oro, mi volas diri. Ĝi estis pufa kaj granda, kaj, dum ĝi brilis sub la forta suno, ĉu oni rifuzas konstati, ke ĝi ne similas al la oro?

Kompreneble ni venigis tiam la bienmastron por dividi la produktaĵon sur la draŝejo, ĉar la farmkontrakto postulas tion. La mastro venis kune kun sia intendanto kaj kelkaj junuloj, kiuj ĉiuj portis kun si po paron da grandaj korboj. La mastro kaj lia intendanto rigardante la oran grenamason, apud kiu ili staras, ankaŭ tre kontente ridis. La mastro eĉ tordis kelkafoje la barbeton per fingroj, montrante sian plej grandan kontenton al nia laboro. Laŭ la kontrakto interkonsentita, la rikoltaĵo devis esti dividita en du partoj: unu al la mastro kiel la luopagon de la kampoj, la alia al la farmuloj kiel la rekompenco de ilia tutjara laboro. Sed, sen scii kial, la mastro ne kontentiĝas je la ĝusta partigo, li postulis pli. Li asertis, ke ni, prunte uzante liajn agrikulturajn instrumentojn, devas lin rekompenci ankaŭ per greno. — Tio estas universala vero, — eĥis lia intendanto. Kaj, ankoraŭ ne ricevante nian jeson, la mastro ordonis la junulaĉojn enkorbigi la alian parton de greno destinitan al ni. Diablo forprenu ilin! Ĉu mi diras, ke tiuj junulaĉoj similas al leporoj? Ne, ili sin montris eĉ pli facilmovaj ol tiaj bestoj. En palpebruma daŭro ili enigis en la korbojn ĉiun grajnon apartenantan al ni. Rigardante la neatenditan rabagon faritan de ili, ni tri samtempe ekpaliĝis, ne povis eligi eĉ unu vorton por troa koleriĝo. La mastro kaj la intendanto, kiuj nin rigardis, jam konsciis, kio flamiĝis en niaj koroj. La intendanto estis lerta je la afero. Li tuj okulsignis al tiuj aĉuloj, ke ili tuj foriru. Flugilojn al iliaj piedoj aldonis la Diablo, mi pensas; kvazaŭ vento ili malaperis sen postlasi ombrojn de sur la draŝejo, sur kiu jam restis nenia greno ol la nuda, flava tero. La nordulo ektremiĝis, apenaŭ kapablis stari plu. Lia vizaĝkoloro jen de ruĝo ŝanĝiĝis al palo, jen de palo al ruĝo. Kelkaj nigraj vejnetoj ekludis senbride sur la frunto. Mi ekŝvitis. Dio sciis, kio okazos!

Li ekpugnis la manojn kaj paŝis proksimem al la mastro, kiu volis forkuri kun sia intendanto. — Ĉu mi devas malsate morti kaj vi rajtas vivi? La nordulo ektondris. Nesciante kio okazos, la maljuna mastro tre teruriĝis kaj apenaŭ povis teni sin rekte staranta.

Tiam, ankaŭ mia koro ne moliĝis. En mia brusto fajris torĉo. Mi proksimiĝis al la nordulo, kaj ankaŭ laŭtvoĉe furiozis al la mastro. Mi diris: — Ĉu nia tutjara klopodo estas nur por vi?! Dume mi ankaŭ pugnis miajn ambaŭ manojn kaj svingis la manpugnon preter la nazo de la sinjora bienmastro. La virino de la nordulo, malgraŭ tio ke ŝia etulo krietis senforte pro tuttaga senmanĝo, alkuris la mastron kaj kolere ululis. La intendanto, nu, tiu ulo ne estis malkuraĝa, li neniel sin montris timema al niaj pugnoj. Li bonhumore, tute bonhumore, staris apude observante nin tri, ruĝiĝantajn pro kolerega ekscitiĝo, kvankam mi jam turnis la svingatan pugnon al li. Fine li subite pinĉis nian orelon per du fingroj kaj, tenante la kapon oblikve al mi, malice ridis: — Amiko, vi volas ribeli? Nu, vi ne estas tiaj homoj⋯ Kaj li turnis sin plengorĝe vokis la foririntajn junulaĉojn reveni. Pri mia tiama kolero mi nun ja ne povas elcerbumi ĝustajn vortojn pripentri. Imagu, kiel vi furiozos, kiam oni pinĉas vian orelon nur per du fingroj. Malgraŭ ĉio mi tiam donacis al tiu ulo fortan piedbaton je lia ventro. Kvankam mia kresko estas malgranda, miaj piedoj tamen estas sufiĉe pezaj. La piedbato tuj donis efikon: Tiu ulo, dika kiel grasa porkino, falegis sur la draŝejo, kun kapo unue al tero. La junulaĉoj vokitaj returnkuregis. Ĉe la fino de la draŝejo ili demetis la pezajn korbojn kaj samtempe hurlegis al ni. La situacio estis tre teruriga. Sed, eble la diablo estiĝis en ni, tute mankis al ni tiam la timsento. — Vi rabiiistojjj!

Antaŭ ol mi finis tiajn vortojn, batoj jam ŝutiĝis al mi kvazaŭ pluvgutoj. Mi ne sciis, ĉu mia kapo svenis aŭ rompiĝis; mi nur sentis apenaŭ starebla, mi falis, kaj ĉio antaŭ miaj okuloj nigriĝis. Mi tamen ankoraŭ aŭdis la rapide ŝprucantajn insultojn kaj baraktsonon de la nordulo kaj lia virino. Sed post momento ĉio ĉi ankaŭ foriĝis de mia konscio⋯ Kiam mi malfermis la okulojn, jam estis vespero, kiam ekleviĝis facila vento. Sur la draŝejo restis jam nur la nuda tero. Mi ektremis kaj sentis ian fatalan rezulton al la senparencaj genorduloj. Tial malgraŭ la vundoj, kiuj troviĝas ĉie de mia kapo ĝis la piedoj, mi pene staris kaj sintrenis al la kabano, preskaŭ duonlion malproksime de la draŝejo. Tute je mia surprizo la kabanon oni detruis, la mebloj rompiĝis, tie ĉi-tie ĵetiĝis aŭ la piedoj de seĝo aŭ teniloj de siteloj⋯ La virino estis tie. Ŝi sidis sur la tero, kun sia etulo en la brako, kaj, kapon klinante, kortuŝe larmis en silento. Ŝiaj haroj senorde flirtis sur la kapo, miksante kun polvo kaj pajlostumpoj. Ŝi aspektis tute kiel vivanta reaperanto. Mi malfacile trenis miajn piedojn al ŝi kaj demandis: — Kie estas la nordulo? Ŝi mutis kiel surdulino. Mia koro batis, mi demandis refoje: — La nordulo, via viro? — Haha! — ŝi finfine levis la kapon kaj tremvoĉe diris, — li estis vundita per la draŝiloj⋯ Vi ne scias, kiel senkompate estis la manoj de tiuj junaj aĉuloj⋯ Krome ili detruis la kabanon kaj forkondukis nian ununuran bovon⋯ — Nu, diru al mi, kie li nun estas, — mi sentis froston en la dorso kaj kvazaŭ vidis la ombron de la nordulo en la aero. — Post la foriro de tiuj aĉuloj, li eksploris singulte, sidante sur la ruinaĵoj de nia loĝejo la kabano (ha! Ĉi viro, fortika kia li estis, ja neniam ploris tiel kortuŝe antaŭe)⋯ Post longa tempo, li ekstaris, kion li al mi diris! — Serĉu alian viron por vi, li kolere diris, vi mortos de malsato, vivante kun homo kia mi⋯ — Tiel li, ho! — Ŝi aldonis post momento de paŭzo, — foriris!

Mi gapis ŝin kaj ŝian etulon por longa tempo. Mi pensis en mi, kio fatala okazos al tiu nordulo, kiu forvagis en la vesperiĝo kun gravaj vundoj kaj rompiĝinta koro. — Kien li vagis? — mi tremvoĉe demandis. Ŝi ne plu respondis. Ŝia kapo estis mallevita, kaj ŝia larmo senĉese gutis en la harojn de la infano, kiu dormas naive en ŝia brusto. Ho, Dio, kia sceno! Estante senhejma, malriĉa ulo, mi ja havas nenion por priplori en mia vivo; sed ĉifoje, sen scii, kial miaj okuloj ververe malsekiĝis. Mi aldiris ŝin konsole: — Mi lin serĉos, vi do atendu. Sed kie mi povis lin trovi? Ne irante pli ol lion da vojo, mia kapo ekturniĝis kaj la piedoj senfortiĝis pro doloro en la osto kaj maltrankviliĝo en la malsata stomako. Mi falis senkonscie, sed mi ŝajne tamen malklare memoris, ke mi estis sternanta antaŭ pordo de iu soleca templo. Mi ne povis vidi ajnan aĵon; mi pensis en mi, ke falas la nokto jam⋯ La sekvantan matenon mi retenis min al la ruinaĵoj, ĉar la malsato kaj laco malpermesis min pluserĉi la nordulon, sed tute neatendite, la virino kaj ŝia etulo ankaŭ malestis. Diablo sciis, kie ili malaperis! Mi kuŝigis min sur la pajloj jam tute senenergia, kaj stultrigardis senpense la blankan ĉielon⋯ Poste mi aŭdis la klaĉon senbazan pri ŝi, ke ŝi fariĝis almozulino, sed post kelkaj tagoj iu fripono forlogis ŝin kaj⋯ Krome nenia sciigo alvenis pri ŝi, sed, ah! mia koro estas tro malforta, ĝi timis kaj evitis aŭdi la sciigon pri tiu virino. La kieo pri la nordulo de tiam restis necertita. Kelkaj konatoj okaze renkontitaj, kiuj revenis de la najbaraj gubernioj, informis al mi ion pri li kio tamen estas teruriga. Laŭdire li sin aligis al rabistbando post la perdo de sia havaĵo. En nia najbara gubernio Loan oni lin kaptis. Kiam oni liberigis lin — tiam li jam tute velkis pro troa torturo —, oni forpelis lin el la loko. Li do revagis al nia gubernio. Atinginte la gubernilimon, apud la lageto sube de la monteto Terkoko, eble pro laco aŭ vundo, liaj piedoj ekŝanceliĝis kaj glitfalis tute senkonscie en la profundon de la akvo⋯ Tia informo ŝajnas al mi kredinda. Ĉar mia nuna mastro, kies filo komercas en Loan, babilis iutage dum vespermanĝo pri la kondiĉo de tiu gubernio.

Antaŭ kelkaj jaroj, li diris, troviĝis tie multaj rabistoj, kiuj, pro la ekstermiga persekutado de la lokaj riĉuloj kune kun la soldatoj de la guberniestro, eĉ intencis serĉi la eliron en nia gubernio! Sed, "estas feliĉe, ke ili ial droniĝis tuj post ili transpasis la limon"! Lastan someron kiam mia mastro ordonis min sendi la somerajn vestojn al lia filo en Loan, mi hazarde preterpasis tiun ĵus pridiritan lageton. Tiam vesperiĝis jam. Ĉu pro troa irado de vojo aŭ alia kaŭzo, mia kapo subite svenis, kaj dume, ŝajnis al mi, ia nigra ombro movis proksimen al mi de la akvosupraĵo. Mi ekŝvitis malvarmete, kaj pensis en mi, ke ĝi eble estus fantomo. Tial senhezite mi elingigis la glavon, kiun mi kunportis por sindefendi sur la vojo, kaj ĝin ĵetis al ĝi. Mi pensas, ke la ĵeto trafis, ĉar mi aŭdis tuj poste ian malklaran krion de doloro: — Ve⋯!

Je mia surprizo la ĝemo iomete similis al tiu de la nordulo! Kaj mi ekmemoris, kiel lin koncernis tiu ĉi lageto. Mi ektremegis, mi malvarme ekkonvulsiis. Vi scias, ke mi neniam timas fantomon, sed ĉifoje la fantomo de mia iama, fortika kaj bonkora konato vekis en mi nedireblan timsenton. Mi timis, ke iam eble min trafos ankaŭ la sama sorto, ĉar, mi⋯ ankaŭ estis malriĉa terkulturisto kiel mia mortinta norda amiko⋯ Ho! mi nun jam estas maljunulo⋯ Post la rakontado la maljuna kampdungito ekmutas por longa momento, medite klinante la kapon. — Sekve,

— li sentas, ke lia rakonto mankas finon kaj tial li aldonas frazeton, — troviĝas en tiu lageto vere fantomo··· La voĉo nun fariĝas jam malforta, tamen peza, kaj ne tiel natura kiel tiu de rakontanto. Vibras en ĝi iom da melankolio, iom da doloro. Vibras en ĝi ŝajne ankaŭ iom da humila peto, ke oni ne plu malpaciĝu aŭ detale rezonu pri la ekzisto de tiu fantomo. Tiuj du junaj kampdungitoj, kiuj verŝajne komprenas la deziron de la maljuna terkulturisto, vere ne plu obstine insistas sian propran opinion pri la fantomo; sed ili ankaŭ ne plu volas daŭri la distrigan konversacion, kiun ili intence faras por pasigi la mezsomeran nokton. Rigardinte unu la alian por momento, ili senparoliĝas. Nenia vorto plu aŭdebla. En la serena lunlumo, tri terkulturistoj klinas samtempe la kapon en funebra silento···

귀신

-저 늪에 귀신이 살고 있다니까!

논란의 와중에, 젊은 머슴이 다른 머슴에게 큰 소리로 말했다. 그 목소리는 확고하고 결정적이다.

-에이! 귀신이라니! 나는 한 번도 그런 거 본 적은 없다고 못 믿겠어!

일행 중 다른 머슴이 자신은 그 말을 믿지 못하겠다는 듯이, 그렇게 반박했다. 그러고는 자신의 다리 위에 놓아둔 두 손으로 자신의 턱을 괴었다. 그리고 자신의 몸을 정면에 앉아 있는 다른, 더 나이 많은 머슴에게 돌려, 더 나이 많은 머슴이 자기 주장에 지지해주기를 기대한다. 하지만 더 나이 많은 머슴은 깊은 침묵에 휩싸인 채 동의도 부동의도 내뱉지 않았다. 그러자 반박했던 머슴은 자신의 정면에 앉은 머슴의 반응을 기다리다 못해, 하늘 꼭대기로 이미 가고 있는 달을 향해 얼굴을 돌리고는, 마찬가지로 깊은 침묵에 빠져들었다.

7월 중순의 달 밝은 밤이다. 낮에 훑은 곡식들이 백구 마당 한 가운데 작은 피라미드 모양으로 쌓여있다, 그 주변에 볏짚으로 태운 재로 쓴, 검게 5개 글자 -오곡(五穀) 풍성함을 뜻하는- 가 크게 쓰여 있다. 백구 마당 끝에 대단위로, 높이 볏단 뭉치가 놓여, 주변에 사람들이 저 곡식더미를 지키며 밤잠을 잘 수 있도록 모기를 쫓는 큰 모기장도 만들어 놓았다.

7월 중순의 달빛은 아름답고 서늘했다. 그리고 때때로 남쪽에서 훈풍이 백구 마당 가운데 훑개(벼훑이)들 위에 불어왔지만, 사람들은 잠이 잘 오지 않았다. 그들은 한 여름밤을 유쾌하게 보내기 위해 마을 주변에서 들은 전설이나 민담을 서로 이야기하였다.

토유(土酉)산 산자락에 있는 그 늪이 화제가 되었을 때, 젊은 머슴 한 사람은 그 안에 귀신이 산다고 말하였지만, 다른 사람들은 아니라고 했다. 각자 자신이 옳다고 나름의 근거를 들먹였다. 그래서 대화는 중단되어 버렸다. 젊은 머슴 두 사람이 서로 의견이 달라 티격태격하는 모습을 보며 지금까지 가만히 듣고만 있던 더 나이 많은 머슴이 이 둘을 화해시키려고 결정적인

목소리로 자신의 의견을 말하기 시작했다:

-분명 그곳에 귀신이 살고 있네!

그리고는 자신의 주장을 확실하게 하려고 진지하게 다음의 이 이야기를 해주었다.

그러나 그것은 늪의 원래 귀신 이야기가 아니라, 어느 사람이 다시 나타난 이야기였네. 만일 내가 자네들에게 그 근거를 이야기하려 한다면, 이는 정말 긴 이야기가 된다.

이곳에서 동쪽으로 몇십 리(里) 떨어져 있는 곳에, 자네들은 아주 둥치가 큰, -그 소나무 둥치가 얼마나 큰가 하면, 자네들이 양팔로 안아도 안을 수 없을 정도로 크지.- 그 소나무를 지금도 볼 수 있거든. 그 소나무 옆에 지신(地神)을 모시는 작은 절 하나가 있네. 그 절 뒤에 한때 오두막이 하나 있었지. 나는 그곳에서 거의 한 달 정도 머문 적이 있었지.

-오호라! 이제 그것도 이미 기억이 날락 말락 할 정도가 되어 버렸네!

오두막의 첫 주인은 호난성(湖南省) 출신의 북쪽 사람과 그 아내였지.

북쪽에서 온 남자는 훤칠한 키에 좀 덩치가 있었지. 뒷머리는 땋은 변발을 하고 있었지. 그 남자가 열심히 일할 때는 땋은 머리에서 땀으로 인한 악취가 증기처럼 올라오더라고

내가 남자를 처음 만났던 때는 어느 겨울이었네.

남자는 당시 큰 베신 두 짝을 발에 신고, 떠돌이 싸움꾼이 즐겨 입는 솜으로 만든 두꺼운 긴 바지를 입고 있었거든. 이마는 몇 개의 실핏줄이 돌출해 있고, 구릿빛 얼굴이었다네. 손가락들은 내가 이전에는 한 번도 못 본 두껍고 두툼했지.

그해 겨울에, 물론, 내가 머슴으로 일하던 그 집 지주가 자주 중얼거리며, 몰래 또는 드러내놓고, 나더러 열심히 일은 않고, 놀기만 너무 좋아한다고 했지. 그러더니, 어느 해 11월에 나를 해고하면서, 내 1년 품삯으로 4천 전을 주더군. 하지만 사실, 나는 일을 게으름피우며 일하는 성격이 아니거든. 내 생각에 그 지주가 나를 해고한 것은 단순히 내가 봄이나 여름처럼 그렇게 정말 일도 그리 없는 겨울에도 강한 사내처럼 먹는 식량을 축낸다는 이유였지. 그러니 내가 주인집을 아무 불평 없이 떠났다네. 머슴인 내가 말할 처지도 안 되고 또 불평하지도 않았지.

넝마 같은 이부자리와 의복을 등짐으로 진 채, 나는 떠돌이 신세가 되어 이 마을 저 마을로 다니며, 새 일을 찾으러 다녔지. 그런데 모든 노력은 허사였지.

한 달이 채 지나기도 전에, 내 손에 쥐고 있던 모든 돈을 매일의 먹거리 구입에 다 써버렸던 거지…그 넝마 같은 의복마저 이제 저당 잡힐 수밖에. 내가 그 지신을 모시는 좀 전에 말한 그 작은 절에까지 어쩌다가 방랑하며 가게 된 그 날에, 그때 나는 아주 아주 깜짝 놀란 일을 보게 되었지 뭔가.

그때 배를 너무 곯아, 한 걸음도 더 못 갈 처지이었지.

나는 그곳에 쓰러지고 싶었지. 그런데 갑자기 절 뒤에 오두막이 한 채 있음을 우연히 보게 되자, 즉시 정신을 차려 다시 온 힘을 모아 그곳으로 발걸음을 옮겼지, 아마 그곳에 가면 먹거리를 동냥할 수 있겠다는 염원으로. 하지만 그 오두막집 출입문 앞에 섰을 때 곧장 절망하게 되었어. 왜냐하면 그 오두막에 사는 사람들도 너무 가난했지. 마치 그곳이 걸인 숙소처럼 보였기 때문이었지.

나는 걸음을 멈추고 주저하며 입을 뗄 수가 없었지. 그러나 그 집 주인은 상상할 수 없을 정도로 친절한 사람이었지. 내가 놀라는 모습을 보고 곧장 나에게 다가와 내 어깨를 따뜻하게 안으며 말했다네.

-이 보시게, 나그네, 나에게 마치 친구처럼 다가와 말을 걸었다네 -자네는 아주 피곤하게 보이는데, 혹시 배를 곯아서인가?

너무 친절하게 나를 대해 주자, 나는 좀 부끄럽지만 이렇게 말했지. -배 속에서 꼬-르-륵 하는 소리가 요란해요 라고.
-그렇군요, 배가 고프군요. 그러고는 자신의 오두막으로 몸을 돌리고는, 자신의 아내에게 다빈(茶餠)* 몇 점을 가져오라고 했다네. 그때 내가 감사의 말을 어떻게 꺼내야 할지 정말 몰랐다네. 내가 그 음식을 다 먹고 나자, 주인이 덧붙여 말했다네.

-이 보시게, 친구, 자네는 직업을 잃은 것 같군요. 등짐으로 이부자리까지 들고 이렇게 돌아다니다니, 안 그런가요? 우리와 함께 여기 살면서 매일 땔감을 모아 파는 일에 함께하면 어떤가요?

나는 그 말에, 그것은 나를 위해 좋고, 마찬가지로 당신네들도 좋겠다고 생각하고, 여러분이나 내가 여기서 고립되어 살아가니 그렇게 하시지요 라고 내가 말했지.

"고립되어" 라는 말을 듣자, 아궁이에서 조용히 자기 일을 하던 그 집 여인이 부엌에서 머리를 내밀었다.

-오호라! 착한 손님이시네요, -여자는 황급히 말했다, -손님은 이런 시절에 여기서 사는 것 자체가 얼마나 무서운지 모르실 거예요! 한밤중에는 광풍이 자주 불어대니, 그때는 나무들이 크게 흔들리고요. 소리 또한 요란해, 마치 깊은 숲에서 굶주린 호랑이가 포효하며 뛰쳐나오는 것 같다구요. 고향에서 대포 소리와 총포 소리에 너무 놀란 우리 집 애는요, 이 애는요 그 광풍 소리만 들어도 밤 내내 아침이 될 때까지 대성통곡하거든요.

그러면서 여인은 나를 그들 곁에 머물러 달라며 강권하다시피 했다.

그들이 이 지역에서는 낯선 사람이라, 내게 이렇게 친절하게 대하는구나 하고 나는 생각했지! 나는 그렇게 철면피한 사람은 아니었으니. 그들 곁에 머물러 달라는 요청에 내가 어찌 뿌리칠 수 있었겠는가!?

더구나, 그 겨울에는 아무도 나 같은 이를 받아 주지 않으니, 내 발걸음을 끌며 더 가볼 만한 곳도 없었지. 그래서, 나는 그 오두막에서 이부자리가 든 등짐을 내 옆에 놓았지. 그러고는 마치 오래 여기 계속 사는 거주자 인양 집 마당에 펴놓은 가마니에 내 몸을 아래로 편히 뻗을 수 있었다네.

나는 그때, 집도 아내도 없는 나 같은 사내가, 자기 아내를 두고 있는 그 북인과 좁은 오두막에서 같이 지내는 게 적절한지 대해서는 온전히 잊어버렸다. 북인은 나에게 말하기를 이곳에서 자기 아내, 아이와 함께 근 1년 살고 있다고 했다.

이 지역에서 한번은 걸인처럼 돌아다니기도 했다고 한다.

나중에 이 절 뒤편에 오두막을 지어, 지금까지 땔감을 팔면서 살고 있다고 했다.

북인은 힘도 셌다. 이른 아침부터 산에 들어가, 땔감을 모아 왔다. 온종일 일하는 데 필요한, 먹을 음식인 다빈을 싸 가지고 다녔지.

읍내에서 그날 가져간 땔감을 팔아, 해거름에 귀가했을 때, 이미 3~4백 개의 동전을 받아 왔다.

그러나 밖에 눈이라도 오는 겨울날에는 땔감 모으기란 불가능했다.

비가 오던 어느 날, 나는 아무 생각 없이 물어보았다.

-당신은 어떤 살아갈 방도가 있어요? 비가 3일간 계속 내리기라도 하면, 이런 어쩌지 못하는 배고픔은 당신을 하늘나라로 데려갈 것 같은데요, 안 그런가요?

북인은 나의 말은 전혀 개의치 않다는 듯이 자신의 코로 기분이 좋음을 나타냈다. 한편 살짝 웃으며 자신의 넓은 손바닥으로 자신의 다리를 자랑스럽게 때리고는, 눈썹을 위로 치켜뜨기도 했다.

-나는 남쪽 사람인 당신에게 말하겠어요, -기분 좋게 말을 꺼냈다, -지금까지는 내가 땔감을 팔아 생활해 왔는데, 새해가 되면, 즉시 이 일을 그만둘 계획이랍니다. 나는 당신에게 말하리다, 나는 이미 지주인 리 씨의 농지를 임차해 놓았어요! 자, 봐요, 저 넓은 땅을. 20무(畝)나 되지요!

나는 머리를 주변에 돌아보았다. 지주 리 씨는 1,000무 이상의 농지를 소유한, 부유한 지주이다, 나는 그 점을 잘 알고 있다. 이 지역에서 낯선 사람이 리 씨의 땅을 빌어 경작할 수 있는가? 리 씨라는 사람을 내가 잘 알고 있는데, 그이는 절대로 자신의 농지를, 신임하지 않는 사람에게는 임대하지 않거든.

-당신 같은 북인이 리 씨 토지를 어떻게 경작할 수 있는가요?

-왜 안 되나요? 나는 황소처럼 힘이 세답니다, -그리고는 자신의 넓은 가슴을 손바닥으로 때리면서, 자신이 강한 사람임을 보여주었다,

-리 씨 주인이 내게 농지를 임대하지 못할 이유가 있나요? 흠, 그뿐만 아니에요. 그분은 나에게 농기구도 빌어 주었다구요! 물론 나는 수확하면 곧장 그분께 보답해야지요.

그러면서 웃으며 덧붙였다. -착한 사람아, 우리가 이 겨울에는 함께 애를 써봅시다! 얼마간 돈을 더 벌어봅시다. 그게 우리 자본이 됩니다. 다가오는 봄에 우리는 소도 한 마리 사고, 토지에서 일을 시작할 겁니다. 진실로 말해서, 착한 남인인 당신에게 나는 기대고 있습니다. 당신이 우리를 위해, 우리 농사짓는 일에 도울 걸로 말입니다, 당신은 집도 없고 가난하니까요. 당신은 나에게 그렇게 말했지요. 입고 다닐 바지도 없는 그런 사람이라고요. 이제 우리는 낯선 사람처럼 지내지 맙시다. 물론 우

리는 농작물을 수확하면 그 수확물 일부를 농지 임대료 몫으로 그 지주에게 줄 겁니다, 그리고 남은 것은 우리가 우리 자신을 위해 소비할 것입니다. 우리가 다음 겨울에는 얼마나 유쾌하게 살게 될지를 한 번 상상해 봐요. 그때 우리는 눈이나 비 오는 것을 더는 걱정하지 않을 겁니다. 안 그런가요?

그 말을 한 뒤 나를 한참 처다보자, 나는 그 콧노래를 흥얼거리는 코에서 1센티 정도로 긴 몇 개의 코털이 내보였다. 나는 그때 생각해 보기를, 북인이 생각하는 게 옳다고 여겼다. 땔감 모으지 않아도 되고, 어느 주인에게 고용되지 않아도 되는 삶은 좋은 생계수단이 된다. 머슴으로 살면서 주인들이 더는 노동력이 필요 없는 겨울에는 언제나 배곯아야 했다.

-좋습니다! -나는 좀 소리를 내어 동의했다. -그런데, 저기요… 당신은 농사일에 손재주가 있는 사람이오?

-왜 안 되나요? - 자신의 두 눈을 크게 떴다. -나는 농민이라구요!

그리고 우리는 그 겨울에 돈을 조금 더 벌기 위해 노력했고, 다음 해 봄에는 우리가 농사지을 준비를 시작했다.

그러나, 그해에 하늘의 개가 달을 집어삼켰기 때문에[11], 여름 내내 가뭄이 있었고, 가을 추수는 아주 흉작이었다.

사람들은 배곯기 시작했다.

땔감을 모으는 일로 생계를 유지하는 사람들이 이번 겨울에는 더 늘어났다. 숲의 마른 가지들은 씨가 마를 정도였고, 인근 마을마다 산에서 어린나무들도 날을 거듭할수록 자취도 없이 사라졌다.

또 권세가들 소유의 산에 있는 나무들조차도 사람들이 몰래 도끼질을 하기조차 했다.

아주 아주 어두운 달이 없는 날 밤에 몇 명의 청년들이 -악마나 알라지, 어디서 그런 마땅찮은 이들이 왔는지 -지주 찬로우 씨 소유의 낙타 3마리를 훔쳐 가버렸다. 자네들은 모를 걸세. 그 낙타 3마리가 얼마나 아름답고 큰 녀석들인지를. 낙타들은 집 앞에서 마치 봄과 여름 동안 초록의 큰 그늘처럼 그렇게 서

---

11) (저자주) 중국 민담에 따르면, 월식(月蝕)은, "하늘의 개"가 달을 잡아먹었다고 상상하고는, 그 월식 현상이 있으면 그해에는 비가 적게 온다고 여긴다.

있었다.

찬로우 씨는 화를 크게 냈다. 사람들이 지주의 재산을 훔쳐갈 용기를 냈다니! 그것은 지주에 대한 공격이나 비난이라 할 수 있다.

필시 그 불한당들을 꼭 색출해 낼 것이라 했다. 또 그들을 붙잡으면 자신의 친구인 읍장(邑長)에게 보낼 것이라고 했다. 그러나 이웃 마을 중에 누가 그런 도둑질을 저질렀는지 찾아낼 수 없었다. 그러자 마침내 추측하기를, 그런 소행을 벌인 자는 땔감을 모아 팔러 다니는 북쪽 성(省)에서 온 자들이라고 했다.

-그 개 같은 녀석! - 화를 벌컥 내고는 말했다. -내가 반드시 이 지역에서 그자를 내쫓아버릴 것이다.

몇 명의 깡패 같은 청년을 북인의 오두막으로 보냈는데, 마침 그때 오두막에 북인이 있었다. 깡패 청년들 모두 손에 무기가 들려 있고, 자랑스럽게 산에서 일하고 피곤한 채 돌아와 있는 우리 앞에서 그들은 위협을 했다. 북인의 아내는 우리 모두에게 뭔가 나쁜 일이 일어날 걸 알아차렸다. 곧장 무릎을 꿇고는, 그 깡패 같은 청년들에게 천둥 같은 화냄을 좀 누그러뜨려 달라고 요청했다. 찬로우 씨가 지주인 리 씨의 마름이었다. 리 씨에게서 북인이 농사를 빌어서 농사를 짓고 있어, 부랑배들이 오두막은 손대지 말라고 간청했다.

하지만, 그들은 북인을 때려 상처를 입히고, 우리가 다가올 봄에 농사에 쓸 소를 사려고 모아 둔 돈을 모두 **빼앗았다**.

그들이 떠나자, 북인과 여인은 멍하니 서로 바라보고는 웃지도 못하고, 울지도 못하였다. 나는 그 장면을 보고는, 마음이 아팠다. 자네들은 알 거야, 내 마음이 얼마나 여리고 감동에 쉽게 움직이는지를.

-좋아요, -나는 잠시 침묵 뒤에 말했다, -우리는 이제 헤어져요. 우리가 사려고 했던 소도 이젠 더는 사 올 수도 없으니, 또 불쌍한 당신, 북인도 상처를 입었으니. 우리가 어찌 농사를 지을 방도가 있겠어요?

나는 이제 혼자 일할 수 있는 새 주인을 다시 찾으러 나서는 편이 더 옳겠다고 생각이 들었다. 왜냐하면, 내 배는 여기 있는 당신들보다 더 작지 않기에, 밥을 언제나 기다리고 있기에. 우리가 이미 친구이듯이, 나는 당신들에게 충고하고 싶네요. 더 나은 생활을 할 수 있을 고향으로 돌아가는 편이 더 낫지 않을까? 당신들은 이곳, 낯선 땅에서 이리도 고초를 당하고 있지요.

내 말을 듣자, 북인은 곧장 얼굴이 창백해졌다.

-착한 형제여, 그런 말을 하지 마시 그 목소리는 아주 무겁고, 뭔가 슬픔으로 인해 떨렸다. -고향으로는 내가 돌아갈 수도 없소 - 잠시 나를 쳐다보고는 다시 말을 시작했다.

-그곳엔 지금 사람들이 서로 싸우고 있다고요, 사람들과 집들이 대포와 총탄에 다 파괴되어버렸어요. 요즘도 그곳에는 서로 으르렁대는 다양한 군대들이 남아 있다고 해요. 그곳에는 아무도 평화로이 살 수 없다고요. 작은 개도 보이지 않아요. 그곳에서 살아가는 사람들은 모두 어깨에 총을 멘 작자들 뿐이라구요.

갑자기 하던 말을 멈추고, 고향에 대해 모든 것을 잊으려는 듯이 입맛을 다셨다.

나중에 하늘을 한번 쳐다보고는 화제를 바꾸었다.

-나는 신체적으로 아주 강한 사람이어요, 내가 착한 친구, 당신에게 이미 말했듯이. 나는 기억하고 있지요. 수년 전에 사람들이 군대를 돕는 일을 시키려고 나를 붙잡아갔답니다. 그 당시 삶이 어떠했는지 상상을 해 봐요. 사람들이 내게 100근도 더 되는 물건들을 지고 가게 했고, 내게 하루에 100리(里)는 가야 한다면서 매를 들기도 했지요. 더구나 내게 배당된 음식은 아주 적었다구요. 하지만 나는 이 모든 것을 견디어 냈으니, 그리 고통을 입은 것은 아니었어요. 그 깡패 같은 청년들이 나를 때림은 정말 그리 중요한 것이 아니구요. 최대한 3일만 지나면 나는 다시 건강을 회복할 겁니다. 그때 나는 다시 산에 가서 땔감을 주워 모을 수 있을 겁니다. 내게 중요한 것은 우리가 일할 수 있는가 하는 그 점이라구요. 만일 그렇다면, 우리가 소를 사는 일은 정말 우리에게는 너무 어려운 일이 아닐 겁니다.

그리고 자신의 넓고 털이 많은 두 손으로 내 어깨를 따뜻하게 누르고는, 내 대답을 기다리고 있었다.

나는 북인 남자를 주의해서 살펴보았고, 여자가 나를 뚫어지게 보고 있고, 가마니에 앉아 있는 그 어린 녀석은 멍하니 자기 엄마를 보고 있었다. 나는 무슨 말을 해야 할지 몰랐다. 나는 내 마음이 다시 물러짐을 느꼈다.

-좋아요. -나는 마침내 무기력하게 말했다. -이제 나는 당신

곁에서 당신 농사를 돕겠어요. 집이 없고 방랑 신세인 나는 정말 다른 높은 열망을 가지고 있지 않아요. 내가 밥이나 먹을 수 있는 곳이면, 그곳에서 만족하며 유쾌하게 지낼 수 있어요.

북인과 그 여인은 내가 하는 말을 듣고 살짝 웃었다.

우리 세 사람은 그 겨울에 정말 힘껏 일하면서 한편으로는 가능한 적게 먹고, 소 한 마리 살 돈을 저축하기 위해서 애를 썼다. 고통을 나는 느끼지 않았다. 왜냐하면, 내 마음도 기뻤기 때문이었다.

우린 이듬해 봄에 정말 황소 한 마리를 사는 일에 성공했다네. 리 씨로부터 우리는 이미 농사 도구를 빌려 왔다. 이제 우리는 논밭에서 일을 시작했다.

이런 속담이 있지. 흉년이 지나면 풍년이 온다.

그 속담이 정말인 것 같았다.

봄에는 적당한 시점에 비가 부족하지 않았다. 한번은 거의 5일 간 하늘에 먹구름이 떠 있더니 그러고는 잠시 뒤 구름에서 신선한 빗방울이 듣기 시작했다.

그런데 흉년이 든 해에는 어떠했는지를 한 번 여기 있는 사람들도 기억해 보게. 그래, 그때는 유혹적인 구름이 몇 조각이 부족하지 않게 떠 있었지. 그런데 빗방울들은? 이런, 악마나 알라고 하지, 빗방울이 자신을 어디에 숨겼는지.

그래 그해 봄에는 벼가 싹이 아주 예뻤거든. 그것들은 웃으며 커가고, 아주 빽빽하게 자랐지. 마치 저 멀리 보이는 새로운 초록 카펫처럼. 자주 해가 지는 동안에 나는 그날의 하루 일을 마치고는 농로를 통해 산책해 봤지. 어깨 위로 곡괭이를 둘러맨 채, 초록의 벼 논을 보면서.

북인은, 신선한 새싹이 그렇게 아름답게 커가는 그 농지를 걸어갈 때면, 언제나, 습관적으로 나를 따라오며 내 어깨를 따뜻하게 건드렸다.

…남인 보시오, 좋은 기분으로 말했다. -자 봐요! 저 벼가 새싹을 틔우며 커가는 모습을 보면, 어떤 생각이 들어요?

그런 질문을 한 뒤 자신의 얼굴에 만족한 미소가 뒤따랐다.

-그래 좋아요, -나는 되풀이해서 말했다. 기분이 좋아진 채로, -아주 아주 좋아요. 물론, 그때 내 얼굴 주변에 떠오른 것은 만

족한 미소였다. 그리고 나는 혼자 생각에 잠겼다:

-이젠 그 지주의 굴레 아래 소작농으로 더는 있을 필요가 없지요. 내가 약간의 돈을 더 모을 수 있도록 몇 년 농사를 더 지은 뒤에 스스로 독립적 가정을 꾸릴 수 있을 것이다. 매일 우리 셋이, 나, 북인과 여인이 해가 뜨기도 전에 함께 논으로 가서 그곳에서 희망을 안고 피곤함을 잊고 일했다.

여름이 왔다. 우리가 겨울에 모아 둔 모든 것을 이미 다 소비했고, 나중에 9천에 해당하는 동전으로 바꿀 수 있는 저당 잡힐 수 있을 몇 바구니의 넝마 같은 의복만 남게 되었다.

5월에 우리 재산은 이제 모두 소진되었다.

쌀죽과 야채가 우리의 유일한 식량이 되었다. 그러나 그런 궁핍한 조건에서도 우리는 전혀 당황하지 않았다. 정반대로 우리는 더욱 활달하고 활기차게 일했다. 왜냐하면, 우리가 가을에 추수를 잘하면, 곧장 궁핍에서 벗어날 황금빛 꿈이 우리를 만족해 두고 있었기 때문이다.

몇 번 땀방울이 크게 또 억수같이 쏟아지는 경우가 있어도, 우리는 여전히 먹지도 않고 휴식도 제때 없이 초록의 논에서 해지기 전에는 떠날 줄을 몰랐다.

하하! 나는 왜 내가 요즘 힘이 빠져 있는지를 모르겠다.

그렇게 우리는 그 뜨거운 여름을 보냈다. 가을이 이제 왔다 - 수확의 계절이다!

우리가 애쓴 보람은 헛되지 않았다. 탈곡한 곡물이 탈곡하는 마당 위에 정말 작은 산더미만큼 그렇게 큰 무더기로 마당 한가운데 쌓였다!

이제 나는 그 곡식에 대해 말하는 것을 잊어버렸네. 모든 곡식이 황금 조각이었다고 나는 말하고 싶어. 이는 사람 모습같이 커서 또 곡물이 강한 태양 아래 반짝일 때는 사람들이 이 곡물을 황금과 비슷하지 않음에 확인하기를 거부하지 않겠는가?

물론 우리는 그때 탈곡하던 마당에 놓인 수확물을 나누려고 그 땅 주인인 지주를 오시게 했다. 왜냐하면 그게 농사계약에는 들어있었기 때문이다. 주인은 자신의 마름과 많은 바구니를 짊어지고 갈 청년 몇 명과 함께 왔다. 주인과 마름은 황금 같은 곡식 무더기를 보고서 그 무더기 옆에 서서 만족해하며 웃었다. 지주는 손가락으로 자신의 턱수염을 몇 번인가 꼬아 보면서, 우리 농사일에 대해 자신의 대단한 만족감을 표시했다. 서로 합의한 계약에 따라 그 수확물은 2개 부분으로 나뉘어야 했다. 농지를 빌려준 값으로 주인을 위한 1개 부분, 또 다른 1개 부분은 그 소작농들에게 그들의 한 해의 농사일에 대한 보상이었다네. 그러나, 이유도 모른 채, 그 지주는 정확한 나눔에 만족하지 않고, 더 많은 것을 요구하며 강조하기를, 자신이 농기구 빌려준 것도 곡식으로 보상해야 한다고 했다.

-그건 만고의 진리일세.

마름이 메아리쳤다.

그리고, 우리 동의도 아직 받지 않았는데도, 주인은 그 깡패 같은 청년들에게 우리에게 남겨줄 목적으로 된 곡식도 광주리에 담으라고 명령을 했다.

악마가 그들을 데려가라지! 그런 깡패 같은 젊은이들이 토끼와 닮았다고 내가 말하지 않았는가? 아니, 그들은 그런 짐승보다 더욱 잽싸게 움직이기도 했다.

눈 깜박할 새, 그들은 우리 몫인 곡식 모두 자기들이 가지고온 광주리에 다 담아버렸다. 그들이 자행한 갑작스런 탈취와 같은 소행을 보면서, 우리 셋은 동시에 얼굴이 창백해지고 너무 화가 나 아무 말도 입에서 나오지 않았다.

우리를 지켜보고 있던 주인과 마름은 우리 심장에 타오르는 것이 뭔지를 이미 자각하고 있었다. 마름은 그 일에 능숙했다. 그는 깡패들에게 곧장 눈짓하고, 그들은 곧장 떠날 준비를 했다. 악마가 저들의 발에 날개를 달아 줬구나 하고 나는 생각했다. 바람처럼 그들은 이 타작마당에서 아무 그림자도 남기지 않은 채 사라졌다.

타작마당에는 이제 맨땅의 황토 말고는 다른 곡식은 한 톨도 남지 않았다.

북인은 온몸을 떨기 시작하고 더 이상 서 있을 수도 없었다.

얼굴은 이제 붉음에서 창백함으로 바뀌었고, 다시 창백함에서 붉음으로 바뀌었다.

몇 개의 검은 정맥 힘줄이 이마에 재갈 없이 뚜렷이 보이기 시작했다. 나는 땀이 났다. 하느님은 무슨 일이 일어날 것인지 알았다!

북인은 두 손을 불끈 쥐고는 자신의 마름과 함께 내빼려는 그 주인에게 성큼 다가섰다.

-그럼, 나는 어쩌라고요? 굶어 죽으란 말인가요? 그러고도 당신은 살아갈 권리가 있소? 북인은 천둥소리처럼 버럭 소리를 내질렀다.

무슨 일이 일어날지 모른 채 늙은 주인은 아주 공포에 질려 제대로 자신의 몸을 서 있을 수 없을 정도였다.

그때 내 마음도 화가 나 있었다. 내 가슴에 불이 타오르고 있었다. 나는 북인 쪽으로 다가가 같이 큰 소리로 지주에게 고함을 질렀다. 나는 이렇게 말했다.

-우리가 한 해 노력한 것이 지주 당신만을 위한 거요?!

그러면서 나도 두 손을 불끈 쥐고, 주먹을 주인어른의 코 주변에 휘둘렀다.

북인의 여인은, 온종일 아무것도 먹지 못해 힘없이 울고 있는 어린아이가 있음에도 불구하고, 지주에게 달려들어 화를 내며 불쾌감을 드러냈다.

마름은 저기 그자도 기가 살아 우리 주먹을 보고서도 아무 무서움을 내보이지 않았다.

기분 좋게도, 아주 기분 좋게도, 격하게 화난 붉힌 얼굴을 한 우리 셋을 옆에서 관찰하며 서 있었다. 비록 내가 이미 그에게 주먹을 휘둘렀음에도. 끝내 갑자기 자신의 두 손으로 우리 귀를 하나씩 잡고는, 나를 내려다보며 악의적으로 웃고 있었다.

-이보게 친구, 자네가 지금 반항하나!? 자네는 지금까지 그런 사람들이 아니지 않은가…

그리고 자신의 목소리를 크게 하여, 이미 그 자리를 떠나 앞서 가던 그 깡패 청년들을 불러 되돌아오라고 했다. 그때 내가 표시한 화에 대해 지금 정말 정확히 그림으로 그릴 적당한 말을 생각해 낼 수도 없다네. 어떤 사람이 두 손으로 자네들 귀를 잡아당길 때, 자네들이 어떻게 화가 나는지를 한번 생각해보게.

만사를 제쳐두고라도, 나는 그때 그 마름의 배에 강하게 바로 한 방 먹였지.

나는 키가 작지만, 다리는 그럼에도 충분히 묵직하지. 그 발길질이 곧장 효과를 나타냈지. 통통한 암퇘지같이, 몸뚱이가 큰 그 녀석은 타작마당에 자신의 머리를 땅을 향해 고꾸라졌지. 그 깡패 같은 청년들이 다시 몸을 돌려 득달같이 달려왔지. 타작마당의 가장자리에서 그들은 자신의 무거운 광주리들을 내려놓고, 동시에 우리를 향해 달려들었지. 아주 공포스러운 상황이었어. 하지만, 아마 악마같은 마음이 우리 편에 생겨나, 온전히 우리에게는 그때 두려움은 없었지.

 -바로 당신들은, 도-둑-이—야!

 내가 그 말을 채 끝내기도 전에, 그들의 때림이 마치 빗방울처럼 나에게 쏟아졌다.

 나는 내 머리가 기절했는지 아니면 깨어졌는지 몰랐을 정도였다. 나는 단지 서 있기조차 어려움을 느끼고는 곧장 쓰러졌고 또 내 눈앞에서 모든 것이 검게 변해 버렸지.

 그러나 나는 여전히 북인과 여자, 두 사람이 하는 욕 소리, 다투는 소리가 그렇게 빨리 분출하는 것을 듣고 있었지.

 잠시 뒤, 이 모든 것은 내 의식 속에서도 사라져버렸다네…

 내가 눈을 떴을 때는 이미 저녁이고, 선선한 바람이 불기 시작했다. 타작마당에는 벌거벗은 땅만 놓여있었다. 나는 온몸을 떨고는, 사고무친의 그 북쪽 사람들에게 치명적인 결론을 느꼈다. 그 때문에, 내 머리에서 발끝까지, 모든 곳에서 보였던 상처들에도 불구하고, 나는 겨우 힘들여 자리에서 일어나, 그 오두막으로 한 걸음 한 걸음씩 앞으로, 타작마당에서 거의 절반의 리(里)만큼 떨어진 곳에 있는 그 오두막까지 다가갔다.

 온전히 놀랍게도, 이미 우리 오두막은 부숴져 있고, 가구들도 나동그라져 있고, 여기저기로 의자가 나뒹굴고, 물동이 손잡이들도 마찬가지로 나뒹굴고 있었다…

 여인은 그곳에 있었다. 자신의 품에 아이를 안고 마당에 앉아, 고개를 떨군 채, 침묵 속에서 마음을 짠하게 하는 눈물을 흘리고 있었다.

 머리카락은, 먼지와 볏단 가루로 뒤범벅이 된 채 무질서하게 머리에서 휘날리고 있었다. 온전히 죽은 사람이 살아 돌아온 사람 같아 보였다.

 나는 내 발을 끌며 여인에게 다가가 물었다:

 -북인 남편은 어디 계십니까?

 여인은 귀먹은 사람처럼 말이 없었다. 내 심장은 뛰고 있었고, 나는 재차 물었다:

-북인, 당신 남자는요?

-하하! - 여자가 마침내 고개를 들고는 떨리는 목소리로 말했다. -그이가 홑개에 맞아 상처를 입었어요… 젊은 악인들 손이 얼마나 무자비했는지 당신은 모를거요… 더구나 저들이 이 집도 부수고, 우리에게 하나 남은 소도 끌고 가 버렸어요…

-저기요, 그이가 지금 어디에 있는지 내게 말해 주세요, -나는 등골이 오싹함을 느끼고는 공중에서 북인의 그림자를 보는 것 같았다.

-악한들이 떠난 뒤, 그이는, 그이는 우리가 살아온 이 집이 폐허가 된 곳에 주저앉아, 처절하게 울음을 내지르더니 (하! 그이는 정말 힘센 남자였는데, 이전에 그렇게 심금을 울릴 정도로 운 적이 없었는데도)… 오랜 시간이 지난 뒤, 그이는 자리에서 일어나, 나에게 이렇게 말했어요!

-당신에게 필요한 다른 남자를 찾아가요. 그이는 화를 내며 그 말을 했답니다. 나 같은 사람하고 살다가는 굶어 죽을 거요…

-그렇게 그이는, 이런 일은 있을 수가 없지요! - 잠시 쉰 뒤 이 말을 더했다, — 나가버렸다구요!

나는 여인과 젖먹이 자식을 멍하니 보고 있었어. 나는 심한 상처와 깨진 심장으로 황혼 속에서 방황하고 있던, 그 북쪽 사람에게 뭔가 치명적인 일이 벌어질 것으로 혼자 생각했다네.

-그 사람이 어디로 방황하고 있는가? -나는 떨리는 목소리로 질문을 했다네. 여인은 더는 대답하지 않았다네. 머리는 숙인 채 있고, 눈물은 어미의 품 안에서 아무것도 모른 채 자는 아이의 머리카락으로 끊임없이 굴러떨어졌다네.

오호, 하늘이시여, 이게 무슨 장면인가! 집을 잃고, 가난뱅이로 있으면서, 나는 정말 슬퍼 울어볼 대상이 아무것도 없었다네. 하지만 이번에 두 눈은 무슨 이유인지 정말, 정말로 젖은 이유를 모른 채로 말일세.

나는 여인에게 위로하듯 말을 붙였지:

-내가 그이를 찾아 볼테니, 아줌마는 여기서 좀 기다려요.

그러나 어디서 내가 그 사람을 찾을 수 있단 말인가? 1리도 채 더 못가, 내 머리는 둘러 보고는, 내 두 발은 뼛속에서 아픔, 그 굶주린 배에서의 꼬-르-륵 하는 아픔 때문에 힘마저 없어져 버렸다네. 나는 무의식에 빠졌지만, 불분명하게도 기억하게 된 것은, 어느 외로운 절 출입문 앞에 서 있었다는 점일세. 나는 다른 물건은 볼 수 없었다네. 나는 마음속으로는 이미 밤이 되었구나 하고 생각도 했지…

다음 날 아침에도, 나는 폐허가 된 곳에 아직도 있음을 알게 되었지.

왜냐하면, 배고픔과 피곤함으로 인해 나는 북쪽 사람을 찾아나서지도 못해 버렸어.

하지만 온전히 기대하지도 않았는데, 여인과 젖먹이도 모습이 보이지 않았지.

그들이 어디로 사라졌는지는 악마나 알겠지!

나는 온전히 기진맥진한 채 짚 위에 누워 있고는, 하얀 하늘만 하염없이 보고 있었지…

나중에 여자에 대한 근거 없는 욕설같은 소문만 들려왔지. 즉, 여자 거렁뱅이가 되었다는 소문도 있고, 며칠 뒤 어느 악한이 꼬시고는, 그리고는…

그 뒤로는 아무 통지도 여자에 대해 없었지. 마음 아프게도!

내 마음은 너무 쇠약해지고, 내 마음은 그 여인 소식을 듣는 것이 두렵기도 하고, 듣고 싶지 않기도 했지.

그때부터 북인이 어디 있는지도 불명확한 채로 남았다.

이웃 읍내에서 돌아오던 몇 명의 지인을 내가 어쩌다 만나보면, 알려 주기를, 뭔가를 알려 주었지만, 그것은 아주 놀랄 일은 아니었다.

소문에 따르면, 북인은 자신의 재산을 잃은 뒤에 도둑 무리에 의탁하였다고 했다네. 그런 일이 있은 뒤, 인근 읍인 루안(六安)에서 사람들이 붙잡았다고 했다네.

그리고 사람들이 방면했을 때, -그때, 너무 심한 고문을 당하는 바람에 거의 폐인이 되어 있었다고 했다네. 사람들은 그곳에서 못살도록 쫓아 버렸다고 하네.

그래서 우리 읍내로 다시 들어서게 되었다고 하더라고.

우리가 아는 토유(土酉)산의 저 아래 늪 가까이인, 우리 읍 경계에 도착해서는, 아마 피곤해서 그런지 아니면, 심한 고문으로 얻은 상처 때문인지 몰라도, 두 발이 비틀거리더니, 저 물속 깊은 곳으로 무의식적으로 미끄러져 내려가 버렸다네…

그런 소식은 내게는 믿을만한 것처럼 보였다네. 왜냐하면, 나의 현재 주인이 있는데, 그분의 자제분이 루안(六安)서 장사하고 있거든. 어느 날 저녁을 먹으면서 읍내 상황을 이야기해주더군.

그 말로는, 몇 년 전에 그곳에 지역 부자들이, 읍장 군인들과 함께 벌인 극단의 추격 사건 때문에 우리 읍을 출입하는 사람들도 수색할 의도였나 보네! 하지만, "그들이 경계를 넘자마자 곧장 무슨 이유로 물에 빠져 죽는 것이 행복이라는 것이라고 하데!"

내 주인이 나더러 루안에 사는 그분 아들에게 여름 의복을 보내주라고 명을 내렸을 때, 나는 우연히 방금 말한 그 늪을 우연히 지나게 되었지.

그때 이미 저녁이 되었지. 그렇게 가는 길이 너무 서두른 걸음 때문이거나 또 다른 이유로 내가 갑자기 기절하게 되었는데, 한동안 뭔가 검은 그림자가 저 늪 수면에서 나에게 가까이 오는 것이 아닌가.

나는 식은땀을 흘리고 있고, 또 생각하기를, 저게 필시 귀신이구나 하고 생각하게 되었지.

그 때문에 나는 주저할 것도 없이, 집을 나서면 자신을 지키려고 지니고 다니던 칼의 칼집을 벗기고는, 그 칼을 그림자를 향해 던졌지 않은가.

그렇게 던진 것이 맞았다고 나는 생각했지. 왜냐하면 나는 곧장 그 아픔으로 뭔가 불명확한 외침 소리를 들을 수 있었거든.

-아-야-야…라고!

놀랍게도 그 한숨은 북인의 한숨 소리와 조금 비슷했지!

그리고 난 이 늪에서 그이와의 인연을 다시 기억하게 되었지.

나는 아주 무서웠고, 간담이 서늘했다네.

자네들은 알지 않은가, 내가 한번도 귀신 같은 것에 결코 두려워하지 않음을, 하지만 이번에는 한때의 강력하고 착한 지인이 남긴 귀신이 내 속에서 말로 표현할 수 없는 무서움으로 다가왔지.

나는 언젠가 나도 똑같은 운명에 빠질 걸 걱정했다네.

왜냐하면, 내가… 나도 북쪽 친구처럼 가난한 농민이니… 오회! 이미 늙었으니…

그렇게 이야기를 마친 늙은 머슴은 긴 시간 아무 말도 하지 않고, 고개를 숙인 채 생각에 잠겨 있었다.

-따라서, - 이야기의 끝이 없었음을 느끼고는 다만 다음의 말만 더할 뿐이다.

-그 늪에는 진짜 귀신이 있었다네… 그 목소리는 이미 힘이 없지만, 묵직했다. 목소리는 또 말하는 사람의 그것처럼 자연스럽지도 않았다.

목소리에는 약간의 우울감이, 약간의 아픔이 떨리고 있었다.

사람들이 이제는 귀신 존재에 대해 더는 싸우지도 말고, 더는 자세하게 알려고도 하지 말라는 약간의 수줍은 요청도 목소리에는 떨리는 듯 들어 있다.

늙은 농민의 바람을 이해하는 듯한 두 젊은 머슴은, 정말 더는 귀신에 대한 자신의 의견을 주장하지 않았다.

그러나, 그들도 한여름 밤을 지새우려고 의도적으로 시도한 즐겁게 하는 대화를 계속하고 싶지도 않다.

잠시 서로를 바라보고 그들은 말이 없다.

아무 말도 이제는 더 들려오지 않았다.

서늘한 달빛에, 그 3명의 농사꾼은 동시에 장례 같은 침묵 속으로 자신의 고개를 숙였다.(*)

FORGESITAJ HOMOJ

1. Vojkamaradoj

Kiam la suno ankoraŭ restis preskaŭ tri metrojn alta super la okcidenta horizonto, du vagvendistoj ĝuste renkontiĝis antaŭ kabana gastejo. Kaj ili haltis tie. La gastejo, situanta sube de monteto, apud ĉefvojo, estas speciale starigita por la malfruantaj vojaĝantoj. Ne estis multaj gastejistoj en ĝi. Troviĝis tie nur unu knabservisto kaj paro da maljunaj geedzoj. La meblaro ankaŭ ne sin montris riĉa: kelkaj ruloj da pajlomatoj, tri aŭ kvar litkovriloj, unu bankuvo el acero, dekkelkaj pelvoj, tri vinkruĉetoj el tero, kaj unu paperlanterno, sur kiu estis pentritaj sep grandaj ruĝaj vortoj: "Van Sin Fa, komforta gastejo por vojaĝantoj"··· Enveninte la gastejon, la etkomercistoj demetis la surŝultre ŝarĝatajn aĵojn. Kaj post kelkaj vortoj de la blankharaj gemastroj, rekte eniris la kuirejon; tie ili ĉerpis basenon da varmeta akvo. Per la akvo ili lavis vizaĝojn unu post la alia; poste, verŝinte la saman akvon en la kuvon, ili sidiĝis sur benko, kapklinante, kune purigis la piedojn. Ili sentis sin iom malpezaj post la lavado. Tenante po tason da teo en la manoj, ili eliris kaj staris ĉe la pordo de la gastejo. El la kamparo, kiu vaste kaj senfine sternis antaŭ ili, alblovetis iom da facila vespera venteto. Ili ekspiris, preskaŭ samtempe, kaj nudigis siajn brustojn, malbutonuminte la ĉemizojn. La ekventeto freŝigis ilin, tamen iliaj okuloj ankoraŭ restis enulacaj, senemocie direktantaj al la vidaĵo antaŭ ili. La montaro, la horizonto kaj la firmamento vidiĝis grizaj. La rizoj en la kampoj estis fortranĉitaj, kaj la stoploj postlasitaj stulte rigardis la ĉielon, kvazaŭ plorantaj. — En mia naskloko, kampoj kiel tiaj estus jam ensemitaj per faboj. Unu tiel ekparolis. — ⋯ La alia senrespondis, ankoraŭ fiksante sian rigardon al la antaŭ li sternanta vidaĵo. La suno jam sinkis en la okcidentan montaron. Kokoj kaj kokidoj de la maljunaj gemastroj ŝtele glitis en la gastejon. Jam noktiĝis. Starinte por momento ĉe la pordo, la etvendistoj reeniris, senparole. Ĉe la manĝtablo ili sidiĝis sur benkoj, vidalvide. — Kara mastro, — unu ekvokis, kun voĉo milda kaj amikeca, — bonvole alportu kruĉeton da varma vino kaj du telerojn da salitaj faboj. Post la vorto li metis la kapon en la manoj kaj subrigardis la alian, sammaniere sidantan; kaj aŭdiĝis ne plu parolo. Li estis tolvendisto. Estante nordano, li aspektis altkreska, kun larĝŝultro, granda nazo, brovoj dense nigraj kaj vizaĝo ruĝkolora. La alia, sin profesiante kiel kolportisto de merceraĵoj, estis montano el la monta gubernio Louan de Anhui Provinco, kun malalta kresko, larĝa frunto, pinta mentono, ĝibeta dorso kaj paro da rondaj etokuloj en kiuj centriĝis la forto de lia tuta korpo.

Estante same vagvendistoj, ili ofte renkontiĝis survoje aŭ en gastejo, tial ili interkoniĝis kaj fariĝis bonaj amikoj. De frumateno ĉiu postkuras sian bonŝancon en diversaj vilaĝoj, sed dum vesperiĝo, ili nepre renkontiĝis en la dummatene interkonsentite decidita gastejo. Tio estis por ili singarda aranĝo: por eviti solecon kaj interhelpi en eventuale neatendita hazardo kiel vojrabitado k. a. ⋯ La mastro jam alportis kruĉeton da varma vino; la knabservisto, du telerojn da salitaj flavfaboj. La tolvendisto ekstaris; ekpreninte la kruĉeton en sian manon, verŝis plentason da vino al la amiko sidanta kontraŭ li, kaj al si mem poste. Tuj kiam la ebriigaĵo malsekigis la gorĝojn, la atmosfero inter ili ekfariĝis iom agrabla kaj vigla. La tolvendisto ekrompis la silenton per konversacio. Li diris, ke li tiun tagon tolaĵon vendis entute je la sumo de ses mil moneroj; ke laŭ dekkvin-procenta profito li elprofitis naŭ cent monerojn; ke krom la manĝ- kaj dormpago de tiu ĉi nokto li gajnis nete kvarcent monerojn, sed nun drinkante ĉi pokalon da vino, restos ĉe li nur ducent kaj kelkaj moneroj. Kuntirante la brovojn, la kolportisto amikece informis sian ŝancon de la tago al la norda kamarado: Li profitis nur kelkajn soldojn kaj tial la vino de ĉi nokto elspezigis al li la proran kapitalon. Krom tio la malaltulo ne volis diri plu pri la komerco. Kaj ree silento. Du vojkamaradoj kun senesprimaj okuloj rigardis unu la alian, kvazaŭ ion pripensante. — Mi ja enuiĝas de la profesio: vagvendo, — la kolportisto subite ekkomencis la babiladon post longa silento. — Se en mia loko mi estus vivtenebla nuntempe, mi prefere revenos hejmen kiel laborulo en la kampo⋯ — Jes, ankaŭ mi tiel pensas. Eĥis la tolvendisto, metante la tason sur la tablon. — Sed nun ankoraŭ ne estas eble por mi, mi pensas, ĉar kondiĉoj en mia loko pli malboniĝas⋯ Kaj li detaligis la rakonton pri sia monta distrikto al sia amiko, kun tono peza kaj sincera. Li estis kulturisto. Sed li ne povis vivteni la familion. Ĉar la terimposto estas tro peza: oni impostas almenaŭ kvin fojojn po jaro. Kaj⋯ la produktaĵoj de vilaĝoj ne povas konkurenci kun la terproduktaĵoj el la fremdlandoj, kies prezo estas relative malaltaj. Kaj tial la rezulto de la tutjara klopodo en la kampo eĉ ne sufiĉas por la impostoj diversaj⋯ — Sed⋯ — li ekĝemis, — se oni prokrastus pagi la imposton, la publikgardistoj senprokraste venigas lin al la gubernio. Tial mi forlasis miajn kampojn⋯ jen jam pli ol dek jarojn⋯ Ĉiujare mi sendadis kutime kelkmil da moneroj al la familio. Sed nunajn jarojn pro la malriĉiĝo de la vilaĝoj ĉi-tieaj la mercervendo ankaŭ ne estas tiel profitebla kiel antaŭe. Vivteni por individuo eĉ estas malfacile, por la familio komprenebla fariĝas neeble.

Mi estas, amiko, obstinulo: tuj kiam mi ne havas monon sendi al la familio, mi ne plu volas doni la sciigon pri mi mem al ajna homo. Jam pli ol du jarojn la parencoj ne scias pri mia kieo···

— Ho ve, — la tolvendisto emociigita de la parolo de la amiko, simpatie ekĝemkrietis, — pro la sama kaŭzo mi forlasis mian vilaĝon!

— Jes? Kia iras la mondo!

La voĉo estis tre peza, kaj plena de trista tono. La kolportisto jam perdis la vervon de ordinara babilanto, kaj la viglecon karakterizan por la sudaj montanoj. — Tamen drinku!

Vidante la subite paliĝintan vizaĝon de la amiko, vinon proponis la tolvendisto; kaj, por kuraĝigi la amikon, li mem plengorĝe glutegis la alkoholaĵon tason post taso.

— Finu la vinon, — konsolis la tolvendisto, sur kies vangoj aperis jam ruĝo. — Kial tiel malĝoje? La vivo estas nenio alia ol marioneta ludo, hahaha··· La malaltulo ne emoviiĝis de la kuraĝigo. Li ridetis, amare dirante: — Ĉu vi jam ebriiĝas··· Hodiaŭ mi ne estas tiel bonhumora por drinki, mi volas dormi··· Kaj li detabliĝis, malvigle iris al la murpiedo, kie oni jam metis litaĵojn sur la tero. Li ekkuŝis tie. La nordulo ankoraŭ restis drinkanta ĉe la tablo. Nur post li eltrinkis la vinon en la kruĉeto, li enlitiĝis apud sia vojkamarado. Tiam la knabservisto forprenis la manĝilaron. La maljuna blankhara mastrino, prenante la paperlanternon en la mano, observis ĉien en la gastejo kaj poste la pordon, ĉu ĝi estis bone riglita. Post tio ŝi estingis la lumeton en la lanterno, kaj eniris sian ĉambron ankaŭ por dormi.

Ĉiuj en la apud ĉefvojo solece staranta kabana gastejo endormis. Tra la breĉetoj de la malnova pajlotegmento enrigardas la arĝenta lunlumo de la mezaŭtuno. Ekaŭdigis ronkado. De tempo al tempo alondetis bojado de hundoj el foraj vilaĝoj. Samtempe ekzumis la grilo en la muroj, susuris la freŝa okcidenta vento. Jen en la gastejo ekestiĝis la simfonio de la fruaŭtuna serena nokto. Subite ekakriĝis ekkrio el la flanko de la endormanta kolportisto. — Kio? — la tolvendisto, jam malebriiĝinta, surprizvekite saltleviĝis. — Kio okazas, vojrabisto?

Li ekpalpis la alumetkeston, kiun estis pro singardo metita apud la kapkuseno, kaj eklumigis la lampon per la alumeto. Li observis ĉien en la gastejo. Nenio nova. — Kial vi ekkris, ventrodoloro? — li turniĝis al sia amiko, iom surprizite kaj kolerete demandis. — Ne, — la kolportisto larĝe malfermis siajn okulojn, en kiuj jam turniĝis la larmeroj, — mi ĵus sonĝis, ke miaj edzino kaj gefiloj mortis de malsato⋯ Aŭdinte la vortojn de la amiko, la tolvendisto ekpaliĝis. Sendube li jam nun tute liberiĝis de la efiko de la alkoholo. Ankaŭ mi tiel sonĝis antaŭ kelkaj tagoj. Nun via vorto rememorigas al mi mian familion jam kvin jarojn forlasitan⋯ Kaj liaj lipoj terure

- 176 -

ekkonvulsiis. En la okuloj ekbrilis akveco. Samtempe la du amikoj falis en singulta plorego. — Kio?

La maljunaj gemastroj vokis en la interna ĉambro terurvekitaj, kaj ekaŭdiĝis la susuro de ilia ellitiĝo. La plorantoj tuj silentis, ĝentile kaj milde respondis al la maljunuloj: — Karaj gemastroj, bonvole dormu, estas nenio… Tion dirinte, la plorantoj interrigardis por momento kaj amare ridetis. La kolportisto fine mallaŭte diris: — Ho, kial ni estas tiel nervozaj! Dormu, ni devas fruleviĝi morgaŭmatene…

잊힌 사람들

1. 길동무들

 해가 서쪽 지평선 위로 3m 정도 높이로 아직 남아 있을 때,
행상하는 두 사람이 바로 농막 같은 어느 여관에서 만나게 되
었다. 그리고 둘은 그곳에 발걸음을 멈추었다. 산자락에 자리
잡은 여관은 늦게 도착하는 여행자들을 위해 특별히 건축되어
있었다. 여관을 운영하는 사람은 많지 않았다. 여관에는 노부부
와 남자 하인이 살고 있었다. 여관 가구도 그리 많지 않다. 돗
자리 몇 점, 이불 서너 점, 단풍나무 욕조 한 점, 대야 십여 점,
작은 도자기 주전자 세 개, 또 한문으로 쓴 7개 큰 글자 **"평안
쉼터 반신파"** 가 써진 종이등… 여관을 들어선 두 소상인은 자
신의 어깨에서 짐을 내려놓는다. 그러고 두 사람은 백발의 여관
주인과 몇 마디 말을 나눈 뒤 부엌에 들어섰다. 그곳에서 둘은
미지근한 물 한 바가지를 떴다. 그들은 물로 차례로 얼굴을 씻
었다. 나중에 그들은 긴 의자에 앉아, 고개를 숙여 발을 씻는다.
그들은 물로 자신들의 몸을 씻고 나자 좀 가벼워진 느낌을 얻
었다. 둘은 각자 손에 찻잔을 들고, 밖으로 나와 여관 출입문에
섰다.
 그들 앞의 넓고 끝없이 펼쳐진 농지 쪽에서 서늘한 저녁 바람
이 불어왔다. 두 사람은 거의 동시에 숨을 내쉬고 셔츠 단추를
풀어 자신의 가슴을 내보였다. 부는 바람에 둘은 시원함을 느꼈
지만, 그들 눈은 여전히 지치고 지루해, 그들 앞에 펼쳐진 농지
를 무표정하게 내려다보고 있다. 산과 지평선과 하늘이 회색으
로 보였다. 논의 벼들은 이미 베어져 없어지고, 그 자리에 남은
그루터기들은 하늘을 향해 마치 우는 듯이 올려다보고 있었다.
 ―내 고향이라면 저런 농지에는 이미 콩이 심어졌을 거요.
 그중 한 행상이 말을 꺼냈다.
 다른 행상은 대답 없이, 여전히 눈앞에 펼쳐져 있는 광경에 눈
길이 여전히 가 있다. 해는 이제 이미 서쪽 산맥을 넘어가 버리
고 없다.
 늙은 여관주인 내외가 키우는 닭과 병아리들이 몰래 여관 건

물 안으로 들어왔다.

이미 저녁이 되었다.

조금 더 출입문에 섰던 소상인들은 말없이 다시 안으로 들어섰다. 식탁에 둘은 마주 앉았다.

-주인장, -행상 중 한 사람이 온화하고 우호적인 목소리로 주인을 불렀다. -따뜻한 술 한 주전자와 소금이 된 콩, 두 접시 좀 내주십시오

그 말을 하고서 두 손으로 머리를 괴고는 맞은 편에 같은 방식으로 앉아 있는 다른 일행을 몰래 보았다. 그리고 아무런 말도 들리지 않았다.

한 명은 베를 팔러 다니는 행상이다. 북방 사람에 넓은 어깨와 훤칠한 키, 큰 코에 눈썹이 검고, 얼굴빛은 붉다.

다른 한 사람은, 수예품을 팔러 다니는 행상으로, 안휘성(安徽省) 루안(六安)이라는 현(縣)에서 온 산촌 사람으로 작은 키에 넓은 이마, 뾰족한 턱, 곱사 등에, 온 신체의 힘이 집중된 작고 둥근 눈을 두고 있었다.

같이 행상 생활을 하면서, 둘은 길에서 만난 때도 있고, 같은 여관에서 만나기도 했기에, 서로 잘 알게 되었고, 나중에 친구가 되었다.

이른 아침부터 각자 여러 마을에서 자신의 행운을 뒤쫓아 다니다가도, 저녁에 그들은 반드시 아침에 서로 약속한 여관에서 만나게 되었다. 그것은 둘에게는 서로 보호하는 일이기도 했다. 고독을 피할 수 있고, 궁극적으로 갑작스레 길에서 강도를 당할 때 서로 도울 수도 있고, 등등의 일….

주인은 이미 자신의 손에 따뜻한 술 주전자를 들고 왔고, 여관의 소년 하인은 소금에 절인 누런 콩 두 접시를 들고 왔다.

베를 파는 행상이 자리에서 일어나, 술주전자를 자신의 손에 쥐고, 앞에 앉은 친구에게 한 잔 가득 붓고, 나중에 자신을 위해 한 잔 부었다.

취하게 하는 술이 둘의 목구멍을 적시자, 그들 사이의 분위기는 조금 다정하고 활달해졌다. 천 장수가 먼저 자신의 대화로 침묵을 깼다.

그날 옷감을 판 돈이 6천의 동전 정도 된다고 했다. 그중 15퍼센트가 이익이 되어, 9백 전을 벌었다고 했다. 또 이날 식대와

숙박비를 공제하면, 순이익이 4백 정도 되지만, 지금 술을 마시면, 술값 또한 공제하면, 2백 얼마가 남는다고 한다. 눈썹을 찡그리면서, 그 행상은 우호적으로 북쪽 동료에게 그날 자신의 돈벌이를 알려 주었다. 북쪽 동료는 오늘 번 것이 얼마 안 되어, 오늘 술값은 자신의 이익이 아니라, 자신의 재산으로 낸다고 했다. 그 밖에 키가 작은 상인은 그날 행상 일에 대해 더는 말하지 않았다.

그리고 다시 침묵. 무표정한 눈으로 두 길동무는 뭔가 생각에 잠긴 듯이 서로 바라보았다.

-나는 정말 이 직업 -행상-에 지쳤네요. 북인 행상은 긴 침묵 뒤에 갑자기 잡담을 시작했다.

-만일 내 경우 요즘처럼 살아간다면, 고향에 돌아가 농사짓는 일꾼으로 일하는 편이 더 나아요.

-그래요, 나도 그리 생각하네요. 베 장수가 탁자 위로 술잔을 놓으면서 대답했다. -하지만, 지금은 아직 나에게 불가능한 것 같아요, 왜냐하면 고향 형편이 더 나빠져 버렸어요⋯그리고 루안 현의 고향인 산촌에 대해 친구에게 묵직하고 진지한 어투로 이야기를 풀어갔다.

농부였지만 자신의 가족 생계를 책임질 수 없었다. 왜냐하면, 토지세가 너무 무거웠기 때문이다. 한 해에 4번은 적어도 세금을 내야 한다. 그러고⋯ 마을 생산물은 외국에서 들여오는 농산물과는 경쟁이 되지 않는다고 했다. 때문에 농사짓는데 한 해를 온전히 애쓴 보람도 각종 세금을 제때 낼 형편을 충족하지 못한다고 했다⋯

-그런데⋯ 한숨을 내쉬었다. -만일 세금을 제때 내지 못하면, 공무원들이 지체없이 그 세금체납자를 관청으로 불러대니, 그 때문에 나는 내 논밭을 버리고 떠났지요⋯그게 벌써 10년이 더 되었네요⋯매년 나는 보통 가족에게 수천의 동전을 보내고 있다구요, 하지만 최근 몇 년간에는 이곳 마을들도 가난해, 수예품 판매가 이전만큼 돈이 되지 않아요. 개인이 살아가기가 더욱 어려운데, 가족은 물론 더 어렵지요. 나는요, 친구, 고집이 센 사람이요. 가족에게 보낼 돈이 없는 때는, 더는 어떤 사람에게도 내 신상 이야기를 하는 것을 원치 않아요. 이미 2년이나 더, 일가친지는 내가 어디에 사는지도 모르고 있답니다⋯

-오호, 안타깝네요. 베 장수는 친구 말에 마음이 짠해지며, 동감한다며 한숨을 작게 내쉬었다.

-같은 이유로 나도 고향 마을을 떠났답니다!

-그렇군요? 세상이 어떻게 될 세상인지!

목소리는 아주 무겁고, 슬픔이 가득 차 있었다. 행상은 이미 일상의 대화에서 생기와 남쪽 산촌 사람들을 상징하는 특징적인 활달함마저 잃었다….

-하지만, 우리, 마십시다! 친구의 갑자기 창백해진 얼굴을 보고, 천 행상이 술을 제안했다. 그리고, 친구를 격려하기 위해, 스스로 한 잔, 또 한 잔 술을 목청 가득히 적셨다.

-술을 끝냅시다, 배장수 행상은 자신의 얼굴이 이미 붉게 되어 위로를 표시했다. -왜 그렇게 시무룩하요? 인생이란 것이 인형극 놀이와 다를 게 없다고 하지요, 하하하…

키 작은 사람은 그렇게 용기를 북돋워도 아무 감정이 일지 않았다. 살짝 웃고는 쓸쓸하게 말했다. -왜냐하면, 당신은 이미 취해 있으니…오늘은 마실 좋은 기분이 아니라요, 나는 이만 자러 가야겠어요…

그리고 자리에서 일어나, 우울하게 바닥에 이미 놓인 이부자리들이 있는 벽 아래쪽으로 걸어가, 그곳에 누웠다.

그러나 북쪽 사람은 여전히 탁자에서 술을 마시며 있었다. 주전자에 남은 술을 다 마셨을 때야, 길동무 옆에 잠을 자기 위한 자리를 잡았다.

그때 소년 하인이 식기들을 챙겨 갔다. 늙은 백발의 안주인은 손에 종이 등불을 들고, 여관 여기저기를 관찰하고, 나중에 출입문도 빗장이 잘 채워져 있는지 살폈다.

나중에 안주인은 그 종이 등불을 끄고, 자신도 잠자러 자기 방으로 들어갔다.

큰 도로 옆에 외로이 서 있던 움막 같은 여관의 모든 사람은 잠이 들었다. 오래된 볏단으로 만든 이엉 지붕 틈새로 가을의 은은한 달빛이 들어서고 있었다.

코를 고는 소리가 들려왔다.

때때로 저 먼 다른 마을에서 개들이 짖는 소리가 들려 왔다.

동시에 벽에서는 귀뚜라미 한 마리가 울기 시작하고, 선선한 서풍이 불어오고 있었다.

이제 이 여관에는 초가을의 시원한 밤의 교향곡이 들려오기 시작했다.

갑자기 깊은 잠에 빠진 행상 한 사람 쪽에서 고함지르는 소리가 날카롭게 들려 왔다.

-저게 무슨 소리지? 이미 취한 술에서 깨어나 있던 배 장수가 깜짝 놀라 잠에서 깨어 펄쩍 뛰듯이 일어났다.

-무슨 일이지, 노상강도인가? 머리맡에 호신용으로 조심하게 둔 성냥갑을 더듬어 잡고는, 성냥으로 등불을 켰다. 여관의 모든 곳을 관찰했다. 아무런 새로운 것은 없었다.

-왜 자네는 소리를 질렀어, 배가 아픈가? 좀 놀라며 친구에게 몸을 돌려 물어보았다.

-아니오,… 행상은 두 눈을 크게 떴다. 두 눈에는 이미 눈물이 조금 보였다. - 방금 아내와 아들이 배곯아 죽는 꿈을 꾸었어요…

친구 말을 듣고서, 천 장수는 얼굴이 창백해졌다.

의심 없이 이미 지금 알코올 효과에서 완전히 벗어나 있었다.

-나도 며칠 전에 그런 꿈을 꾸었어. 친구, 자네가 하는 말이 지난 5년 전에 죽은 내 가족을 생각나게 하네요… 그러고는 두 입술은 공포감으로 경련을 일으켰다. 두 눈에는 물기가 빛나고 있었다. 동시에 두 친구는 훌쩍거리며 크게 울었다.

-무슨 일이 있소?

노인인 주인 내외가, 안방에서 공포 같은 소리를 듣고서 그렇게 다른 곳에서 자는 사람들에게 묻고, 잠자리에서 일어나는 소리가 들려 왔다.

그러자, 우는 사람들은 즉시 울음을 멈추고, 조용히 또 정중하게 노인 부부에게 말했다:

-어르신, 이제 주무시면 됩니다, 아무 일도 없습니다… 그 말을 하고서, 울먹이던 사람들은 잠시 서로 쳐다보고는, 씁쓸하게 웃었다.

행상은 마침내 낮게 말했다:

-에-이, 우리가 왜 그렇게 신경이 날카로워졌나! 이제 잡시다, 내일 아침에는 일찍 일어나야 하니…

II. Mezjulia Festo[12)

En vespero mezjulia rapidis al monteto juna virino, kun infano en la brako kaj sitelo pendata ĉe la mano. Ĉe la montpiedo troviĝis nove konstruita tombo ruĝtera. Ŝi haltis antaŭ ĝi. Unue ŝi sidigis la infanon sur terbuleto kaj poste elprenis el la sitelo pakojn da orumitaj paperoj, pelvon da akva rizaĵo kaj faskon da incensoj··· La incensojn ŝi enfiksis en la teron, la paperojn brulis kaj la akvan rizaĵon disĵetis ĉirkaŭ la tombo. Kaj, vokinte la kuŝanton en tiu ĉi tombo kolekti la papermonojn bruligatajn kaj ĝui la rizaĵon disĵetatan, ŝi kotuis por tri fojoj, esprimante sian plej profundan sopiron kaj estimon al la mortinto. Post tio ŝi sidis apude, kaj tirante la manikon al la okulanguloj, singulte ploregis. — Kara homo! Mizera karulo mia! Ci forlasis min ĝis hodiaŭ jam tri monatojn. La Julimezo nun proksimiĝas··· Kion mi povas fari por ci mia, dum ĉi festo estas nur oferi tiel malmulte da flavpaperoj, tiel malmulte da akva rizaĵo··· Haha! malgraŭ tiom multe, tamen

---

12) Mezjulia Festo okazas ekde la 10a ĝis la 15a de oka monato laŭ la luna kalendaro. Laŭ la ĉina mitologio, en tiuj kvin tagoj ĉiuj malbonaj spiritoj de mortintoj estas liberitaj el la infero por ĝui la oferaĵon de vivantoj. Al tiuj spiritoj, ankaŭ al tiaj, kiuj mortis solecaj sen postlasi la posteŭlojn en la homa mondo, la vilaĝanoj, sen kalkuli riĉaj aŭ malriĉaj, oferas almozaĵon, brulante monmarkitajn paperojn en montoj, arbaroj kaj ĉirkaŭ vilaĝoj. Oni ankaŭ brulas la paperojn por sia parenco dum la festo.

ilin akceptu··· ĉar, homo mia, ili estas el mia koro.
Ho··· kara, ci finfine cian mizeran edzinon forlasis
kaj serĉas por ci eternan ripozon en la subtera
mondo! Sed, ve, mia, ĉu ci vere ripozas trankvile
por eterne?

Ci scias, bona homo, ke super la kapo kaj sub la
piedoj de cia mizerulino — ĉio, apartenas al aliulo.Ŝi
ne posedas peceton da tero, nek gepatrojn, nek
onklon··· homo mia, kion vi postlasis estas nur tiu
ĉi ankoraŭ ne trijara etulo el cia karno··· La
venontaj tagoj estas nekalkuleblaj··· A-a-a··· homo
mia, kiel mi ilin travivos?··· Kiam ci estis
malsaniĝanta, ĉio en la hejmo ĉifonaj vestaĵoj,
difektitaj mebloj··· vendiĝis, kaj mi eĉ kiom eble
ŝuldon prenis··· homo, ĉio ĉi mi faris nur sub la
espero, ke ci baldaŭ resaniĝos··· Mia, ci estas mia
ĉio, mia ĉielo, se ci vivus, mi kaj tiu ĉi etulo ne
malsatos··· Sed, plej kara mia, ci finfine foriris,
foriris, foriris por eterne··· Ci foriris! Sed kiel ni jam
estis foje geedzoj en la dolorplena mondo, mi
tamen, tolerante la krion de la stomako kaj lasante
la infanon malsate plori, plue prunteprenis de
Barbiro Huan dek dolarojn kaj aĉetis por ci sufiĉe
grandan ĉerkon kaj mortkitelon··· Antaŭ ci, cia
mizerulino povus esti senkulpa··· Plue mi venigis tri
taoŝojn por cin enterigi en iom impona ceremonio···
Homo mia, kiel ci, jen eterne ripozanta sub la tero,
scias la mizeron de cia mizersortulino··· Ne pli ol

dek tagojn post cia enterigo Barbiro Huan postulis la dolarojn prunteprenitajn··· Kara, per kio la ŝuldon mi repagis en tiel mallonga tempo?··· Mi ne estas timema pri ŝuldo, se ci estus vivanta; homo mia, se ci vivus, ci ankoraŭ povas vendi cian forton kiel transportisto. Tiam dek dolaroj por ci estus nenio. Maksimume post du aŭ tri monatoj, maksimume eĉ en dek tagoj, ci povus redoni la sumon sen ajna embaraso. Sed··· d···nuntempe, kiel mi, cia mizera edzino povas··· povas···?··· Subtera homo, kion ci scias pri via mizersortulino!··· Antaŭ kelkaj tagoj Barbiro Huan eĉ minacis al mi ke se la monon mi ne repagos en proksimaj tri tagoj limigitaj de li, li min vendos al Nigra Hundo Ĉan kiel lian edzinon, ĉar li jam gajnis la permeson de nia vilaĝestro tion fari··· Kara mia, se mi reedziniĝus kun tiu aculo, kiel mi plu havas vizaĝon cin viziti? Hohoho, ci pene laboris por vivteni la familion!

Ci ellitiĝis ĉiam antaŭ la sunleviĝo kaj dormis post la noktomezo — ĉio ĉi mi ja neniam forgesas. Ah! se mi···, mia konscienco min riproĉos tiel ke mi ne havas vizaĝon plu vivi··· ha! mia kara, mia ĉielo!

Kara ĉielo mia, la vilaĝestro vere ne estas bona ulo. Li min vizitadas, preskaŭ tri fojojn po tago, babilaĉante, ke mi ankoraŭ estas en mia plej juna printempo, ke la infano ankoraŭ bezonas laktonutraĵon, ke mi posedas neniajn proprajojn, ke mi devas reedziĝi kun iu, ekzemple kun Nigra Hundo···, kiu estas tre saĝa kaj kapabla fraŭlo ktp⋯ Mia homo, nunajn tagojn kiam mi renkontas konatojn, mi ĉiam honte ruĝiĝas, kapklinante: pli ol tri colojn malsupren al la tero⋯ Haha! homo mia mia⋯ Kara homo, pli ol unu fojon cia mizersortulino decidis, ke ŝi malgraŭ ĉia malfacilaĵo pene pluvivadas, por ke ŝi estu virineca ino, kiu ne hontigas la praulojn en la ĉielo kaj mian karan sub la tero⋯ Sed⋯ sed⋯ d⋯ via kompatinda edzino ne povas kulturi kampon, nek transporti pezan ŝarĝon sur la varfo kiel ci, nek reedzin⋯ nek fariĝi papilio sur la strato⋯ Kion far i⋯ kion fari⋯?

La de vi postlasita karno — la infano, ĝisnun ankoraŭ ne atingas trijaran. Kiom multe da tagoj necesas, por ke li povas esti portisto aŭ kulturisto!⋯ Kaj plue, laŭ la diro de la sortdiristo, multaj katastrofoj atendas lin antaŭ ol ĝi atingas dekjaran. La diro ŝajnas vera: kelkajn tagojn antaŭe ĝin ekatakis malario, multajn fojojn ĝi svenis kaj preskaŭ mortis! — Jaja! kara homo, kiel mi vivos?⋯ Ci, kara, mia ĉielo, planu por mi⋯ planu⋯ kara⋯!

O! ci, mia sole ĉielo, planu por mi⋯ ah-a-a⋯ La orumitaj paperoj jam forbruliĝis, ĝiaj cindroj flirtis en la aero kaj bloviĝis en la okulojn de la infano sidanta apud la tombo. La etulo ekkriis. La virino ekstaris. Forviŝinte la larmon sur la vangoj, ĉe la okuloj jam ruĝe ŝvelantaj, ŝi brakumis la infanon en la dekstra mano; rigardinte ankoraŭfoje la tombon novan por momento ŝi rapidis al lageto proksime de la monteto. Sitelon da akvo ŝi ĉerpis de la lageto. Kaj tre urĝmaniere ŝi rapidis hejmen, por prepari la vespermanĝon.

2. 중양절(7월 중순 축제일)

칠월 중순의 어느 날 밤, 품에 아이를 안은 채, 손에는 물동이 하나가 걸린 채로 젊은 여인이 작은 산 쪽으로 서둘러 왔다.

산자락에 새로 조성된, 검붉은 묘지 하나가 있었다.

여인이 그 묘지 앞에 섰다.

먼저 여인은 품 안의 아이를 땅바닥에 앉히고는, 나중에 물동이에서 한 다발의 황금빛 종이, 물밥 한 그릇과 향 1개 다발을 꺼냈다.

여인은 가지고 온 향을 땅에 꽂았다. 또 종이를 불사르고 물밥을 묘지 주위에 흩뿌렸다.

그리고, 여인은 불사른 종이돈을 주워 모으고는 묘지에 누워 있는 사람의 이름을 부르고는, 흩어진 채 뿌려놓은 물밥을 먹으라며 큰절을 3차례 하고는, 그 묘지에 묻힌 사람에게 가장 깊은 염원과 존경을 표현했다.

그러고 여인은 묘지 옆에 앉아, 옷소매를 두 눈가로 당겨, 울먹이더니, 나중에는 울음을 터뜨렸다.

-이보시오, 양반! 불쌍한 여보! 당신이 떠난 지 오늘로 이미 석 달째가 되었네요. 7월 중순이 이제 되었네요… 내가 여보, 당신을 위해 뭘 할 수 있겠어요, 이 축일인 날[13]에 그렇게 적은 양의 황금빛 종이로, 또 이리 쪼끄마한 물밥이나 내놓을 뿐이니… 하하! 많이 한다고 해도, 이것밖에 되지 않으니, 이거라도 받아 주세요,,, 왜냐하면, 여보, 그게 내 마음으로 바치는 것이요. 오호라…여보, 당신은 끝끝내 이 불쌍한 아내를 떠나, 이 영원한 안식처를 찾아갔네요. 하지만, 안타깝게도, 여보, 당신은 정말 영원히 그곳에서 평안하게 쉬고 있나요? 여보, 착한 사람, 당신은 아세요? 당신의 이 가련한 여인의 머리에서 발 끝까지를 제외하고는 -모든 게 다른 사람에게 속해 있음을요. 이 여인은 밭

---

13) (저자 주) 중양절(Mezjulia Festo)은 음력으로 8월 10일에서 15일 사이에 있다. 이 시기에는 중국 전설에 따르면, 이 닷새 동안에는 모든 죽은 이의 나쁜 기운은 지옥에서 나와, 산자의 공물을 즐기러 나온다고 한다. 그런 영혼과 인간세계에 자식도 남기지 못한 채 외롭게 죽은 그런 영혼에게 마을 사람들은, 부자든 가난하든, 산에서나, 숲에서나, 마을 주변에서 돈이 표시된 종이돈을 태우며, 공물을 내놓는다. 축제 때에는 자신의 가족을 위해 그런 종이돈을 태우기도 한다.

한 뙈기도 갖지 못하고, 부모님도, 삼촌도 안 계신다구요…여보, 당신이 여기에 남긴 것은, 당신 혈육인 아직 3살도 안 된 귀염둥이뿐이라구요… 다가 올 날은 헤아릴 수 없이 많기만 하네요…아一아一아…. 여보, 어찌 나는 이 나날을 견디며 살아가야 하오?…당신이 아팠을 때는, 이 집안에 모든 것은 넝마 같은 옷가지며, 성치 않은 가구며…모든 걸 팔아 버렸으니, 빚진 것은 또 얼마나 많은지…이 사람은 이 모든 것이 당신이 곧 병에서 회복될 줄 알고 했던 일이거늘…나의, 당신은 나의 모든 것이고, 나의 하늘이었어요. 만일 당신이 살아있다면, 나와 이 귀염둥이는 배곯지도 않았을 거요…하지만, 나의 가장 귀한 여보, 당신은 끝끝내 이를 저버리고 떠나갔네요, 영원히 가버렸네요…당신은 떠나갔네요! 하지만 우리는 이미 한때는 아픔만 많던 세상에서 부부로 있었듯이, 그럼에도, 배곯아도 참고, 저 아이가 배고 픔으로 울어대도 내가 참아왔어요. 저 이발사 환에게 10달러를 빌려, 그 돈으로 당신을 위해 충분히 큰 관과 상복을 마련했지요…당신 앞에서, 당신의 가련한 여인은 아무 죄가 없을 겁니다…더구나 나는 성대한 장례식 속에 당신을 묻으려고 도사도 셋이나 오게 했지요…여보, 어찌 당신은, 이제 지하에서 영원히 쉬면서, 당신의 이 불쌍한 여인의 비참함을 알긴 하요…. 당신을 땅에 묻은 지 열흘이 채 지나지 않아, 그 이발사가 돈 10달러를 돌려 달라고 하네요…여보, 뭘로 내가 이 짧은 기간에 빚을 갚을 수 있을까요?…나는 빚 걱정은 안 해요. 만일 당신이 살아있다면요.여보, 만일 당신이 살아있다면, 아직도 짐꾼으로서 당신의 힘을 팔 수 있을텐데요 그때는 당신에게는 10달러가 뭐가 문제 되겠어요. 최대 두 달 아니면 석 달 뒤에는, 서두르면 열흘 만에는, 당신은 그 빚 전부를 어떤 종류의 당황함 없이 돌려줄 수 있을 터인데요. 하지만요, …지…지금 이 순간에는 내가, 당신의 가련한 아내가 어찌할 수 있나요.. 어찌할 수 있나요…?…지하에 있는 여보, 당신은 이 가련한 운명의 여인에 대해 뭘 알고 있나요!… 며칠 전에는 이발사 환이 나를 위협하기도 했으니, 만일 내가 그 돈을 가까운 3일 안에 갚지 않으면, 그 사람은, 나를 검둥개 찬에게 아내로 팔아버리겠다고 해요, 왜냐하면, 이미 그렇게 하도록 우리 마을 이장님 허락도 받아 놨다고 해요. 여보, 만일 내가 그 악한 사람과 결혼이라도 하게 되면, 무슨 낯으로 당신을 보러 오겠어요. 오호라, 당신은 정말 우리 가정을 먹여 살리기 위해 힘껏 일해 왔는데요.

당신은 언제나 동트기도 전에 일어나 한밤중이 지났어야 잠자리에 들었지요…이 모든 것을 나는 정말 잊을 수 없답니다. 아희! 만일 내가…내 양심이 얼굴을 들고서 살지 못할 정도로 나를 비난할 거요…아하! 여보, 나의 하늘이여!

나의 하늘이여, 우리 마을 이장님은 정말 좋은 사람은 아니에요. 나를 찾아와, 하루에도 3번이나 찾아와, 내가 아직도 나의 가장 청춘기에 있다는 말이나 해대면서, 아이는 여전히 젖을 먹여 살려야 하는 상황인데도요, 아무 재산이 없다는 것에, 누구와 재혼해야 한다면서, 예를 들어 저 검둥개 찬 알지요? 그 사람과요…검둥개 찬은 아주 현명하고 능력 있는 총각이라는 등등의 말을 하면서요…여보, 내가 지인들을 만나는 요즘 나날에는, 언제나 부끄러워 얼굴이 붉어져 얼굴 들고는 다닐 수가 없어요. 땅에 3인치나 더 숙인 채가 아니면, 다닐 수가 없어요…하하! 나의, 나의 사람아…여보, 한 번 이상 당신의 가련한 운명의 여인은 결심한다고요, 그 여인은, 모든 어려움에도 불구하고 이를 헤쳐 나가리라고요.

하늘에 계신 조상을 부끄럽게 하지 않고, 나의 사랑하는, 지하에 있는 당신도 부끄럽게 하지 않고 살아가는 여인다운 사람이 되고자 결심을 한다고요…하지만, 하지..만, 당신의 이 가련한 아내는 땅을 일구는 능력도 없고, 당신처럼 부두에서 무거운 짐을 날아다닐 수도 없고, 다시 결혼하는 …거리의 나비가 될 수도 없어요…어떡해요..어떡하지요…?

당신에게서 남겨진 혈육인 -저 아이는, 지금까지 아직 3살도 되지 못했어요. 저 아이가 짐꾼이나 농부가 될 수 있으려면 얼마나 많은 날이 필요한가요!…그러고 더구나, 점쟁이 말로는, 10살이 되기까지에도 수많은 재앙이 기다리고 있다고 해요. 그 말은 진짜인 것 같아요. 며칠 전에는 말라리아에 걸리지나 않나. 이 아이는 여러 번 기절했고, 거의 죽을 뻔도 했어요!…아야! 여보, 나는 어찌 살라고요?… 당신은, 여보, 나의 하늘이여, 나를 위해 계획을 좀 알려 주오..계획을 ,,,좀 마련해 주오…여보…!

오호라!, 여보, 나의 유일한 하늘이여, 나를 위해 계획을 좀 알려 주오…아흐-아ー아…이 금빛 종이들은 이미 불살라졌지만, 이제는 공중에 날아다니고, 당신 무덤 옆에 앉아 있는 저 아이의 두 눈으로도 바람처럼 다가가네요.

애기가 울기 시작했다. 여인은 자리에서 일어났다. 두 볼에 흐른 눈물을 닦으면서, 그래도 두 눈은 이미 붉게 부어올라 있다.

여인은 아이를 오른팔에 안았다. 다시 한번 잠시 새로 조성된 묘지를 바라보고는, 저 작은 산 가까이 늪으로 갔다.

물 한 동이를 그 늪에서 펐다.

그리고는 황급히 서두르는 표정으로 저녁을 준비하러 집으로 향했다.

III. Al la Vivo

Vesperiĝe sur la diafana, trankvila lago vidiĝis fiŝboato, malrapide sin lulanta al la bordo. Ĉe la lagbordo staris juna fiŝisto, kiu, kun okuloj direktantaj sopire foren, foren al la blua, vasta akvosurfaco, manon jen supren, jen malsupren svingis. Li estis vokanta, kun voĉo karesema tamen peza, la remanton de tiu boato preskaŭ nevidebla: — Remu rapide, jam malfruiĝas, malfruiĝas⋯ Ne surdiĝis eĥo flanke de la solece balancanta boato; sed ĝi certe proksimiĝis. Ĝi proksimiĝis⋯ Ĝia remanto estis junulino brunkolora. Oni povis konstati je la unua rigardo de ŝia eksteraĵo, ke ŝi vivis sur la lago, vivtenante per fiŝkaptado. Ŝi havis akrebrilajn okulojn, larĝajn vangojn kaj pufan bruston, kiuj speciale karakterizis fortikan fiŝkaptistinon en tiu ĉi monta lago. La remilojn ŝi forlasis dum la boato tuŝis la bordon; kaj, harojn ĉe la tempioj supren ordigante per la fingroj, ŝi spiris profunde, kun kapo al la ĉielo. Kaj ŝi paŝis al la boatantaŭo. Tiam la juna fiŝisto, starante sur la bordo, etendis jam ambaŭ brakojn, por helpi ŝin surteriĝi. Kaptante la vidon de la juna fiŝisto, ŝi tuj kuntiris la brovojn kaj tordis la buŝon. — Vi, senhonta varioldifektita aĉulo, pro kio vi tiel emas min ĝeni?

Ŝajnigante ne vidi lian sinceran braketendadon, ŝi

deboatis kun kapo turnita al alia flanko, kaj rekte rapidis orienten, al la kabanoj sub krutaĵo, super kiuj ŝvebas jam vespera fumo. Aŭdinte la vortojn "varioldifektita aĉulo", la juna viro tuj paliĝis, kaj dume liaj ambaŭ brakoj senforte falis malsupren. Sed li ankoraŭ ŝin sekvis, kun peza kaj malgaja paŝo. — Kiom gravas la varioldifektita vizaĝo? — post momento li mildvoĉe diris. — Mi povas fiŝkapti bone, mi estas fortika⋯ La rapidantino ne respondis. — Multaj est..as⋯ la tagoj⋯ venontaj⋯ Oni devas vivi, peni por vivi⋯ Ĉu belan vizaĝon oni povas manĝi kiel rizaĵon⋯?

La tono de la juna fiŝisto estis ankoraŭ tiel peza, mallaŭta kaj samtempe ankaŭ milde. — Iru for! Gardu vian langaĉon!

Malantaŭen turnante la kapon, ŝi kraĉis plenbuŝon da salivo al la vizaĝo de la junulo. La juna viro ne koleriĝis. La kraĉaĵon li forviŝis per la maniko kaj plue ŝin sekvis. Tiel ili iris, en funebra silento.

Post minuto ili atingis la loĝejon de la fiŝkaptistoj — la kabanoj sub la krutaĵo de la lagbordo. Ŝi haltis antaŭ iu malalta, kaj, elpoŝiginte ŝlosilon, malfermis la pordon. De la loĝejo ŝi elprenis feran fornon, per kiu ŝi komencis prepari la vespermanĝon. La juna fiŝisto sidis sur roko, kiu troviĝis apude, kaj karesmiene rigardis ĉiun movon de la juna fiŝistino. — Nu, — li mallaŭte balbutis, lasu min kuiri por vi. — ⋯ La bruna fiŝistino ankoraŭ restis muta. Kaj ili ree dronis en profunda silento. — Mi diras, — la juna viro rekomencis post momento de silento, — ne gravas la varioldifektita vizaĝo. Mi povas fiŝkapti bone… Tio estas la belaĵo… Viaj gepatroj mortis jam, vi necesas nun zorgon de vivo… vi estas sole… — Sensencaĵo! falsaĵo! — ŝi ekkoleris, — ĉu mi sola ne povas vivi? Ĉu mi nepre bezonas vian kompaton? Fiulo! Varioldifektita malbela hundaĉo!

Kaj per malica rigardo karakteriza por la rigida fiŝistino dum koleriĝo ĉe tiu ĉi lago ŝi fiksis la junan viron. Ĉifoje la juna fiŝkaptisto konsterniĝis. Lia vizaĝo sin montris jen pala, jen ruĝa, jen griza. Liaj lipoj terure konvulsiis. — Vi malnoblino! Vi adultas kun alia viro, kromviro, tion mi scias… Honte!… antaŭ ol oni edziniĝas… Ŝia vizaĝo ekflamis je la neatendita insulto. — Kie estas la kromviro, elmontru! Vi varioldifektita aĉulo! Elmontru, vi varioldifektita diablaĉo!

Kaj kaptante lian manikon, ŝi sin ĵetis al la tero antaŭ liaj piedoj, rulante kaj ploregante: — Elmontru! Kiu, elmontru! Vi vari… diablaĉo… ĉo. La juna fiŝisto konsterniĝis, rigardante tiun ĉi antaŭ siaj piedoj rulantan bruninon. Ŝiaj haroj senordiĝis, kovrante sur ŝian larĝan frunton, tempiojn… la larmo elfluis al la brunaj ronddikaj vangoj… la pufbrusto ondadis pro singulta ploro. Ĉion ĉi la juna fiŝisto rigardis stulte, lia koro ekmoliĝis, ekkompatis, sed li apenaŭ povis trovi vorteton kvietigi la koleregan bruninon.

Noktiĝis. Venteto el la akva suprajô alblovetis malvarme. La junulo sentis sin iom lacema kaj samtempe tre kortuŝata al la brunino, kies ploro traŝiris la aeron en tira, akra sono··· — Mia ĵusa diraĉo estas falsa, tute falsa, — li klinis sian kapon al la brunino, kiel eble plej mildigante la voĉon. — Mi petegas vian pardonon··· vian bonkoran pardono n··· — Vario··· di···ab···la···ĉoooo··· di··· La juna fiŝisto, nun tre mildiĝanta, ankoraŭ flustris tre mallaŭte: — Mia ĵusa diraĉo estas falsa, tute falsa··· Mi petegas, petegas··· Kaj li forviŝis la larmgutojn sur ŝiaj vangoj per sia propra maniko, kaj ŝin brakumis por sin supren levi. — Var···i···ol···d···
La insulto kaj la ploro intermiksiĝis, la venteto alportis ilin al la foro, al la fora ĉielo, kaj fine obtuzis, nigriĝis kaj neniiĝis malantaŭ la falanta noktkurteno··· La sekvantan vesperon sur la blua lago alborden lulis malrapide la sama boato, sed en ĝi nun troviĝis du fiŝistoj: unu estis fortika viro, la alia, brunino. La viro, staranta ĉe la antaŭo, ankoraŭ estis disĵetanta la reton en la akvon malgraŭ la noktiĝo; la brunino remis ĉe la malantaŭo. Ili estis kapklinantaj, kun granda klopodo koncentriĝis al sia komuna laboro, laboro por la malfacila vivtenado. La brunino tamen kelkfoje levis sian kapon por spiri, sed tiam kiam ŝi kaptis la vidon de tiu ulo, ŝi tuj ruĝiĝe kapklinis.

3. 삶에 대하여

해거름이다. 수정같이 맑고 조용한 호수에서 고기잡이배 한 척이 항구 쪽으로 서서히 노니는 듯 들어서고 있다. 항구에서 한 젊은 어부가 저 멀리 푸른, 넓은 수평선 위로 애타는 눈길로, 한 손을 들어 한 번은 위로, 한 번은 아래로 흔들었다. 어부는 묵직하지만 다정한 목소리로 거의 보일 듯 말 듯한, 배에서 노를 젓고 있는 사람을 부르고 있다.

─…서둘러 노를 저어요. 이미 해가 지고 있어요. 늦었다고…

홀로 유유자적하게 들어서는 어선 한 편에서는 그 목소리가 메아리 되어, 수그러들지는 않고, 분명 가까이 들리고 있다. 그 목소리가 점점 가까워지고 있다…

노를 젓고 있는 이는 갈색 얼굴의 아가씨였다.

아가씨 외모를 처음 보는 사람도 그 아가씨가 이곳 호수에서 물고기를 잡아 생계를 유지하는 사람임을 알 수 있다. 아가씨는 날카롭고 반짝이는 두 눈과, 넓은 양 볼, 부푼 가슴을 지녔다. 그 외모에서는 이 아가씨 모습이 산 중 호수에서 여성 어부의 강인함을 특징적으로 보여주고 있다.

작은 배가 항구에 닿자, 아가씨는 이제 손에 들고 있던 노를 제자리에 놨다. 그리고, 손가락들을 이용해 귀밑의 머리카락을 위로 올리고 머리는 하늘로 한 번 쳐다보았다. 그리고 뱃머리로 걸어왔다. 그때 젊은 어부는, 하얀 육지에 서서, 자신의 두 팔을 내밀어 아가씨가 배에서 내려 육지에 올라서는 것을 도우려고 했다.

청년 어부의 눈길과 마주한 아가씨 어부는 곧장 두 눈썹을 찡 그리고 입을 삐쭉거렸다.

─너는, 부끄럼도 없는 천연두 자국이 있는 녀석아, 어찌 매번 나를 괴롭혀?

성실한 그 청년이 내민 팔을 못 본 체, 아가씨는 자신의 머리를 다른 곳으로 돌리고는 배에서 내려, 곧장 동편으로, 벌써 저녁연기가 피어오르는 가파른 곳 아래 자리한 주거지로 향했다.

'천연두 자국이 있는 녀석'이라는 말을 듣고 난 청년은 곧장 창백해지고, 그러면서 한편으로 그렇게 내민 두 팔을 힘없이 저 아래로 떨구었다.

그래도 여전히 무겁고 우울한 걸음으로 뒤를 따랐다.

-천연두 자국의 얼굴이라도 얼마나 이게 소중해, 안 그래요? 잠시 뒤 온화한 목소리로 말을 걸었다. -물고기도 잘 잡지, 힘도 세지…

그러나 서두르는 아가씨는 그 말에 답이 없다.

-….많..거..든…다가올 날이…사람이라면 살아보려고 노력해야지요… 얼굴이 이쁘면 다들 이쁘다고 놀리지 않겠어요?

젊은 어부의 어조는 여전히 그렇게 낮고 동시에 온화하기도 하였다.

-저리 개 그 입이나 잘 간수하지!

그 아가씨는 머리를 뒤로 돌리면서 청년 얼굴 쪽으로 침을 힘껏 뱉었다.

청년은 그래도 화내지 않았다. 그는 자신의 얼굴에 묻은 침을 소매로 닦고, 계속 따라갔다. 그렇게 그들은 장례식 행사처럼 침묵 속에서 가고 있었다.

잠시 뒤 둘은 어민들의 거주지에 도착했다.

그 호숫가 비탈 아래의, 작은 집들이 그들 거주지다.

아가씨는 어느 나지막한 집 앞에 멈추어 서서 또, 열쇠를 꺼내고 출입문을 열었다. 그 거주지에서 곤로를 꺼내, 그것으로 저녁 식사 준비를 시작했다.

청년 어부는 옆에 보이는 바위에 앉아, 다정한 표정으로 어부 아가씨의 일거수일투족을 바라보고 있었다.

-….저기, 천천히, 말을 꺼냈다. -내가 요리할 수 있도록 허락해 줘요.

-…

갈색의 어부 아가씨는 여전히 말이 없었다.

그리고 둘은 다시 깊은 침묵 속으로 빠져버렸다.

-내 말 한번 잘 들어 봐요. 청년은 잠깐 침묵한 뒤 다시 시작했다. -천연두 자국의 얼굴이 뭐가 어때서요? 나는 물고기를 잘 잡을 수 있지요…그게 아름다운 일이지요…아가씨 부모님은 이미 별세하셨으니, 아가씨 삶에는 지금 보살펴 줄 사람이 필요해…외롭지 않게 말이요….

-무슨 쓸데없는 엉뚱한 소리를 하고 그래. 아가씨는 화를 냈다. -나 혼자 못 산다고? 네 동정이 반드시 필요하다고? 미친놈! 천

연두 자국을 가진, 더러운 개 같은 작자 같으니라고.

그리고는, 호숫가에서 화를 내면서 그 여성은 여성 어부의 특징적인 딱딱하고 악의적인 눈길로 청년을 째려보았다.

이번에는 청년 어부가 깜짝 놀랐다. 얼굴은 한번은 창백해지고 한번은 붉어지고, 한번은 회색이 되었다. 입술은 공포감에 경련마저 일으킬 정도였다.

-너라고 고결한 여자인 줄 알아! 남자, 아녀자 있는 남자와 네가 사귀는 줄 나는 이미 다 알고 있어...그게 .부끄러운 일 아니야!…시집도 안 간 여자 주제에…

아가씨 얼굴이 갑작스런 비난에 확 달아올랐다.

-아녀자 있는 남자가 어디 있어, 내놔 봐! 천연두 자국의 나쁜 인간 같으니! 내놔 봐, 넌 천연두 자국의 귀신 그 자체야!

그리고 아가씨는 청년의 소매를 잡은 채로 청년의 발 앞에 자신을 흙바닥에 앉으면서 크게 울음을 터뜨렸다. -내놔 봐, 누구인지, 내나 봐! 넌 천연두…악마 같은 이….

청년은 그런 행동에 깜짝 놀라, 자신의 발 앞에 울고 있는 갈색 얼굴의 아가씨를 내려다보았다.

머리카락이 헝클어져, 넓은 이마와 귀밑을 덮어 버렸다…눈물은 갈색의 둥글고 두툼한 양 볼에 흘렀다… 봉곳 솟은 가슴이 딸꾹질하는 듯한 울음으로 들썩거렸다.

이 모든 것을 청년 어부는 멍하니 바라볼 뿐이다.

청년의 마음이 이제 누그러지고 여렸지만, 그 마음으로는 통곡하는 갈색 얼굴의 여인을 다독거릴 적당한 말 한마디를 찾지 못했다.

밤이 되었다,

호수의 물 표면에 작은 바람이 차갑게 불어 왔다.

청년은 좀 피곤하다. 동시에 갈색 아가씨를 향한 마음이 안쓰러웠다.

아가씨 울음이 날카롭고도, 끄는 듯이 공중을 갈랐다…

-내가 좀 전에 한 말은 진실이 아니었어, 온전히 거짓말이었어,… 청년은 고개를 아가씨에게 숙였다. 그러면서 목소리도 최대한 온화하게 말했다.

-나를 정말 용서해 줘…. 네 고운 마음씨로 나를 용서해 줘…

-천연…천연,…두…귀신에…

청년 어부는, 이제 더욱 온화한 태도로, 계속해 아주 속삭이며 말했다:

-내가 좀 전에 한 말은 진실이 아니었어, 온전히 거짓말이었어… 나를 용서해, 용서해 줘…

청년 어부는 소매로 아가씨 양 볼에 떨어지는 눈물방울을 훔쳐주었다. 그러고는 아가씨를 안아 일으켰다..

-천연…천연두 귀신에 씌였어….

욕설과 울음이 뒤섞였다. 약한 바람은 그것들을 저 멀리, 저 먼 하늘로 보내어 주었다.

그리고 마침내 떨어지는 저녁 커튼 뒤에서 둔탁하게, 검게 합쳐지고는 없어져 버렸다…

파란 호수에는 다음 날 오후가 찾아왔다. 똑같은 그 고기잡이 배가 천천히 출렁이고 있다. 하지만, 그 안에는 지금 어부가 두 사람이다: 한 사람은 강한 청년이고, 다른 한 사람은 갈색 얼굴의 아가씨다. 그 청년, 뱃머리에 서 있던 청년은 여전히, 늦은 해거름에도 물에 그물을 던지고 있다. 갈색 얼굴의 아가씨는 선미에서 노를 젓고 있다.

둘은 고개를 숙인 채, 온 힘을 다해 공동의 일에, 힘든 생계를 위한 일에 집중하고 있다.

갈색 얼굴의 아가씨는 그래도, 때로 고개를 들어 숨을 내쉬지만, 청년 눈길과 마주치자, 수줍음으로 얼른 고개를 숙인다.

IV. Vaganta Bandeto

Bandeto ili fariĝis: du viroj kaj unu knabo. La viroj estis el la norda lando, altkreskaj, larĝfruntaj kaj pintmentonaj; unu el ili eĉ ankoraŭ konservis la harligon, plektitan ĉirkaŭ la kapo. La knabo aspektis malgrasa kaj pala, li eble estus sudulo. La viroj portis ĉe la kubutoj korbetojn, kiuj entenis kelkajn difektitajn pelvojn, kuirpoton el tero kaj ĉifonajn vestaĵojn. Sur la dorso de la knabo pendiĝis rulo da neperfekta junkmato, ĝi servis al tiu ĉi vaganta bandeto kiel litaĵo dum la nokto. Ili iris, unu post la alia, sur longa tamen mallarĝa monta vojeto. La aprila suno en la okcidento ŝutis malvigle la lastajn radiojn, kaj en la kampoj apud la vojeto sternis longe iliaj ombroj, kiuj, akordante kun iliaj paŝoj, ankaŭ solece rapidis antaŭen. — La suno baldaŭ subiros⋯ La plej maljuna el la bandeto, kun okuloj tristplenaj, rigardis antaŭen, al la senfina montĉeno kaj la malaperanta, ruĝa vespernubo kaj tiel diri — en la tono vibras iom da enueco. — Jes⋯ baldaŭ noktiĝo s⋯ La brunvizaĝa viro eĥas, profunde elspirante, kun mentono al la ĉielo. Nenia parolo plu. Aŭdiĝis nur la sono de paŝado, kiu nun pli rapidiĝas. La irado de la knabo montriĝis iel malfacila. Kaj li tial postrestis kelkajn metrojn malantaŭe de la antaŭirantaj viroj. La brunvizaĝa viro antaŭiranta subite haltis, kvazaŭ ion perdinte. — Vidu, liaj piedoj lamas, li tro multe iris hodiaŭ. La alia ankaŭ ekhaltis, atendante la alproksimiĝon de la knabo, kiu nun apenaŭ povis treni la paŝojn. — A⋯ — li ekĝemis, — pro kio ni tiam komercis vagante al ĉi tiu malproksima provinco? La kondiĉo estas ĉie sama, ni same suferas en ĉi lando, kaj nun eĉ ne povas reveni al la hejma loko!⋯ Mi ne scias, kiam nia sencela vagado kaj nia vivo

povos fini en tiu ĉi monta provinco⋯ La knabo proksimiĝis. Ili removis la piedojn kaj paŝis antaŭen.

⋯ Antaŭ la vagantoj nun alte baris montoj kaj montetoj, kiuj staris unu post la

alia en longa ĉeno, de la nordo al la sudo, al la nevidebla sudo. La vagantoj iĝas

embarasitaj, rigardante la gigantan korpon de la monto. Tamen ili rampis, kun manoj kiel piedoj, supren al la montpinto, kaj de la montpinto glitis malsupren al la montpiedo. Ĉe la montpiedo fluis murmurante rivereto. La akvo iel ŝaŭmis, la ŝaŭmoj vidiĝis de malproksime kvazaŭ blankaj floroj. — Ha!

Ĉe la fluo la antaŭiranta brunvizaĝulo ekhaltis kaj grimacis. Ĉar en la fluo kuŝas hundkadavro. Ĝi ne ankoraŭ estis putriĝinta. Jes, sur ĝia ventro elmontris jam la intestoj, sed tio ne gravis por tiuj ĉi senhejmaj vagantoj. — Ne necesas ja, — la maljunulo ekridetigis la lipojn — en ĉi vespero, por urĝe serĉi vilaĝon almozpeti la vespermanĝon. La knabo tuj vigliĝis.

Demetinte la junkmatrulon de sur la ŝultro, li senprokraste supren tiris la hundkadavron el la intermonta rivereto. Ĉiuj kun granda vervo sin okupis pri la hundo mortinta. Unu senigis ĝian felon, la alia dispecigis ĝiajn membrojn, la tria pece tranĉis gian viandon. Nur momento, dum kiu finiĝis la tuta operacio. Kaj la knabo sin montris pli lerta kaj saĝa; li kolektis kelkajn ŝtonojn, per kiuj li faris provizoran fornon. Oni metis poton sur ĝi. Jen en la poto komencis grumbli la akvo kun la viando de la kompatinda hundo.

La vaporo tien reen promenis supre de la poto, ion la vagantoj, kaŭrantaj en duoncirklo, rigardis kun rideto ĉirkaŭ la lipoj. La brunvizaĝulo jam ne paciencis resti senmova; energie pufante la buŝon, li bruligblovis la fajron sub la forno. Ju pli vive flagris la fajro, des pli longe nazfrapis la aromo de la kuirata viando. La vagantoj, lacaj kaj malsataj, jam ne povis sin deteni de salivo. Ne atendante la elboliĝo de la kuiraĵo, la maljunulo enigis la ĉopstikojn en la poton. — Manĝu. — Jes, vi unue. — Jes, vi unue. Antaŭ ol la modestaj vortoj finiĝis, la enhavaĵo en la poto jam elĉerpiĝis. — Fu!

La maljunulo ekstaris, kapon levante al la firmamento jam griziĝanta. Iom da enueco komencis aperi sur lia vizaĝo. Rapide forviŝinte la grasaĵon ĉirkaŭ la buŝo, li prenis la korbon en mano, kaj senenergie ektrenis siajn senfortajn piedojn antaŭen. La brunvizaĝulo kaj la knabo lin sekvis, ankaŭ senenergie. La suno jam kuŝis sin en la montaron. Ili marŝis, ne donante ombrojn apud la vojo; ili vidiĝis nun pli solaj en la dezerta montlando. Rigida, malvarma vento, leviĝanta el la profundaj valoj, ekblovis, tremigis la loĝejserĉantojn, kiujn nun ekenvolvis la vespera krepusko. Oni aŭdis pli rapidanta la sonon de paŝado. Sur monteto subite okulfrapis solece staranta templeto. Ili rapidis al ĝi, samtempe elspirante, kvazaŭ deŝarĝitaj de pezaj ŝarĝoj. En la porĉo de la templeto, kies interna pordo estis ŝlosita, ili sternis siajn litaĵojn — la eluzitan junkmaton kaj la ĉifonajn vestaĵojn. Ĉi tie tiu ĉi vaganta bandeto pasigis ree unu nokton.

4. 떠돌이 행상

저들은 도둑 무리다. 성인 남자 둘에 소년 하나. 남자들은 북쪽 나라 사람이다. 키가 크고 넓은 이마에 뾰쪽한 턱을 가지고 있다. 그중 한 사람은 머리 주위에 아직도 땋아 내린 변발을 하고 있다. 소년은 바싹 마르고 창백하다. 소년은 아마 남쪽 사람일 것이다. 남자들은 자신의 팔꿈치에 각각 몇 점의, 흠이 있는 밥그릇과 도기 주전자와 남루한 옷가지가 든 바구니를 하나씩 들고 있다. 소년은 자신의 등에 불안전한 왕골돗자리가 둥글게 달려 있다. 밤에는 그것이 이 방랑하는 무리에게 이불이 된다.

그 일행은 길지만 좁은 산길에서 차례로 걷고 있다. 서쪽 하늘에 있는 4월 태양은 활기를 잃고서 오늘의 마지막 빛을 비추고 있고, 산길 옆 밭에는 그들 걸음걸이에 맞춰, 여전히 외로이 앞으로만 서둘러 가는 그 일행 그림자들이 길게 뻗어 움직인다.

-해가 곧 지겠구먼… 일행 중 연장자가 슬픔 가득한 눈으로 앞으로 끝없는 산봉우리들과 점점 없어져 가는 붉은 저녁 구름을 쳐다보고 있다. 그리고는 그렇게 말했다…또 그 말 속에는 약간의 지루함이 떨리고 있다.

-그래요, 곧 밤이 되겠네요…갈색 얼굴의 남자가 턱을 하늘로 향한 채, 깊은 한숨을 내쉬며 대꾸했다.

그러고는 다른 말은 없다. 이제는 더욱 서두르는 발걸음 소리만 들려 왔다.

소년의 걸음은 뭔가 어려움이 보였다. 그 때문에 자신보다 앞선 어른들에게서 몇 미터 정도 뒤처지게 되었다. 앞장서서 걷는 갈색 얼굴의 남자가 갑자기 걸음을 멈췄는데 뭔가 잃은 것이 있는 듯한 모습이다.

-저기를 좀 보게, 저 아이가 다리를 절고 있어, 오늘 너무 오래 걸었는가 보다.

다른 일행도 지금은 거의 발을 끌 수 없을 정도가 된 소년이 다가오는 것을 기다리며, 잠시 가던 길을 멈추었다.

-아… -남자는 탄식했다, -뭐 때문에 우리는 그때 이 먼 지방으로 와서 방랑자처럼 행상했던가요? 장사라는 것이 어디서나 조건이 마찬가지인데, 역시나 이 나라에서도 힘들게 살아가고 있고, 지금은 고향에 돌아갈 처지도 못 되니!… 나는 우리가 하

는 이 방랑 생활도 목적 없고 언제 이 산중에서 어느 성(省)에서 끝날지도 모르겠어…

소년이 가까이 왔다. 그들은 다시 자신의 발걸음을 앞으로 향했다.

…방랑하는 행상들 앞에 지금 높거나 낮은 산들이 긴 사슬처럼, 북에서 남으로, 보이지 않은 남쪽으로 하나둘씩 선 채 가로막고 있다. 행상들은 산의 거대한 몸통을 바라보며 당황한 기색이 역력하다. 하지만 그들은 손을 발처럼 사용하여 산꼭대기를 향해 기어 올라가, 그 산꼭대기에서 다시 앞에 놓인 다른 산기슭을 향해 내리막길을 미끄러지며 내려온다,

산기슭에 작은 여울이 하나 졸-졸-졸 흐르고 있다. 여울 물길은 어떤 때는 거품이 보였고, 거품들은 여기, 멀리서 보니 흰 꽃과 같다.

-하!

흐르는 물길 앞에서 걸어가는 갈색 얼굴의 남자가 멈추어 서서는 인상을 찌푸렸다.

개 한 마리가 물에 죽어 떠 있다. 개 사체는 아직은 그리 많이 부패한 것 같지 않다. 그렇다.

개 사체의 배에서 이미 내장이 보였지만, 그것이 이 떠돌이 행상 일행에게는 중요하지 않다.

-정말 오늘 저녁에는 동냥할 필요가 없겠네. 노인의 입술에 살짝 미소가 보였다. -오늘 저녁에는 우리가 저녁 식사를 동냥하러 민가를 급히 찾지 않아도 되겠구먼.

그러자 소년은 즉각 활달해졌다.

어깨에 올려놓은 왕골돗자리를 내려놓고서 지체없이 계곡의 여울에 떠 있는 개를 위로 끌어올렸다. 생기를 가득 안은 채 모두 그 죽은 개를 앞에 두고 바쁘다.

한 사람은 개의 털을 벗기고, 다른 한 사람은 개의 사지를 찢고, 또 다른 한 사람은 개고기를 더 잘게 잘랐다. 전체 해부는 순식간에 이뤄졌다.

그리고 소년은 더 능숙하고 현명하게 움직였다. 주위의 돌을 몇 개 주워 와, 그것들로 임시 화덕을 만들었다. 이제 그들은 화덕 위에 주전자를 놓았다. 이제 주전자 안에서는 저 불쌍한 개고기와 함께 물이 보글보글 끓기 시작한다,

이제 증기가 이리저리 주전자 위로 산책하듯 보이고, 반원으로 웅크린 채 앉은 떠돌이 행상들은 입가에 미소 지으며 뭔가 내려다보고 있었다. 갈색 얼굴의 남자는 그냥 가만히 보고만 있을 수 없다. 입을 힘껏 후-후- 불면서 화덕 아래 불을 더 세게 하려고 애썼다. 불이 더 생기있기 획-하며 타오를수록, 끓고 있는 고기 향기가 더욱 오래 코를 간지럽힌다. 피곤하고 배곯은 행상들은 이제 자신의 입에 침이 마를 수 없다.

개 요리가 다 끓는 것도 기다리지 못한 채 노인은 주전자 안으로 젓가락을 집어넣어 보았다.

-이제 먹어도 돼.

-그래요, 어른 먼저 드세요.

-그래, 자네가 먼저 맛보게.

서로 양보하는 겸양의 말이 채 끝나기도 전에 주전자의 내용물은 이미 동이 나버렸다.

-후후!

노인은 이제 자리에서 일어나 머리를 들어 이미 회색으로 변한 창공을 올려 보았다. 약간의 지루함이 얼굴에 보이기 시작했다. 그 노인은 입가에 묻은 기름을 서둘러 닦고는 손에 광주리를 집어 들고 힘없은 두 발을 앞으로 무력하게 걷기 시작했다.

갈색 얼굴의 사람과 소년도 여전히 힘없이 뒤따랐다.

해는 이미 저 산 너머로 자신을 숨겼다.

그들은 길옆에 그림자도 내주지 않은 채 걷고 있다. 그들은 저 삭막한 산의 나라에서 더욱 외로워 보였다.

깊은 계곡에 황혼의 저녁에 일기 시작하는 둔탁하고 차가운 바람이 불자, 정처 없이 떠돌며 다니는 주거할 곳을 찾는 사람들에겐 차가운 기운이 든다.

사람들은 발을 더욱 바삐 움직였다.

야트막한 산에서 갑자기 외로이 서 있는 작은 암자 하나가 눈에 들어왔다.

그들은 암자를 향해 서둘렀고 동시에 무거운 짐을 내려놓은 듯이 숨을 내쉬었다. 암자 출입문에 가니 안으로 향하는 출입문이 열려 있다.

그들은 자신의 이부자리를 폈다. -낡은 왕골돗자리와 넝마 같은 의복으로. 여기서 그 행상들은 다시 하룻밤을 보내게 되었다.

V. Flosistoj

Sur la turniĝanta, malrapide kirliĝanta fluo de la rivereto fluis aplombe ĉeno da bambuflosoj, kiuj estis ŝarĝitaj kun rizo, fabo, greno kaj la manfaritaĵoj el la montlando. La rivereto iris mallarĝa kaj zigzaga, inter unuflanke montoj kaj aliflanke sablejo, de nordo al la sudo, al la urboj ĉe la granda rivero en la centra

lando. La fluo murmuris, ĉiam en la sama tono, kia sonis en la nememorebla tempo. La flosantojn tiris per ŝnuregoj dekkelkaj junaj brunuloj, kapkline, trenante sur la sablejo la pezajn piedojn antaŭen, al la fora sudo. Sur la antaŭaĵo de la unua floso staris, kun manoj apogataj ĉe la kokso, maljuna flosisto, apud kiu estas knabo malgranda. Tiuj ĉi flosistoj venis de ĉitiea montregiono, de vilaĝoj kaŝiĝantaj en la valoj. Ili ĉiuj aspektis malaltaj, tamen fortikaj kun etaj okuloj kaj fruntoj sune brunigitaj. Kvazaŭ fiŝistoj, portis ili nur ĉifonajn vatitakamizolojn kaj felĉapojn sur la kapo. Ĉiu streĉigis la ŝnuregon, kiu estas ligita kun la flosaro. Kaj la floso, dank' al la forta streĉtreno, ekmovis serpentume sur la fluo laŭ la zigzago de la rivereto; dume la glata akvsupraĵo, frakasata de la flosirado, ekŝaŭmis kaj elbruis mallaŭtan melodion. Ju pli laŭte kantis la akvomelodio, des pli rapide marŝis la flostrenistoj.

La maljunulo, starante sur la flosantaŭo, rigardis la riveron kaj la montojn antaŭ li. La akvo fluis senfina kaj fora al la ĉielo, de kiu pendiĝis pecetoj da blanka nubeto, facilanime, kisantaj la turniĝantajn ŝaŭmerojn, ondlinie iris la montpintoj, inter kiuj vidiĝis ne tro klare la vilaĝoj, la naskiĝlokoj de tiuj ĉi flosistoj. Ĉi maljunulo konis ĉion pri tiu ĉi rivereto. Li ĝin komprenis, ĝian temperamenton — ĝiajn ĝojon, triston kaj koleron. Ĉar ĝi por ili estis la tuta universo, sur kiu vivis iliaj prauloj kaj nun ili akiris sian ĉiutagan panon⋯ — Tian vivforton la bona Dio speciale donis al ni mizeraj montanoj, — la maljunulo alparolis sian nepon, starantan apud li. — Sciu, la produkto de la montregiono estas malriĉa, sed la imposto severa. Se ne estus ĉi rivereto — La parolon subite rompis la maljunulo, kiam la flosoj iris al la kurbiĝo de la rivereto. Rapide li pilotis la flosaron dekstren per bambustango kontraŭ la montpiedo. — Bone memoru, — li rekomencis post la klopodo, sub la pinarbo apud tiu montpiedo troviĝas rifeto, kiu embarasis ofte multajn nespertajn pilotojn. Kiel obeema pilotlernanto, la knabo enmetis ĉiun vorton en siajn orelojn. Kaj la avo ne plu parolis. La junaj flosistoj ŝultrojn klinante pene trenis siajn paŝojn kvazaŭ formikoj kun pezaj ŝarĝoj sur la blanka sablaĵo vidate de malproksime. La kanto de la fluo plilaŭtiĝis kaj la akvo pli kaj pli vidiĝis flava. Jen estis akvo turniĝejo, ekster kiu estis la riverego. Ekvesperiĝis. Falis preme malsupren la ĉielo en proksimo, kie kuris amaso da nigraj nuboj kun siblanta vento. La akvo ekboliĝis kaj ŝaŭmiĝis la ondego. Ekaŭdante la muĝon de la ondego, la paŝon trenantaj brunaj flosistoj tuj ĵetis la ŝnuregojn kaj demetinte la felĉapon de la kapo, ĉiu surgenuiĝis sur la sablejo kaj ekmurmuris. La lipoj estis tremantaj kaj la murmuro vibris en la vento en trista tono.

— La Dio Drako koleriĝas!

Tiel dirante, la maljunulo forĵetis la porpilotan stangon kaj ankaŭ surgenuiĝis sur la bambufloso, elaŭdigante malklaran, obtuzan vorton, kies signifo restis apenaŭ komprenebla. La knabo, tute ne komprenante pri la afero, ankaŭ falis sur genuoj post la maljuna avo, malgaje klinante sian kapeton.

5. 뗏목을 끄는 사람들

그림: 중국 샛강에서 물자를 운반하는
배를 인력으로 끄는 모습.

샛강이 굽이치고, 천천히 휘몰아치는 물결에 산중의 나라에서
생산된 쌀, 콩, 곡식과 수공품들을 실은 대나무 뗏목이 태연자
약하게 흘러가고 있다. 구비 진 샛강은 좁다랗다. 샛강 한쪽은
산이, 다른 쪽에는 모래 언덕이 있다. 물길은 북에서 남으로, 중
부 나라의, 큰 강이 있는 여러 도회지로 흐르고 있다. 그 물길
은 웅-웅-거리며 언제나 같은 톤이다. 사람들이 기억하지 못하
는 옛 시간 속에서도 그 물길 소리는 들린다. 뗏목들을 움직이
는 이들은 열 몇 명의, 갈색 얼굴의 청년 일꾼이다. 이 청년 일
꾼들은 고개를 숙인 채, 모래 언덕에서 무거운 발걸음을 앞으로,
저 먼 남부로 향해 나아가면서 뗏목을 옮기려고 여러 개의 긴
밧줄로 당긴다. 여러 뗏목이 연결된 첫 뗏목 앞쪽에 늙은 사공
이 팔을 엉덩이에 둔 채 뒷짐을 지고 있다. 사공 옆에 어린 소
년 하나가 서 있다.
뗏목을 움직이는 사공들은 이곳 산중의 지역이나, 계곡에 숨어
잘 보이지 않는 마을 출신이다. 그들은 모두 키가 작다. 작은
눈과 해에 그을린 이마를 가진 힘센 장정들이다. 마치 어부처럼,
그들은 천으로 누빈 겉옷(적삼)과 머리에 털모자만 쓰고 있다.
모두 뗏목들과 연결된 밧줄을 단단히 당겨 잡고 있다. 그리고
그 뗏목은, 힘센 장정들의 당김을 통해, 샛강의 구불구불한 물
길을 따라 마치 뱀처럼 움직이기 시작했다. 뗏목이 앞으로 나아
가자, 샛강의 평화롭던 물 표면은 포말을 만들고, 작은 멜로디

를 내며 부서진다. 물소리가 더욱 크게 들릴수록, 뗏목을 끄는 사람들은 더 빨리 앞으로 나아간다.

노인 사공은 뗏목의 맨 앞에 선 채, 앞에 보이는 강과 산을 쳐다본다. 강물은 끝없이 또 몇 점의 흰 구름 조각이 걸려 있는 저 하늘을 향해 멀리 흘러가며, 가벼운 마음으로 굴러가는 포말 알갱이들과 부딪혀, 물결이 파문을 만든다. 뗏목에 종사하는 사공들이 태어나 자란 마을들이 분명히는 보이지 않지만, 파도 물결 같은 산봉우리들이 가고 있다.

노인 사공은 이 샛강의 모든 것을 알고 있다.

이 강을 이해하고, 강의 기분을 -기쁨과 슬픔과 노여움을- 잘 알고 있다. 왜냐하면, 그들 사공에게 있어서 강은 온 우주이다.

우주에 그들 선조가 살고 있고, 지금은 그들이 자신의 매일의 먹거리를 벌고 있다…

-저런 생명력을 선하신 하느님이 특별히 우리 같은 가련한 산(山)사람들에게 주었단다. 노인은 손자에게, 옆에 서 있는 손자에게 말을 건넨다.

-알아 두거라, 산에서 나는 물품은 빈곤하여도 이곳 세금은 엄격하단다. 만일 이 샛강이 없었더라면… -그 말을 갑자기 중단한 이는 노인 사공이다.

그때 뗏목들이 샛강의 구비 진 곳에 들어섰기 때문이다,

급히 산기슭에 긴 대나무 장대를 대고서 오른편으로 뗏목의 방향을 틀었다.

-저곳을 잘 기억해 두어라. 그런 애씀 뒤에 다시 말을 시작했다. -산기슭의 저 소나무 아래에 수많은 경험 없는 뗏목꾼을 자주 당황스럽게 만드는 작은 암초가 하나 있단다.

소년은, 말 잘 듣는 뗏목 길잡이 견습생처럼, 할아버지가 하시는 말씀을 귀에 쏙쏙 담아 두었다.

노인 사공은 더는 말이 없다.

젊은 사공들은 어깨를 숙인 채, 마치 저 멀리서 보면 하얀 모래사장 위에 무거운 짐을 지고 가는 개미처럼 힘껏 발걸음을 내딛고 있다.

샛강의 물결이 일으키는 물 노래는 더욱 커지고, 물은 더욱 누렇다.

이제 물흐름이 바뀌는 지점이다. 이곳에서 바깥쪽은 큰 강이다.

해가 지고 있다.

휘-익-하는 바람과 함께 검은 구름 무리가 달려가는 가까운 곳의 하늘이 저 아래로 압박하듯이 내려가 있다.

강물은 들끓고 있고, 큰 파도가 포말을 만들고 있다.

큰 물결의 포효소리를 듣자, 발걸음을 내딛는 갈색 얼굴의 뗏목 사공들은 곧장 큰 밧줄을 던지고, 머리에 쓰고 있는 가죽 모자를 벗고는 모두 모래사장에 무릎 꿇고 웅성거리기 시작했다. 그들 입술은 떨고 있고, 그들의 웅성거림은 바람 속에서 슬픈 곡조로 진동하고 있다.

-용왕님이 화를 내셨어!

그렇게 말하고 노인 사공은 길잡이용 장대를 던지고, 자신도 마찬가지로 대나무 뗏목 위에 무릎을 꿇었다.

낮고 둔탁한 말의 의미는 이해되지 못한 채, 말소리만 들렸다.

그 일이 온전히 이해되지 않는 소년도 역시, 머리를 우울하게 내린 채, 할아버지 뒤에서 무릎을 꿇었다.

VI. Du Maljunuloj

— Kia printempo!
Onklo Ŭan, sidante sur tabulbenko antaŭ sia domo kaj ĉirkaŭprenante sian sesjaran nepon inter la brakoj, sur la genuoj, direktas siajn okulojn al avo Ĉao, lia malnova najbaro, kiu estas fumanta per bambupipo.
— Jes, ja, kia belsezono!
Tiel dirante, avo Ĉao amare ridetas, kaj poste li silentas. Onklo Ŭan ankaŭ ne plu parolas, nur turnas de avo Ĉao la okulojn kaj melankolie rigardas antaŭen, foren de la vilaĝo. Antaŭ la vilaĝo estas unu granda ĉefvojo, sub kiu troviĝas vasta kamparo kovrata de la akvo ĵus formita de pluvo tiujn ĉi tagojn. Estas printempofino laŭ la luna kalendaro, ĉie ŝvebas prospereca aero. Salikoj sur la du flankoj de la ĉefvojo, teren balancantaj la molajn branĉetojn kun verdaj folioj, aspektas impone belaj. Kampoj sub la ĉefvojo, plenaj de akvo, rebrilante kun la maja suno, formas gajecan rebrilon, signon kiu simbolas la prosperon, kiel onklo Ŭan mem pensas. Onklo Ŭan senvorte rigardas la salikojn, ĝiajn klinantajn fadenosimilajn branĉetojn, ĝiajn verdajn foliojn, kaj la akvajn kampojn, stulte.
— Nepre okazos riĉa rikolto ĉijare. Li murmuretas al si mem por momento, kaj, ree silentante, klinas la kapon, kvazaŭ ne volante vidi la naturan vidaĵon sternantan antaŭ li. Pasintajn jarojn dum tiu ĉi sezono

la grenĝermoj jam elkreskis preskaŭ du colojn longaj? Homoj dum tia tempo estis ege aferoplenaj: ĉiuj devis sin levi en krepusko frumatene, rapidis al la kampoj kaj klopode laboris. Sed nun, en ĉi tia bela mateno, oni nenion farante, nur malstreĉe sidas sur la tabulbenko kaj rigardas tion kaj ĉi tion, lasante la kampojn nekulturitaj. Kiaj bonaj kampoj! Je la sezono, kia nuna, en kiu la pluvo venas en ĝusta tempo, se la kampoj estas ensemitaj, kiu povas diri, ke ne okazos riĉa rikolto ĉijare?

—Ve, se riĉa rikolto! Kiel oni ĝojis en la jaro, en kiu okazis la riĉa rikolto! Post la aŭtuna rikolto en la laboro de terkulturistoj estis finita, ĉiuj nur preparis delikatajn manĝaĵojn por pasigi la venontan novan jaron. Por la vivo, kiel onklo Ŭan ofte opinias, nenio estas pli feliĉa ol ke ĉiuj familianoj ĝoje kune pasigas novan jaron. — Ve, se riĉa rikolto!

Tiel revante, onklo Ŭan sentas sin treege maltrankvila, kvazaŭ io ekscitiga trapasis lian korpon. Kvankam li nun maljuniĝas, tamen pro tio ke li finfine estas terkulturisto, senlaborante sidi por pasigi la tagon en tia sezono al li ja estas io maldeca. — Iel ajn ni devas semi, — onklo Ŭan murmuretas, — nun ankoraŭ ne tre malfruas por semi. Kaj li demetas la en liaj brakoj ĉirkaŭprenantan knabon, vigle stariĝas, ekscitite: — Kara avo Ĉao! Elpensu ĉu estus rimedo. Nun lasante tiajn bonajn kampojn ne kulturitaj, ĉu ni vere manĝas venton?

— Kiel semi? — avo Ĉao eltirante la pipon de la lipoj, malrapide paroletas, — ni ne havas semon, plugilon, eĉ bovon, kiel semi?

— Prunteprenu. — Ej, vi eraras. De kie vi povas pruntepreni? Ni ne havas rizon por manĝi, aliuloj ankaŭ ne; ni ne havas semon, plugilon kaj bovon, aliuloj ankaŭ ne. En tia jaro ĉie ja estas en sama kondiĉo. Se vi povos ilin pruntepreni, do kiu utiligos la prunteprenitajn? Ĉu ni maljunuloj?

Kaj enŝovante la pipon en la buŝon, li profunde elfumas. Kaj li ne plu parolas. Post la aŭskultado de la parolo de avo Ĉao, la korpo de onklo Ŭan preskaŭ duone malvarmiĝas. Malespero ree okupas lian koron.

— Jes ja, — onklo Ŭan palpante la kapon kvazaŭ ion konsciante diras, — spite ke okazus riĉa rikolto, ni ankoraŭ nenion gajnos. — Vi estas prava. Avo Ĉao faras sonon en nazo, kaj mallevante la kapon, elspiretas fumon, nenion plu dirante. Onklo Ŭan residas sur la tabulbenko, klinas la kapon, malgaje. La du tute senvortiĝas. Ĉio antaŭ nelonge okazinta trapasas la koron de onklo Ŭan kiel sonĝo. Tiujn ĉi jarojn malgraŭ la riĉa rikolto, la terkulturistoj ĝenerale tagon post tago mizeriĝas. Kiam la semoj ankoraŭ ne estas disŝutitaj sur la kampojn, oni jam kolektas la rizimposton. En unua monato oni kolektas la terimposton de ĉi jaro; en la dua monato, tiun de venonta jaro; en la tria monato, tiun de la tria jaro; unuvorte: ĉiumonate preskaŭ okazas impostkolekto.

Kiam la aŭtuna rikolto ankoraŭ ne venas, oni jam devas pruntepreni monon por pagi la impostojn. La rezulto de kulturado dum tuta jaro eĉ ne sufiĉas por pagi la diversajn impostojn. Kulturado nur malprofitas: ĉio estas vendita, eĉ la bovo, la plugilo. La tuta familio malsatas. Nun eĉ la familianoj iom post iom seniĝadas. La afero pri la seniĝado de la familianoj igas onklon Ŭan precipe malgaja. Li havas entute du filojn: la unua aĝas je tridek, la dua je dudek kelkaj. Ĉar li nun estas maljunulo, li ne povas plu terlabori, la ĉefan laboron nur laboras liaj du filoj. Depost tiuj ĉi jaroj la diversaj impostoj jam malhavigas al li la tutan havaĵon. La nura restaĵo por la familio estas la familianoj kaj kelkaj kampoj. Tamen la imposto ankoraŭ ne malpeziĝas, kontraŭe ĝi plimultiĝas. Se oni ne pagas la imposton la gardist-armeo[14] arestas la familianojn. Antaŭ unu monato oni ree kolektis imposton, sed per kio onklo Ŭan pagis? Tiujn ĉi jarojn kulturado donas nur suferon.

Terkulturistoj, se ili havas aliajn rimedojn, prefere forlasas la kampojn nekulturitaj, kaj aliras al la urbegoj kiel laboristoj. Kampo en la vilaĝo jam senvaloriĝis, tial eĉ se oni malaltigas ĝian prezon, neniu volas aĉeti. Kion onklo Ŭan fari? Vendi la kampojn? Neniu volis aĉeti. Nura rimedo: lasi la

---

14) Ĉine Paoŭejtan, loka armeo, ofte postenigita ĉe vilaĝaj urbetoj, direktata rekte de magistrato malrekte de militestro influanta tiuloke.

pliaĝan filon esti arestita. Tagon antaŭ hieraŭ, pro la sama kaŭzo, la dua filo estis arestita, kune kun li ankaŭ Heson, lasta filo de avo Ĉao. — Ho ve, ĉio finas!

Levante la kapon, onklo Ŭan ĉielen rigardas, kaj profunde elspiras, kvazaŭ io jam pike dolorigas lian koron. Avo Ĉao, sidanta apud onklo Ŭan, elfrapante la fumaĵcindron el la pipon, kuntirante la brovojn, kvazaŭ komprenante la penson de onklo Ŭan, melankolie diras:

— Nenia rimedo! Ĉiuj junuloj en la vilaĝo estas arestitaj. Se oni ne repagas la imposton, neniam povas kulturi!

— Ne kulturi! Ni vere malsata mortiĝos!

— Ve, vere malsatiĝos. Ree la du maljunuloj falas en profunda silento. Avo Ĉao klinante la kapon meditas.

Onklo Ŭan malstreĉe malsupren direktas la okulojn sur la vilaĝo de la en brakoj ĉirkaŭprenata knabo, kiu kun terure grizflaviĝantaj vangoj fermetas la okulojn kvazaŭ estus mortanta — fenomeno kaŭzita de malsato ĉar depost la arestado de la du junuloj, onklo Ŭan malhavas manĝaĵojn jam por du tagoj. — Ve!

La du maljunuloj, levante la kapojn, rigardante unu al la alia por momento, ree dronas en profunda meditado. Terura silento. Subite de la ĉefvojo aŭdiĝas bruado de paŝado. La du maljunuloj vekitaj de la bruo, turnas la kapojn kaj tien rigardas. Sur la ĉefvojo marŝas gardist-armeaj soldatoj inter kiuj troviĝas longa vico de junuloj ligitaj per ŝnuroj. Ĉiuj junuloj aspektas malstreĉaj, melankoliaj. — Ĉiuj ili estas junuloj el sudaj vilaĝoj. — onklo Ŭan montrante per la fingro diras. — mi konas ilin. — Eble ankaŭ pro nepago de la impostoj. — Jes. — Iliaj kampoj estas ankaŭ nekulturitaj!

— Ĉie malsatas kiel ni! Ho, ĉiuj vere malsatas!

— Malsato!

La homoj sur la ĉefvojo formarŝas. La molaj branĉetoj de la salikoj balancantaj kun la printempa venteto, la verdaj folioj, la kampoj kovritaj de akvo rebrilante kun la suno⋯ La du maljunuloj stulte ilin rigardante, ne plu interparolas. Silentego ree regas la spacon.

6. 노인 둘

-멋진 봄이네요!

완 삼촌은 자신의 집 앞 평상에 앉아 6살 손자를 무릎에 앉히고 또 두 팔로 안은 채, 대나무 곰방대로 담배를 피우는 오랜 이웃인 친구 차오 할아버지를 향해 눈길을 보내고 있다.

-그럼, 정말, 시절이야 아름답지!

그렇게 말하면서, 차오 할아버지는 씁쓸하게 살짝 웃고 나서는 그만 말이 없다.

완 삼촌도 더는 말하지 않는다.

삼촌은 차오 할아버지를 향하던 눈길을 돌려, 나중에 우울하게, 마을 저 멀리, 앞을 바라본다. 마을 앞에는 큰 도로가 있고, 그 도로 아래에는 요즘 빗물에 덮인 넓은 농지가 보인다. 음력으로 따지면 봄의 끝 무렵이고, 어디서나 번영의 활기가 확연하다.

큰 도로 양옆의 버드나무들이 무성한 초록 잎사귀가 달린 가지들을 땅으로 내려뜨린 풍경은 자못 감동적으로 아름답다. 큰 도로 아래 논물이 가득 오월 햇살에 반사되니, 보는 이들도 유쾌한 기분이 들고, 완 삼촌이 스스로 생각하듯이, 풍성한 번영을 약속하는 상징처럼 보인다.

완 삼촌은 버드나무들을 말없이 보고, 또 그 나무들의 실처럼 가느다란 어린 가지들과 초록 잎들과 또 물을 머금은 농지를 멍하니 바라본다.

-반드시 올해는 풍년이겠구나.

혼자 잠시 중얼거리고는, 다시, 다시 말이 없고, 고개를 숙인다. 마치 눈 앞에 펼쳐진 자연 풍광을 더는 보고 싶지 않다는 듯이.

지난 몇 해만 해도 이 시절 쯤이면 이미 벼가 5cm 정도는 이미 자라 있었다.

그 시절에는 사람들은 정말 일이 많았다: 이른 아침, 모두 잠자리에서 일어나, 서둘러 논으로 나와 힘껏 일했다. 하지만 오늘날은, 이 아름다운 아침에 사람들이 할 일 없이 넋을 놓고 평상에 앉아 눈을 여기저기로 두리번거릴 뿐이다. 논에 아무것도 심지 않은 채로.

얼마나 좋은 논인가! 이 시절에 비도 정확한 시점에 왔으니, 만일 논에 볍씨라도 뿌려져 있었다면, 올해 풍년은 이미 약속되었다고 말하지 않을 사람이 누가 있겠는가?

-애석하지, 풍년이 들 수 있는데도!

풍년이 든 해에 사람들은 얼마나 기뻤던가! 농민들이 자신의 노력으로 일군 가을걷이에서 풍성한 수확을 거두면, 모두 다음 새해를 보내기 위하여 갖은 음식을 준비하기에 바쁘다.

살면서, 완삼촌이 자주 말하듯이, 모든 식구가 즐거이 함께 새해를 맞는 것보다 더 행복한 것은 없다.

-안타깝구나, 풍년이 와도!

그런 꿈 같은 일을 생각하니, 완 삼촌은, 뭔가 자신을 흥분시키는 일이 자신의 몸을 관통한 듯한 그런 기분이다. 지금 비록 노인이라도 농민이기에, 이런 계절에 온종일 아무 일도 하지 않고 시간을 보내는 일은 뭔가 어울리지 않은 것 같다.

-어쨌든 우리는 뭘 심어야 해, -완 삼촌은 중얼거렸다, -지금도 씨 뿌리기에는 너무 늦지 않았어.

그리고는 품 안에 안고 있던 소년을 떼어 놓고, 활기차게 자리에서 일어선다. 그러니, 기분도 아주 좋아졌다.

-차오 할아버지! 무슨 방법 없겠어요? 지금 저런 좋은 농지를 경작도 않고 저대로 내버려 둔다는 것이, 저러면 우리는 정말 바람을 먹어야만 한다는 것이 아닌가요?

-어떻게 씨를 뿌려? 차오 할아버지는 입가에 물고 있던 곰방대를 떼어내면서, 천천히 말했다. -우리에게 종자가 있나, 쟁기가 있나, 소가 있나? 어찌 씨를 뿌려요?

-빌려 봅시다.

-에이, 그건 틀렸어. 어디서 자넨 그것들을 빌릴 수 있겠어? 먹을 쌀도 없는 판에, 다른 사람도 마찬가지로 없으니. 우리에게는 종자도 쟁기도 소도 없으니. 다른 사람도 마찬가지로 없지. 이런 해에는 어디서나 정말 똑같은 처지이네. 만일 자네가 그것들을 빌려 온다 해도, 그럼 누가 그 빌려 온 것들을 사용할 수 있겠나? 우리 같은 늙은이들이 해야 하나?

그리고는, 자신의 입으로 곰방대를 다시 밀어 넣으면서 깊이 담배를 빨아들이고는 더는 말이 없다.

차오 할아버지의 말을 듣자, 완 삼촌 몸은 거의 반쯤 차가워졌다. 절망적 마음이 다시 삼촌을 짓누른다.

-정말 그러네요, 완 삼촌은 자신의 몸을 만지면서, 뭔가 자각한 듯 말을 이어간다. -풍년이 온다 해도, 우리는 아무것도 가질 게 없지요.

-자네 말이 맞아.

차오 할아버지는 콧소리를 한 번 내고 고개를 숙인 채 아무 말도 없이 담배 연기만 내뱉는다. 완 삼촌은 다시 평상에 앉아 우울하게 고개를 숙였다.

두 사람은 이제 온전히 말이 없다.

얼마 전에 일어났던 그 모든 일이 완 삼촌 마음에 꿈을 꾼 것처럼 지나갔다.

풍년이 올 가망이 있는 이런 시절에도 농민들이 전반적으로 날마다 가난해지고 있다.

종자들을 채 논에 뿌리기도 전에 이미 벼농사 세금을 거두고 있다.

첫 달에 올해 농지세를 거둔다. 둘째 달에 내년 농지세를 거둔다. 셋째 달에 다가올 3년째 토지세를 거둔다. 한마디로 매달 세금을 거둔다고 할 수 있다.

가을걷이가 아직 돌아오지 않았는데도 농민들은 세금을 낼 돈을 빌리러 다녀야 했다. 한 해 농사 결과는 이런저런 세금 내기에도 충분하지 않다.

농사짓는 일은 손해만 될 뿐이다. 모든 것은 다 팔려 버렸다, 소도, 쟁기도

온 가족이 기근으로 고생을 하고 있다.

지금은 식구 수가 점차 줄어들고 있다.

식구들이 줄어드는 일은 완 삼촌을 특별히 우울하게 한다.

삼촌에게는 아들만 둘이다. 맏이는 서른 살이고, 둘째 아들은 스물 몇 살이다.

삼촌은 지금 늙어 농사일을 더는 할 수 없다.

농사의 주요 일은 아들 둘이 맡아 하고 있다.

이렇게 몇 년 더 지나면, 다양한 세금 부과로 자신의 전 재산이 세금 내는 일에 쓰이게 될 처지이다.

가족을 위해 유일하게 남은 것은 식구들과 몇 마지기의 농지뿐이다.

그러나 세금은 여전히 가볍지 않다. 반대로 부과되는 세금은

갈수록 많아지고 있다.

만일 사람들이 세금을 내지 못하면, 보위단[15]에서 나와 식구들을 붙잡아간다.

한 달 전에 세금을 다시 걷고 다니고 있지만, 완 삼촌은 뭘로 그 세금을 내는가?

이런 시절에 농사짓는 일은 고통만 줄뿐이다.

농민들이 이제 만일 다른 생계수단이 있다면, 경작도 못한 농지를 떠나는 것을 선호하고, 도회지로 가서 노동자로 있고 싶다.

그것은 마을 농지가 이미 가치를 잃었기 때문이다,

농민들이 자신의 농산물 가격을 낮추더라도, 그 농산물을 사가는 사람이 없다.

완 삼촌은 뭘 하란 말인가?

농지를 팔아버린다?

그런데 이를 사려는 이가 없다.

유일한 수단이라면 장남이 감옥에 잡혀가도록 내버려 두는 것이다.

사흘 전에, 똑같은 이유로 둘째 아들이 감옥에 갔힜다.

둘째 아들과 함께 차오 할아버지의 막내아들 허손도 함께 갇혔다.

-오호, 이럴 수가, 모든 게 끝나버렸어!

완 삼촌은 고개를 들어 하늘을 한 번 바라보고는 마치 뭔가 심장을 찔러 아프게 하는 듯이 깊은 한숨을 내쉬었다.

차오 할아버지는 완 삼촌 옆에 앉아 곰방대에 남은 담배 찌꺼기를 털면서 두 눈썹을 찡그리고 있는 모습이 마치 완 삼촌 생각을 이해하는 듯이 우울하게 말한다.

-아무 수단이 없다네! 이 마을의 모든 청년은 이미 감옥에 갇혀 있으니. 만일 세금을 또 내지 않으면, 절대로 경작을 못 하게 하니!

-경작하지 않으면! 우리는 정말 배곯아 죽게 될 거요!

-안타깝게도 정말 기근으로 죽게 되겠지.

---

15) 저자 주 : 중국어로 Paoüejtan(保衛團.보위단), 지역군대, 자주 시골 마을들이 있는 읍에서 임명된 사람들로 직접으로는 읍의 행정부서에서, 간접적으로는 영향력이 있는 지역 군대 부대장의 지휘를 받아 움직이는 사람들이다.

다시 두 노인은 깊은 침묵에 빠져들었다.

차오 할아버지는 고개를 숙인 채 생각에 잠겨 있다.

완 삼촌은 풀이 죽은 채로, 손자를 -공포스럽게 회색과 노랗게 되어 버린 양 볼을 한 채 두 눈을 감고 있는 아이 모습이, 그렇게 두 청년이 붙잡혀 간 뒤로 배가 곯아 생긴 현상이 마치 주검 같은 모습인- 두 팔에 안고 저 마을 아래로 두 눈을 향한다.

완 삼촌은 이미 이틀간 아무것도 못 먹은 채로 있다.

-안타깝구나!

두 노인은 머리를 들어 잠시 서로 바라보고는 다시 깊은 침묵으로 들어가 버렸다.

공포의 침묵이다.

갑자기 큰 도로 쪽에서 발걸음 소리가 여럿 들려왔다.

그 소리에 놀란 두 노인은 고개를 돌려 그곳을 바라보았다.

큰 도로에는 '보위단' 군인들이 끌고 가는, 긴 줄에 묶인 청년들 모습이 보였다. 그 청년들은 모두 낙담하고 우울해 있는 모습이다.

-저 사람들은 남쪽 마을에서 온 청년이네요. 완 삼촌이 손가락으로 뭔가를 가리키며 말했다.

-내가 저들을 좀 압니다.

-세금을 못 내 저런 거요?

-그렇습니다.

-그들의 농지는 여전히 경작도 하지 않고 있는데요.

-어디서든 우리 마을처럼 배곯아 있네! 아이구, 정말 기근의 해를 당하지 않는 이가 없네!

-기근이지요!

큰 도로에서 가던 사람들이 점점 멀어져 간다.

수양 버드나무의 물렁한 가지들이 봄바람에 일렁이고, 초록잎들과 물에 덮여 있는 농지들은 햇빛에 반사되고 있다…

두 노인은 멍하니 그 사람들을 바라보고는 더 말을 잇지 못한다…

큰 침묵이 다시 그 공간을 채운다.

Sur Herbejo

Kia printempo. Ĉie verdas, verdas la tuta rivereto, kiu serpentumas senbrue al la oriento. Sur la bordoj pendas graciflekse la helverdaj branĉoj de la salikoj kaj inter ili ridetas kaŝe la ebriruĝaj persikfloroj, — kia vidaĵo, kiam iliaj interkisantaj ludoj speguliĝas en la diafana akvo. La sablotero sur kiu abunde kreskas herboj, aspektas tute kiel vaste sternanta verda tapiŝo, kian povas teksi nur la manoj de feinoj en la fabeloj rakontitaj de nia maljuna onklo Lin. La aero estas varmeta kaj plena de la bonodoro de kreskaĵoj. La blua, sennuba ĉielo en malproksimo rigardas sin en la trankvila fluo de la rivereto···Sur la branĉoj, danci kaj trili lernas birdidoj. Kiel belaj estas iliaj danco kaj trilo! Imagu, kiel ni povas plu sidi, kaj stulte zorgrigardas la herbojn manĝantajn bovojn post kiam onklo Lin finis sian duan interesan rakonton pri la strangaj norduloj? Ne povas. Ni diskuris kaj petole ekrulis sur la herbejo, tute kiel senbridaj gajaj bovidoj···

-Nu, vi ree sovaĝas kiel bestidoj, -onklo Lin, kiu sidis sub saliko, ekatentigis nin bonhumore. -Venu do, mi komencas la trian rakonton.

-Hahaha, ree rakonto. Ĉu ĝi temas ankoraŭ pri la porkmanĝantaj norduloj? Aŭ pri la feinoj, kiuj loĝas en la profundaj arbaroj en montoj, kaj sin amuzas per danco, kaj delogas la belajn knabetojn, por karese manĝigi al ili la plej dolĉajn fruktojn…? Nu, fabelo pri la bubamantaj feinoj estas pli interesa…

–Sed tiu ĉi rakonto ankoraŭ estas pri la norduloj
–onklo Lin diris, kiam ni denove sidis ĉirkaŭ li.

–Bone, –unu el ni, nomata Verdmuso, fervore rediris, –nur se ĝi estas interesa. Sed onklo Lin ne tuj ekrakontas. Kvazaŭ intencante ekzameni, ĉu ni havas paciencon atendi la rakontaĵojn, li turnas la rigardon al la fora ĉielo kaj sin ekcedas al medito. Ni tamen ne forkuras. Kun mentonoj al la ĉielo ni gapas lian ruĝan vizaĝon, sur lia frunto vermumas kelkaj vejnetoj.

–O, mi rememoras! –li ekkrietis, –tiam mi kaj multaj aliaj kaj ankaŭ la duonblinda Fang kiun vi jam konas de miaj antaŭaj rakontoj translokiĝis al iu norda provinco. Por tratranĉi la interkomunikadon de la malamikaj trupoj!…

Kaj li ekmallevas la okulojn kaj karesas la cikatron sur lia maldekstra kripla kruro por momento. Poste al ni, larĝe malfermantaj la buŝojn kaj streĉantaj la orelojn, li ekridetas, kio kvazaŭ aludas, ke tiu ĉi rakonto, kvankam ankaŭ temanta pri la norduloj, estas iom alia ol la antaŭaj samspecaj.

–Jes, troviĝas tie ankoraŭ nur norduloj, la zebro- kaj porkmanĝantoj. Ankoraŭ virinoj kun grandaj piedoj, piedoj same grandaj kiel tiuj de viro. Iliaj kruroj estas dikaj — kiel mi do pripentras ilin? Nu, ni komparu ilin kun la ventroj de siteloj kaj vi imagu. Iliaj ŝultroj grase altrondas, tute larĝaj kiel tiuj de viro. Mi pensas, ke ili povas porti la grandan poririgacian akvoradon, sen spiregi, irante senripoze sep aŭ ok liojn da vojo. — Nia regimento restadis en iu urbo ĉe la provinclimo de la norda provinco, sed al ni soldatoj ne necesis sinmalliberigi tuttage en la kazerno, estis do permesitaj vagi kien ajn ni volis, se ne alvenis malamikoj. Mi tre volis pasigi mian enuigan tempon en vilaĝoj ĉirkaŭ la urbo kaj paroli kun la vilaĝanoj, precipe la virinoj. Vi ne scias, kiel gastamaj ili estis al ni sudaj soldatoj, sed tute male estas la virinoj en tiu ĉi loko, kiuj, ĉe la unuavido al la ombro de soldato, tuj forkuras en domojn, malbenante kaŝe: "Neniu soldato estas bona ulo!"

Iun antaŭtagmezon — tri tagojn antaŭ la Tombfest o[16)]*, mi pensas, — mi vagis sencele orienten, kun hundpela vergo en la mano, al vilaĝo, du-tri liojn malproksime de la urbo, kie ni garnizonis. Sen scii, kial mia gorĝo eksekiĝis. "Al diabloj!" mi murmuris al mi mem kaj vole-nevole sintrenis al iu domo ĉe la fino de la vilaĝo, por peti tason da teo. La mastrino, kiu estis la grandpiedulino, tute ekster mia antaŭimago, sin montris diable afabla. Tuj kiam ŝi vidis mian ombron antaŭ ol mi eniris ŝian domon, ŝi demetis la ĉe brusto suĉantan infanon en la lulilon kaj proponis al mi benketon. — Bona mastrino, — mi diris al ŝi, imitante la voĉon de la

---

16) Ĉina tradicia festo okazanta en marto. Tiam oni riparas la tombojn de praŭloj kaj brulas paperojn por la mortintoj.

plej ĝentila maljuna vilaĝano, — bonvole ne tiel ceremoniema. Mi vin vizitas, kakaareega mastrino, por nenio alia ol peti tason da malvarma teo, ĉar mia diabla gorĝo sekece doloras. — Jes, via soldata moŝto, tiom mi scias. Sidiĝu do. Mi tuj alportos. Kaj ŝi turnis sin al la kuirejo. Post momento ŝi kunprenis al mi kruĉon da verda teo. — Nu, — mi tordis la buŝon kaj alparolis ŝin en la maniero per kiu maljunaj vilaĝaninoj alparolas familiare sian najbarojn, — vi estas tiel bona, de kie vi lernas tian ceremoniemon?

Ŝi ektiriĝis malantaŭen, ruĝiĝe kaj ektreme. Mi pensis, ke mi embarasis ŝin, ne obeante ŝian proponon sidiĝi. Tial mi ŝovis mian kokson sur la benkon, kaj por montri, mi ne estis ordinara, sovaĝa, mallaborema soldataĉo, mi lulis por ŝi la etulon en la lulilo, al kiu staris apud mi. Dume mi konversaciis kun ŝi pri la vilaĝa bagatelo. — Bona mastrino, — mi ŝajnigis min kiel lertmanulo de kampafero, — mi antaŭe ankaŭ estis terkulturisto! Mi ne fanfaronas, sed diras la veron: La aferojn kiel semadon, plantadon, akvumadon ktp. mi lertetas, se mi ne diras "tre lertas". Ekzemple, en printempo oni devas ŝuti la rizsemojn en la akvokampon, ĉu ne? Kaj en la somero⋯ Al diablo. Mi ne povis daŭri. La vortoj subite tute elĉerpiĝis el mia buŝo. Por diri la veran veron, la fakajn vortojn pri la terkulturado mi jam forgesis, en mia kapo plenis nur la diablaj terminoj de armeo. Tial mi ŝanĝis la temon!

-Ĉu la rikolto en via nobla loko laŭaŭtune sinmontris riĉa?

-Riĉa, via soldata moŝto, — ŝi palpebrumis supren siajn rondajn okulojn kelkfoje, — sed, nu, tiujn ĉi jarojn ni zorgas pli pri la soldataj moŝtoj ol tia afero. Nu, ne ne ne, mi eraras, la soldatoj ne gravas, gravas nur: la milito. Kiam la soldataj moŝtoj pasis ĉi tiun regionon, ili faris al ni vilaĝanoj nenian domaĝon ol kapti kelkajn junulojn kiel iliajn militkuliojn, sed kiam oni ekbatalis, Dio scias, kio rezultos! Ni ne nur malpovas plu daŭri la laboron en la kampoj, niaj domoj kaj propraĵoj ankaŭ estas detruitaj en cindro de kanonoj kaj pafiloj··· Kvankam mi mem ankaŭ estis soldato, mi tamen ne rigardis ŝian aserton ofenda. Kontraŭe mi sentis profundan simpation al ŝi. Tion kaŭzis eble du aferoj:

Unue ĉar mia koro estas mola, kiun facile emociigas kortuŝetaj vortoj, malgraŭ ke ili povas esti kolerigaj, due ĉar mi ankaŭ estis farmulo, kiu eniris la armeon nur post la ruiniĝo de la havaĵoj, farita ankaŭ de la malbenindaj kanonoj··· — Kaj onklo Lin ekpaŭzas. Li enbuŝigas la verŝilon de la melonforma terkruĉo, kiu entenas malvarman teon, kaj ektrinkas. Ni sentas la rakonton neinteresa kaj neamuza, tial kelkaj jam montriĝas malviglaj kaj dormemaj, larĝe malfermante la buŝojn. La apud onklo Lin sidanta Verdmuso eĉ duone fermas siajn malgrandajn okulojn! Sed onklo

Lin restas ankoraŭ vervoplena pri la rakontado. Tuj post kiam li eltrinkas la teon, li eligas la vorton: -Ej⋯ Tian tirĝemon li eligas tiam, kiam li volas rakonti ion interesan aŭ ekscitan. Ni ĉiuj denove streĉas la orelojn, intensigante la atenton. La bubaĉo Verdmuso ankaŭ viglige oscedas kaj frotas la dormemajn okulojn per la fingrojn plurfoje. -Kiu en la mondo kapablas scii, kio okazos minuton poste, tiu estus dio. En armeo ni tute ne povis antaŭvidi, dum ni ankoraŭ manĝas, kio nova trafos nin tuj post ni forlasos la pelvojn. Ofte en nokto kiam ni jam devestis pantalonon por enlitiĝi, subite nin atingis urĝe ordono⋯ Nu, ĉion ĉi vi ne komprenas, vi blokkapaj etuloj. Kion vi stultuloj scias plej bone estas maldiligente dormi kaj avide manĝegi, aŭ ruli senbride sur la herbejo kiel la plej malbonaj bovido j⋯ Aja, babilante sensencaĵon, mi preskaŭ forgesas la alian parton de mia rakonto! Nu, mi tuj rekomencu. En la nokto de tiu tago en kiu mi, verdtefolian teon gustumante, konversaciis kun la gastama norda mastrino ĵus pridirita, mi dormis plej bone kaj dolĉe. Mi sonĝis eĉ, ke ŝi invitis min tagmanĝi en sia domo. Mi ĉeestis tie kun mia amiko duonblinda Fang. Sed, al diablo, kiam ni estis gaje manĝegantaj, la noktdeĵora ulo ekvekis min, dirante, ke ni tuj leviĝu kaj sinpretu por ataki la malamikojn kiuj, laŭ la raporto de la spionoj, baldaŭ pasos tiun ĉi lokon. Sekve mi supren saltleviĝis. Multaj aliaj ankoraŭ dormas dolĉe. Duonblinda Fang, kiu kuŝis apud mi, eĉ ne movetis, kiam mi skuis lin. Lia ronketo ĉiam pli akutiĝis el la nazo.

-Diablo vin forprenu, — mi lin forte pikbatis ĉe lia pinta, malgrasa kokso per piedo.

-Vi dormas tute kiel grasa porkino. — Vi fulmotondrinda! vi estas tiel kruelaj!

Fang leviĝis kaj sidis sur la pajlomato kun kunŝovataj brovoj kaj tordata buŝo. Frotante siajn neklarajn, ankoraŭ dormemajn okulojn kaj kortuŝe karesante la pikbatitan kokson, li ekinsultis min.

-Spegulu vian trezoran manieron, -mi rediris. -Vi povus valori almenaŭ mil dolarojn, se vi en lombardo disponigus vin al la mastro de similudo.

Kaj, ĵetante sur la ŝultron la pafilon, mi paŝis eksteren kun la trupo. Post duonminuto Fang ŝancele atingis min, Sed la Dormo, kiu estis lia amiko, ankoraŭ amikece flegis lin, ĉar li plufoje dormeme stumblis dum la irado. La urbeto kaj la ĉirkaŭ-vilaĝoj dronis tute en profunda silento. Nenia alia sono estis aŭdebla krom nia susura paŝado. Ni paŝis, perceptite de neniu, eksteren de la urbo, klinante ĉiu la dorson. La brovforma luno de la frua somero brilis tiel bele kaj dolĉe, ke ni ne sentis, ke ni iris fari diablan aferon. Irinte preskaŭ du liojn da vojo, ni preteratingis vilaĝon, apud kiu sin trovis ĉefvojo. Dio! ekbojis la malbenindaj vilaĝ-hundoj, kaj ekaperis el inter la arboj sur la ĉefvojo granda nigra ombrego. Kio ĝi estas?

-Jen malamikoj! — iu el niaj antaŭirantoj ekkriis kaj tuj aŭdiĝis pafado. Ni diskuris, sin kaŝante ĉu en fosoj de kampoj, ĉu en arbedaro. Malantaŭe la artilerianoj ankaŭ tondre ekkanonis. De la kontraŭa direkto alflugis ankaŭ sennombraj kugloj. Ilia flugado fulmerapide traŝiranta la aeron ekfajfis akre kaj akute. La korvoj, kornikoj, paseroj ktp, kiuj estas dormemaj same kiel la maldiligenta Verdmuso, ĉifoje, mil diabloj! perdis la dolĉajn sonĝojn. Kvazaŭ renversiĝus la nestoj, ili terurite disflugegis el la branĉaro. La frapado de iliaj flugiloj en la silenta nokto ja ne estis malpli laŭta ol la murmuro de maŝinkanonoj. El la vilaĝo apud la ĉefvojo, ho ve! ekfrapis niajn orelojn granda eksplodo. Kio ĝi estas! Ĝi estas tiel skuiga!

Aŭdante la sonegon, la duonblinda Fang, kiu kuŝis apud mi malantaŭ malnova tombo ne fore de tiu vilaĝo ektremis. Plurfoje li frotis siajn malgrandajn, neklarajn okulojn, sed neniel li povis distingi, kio kaŭzis la fortan skuigon. — Finite! — li flustris post momento al mi kaj treme ekkrietis, — ni malvenkas. Kaj li flanken forĵetis la pafilon kaj volis forkuri. — Ne timu, nenio alia ol domfalo, — mi facile serĉis lian orelon kaj ĝin forte pinĉis. — Se vi formovus eĉ unu paŝon, mi vin sendos al Dio per kuglo!

Kaj ni daŭrigis la pafadon, Kiom da kugloj foruzis, ni ne sciis. Ni sentis nur, ke la pafiltubo iĝis jam tiel varmega, ke ni ne kuraĝis plu enigi en ĝi kuglojn. La pafado ekĉesis, kiam ekaperis en la oriento ruĝa krepusko; tiam la malamika trupo venkita forkuris. Torente ni postpersekutis ilin, sed pro troa laciĝo ni trenis nin returnen,atinginte la montojn en kiuj la malamikoj malaperis. La vojo returna, ŝajnis al mi, longiĝis je preskaŭ dek lioj. La suno jam altiĝis preskaŭ tri futojn en la ĉielo, kiam ni eniris nian garnizonan urbon. Sur la placo antaŭ nia kazerno ni haltis. Kiel elĉerpitaj ni tiam estis! La piedojn mi sentis diable pezaj, kaj la damninda pafilo, kiu rajdis sur mia ŝultro, pezŝarĝis tute kiel la plej granda muelŝtono! Mia gorĝo samtempe sekiĝis, kaj kriis en mi — mi volas diri! — kiel malgrasa koko. La kolonelo alvenis sur ĉevalo, por ekzameni, kia perdo okazis al nia flanko. Ĉiu taĉmentestro nomvokis la membrojn de sia taĉmento viciĝanta. Divenu prove, kia estis la rezulto. Entute okdek personoj perditaj! Pensu, nur duon nokto de pafado! Ĉu ne?

Post la nomvoko, duonblinda Fang ektremis kaj kaŝe eligis sian langon pro skuiĝo. Mi kaptis la vidon. — Kampara ulo! — mi malŝate pikis lin ĉe lia femuro — tiel surprizema. Kio surprizinda?

Tiu Fang, pri kiu mi jam parolis sufiĉe multe en la antaŭaj rakontoj, estis tre timema ulo. Li konsideris sian vivon kvazaŭ trezoron. Eble ĝuste pro tia senpara bona ideo la Diablo donis al li en lian koron nedireble strangan donacon kiu estis neŝtelebla de kiu ajn ekde la tago, kiam ni eniris la armeon post la ruinigo de nia vilaĝo dum la milito. Ofte en meznokto kiam li ŝajnis dormanta plej profunde kaj dolĉe, li eksaltleviĝis, sidis sur la junkmato kaj eklarmas — ververe larmoj senĉese elfluas sur la vizaĝo. Se mi vekita de lia singulto demandis la kialon, li kutime kurbigis la buŝon kvazaŭ trijara infano: — Mian koron ekatakas hejmveo, mi sopiras miajn edzineton kaj la infanon··· Dio! kiu povis deteni de ridego, rigardante lian tordatan buŝon, el kiu eligis la sopiro de 'edzineto'? Tiun matenon post la nokta batalo, kiam mi promenis sencele en la urbo, mi ne sciis, kiom da fojoj mi mokridis pri li, vidante la paron de liaj larmemaj okuletoj. Sed tiam li eĉ pli balbutis pri sia edzineto!

La posttagmezon mi kaj Fang deĵoris sur la orienta posteno du-tri liojn malproksime de la urbo. Kun pafiloj sur la ŝultroj, ni paŝis eksteren. La forkurintoj, kiujn ni venkis lastnokte laŭraporte ne estis veraj malamikoj, sed iliaj municitransportistoj. Sed kiel freneze oni devis pafi en la nokto, la uzitaj kugloj postlasiĝis sur la vojo kvazaŭ grajnoj en la kampo post la aŭtuna rikolto!

-Kia ludo! — mi pensis en mi kaj ekmemoris pri la vilaĝo··· — La rakontado subite rompiĝas. Onklo Lin fiksas la okulojn al ni kaj tute neatendite ekmontras per fingro la etan Verdmuson, kiu jam kapon klinetante dormetas kaj el kies naztruetoj elfluetas du linioj da blanka muko. — Diru al mi, — li tondre demandas la pigruleton, — kiu vilaĝo ĝi estas!

Verdmuso ekskuiĝas de la lasta voĉo de onklo Lin. Li eklevas la kapon, kaj, frotinte por momento la ankoraŭ fermemajn palpebrojn per la eta montra fingro, gapas nin ĉiujn sen scii kion diri. Kompreneble la demandon li ne povas respondi. Embarasite li ekoscedas kaj poste li turnas honteme al la ĉielo la vizaĝeton, kiu jam duone ruĝiĝas. La maljuna rakontanto, kies rigardo ankoraŭ sin fiksas al la maldiligenta etulo, homore ekridetas. Kaj li baldaŭ daŭrigas la rakonton: — Ne povas rememori? Nu, via kapo estas fortika bloko, kiu memoras nur:

Dormon. Ĉu ne? Hahaha⋯ Nu, estas tamen nenio, se vi ne povas elcerbumi la vilaĝon. Ĝi estas la vilaĝo, kie mi antaŭ ne longe renkontis la grandpiedulinon, kiu donis al mi afable teon por trinki kaj por kiu mi lulis ŝian infanon⋯ Al mil diabloj! Kia vilaĝo ĝi aspektis! Mi pensas, ke, se ne loĝis en ĝi, nepre en ĝin frekventis la demono, kiu ĉiam faris malbonon al vilaĝanoj, se estis okazo. Ĝi estis tute detruita de la bombardo, kiun oni faris tute senkonscie lastan nokton. La tegmentoj renversiĝis, kaj la rompitaj muroj, plenaj je truoj kaŭzitaj de kugloj kaj obusoj, rigardis la ĉielon stulte en groteska grimaco. Inter la ruinaĵoj kuŝis senorde tie ĉi-tie kadavroj de viroj, maljunuloj, etuloj⋯ kaj eĉ troviĝis kadavroj de nigraj hundoj! Kion mi pleje prizorgis tiam sendube estis la domo ĉe la fino de la vilaĝo, kies mastrino, mi jam diris al vi, afable gastigis min eĉ en sonĝo. Senprokraste ni paŝis al tiu direkto. Dio! tute je mia surprizo la domo transformis sin en amaso da rompitaj tegoloj kaj brikaĵoj. Mia koro ekbatis. Mi povas ĵuri al la Ĉielo ke mia koro neniam batis tiel furioze antaŭe. Oni eble ne kredas al mi tion. Jes, kiel soldato, kiom da ruinaĵoj kaj kadavroj mi vidis ĉiujare, sed neniam tremis. Sed tiun ĉi fojon la sceno de tiu ĉi vilaĝo, sen scii, kial tre tre bedaŭrigis min. — Kara mia Duonblinda! — mi parolis al Fang, — la kugloj kaj obusoj kiujn ni ludis lastnokte estas ja tre teruraj kaj senkompataj!

— Nu··· — Fang faris sonon el nazo. — Ĉu vi, mia Duonblinda, ree ekpensas pri viaj edzineto kaj infano? — mi turnis la kapon al li. Li restis muta, kaj rigardis foren al terbulo ŝirmante la brovojn kontraŭ la sunradion per ambaŭ manplatoj. Sur la terbulo, kie destiniĝis esti nia posteno, kuŝis ia aĵo, apud kiu sidis malgrasa, flava hundo, ululante al la suno. Scivoleme ni rapidis al la loko. Jen! Kadavro de virino kun mortinta pala infano en la maldekstra brako. La vesto estis disŝirita de la hundo, kaj elnudiĝis senkaŝe la larĝa brusto kaj du grandaj mamoj. — Ho ve! — mi preskaŭ kriegis, — ŝi estas la mastrino kun kiu mi konversaciis la tagon antaŭhieraŭ. La etulon en ŝia brako mi eĉ lulis! Malbeninda estu la vidaĵo! Mi eksentamentaliĝis! Ne, mi tremegis. La koro saltegis en mi! Kaj la larmo —

nu, mi ja hontas diri pri tia abomeninda akvaĉo, kion elfluas nur tia homo kia edzinsopirema Fang — eĉ volis engluti abunde. — Do, — la duonblinda Fang gargaris nervoze, — antaŭ lasta nokto ŝi ankoraŭ estis vivanta⋯ vivanta kiel fiŝo en freŝa akvo, ĉu ne? Kion mi povis respondi? Ŝi ja estis vivanta, fortika kiel bovino! Kaj ĉarme kaj afable, kiam ŝi babilis kun oni. Eble vi imagas, ke la bovinece fortika virino ĉiam estas sovaĝa. Ne, tute ne. Tute alian trajton havas la nordulino kompare al la sudaj inoj, kiuj ekstere aspektas tre delikataj kaj lertaj kaj eĉ nedireble ravige sveltaj! Sed en iliaj koroj, Dio scias, kio ŝtopas la "truojn de saĝo": entute ruzeco. Male, gigantaj nordaj inoj estas naivaj kaj honestaj. Se mi edziĝos, mi nepre serĉos mian edzinon en nordaj provincoj. Nu, mi devojiĝas. Kiel stultega estis mia kapo!

Kompreneble, mi, jen maljuna bovpaŝtisto, neniam povas edziĝi, mia vivo forpasos nur tial, babilante sensence ĉiutage kun vi, sovaĝaj bubaĉoj. Hahaha⋯ Nu, returnu al nia rakonto. Mi restis komplete muta, rigardaĉante la duonblindan Fang. Mi ne kuraĝis diri pri la kompatinda virino. — Ulo Lin, — Fang denove alparolis min, atentige tuŝante mian kokson, — kion ni faras ĉiutage, ĉu vi scias? Nia faro estas diablaĵo! Dio punos min pro tio per senfileco kaj morto de mia edzineto, mi pensas. Kaj vin? Nu, se vi daŭros esti soldato, vi neniam kapablos havigi al vi virinon, mi estas certa. Pripensu: vi ĉiam restos fraŭlo eĉ ĝis kiam vi fariĝas blankhara ulo!

— Do, — aŭdinte lian diron, mi tute senpripense eĥis, — ni dizertu, forkuru de la diabla armeo. Nun mi sentas min tre bedaŭra, ke mi iam diris tiajn vortojn al la kompatinda, duonblinda Fang. Se mi ne eligus frazojn tiel facilanimajn tiutempe, eble ne okazus··· Kaj povus esti, ke mi nun ne pasigas miajn senutilajn tagojn en via loko, paŝtante al bovojn sur herbejo kun vi blokkapaj bubaĉoj··· — Diablo al la soldateco! — duonblinda Fang ekinsultis siajn kolegojn kaj eĉ la kolonelon. En tiu sama nokto ni vere planis dizerti. Noktemeze kiam oni profunde endormiĝis, ronkante kvazaŭ porkoj, mi senbrue ellitiĝis kaj tuŝis Fang por lin atentigi pri la afero. Li baldaŭ larĝe malfermis la okulojn, kiuj jam ebriece ruĝiĝis, kaj rigardis min kun ekscitiĝo. Sendube la Dormo kiu la Diablo donacis al li hodiaŭ nokte ankaŭ dizertis, kaj eble okazis al li la fakto, ke li vigliĝis dum la tuta nokto, pripensante la edzinon kaj infanon kaj konsiderante la planon de forkuro. — Ĉu vi jam pretas por la afero? — mi flustris ĉe lia orelo. — Jes, — li jam tremis. Kaj mi unue glitis eksteren. Ĉe la pordo la noktdeĵora staranto demandis al mi, kion mi faras. Mi respondis mallaŭte per unu vorto: urini, kaj dume mi intence malbutonumis la pantalonon, ŝajnigante, ke la diabla urino turmentas min. Tiel mi eliris la pordon sen plua malhelpo. Apud la necesejo maldekstre de la kazerno, mi min turnis orienten kaj rekte ŝtelkuris al plej malalta parto de la urbmuro, apud kiu cetere kreskis multaj arboj. Senbrue mi supren rampis la muron de la urbo. Dankon al Dio, ne aŭdiĝis bojado de la hundo en tiu ĉi parto. Starante sur la muro, mi palpe enmanigis branĉon de arbo apude kreskanta, kaj, dank' al ĝi, mi povis, brakumante ĝian trunkon, gliti malsupren al la tero sendanĝere. Apud la arbo mi kaŭris, atendante la alvenon de duonblinda Fang. Post momento ekaperis sur la muro figuro de Fang, kiu mansignis. Dio milfoje dankinda! Ii, kies okuloj ĉiam estis neklaraj, finfine atingis ĉi tie sen kaŭzi ajnan danĝeron. Mi helpis lin degliti de la muro. Kaj senprokraste ni ŝteliris antaŭen laŭ la longo de tritikkampoj al la okcidento. La tritikoj kreskis abunde kaj alte. Ni antaŭeniris en la fosoj de la kampoj, dorsojn klinante, timante fari eĉ malgrandan sonon similan al zumo de aŭtuna moskito. Post preskaŭ duonhoro ni eliris ĉirkaŭ kvar liojn da vojo, kaj ni ekaŭdis la unuan kokerikon el fora vilaĝo. Mia dorso ekdoloris kaj la piedoj peziĝis kvazaŭ kunligitaj kun grandaj ŝnuroj. La duonblinda Fang, pro la neklara vidkapablo de liaj abomenindaj okuloj, jam stumblegis plurfojojn dum la irado.

-Al mil diabloj! — Fang grumblis, kiam li ree falis al la tero, — dizerti ja estas tre malfacila tasko.

-Silentu! — mi pikis lin ĉe lia kokso, — gardu vin

de la gardstarantoj sur la postenoj! Diablo al Fang! Apenaŭ post ni finis la vortojn alflugis de la dekstra monteto obtuza voĉo: "signalvorton!" Jen kio okazas! Ni ambaŭ samtempe paliĝis. Ni ne sciis la signalvorton de tiu ĉi nokto. Malgraŭ ĉio ni tamen trenante la piedojn kuregis antaŭen en la tritikkampo. Sed malpli ol unu minuton poste sagis al ni subite kuglo el la posteno. Jen kial mia kruro⋯ — Onklo Lin ekpaŭzas. Li metas la fingrojn ĉirkaŭ la cikatro sur lia maldekstra kruro, ŝajne montrante, ke ĝi ne estas malpli larĝa ol la rando de ordinara tetaso. — Post momento oni ree pafis. La duonblinda Fang falis, tuj kiam sonis la dua pafado. Mi laŭeble pene tiris lin supren, sed la klopodo vanis. Li sternis en la foso kvazaŭ paralizita.

-Bona ulo, - li fine eligis senfortan voĉon, pene levante supren la kapon, - mi ne kapablas plu kur i⋯ Finite⋯

- Kio? — mi riproĉe ekmiris, — vi pigras eĉ en ĉi tia tempo?

-Ne, frato, tute ne, — lia voĉo fariĝis pli senforta, -mi estas vundita. Jen vidu, mia ventro sangas⋯ Ej! se nun ne plu estus milito en nia naskiĝloko⋯ Kiam vi atingos hejmen, amiko, bonvole informu al mia edzineto, ke mi baldaŭ revenos por kulturi niajn kampojn⋯ Ne forgesu tiel diri, amiko⋯!

Kaj li ne plu diris, li kuŝis senmove kaj senenergie sur la tero. Verŝajne li vere ne kapablis iri, ĉar, por diri la veron, mi vidis per miaj propraj okuloj, ke lia ventro ja estis sanganta. — Bone! — mi lin konsolis, sed dume mi pensis en mi, ke ja estas diabla afero, ke li falas dum la vojkuro, — mi vin atendas ĉe alia stadio, vi do laŭeble vin trenu antaŭen. Kaj, kion mi kuraĝis plu diri? Sin turninte mi kuregis al la direkto de la okcidento. Dio ja estis dankenda! Oni ne plu pafis. Sed mi aŭdis la interparolon de la postenantoj. Mi elkuris dum unu spiro, diri la minimumon, kvin liojn. Mi tiam pensis, ke nun estas nenia kuglo atingebla al mi, tial mi staris spiregante sur monteto por momento kaj rigardis malantaŭen. Kian spektaklon mi vidis! Ĉe la loko kie la duonblinda Fang kuŝis, ekaperis torĉo kaj la movantaj ombroj de la gardstarantoj··· — Finite!

Mi ektremis. Kaj mi rapide ekkomencis galopi, kolektante mian tutkorpan forton al la piedoj, eĉ la forton, kiun mi uzis por suĉi la bruston de mia panjo dum mia infaneco!

Matene mi sukcesis atingi alian gubernion. Imagu, kiel laca tiam mi fariĝis. Tamen mi sentis min malpeza kaj facila. Antaŭ la kabana gastejo mi haltis. La papermonon valorantan unu dolaron — kio estis ununura pago kiun mi ricevis kiel mian salajron dum tri monatoj en armeo! — mi elspezis por aĉeti la civilajn vestojn, per kiuj mi alivestigis min. La diablan soldatan uniformon mi senbedaŭre ĵetis en la apudan fekaĵujon de necesejo!

Mi aĉetis kelkajn fritaĵojn por satigi la stomakon, kiu jam bruis senbride dum longa momento. Kaj mi stulte rigardis la vojon, sur kiu mi ĵus kuris⋯

Onklo Lin subite silentas, fiksante la okulojn al la fora ĉielo en kiu la nubo, same blanka kiel la kvieta fluo de la longa rivereto, jen fandiĝas en granda amaso, jen transformiĝas en la formo de silenta leono⋯ Ni kun naztruoj turnantaj al li gapas lian mentonon kaj liajn okulojn, kiuj profundiĝas en medito. Ni atendas la daŭrigon de la rakonto, ke la rakonto ne devas finiĝi ĉi tie. Verŝajne onklo Lin ankaŭ sentas tion. Tial li rekomencas, sed la voĉo iĝas malforta kaj iom peza. — Mi rigardis la vojon, atendante duonblindan Fang, kion mi promesis al li. Sed ĉio vanis. De mateno ĝis posttagmezo ne vidiĝis sur la vojo eĉ ombro de Fang. Kio okazis al li, diablo scias. Ho, tiu duonblinda ulo, kun kiu mi kune forlasis nian mizeran vilaĝon kaj kune eniris la armeon por gajni vivon⋯ Onklo Lin denove paŭzas por momento. — ⋯ Kiel dezerta la naskloko vidiĝis al mi, kiam mi revenis! -Post longa momento li rekomencas -Mi renkontis neniun konaton. Mia domo — mia nura propraĵo, kiun mia patro postlasis al mi — perdiĝis jam en cindro. En la kampoj kreskis nur sovaĝaj herboj. Diablo kredas ke tie eĉ ne grakis maljuna korvino⋯ En iu detruita kabano malantaŭ la vilaĝo mi trovis skeletan virinon. Kiu ŝi estis? Ŝi estis neniu alia ol la edzineto de

Fang. Dankojn al Dio bonfara, la neforgesebla infano ankoraŭ vivis! Ĉu ĝi estis petola kaj hontema al la nekonato kiel mi? Nu, vi imagu, mi diris nur unu vorton: mortviva. — Sinjorino Fang, — mi diris intime al la ĉifona virino, — ĉu vi rekonas min? Mi estas amiko de Fang!

-Ajaja, onklo! — gapinte min por momento, ŝia voĉo ŝiriĝis. — Kiam revenos mia Duonblinda?! Se li ankoraŭ ne revenus, mi kaj mia infano mortos de malsato. Damnita li estu, li estis tiel stultega! Kiam la soldatvarbintoj donis al li kvin dolarojn, li vere eniris al armeo, forlasante nin senhelpaj kaj malsataj en tiu· ĉi mizera vilaĝo. Kion mi kuraĝis rediri al ŝi? Mia koro nedireble ekdoloris tiam. Dum longmomento mi silentis kvazaŭ mutulo. Aja, ŝi estas tro sentema, sentema vere kiel "edzineto". Ne ricevante mian respondon, ŝi tiris la manikon al la orbitoj por forviŝi larmojn. — Li···li baldaŭ re···revenos, — mi rapide kaj konsterne diris. — Li sentas sin iom laca ĉe la piedoj, tial li malfruiĝas.

풀밭에서

얼마나 아름다운 봄인가. 어디서나 파랗고, 저 동쪽으로 굽이
진 채 아무 말 없는, 뱀처럼 굽은 샛강이 모두 파랗다. 강가에
는 수양버들의 연초록 가지들이 우아한 모습으로 구부린 채 늘
어져 있고, 그들 사이로 농익은 붉은 복사꽃이 몰래 미소짓고
있다.
-저들이 서로 맞닿는 놀음이 저 강물에 비칠 때는 얼마나 아름
다운 광경인가. 모래가 있는 구역에는 풀이 무성하게 자라, 흡
사 초록 카펫을 널리 펴놓은 것 같다. 이는 우리의 노인 삼촌
린이 이야기해 주시던 동화들에 나오는 선녀들의 섬섬옥수 같
은 손으로만 만들어 낼 수 있는 초록 카펫이다. 공기는 따뜻하
고, 식물이 내는 향기가 펴져 있다. 저 멀리 구름 한 점 없는
푸른 하늘이 저 샛강의 고요한 흐름 속에 자신을 내려다본다….
가지마다 어린 새끼 새들이 춤추는 법과 노래하는 법을 배우고
있다. 저들이 추는 춤과 지저귐은 얼마나 아름다운가!
　생각해보아요! 삼촌 린이 하시던 그 이상한 북쪽 사람 이야기
중 두 번째 이야기가 끝난 뒤, 우리 아이들이 풀이나 뜯고 있는
소들만 계속 멍하니 바라보고 있었겠는가를? 그렇게 있을 수는
없다.
　우리는 풀밭에서 각자 흩어져, 고삐 풀린 유쾌한 송아지마냥
즐거이 미끄럼을 즐기기 시작했다…
　-이제 너희는 다시 저 짐승 새끼처럼 되어버렸구나. 삼촌 린은
버드나무 아래에 앉아, 즐거운 기분으로 우리에게 말을 걸어온
다. -오너라, 이제 내가 세 번째 이야기를 들려주마.
　-하하하, 다시 이야기를 들려준대. 돼지고기 잘 먹는 북쪽 사
람들 이야기가 계속되나요? 아님, 깊은 숲속에 살면서 춤추며
살아가고 아름다운 소년들을 유혹해, 그들에게 가장 달콤한 과
일들을 다정하게 먹여주는 선녀들 이야기인가요? 소년을 사랑하
는 요정 이야기가 더 재미있어요.
　-하지만 이번 이야기는 여전히 북쪽 사람 이야기이긴 하지. 우
리가 다시 삼촌 린 주위에 모여들었을 때 그분은 말했다.
　-좋아요. 우리 중에서 초록 생쥐라는 별명을 가진 아이가 열정

적으로 이야기 잘하는 삼촌 말에 답한다. -그 이야기가 재미있기만 하면요.

하지만 삼촌 린은 곧장 이야기를 시작하지는 않았다. 마치 우리가 그분 이야기를 들을 준비가 되어 있는지, 뭔가 평정심을 가졌는지를 시험할 의도인 것처럼. 삼촌은 시선을 먼 하늘로 향하고는, 다시 생각에 잠긴다. 우리는 이제 더 이상 그 자리에서 달아나지 않았다. 하늘로 턱을 향한 채, 우리는 삼촌의 붉은 얼굴을 멍하니 보고 있다. 이마에 몇 줄의 핏줄이 꿈틀거린다.

-아, 이제 생각이 났네! 삼촌은 말을 크게 소리쳤다. -그때 나는 수많은 다른 사람과 함께 또한 내가 앞서 이야기하던, 절반은 눈이 먼, 팡이라는 군인이 북쪽의 어느 지방으로 이동하게 되었단다. 적군 부대들의 통신을 차단하려고!…

그리고 두 눈을 아래로 내리고는 잠시 절름거리는 왼쪽 다리에 난 상처를 쓰다듬는다. 그리고는 삼촌은 우리를 입을 헤벌리고, 귀를 쫑긋해 있는 우리를 쳐다보며 한 번 씩-하며 웃고는, 이번 이야기는 물론 북쪽 사람들 이야기이지만, 이번 것은 이전의 것들과는 좀 다른 것임을 뭔가 암시를 한다.

-그래, 그곳 북쪽에는 아직도 사람들이 살고 있고 말고기도 먹고, 돼지고기도 잘 먹는 사람들이 살고 있단다. 여인들도 발이 컸단다, 여자 발자국이 남자 발걸음처럼 큰 발자국이란다. 그들 다리는 통통했지. …내가 그들을 어찌 설명해 줄 수 있을까? 이제 우리는 그들을 물동이의 통통한 배 부분과 비교할 수 있는데, 너희들이 상상을 한번 해 봐. 그들 어깨는 두툼하고 크고 둥글지, 완전히 넓지, 남자 어깨와 같다고 할 수 있지. 내 생각에, 그들은 넓은 농지에 물 대는 수차 바퀴를 단숨에 들고, 7내지 8리(里) 길은 들고 갈 수 있을 것 같다고 할 수 있지…우리 부대는 북쪽 성(省) 경계에 있는 어느 도시에 자리 잡고 있었단다. 하지만 우리 군인들이 병영에 온종일 근무만 하고 있을 필요가 없었기에, 우리가 원하는 곳이면 어디든지 나다닐 수 있는 허락은 받아 두었단다. 만일 적군이 가까이에 다가와 있지 않은 나날에는 그 허락을 쓸 수 있었단다.

어느 날에는 지루한 시간을 보내기 위해, 읍내 주변의 마을을 찾아가, 그곳 마을 사람들, 특히 그중에 아주머니들과 대화를 나누며 시간을 보내고 싶었단다. 자네들은 그분들이 우리 남쪽 군인을 얼마나 반겨주었는지 모를 거야. 하지만 온전히 정반대로, 이곳 여인들은 정반대였어. 그들은 군인 그림자라도 보이기만 하면, 곧장 자신의 집 안으로 들어가 꼭꼭 숨어버리지 않겠니.., 그리고는 몰래 욕을 하더구나. "군인 치고 착한 사람은 없더라면서!"

어느 날 오전에, -3월 청명 한식의 날(Tombfesto)[17]를 3일 앞둔 날이었다고 나는 생각하지.

-나는 우리가 주둔하던 그 읍내 도시에서 동편으로 아무 목적 없이, 한 손에는 개 쫓는 막대기 하나 들고, 저 멀리 2 내지 3리 멀리 떨어져 있는 어느 마을로, 한 번 가보았지. 내 목이 마른 줄도 모른 채. "빌어먹을!" 나는 혼자 이렇게 중얼거리고는, 마을 어귀에 있는 한 집을 향해 가보았지. 차 한 잔 얻어 마시려고. 그런데, 그 집 안주인이, 그 여인도 아주 큰 발을 가진 여인이었지. 내가 집에 들어서기도 전에, 나의 예상과는 달리, 귀신처럼 나를 친절하게 대해 주었어. 내가 집으로 들어서기도 전에, 내 그림자를 보자마자, 곧, 품에 젖을 먹이던 아이를 요람에 내려놓고는 나에게 의자에 앉기를 청하였다.

-착한 아줌마네요. 나는 가장 친절한 노인인 마을 사람처럼 여인에게 말을 걸어 보았다. -그리 예의를 차리지는 마시오. 나는 여기 귀-하-신 아주머니를 방문한 것은 차 한 잔 얻어 마시려는 것 외에는 다른 뜻이 없어요. 왜냐하면, 이 빌어먹을 내 목이 말라 아파서요.

-예, 군인 나리, 그 정도는 저도 알고 있어요. 여기 앉으세요. 곧 준비해 올리겠습니다. 그리고는 부엌으로 향했다. 잠시 뒤 한 주전자의 녹차를 들고 왔다.

-저기요, -나는 입을 삐쭉하며, 마을 아녀자들이 자기 이웃 사람에게 말하는 방식으로 말을 걸어 보았다. -아주머니, 당신은 정말 착하네요, 그런 예절은 어디서 배웠소?

여인은 얼굴을 붉히고 떨면서 뒤로 물러났다. 생각에, 좀 앉으라는 제안에 내가 응하지 않아 당황했구나 하면서, 그래서 나는 엉덩이를 의자에 걸쳤다. 그리고는 내가 평범하고, 무식하고, 일하지 않는 군인이 아니라는 것을 보여주기 위해서는, 내 옆에

---

17) 저자 주 : 3월에 있는 중국 전통 축제 날. 그때는 사람들은 선조들이 무덤을 손질하고, 고인들을 위해 종이를 불태운다.

놓인 요람을 대신 흔들어 보였다. 그동안 나는 마을의 사소한 일에 대화를 나누었다.

-착한 아주머니, -나는 농사일에는 아직 초보자처럼 행동했다. -저도 이전에는 농사꾼이었어요! 저는 거짓말을 하지 않고, 진실을 말합니다. 볍씨 뿌리고, 모심기하고, 논에 물 대는 것 등등은 저도 능숙하오만, '아주 능숙한' 편은 아니외다. 예를 들어, 봄에는 사람들이 무논에 볍씨를 뿌리지요, 그렇지 않나요? 그리고 여름에는…

에이 빌어먹을. 나는 그런 말을 계속할 수 없었다. 그런 말들이 입가에서 온전히 다 없어져 버렸다. 진짜, 진실로 말하자면, 농사에 대한 전문용어를 나는 이미 잊고 있어, 머릿속에는 군대에서 쓰는 빌어먹을 용어들만 가득했다. 그래서 얼른 화제를 바꾸었지!

-아주머니, 풍광 좋은 이 고장에 올가을엔 풍년 농사가 되겠지요?

-풍년이 될 겁니다요, 군인 나리. 여인은 둥근 두 눈을 여러 번 위로 치켜들었다. - 하지만, 우리는요, 근년에는 농사일보다는 군인 나리에 대해 더 관심이 많이 가 있지요 아뇨, 아니, 아니올시다, 제가 잘못 말했네요 군인들이 뭐가 중요하겠어요 더 중요한 것은 이 난리 같은 전쟁이지요 군인 나리들이 이 지역을 한 번 지나가면, 그분들은 우리에게 자신들의 군역에 쓸 청년 몇 명을 징발해가는 것 말고는 아무 해를 끼치지 않지요 하지만, 전쟁을 벌이면 하늘이 아시겠지요, 결과가 어찌 될지는요! 농사일은 계속하지도 못하고, 더구나, 우리 집과 재산도 대포와 총탄에 맞아 재가 될 정도로 파괴되어 버리지요…

내가 비록 군인이지만, 여인이 주장하는 말이 공격적이라는 생각은 들지 않았다. 정반대로 나는 그 말에 깊은 공감이 갔다. 그 일은 두 가지 일 때문이었다.

하나는 내 마음이 유약했기 때문이었지. 그 말이 화를 불러올 수 있지만, 그런 감동적인 몇 마디 말에 나는 쉽게 감동이 되었거든. 둘째로, 나도 농부였기에, 저 빌어먹을 화포에 내 재산이 온전히 망가지는 바람에, 내가 군대에 들어왔기 때문이었거든.

그 말까지 하고 나서, 삼촌 린은 잠시 말을 멎었다. 그러고 차가운 차가 들어있는 참외 모양의, 항아리 주전자 주둥이에 입을

들이댔다. 그리고는 한 모금 마셨다.

우리는 그 이야기가 재미도 없고 즐겁지도 않아, 몇 명의 아이들은 이미 재미없다고 표시하고, 입을 크게 벌려 큰 하품을 하면서 졸기도 하였다. 삼촌 바로 옆에 앉아 있던 초록 생쥐는 작은 두 눈을 이미 반쯤 감고 있었다!

그러나 삼촌 린은 여전히 자신의 이야기에 집중해 있다. 차를 한 모금 마신 뒤 곧장 이런 말을 하였다.

-에-에, 그러니까… 삼촌은 뭔가 흥미롭거나 흥분이 되는 대목에서는 이런 탄성을 내뱉는다. 우리 모두가 다시 귀를 쫑긋하여, 주목하여 이야기에 집중했다. 초록 생쥐 녀석도 활달하게 하품을 한번 하고, 손가락으로 여러 번 잠이 고픈 두 눈을 문질렀다.

-이 세상에서 1분 뒤에 무슨 일이 일어날지를 아는 이는 바로 신이지. 군대에서 우리는 전혀 앞일을 예측할 수 없고, 반면에 우리는 뭔가 새로운 것이 우리 세숫대야를 떠나자마자 뭐가 닥칠지는 여전히 모른 채로 식사시간을 맞기도 하지. 잠자려고 우리가 바지를 벗어놓는 밤에도, 갑자기 긴급명령 같은 것이 떨어지기 일쑤에요…그러니, 이 모든 것을 우리는 전혀 이해할 수 없어, 어린 녀석들아. 자네들같이 멍청한 머리를 가진 이들은 가장 잘 아는 것이, 잠도 잘 안 자고, 먹는 일에 뛰어들거나, 아니면 저 풀밭에 고삐 풀린 망아지들처럼 뛰놀기나 잘할 줄 알지… 에이, 쓸데없는 이야기를 하다 보니, 이야기의 나머지 부분을 잊어버렸네! 이제 곧장 다시 시작해 볼게. 방금 말한 친절한 아줌마와 대화한, 그 녹차 맛을 본 그날 밤에, 나는 가장 달콤하게 잠을 잤거든. 꿈도 꾸었는데, 꿈에 그 아줌마가 자기 집의 점심에 나를 초대하였지. 나는 그 집에 반쯤 눈먼 팡이라는 친구도 함께 데려갔지. 하지만 빌어먹을, 우리가 유쾌하게 점심을 먹던 중에, 우리 부대의 야간 순찰 당번 녀석이 나를 깨워, 우리가, 지금 곧장, -첩자들 말에 따르면- 적이 오늘 밤에 이 지역을 통과한다고 하여, 그 적과 싸우러 갈 준비를 해야 한다고 말했단다. 그래서 나는 벌떡 자리에서 일어났다. 수많은 다른 군인들은 그때까지만 해도 아직 달콤하게 잠자고 있었다. 반쯤 눈이 먼 팡이라는 친구는 내 옆에 자고 있었지. 내가 깨워도 꼼짝하지 않는 것이었다. 코 고는 소리는 여전히 날카롭기만 했다.

-악마가 저 녀석을 좀 데려가 주오. 나는 세게 꼬집고, 또 발로 그 녀석의 부실하고 깡마른 엉덩이를 세게 때려 깨웠다.

-너는 뚱보 암퇘지처럼 잠도 잘 자네.

-천둥 번개나 맞아라! 너는 정말 잔인해!

팡은 자리에서 일어나, 눈썹이 감긴 채로 입을 삐쭉거리며 돗자리에 앉았다. 팡은 불명확하고, 아직 잠이 고픈 눈을 문지르고는, 심정적으로 세게 채인 엉덩이를 어루만지면서, 나를 향해 욕을 해댔다.

-너의 그 고귀한 습관이나 거울에 한 번 비춰 봐. 나는 다시 말했다. -자네는, 만일 자네가 전당포에서 자네를 원숭이 놀음 하는 주인에게 보내 버리면, 자네는 적어도 1,000달러는 받을 수 있겠어.

그리고는, 나는 소총을 어깨에 던지고는 부대원들과 함께 외부로 걸어갔다.

잠시 뒤, 팡은 비틀거리며 나에게 다가왔다. 그러나, 그 잠꾸러기는 여전히 잠에 아직도 취해 있었다. 왜냐하면, 걸으면서 여러 번 잠들 듯이 비틀거렸다.

읍과 인근의 마을들은 온전히 깊은 침묵 속에 휩싸여 있었다. 우리 발소리 외에는 다른 소리는 전혀 들을 수 없었다.

우리는, 아무도 알지 못한 채, 모두 등을 굽힌 채로 읍내를 벗어났다.

초여름의 눈썹 모양의 달이 그렇게 아름답고 달콤하게 빛나고 있었단다. 우리 자신은 악마의 일을 하러 가는 것을 전혀 모른 채로 있었다.

그렇게 우리가 2리를 걸어갔을 때, 어느 마을 주변에 도착했고, 그 마을 주변에 큰 도로가 보였다!

아니 이럴 수가! 하느님! 가증스럽게도 마을 개들이 짖기 시작하고, 큰 도로의 가로수들 사이에서 대규모의 검은 그림자들이 보였다. 저게 뭐지!

-적군이다!- 우리보다 앞서가던 부대원 중 누군가 크게 소리치자, 곧장 총격 소리가 들렸다. 우리는 흩어져, 농지의 구덩이들에서나, 낮은 나무들 밑으로 몸을 숨겼다. 뒤에서 포병부대원들이 천둥소리 같은 대포 소리를 냈다. 반대 방향에서도 셀 수 없는 총탄이 날아왔다. 총탄들이 날아와, 날카롭고도 예리하게 공

중을 가르며 휘-익 소리를 냈다. 게으른 초록 생쥐처럼 똑같이 잠자고 있던 까마귀들, 까마귀무리들, 참새들 등등이 이번에는, 수천의 귀신들이! 자신의 달콤한 꿈을 잃게 되었다. 마치 자신들이 둥지가 뒤집힌 것처럼, 그들은 공포에 질린 채, 나뭇가지에서 벗어나 여기저기로 흩어져 날아갔다. 그들의 날개 움직이는 소리가 그 고요한 밤에 요란한 대포 소리보다 작지는 않았다.

대로변 마을에도, 아니 이럴 수가! 우리 귀를 강하게 때리는 폭발음이 있었다.

그게 무엇인가!

그것은 큰 진동을 느끼게 했다!

그 폭음을 듣고, 마을에서 그리 멀지 않은 옛 묘지 뒤의, 내 옆에 엎드린 채, 반쯤 눈먼 팡이 몸을 떨기 시작했다.

여러 번 자신의 작고도, 불투명한 두 눈을 비비었지만, 아무리 해도 그 강력한 진동을 일으킨 것이 뭔지 구분할 수 없었다.

-끝났어! - 나에게 잠시 뒤 말하고는, 떨면서 고함을 지르기 시작했다.

-우리가 패한 거야.

그러고는 옆으로 총을 내던지고는 내빼려고 했다.

-두려워하지 마, 집이 무너지는 것이 틀림없어.-나는 쉽게 팡의 귀를 찾아, 그 귀를 세게 눌렀다.

-만일 네가 한 걸음이라도 내빼기라기라도 하면, 나는 너를 총알로 저 하느님에게 보내 버릴테다!

그리고는 우리는 총을 계속 쏘아댔다.

얼마나 많은 총알을 우리가 사용했는지 우리는 몰랐다.

우리 총구가 그렇게 뜨거워 우리는 그 안으로 총알을 더 넣을 용기가 없었다.

이제 총 쏘는 소리가 멈추고 그때 동녘에서 붉은 여명이 나타나기 시작했다.

그때 적군은 패배하여 내뺐다. 밀물처럼 우리가 뒤쫓아 갔지만, 적군들이 사라진 그 산에 도착해서는, 너무 피곤해 우리는 돌아설 수밖에 없었다.

돌아오는 길이 내게는 십 리나 더 멀게 느껴졌다.

태양은, 우리가 우리 부대가 주둔한 읍내로 돌아왔을 때는 이미 하늘에서 90센티미터나 높이 걸려 있었다. 우리는 부대 앞

공터에 잠시 쉬었다. 그때 우리가 얼마나 힘이 다 빠졌던가!

나는 두 발이 미칠 정도로 무거웠고, 어깨 위 장총은 가장 큰 맷돌을 지고 있는 것처럼 무거웠다!

목은 동시에 목말라 있어, 마치 깡마른 수탉처럼 마음속으로는 이렇게 말할 수 있다!

대령이 말을 타고 와, 우리 측에 피해가 얼마나 있었는지 점검했다.

각 소대장이 각자의 대열에서 부대원들 이름을 불렀다.

그 결과가 얼마인지 추측을 한번 해 봐.

전부 80명이 실종되었다!

그 짧은 밤 중의 총격전에서만 이렇게 많은 숫자를 생각해 봐! 그렇지 않은가?

인원 점검으로 이름들을 일일이 확인한 뒤, 반쯤 눈이 먼 팡은 떨기 시작하고, 몰래 몸을 떨며 자신의 혀를 휘둘렀다. 나는 그 장면을 봤다.

-촌놈 같으니라고!- 나는 팡의 허벅지를 싫은 듯이 찔렀다. -그리 놀라다니, 뭐가 그리 놀랄 일이지?

내가 이미 앞의 다른 이야기에서 수없이 말하던 그 팡은 아주 겁이 많은 녀석이다. 자신의 삶을 마치 보물처럼 여기고 있었다. 아마 그런 비교할 수 없을 정도의 좋은 생각 때문에, 하느님은 팡에게 전쟁으로 우리 마을이 파괴된 뒤, 우리가 군에 입대한 날부터 아무도 훔쳐 갈 수 없도록 심장 속으로 말할 수 없는 이상한 선물을 안겨 주었나 보다.

가장 깊이 잠들고, 달콤하게 잠들고 있는 한밤중에도 자주, 벌떡 자리에서 일어나, 돗자리에 앉아 눈물을 흘린다. -진짜 눈물이 얼굴에 흘러내린다. 만일 울먹이는 소리에 놀라 내가 이유를 묻자, 보통 세 살 난 아이처럼 입을 삐쭉이며 말했다.

-고향 생각에 내 마음이 아파. 또 아내와 아이가 보고 싶어… 하늘이여!

'아내'가 보고 싶다고 말하는, 삐죽거리는 입을 바라보면, 누가 큰 웃음을 참을 수 있겠는가? 내가 하릴없이 읍내에 산책하고 있던, 지난 야간 전투 뒤의 아침에, 나는 몇 번이나 팡의 눈물 어린 두 눈을 보며 놀랐는지 모른다.

그러나 그때 자신의 아내가 보고 싶다는 말을 여전히 하고 있었다!

오후에 나는 팡이라는 그 군인과 함께 그 읍에서 이-삼 리 떨어진 동편 초소에서 근무하고 있었다.

어깨 위로 총을 든 채, 우리는 바깥에서 걷고 있었다.

간밤의 싸움에서 패한 그 군인들은, 보고에 따르면 진짜 적군이 아니었다. 그들은 적군의 군수품을 운반하는 부대였다.

그러나 사람들은 야간에 그렇게 난폭하게 총을 쏴댔다.

그렇게 사용된 총알들이 가을 추수 뒤 논에 남아 있는 이삭처럼 길에 널려 있었다.

-이상한 놀음이었네! 나는 마음속으로 생각하고는, 지난번에 들렀던 마을이 생각났다.

그렇게 이야기는 갑자기 멈추었다.

삼촌 린은 우리 두 눈을 한번 자세히 살펴보고는 온전히 갑자기, 고개를 늘어뜨린 채 잠자코 있었다. 콧구멍에서 두 줄의 하얀 콧물이 흘러내리는 초록 생쥐를 손가락으로 가리키며,

-말해 봐, -천둥소리처럼 불쌍한 아이에게 물었다. -그게 어떤 마을이었지?

초록 생쥐는 삼촌 린의 마지막 소리에 잠을 깼다.

고개를 들고는, 잠시 아직도 닫혀 있는 눈꺼풀을 작은 검지로 만지고는, 우리 모두에게 무슨 말인지 그 의미를 알아보려고 주변을 둘러보았다.

물론 그 질문에 초록 생쥐는 대답할 수 없었다.

당황해서 하품을 한 번 하고는, 나중에 하늘을 향해 부끄러운 듯 작은 얼굴이 반쯤 이미 붉어져 있었다.

삼촌 눈길이 아직 게으른 녀석에게 여전히 가 있다가, 나중에는 기분 좋게 미소를 지었다. 그리고 곧장 이야기를 이어갔다.

-기억 못 하겠지? 그럼, 네 머리는 잠만 기억할 줄 아는 돌머리야. 안 그래? 하하하…

그래서 그럼에도, 네가 그 마을을 생각해 낼 수 없다 해도 괜찮아. 그 마을은 이전에 나에게 친절하게 차를 내주었고, 내가 그 집 아이를 귀엽게 달래주던 큰 발을 가진 여인을 만났던 그 마을이야… 빌어먹을 귀신들아! 그 마을 모습이 어떤 모습이었는가! 만일 그 마을에 사람이 살지 않으면, 언제나 기회만 되면 마을 사람들에게 악을 저지르는 귀신들이 드나든다고 생각했지.

그 마을은 사람들이 간밤에 무차별로 벌인 포탄 전으로 완전 박살이 나 있었다. 지붕은 날아가 버렸고, 수많은 총포탄으로 구멍이 여럿 뚫린 그 집 벽들은 부서진 채, 하늘을 향해 괴상한 모습으로 서 있었다.

그런 폐허 사이로 무질서하게 여기저기로 남자들, 노인들, 아이들의 시신들이 늘려 있고… 심지어 포탄에 희생되어 죽은 검둥개들 사체도 보였다!

내가 그때 의심 없이 가장 관심을 둔 것은, 그 마을 어귀의 집이었다.

그곳의 안주인이라고 나는 너희들에게 이미 말했듯이, 나를 꿈속에서도 친절하게 맞난 음식으로 대접해 준 집 안주인이었다.

황급히 우리는 그 방향으로 걸어가 보았다.

아뿔사!

정말 놀랍게도 집은 부서진 기와와 벽돌만 남아 있었다.

내 마음은 뛰었다. 나는 하늘에 맹세할 수 있다. 내 심장이 한 번도 이전에는 그렇게 난폭하게 뛴 적이 없다고. 사람들은 내 말을 믿지 않을 수 있다.

그랬다.

군인으로서 얼마나 많은 파괴와 시신을 매년 내가 보아 왔지만, 그렇게 떨리지는 않았다. 하지만 이번에는 이 마을의 광경을, 가장 안타까운 마음 없이는. -저기, 반쯤 눈먼 놈아! -나는 팡에게 말했다. -우리가 밤새 싸웠던 그 총포탄이 이렇게 잔혹한 장면을 만들어 놓았네!

-저기… 팡은 콧소리를 냈다.

-너는, 반쯤 눈먼 놈아, 다시 네 아내와 아이가 생각나니? 나는 팡에게 고개를 돌렸다. 팡은 말 없이 저 멀리 땅을 바라보고 있었다. 두 손으로 햇살을 막으려고 하고 또 눈꺼풀을 보호하려고.

우리 지휘소가 보이는 땅에 뭔가 물건이 있었다,

그 옆에는 깡마른 누런 개가 앉아 해를 향해 짖어댔다.

궁금해서 우리는 그 장소로 가보았다. 이럴 수가! 왼팔에 창백하게 죽어있는 아이를 안은 여인의 시신이 있었다. 옷은 이미 개가 찢어 놓았고, 넓은 가슴과 두 개의 젖무덤이 숨김없이 내보인 채 있었다.

-오, 이럴 수가!- 나는 거의 크게 고함을 질렀다. -이틀 전에만

해도 나와 대화를 나누던 그 안주인인데, 팔에 있던 갓난 아기를 내가 얼러 주기도 했는데!

그 광경은 말로 표현하지 못할 정도로 처참했다!

나는 감정이 격해졌다! 아니, 온몸을 떨고 있었다.

심장은 내 안에서 강하게 뛰고 있었다! 그리고 눈물이. -아, 나는 그 저주받은 눈물 따위를 말하기 부끄럽다. 내가 아내를 그리워하는 팡에게만 나올 눈물이라 생각했던 눈물이…. 나는 눈물을 많이도 삼키고 싶었다.

-이제, 반쯤 눈먼 팡은 신경질적으로 목소리를 높였다. -간밤에만 해도 그 여인은 아직 살아 있었어… 신선한 물의 물고기처럼 살아 있었다구, 안 그런가?

내가 뭐라 대답할 수 있었는가? 그 여인은 살아있었고, 힘센 암소 같았어! 그리고 그 여인이 사람들에게 말할 때는 얼마나 친절하고 매력적인가. 아마 여러분은, 암소같이 강한 여인이 언제나 예절을 갖추지 못했다고 상상하고 있겠지. 아니야, 전혀 아니네.

외모는 더욱 미묘하고, 능숙하고, 심지어 말로 표현할 수 없을 정도로 날씬한 몸매를 지닌 남쪽 여성들과 비교해도 그 북쪽 여인은 다른 특징을 가지고 있었다고 나는 말하고 싶어!

그러나 그들 마음에서는, 하느님은 아시겠지, "현명함의 구멍"을 막아주는 뭔가가, 온전히 잔혹함이. 반대로 그 거구의 북쪽 여성은 순진하고 정직하다고 말할 수 있어.

만일 내가 결혼한다면, 내 아내를 북쪽 성(省) 사람 중에 찾아낼 거라고 말하고 싶어. 이런, 나는 이야기에서 길을 벗어났구나. 내 머리가 얼마나 멍청한가! 물론,

나는 이제 늙어 소나 돌보는 사람이지만, 이젠 결혼할 수 없지만, 내 삶은 그 때문에 사라질 거야.

매일 너희들, 꼬맹이들과 매일 무의미하게 잡담이나 하는 사람이지만.

하하하.. 이제, 이제 우리 이야기로 돌아가야지. 나는 반쯤 눈먼 팡을 흘겨보면서, 온전히 말문이 막혔다. 나는 그 불쌍한 여인에 대해 더 말할 용기가 나지 않았다.

-린 친구야, -팡은 다시 나에게 말을 걸었다. 나는 내 허벅지를 강하게 건드리면서. -우리가 매일 뭘 했는지 너는 알아? 우리가

매일 하는 짓은 악마 그 자체야! 하느님은 나를 그 때문에 내게 자식도 주지 않을 것이고, 내 아내도 죽게 만들거야, 나는 그런 생각이 들어. 그리고 자네에게는? 그래, 만일 네가 계속 군인이 되겠다면, 결코 너에게 여인을 갖게 될 기회를 주지 않을 거야. 나는 그 점은 분명해. 생각을 잘 해 봐. 너는 백발이 될 때까지도 평생 총각으로 남아 있을 거야!

-그러니, -팡의 말을 듣고 나는 온전히 아무 생각 없이 말했다. -우리, 탈영하자, 이 미친 군대에서 내빼자. 지금 나는 아주 아쉬워, 내가 한 번도 그런 말을 불쌍한 반쯤 눈먼 팡에게 하지 못한 것을 후회했다. 그러나 내가 그렇게 쉬운 마음을 당시 내세웠다면, 나는 아마 그런 일이 일어나지 않았을지도 몰라…그리고 나는 이제 내가 너희들이 사는 곳에서, 너희 같은 꼬맹이들과 초원에서 소나 키우면서, 무의미한 날들을 보내지 않을 수도 있었을지도 몰라.

-군인이 되는 것은 저 귀신에게나 줘버리자!- 반쯤 눈먼 팡은 자신의 동료들을 향해, 또 그 대령에게 욕을 하기 시작했다.

그날 밤, 우리는 진짜 탈영 계획을 실행하기로 했지. 사람들이 깊이, 마치 돼지들처럼 코를 골며 잠든 한밤중에 나는 소리 없이 자리에서 일어나, 탈영하러 내 친구 팡을 건드렸다. 팡은 곧 두 눈을 크게 뜨고는, 그 두 눈은 이미 취해서 붉어져 있고, 나에게 흥분되어 그 계획을 물었다. -의심 없이 저 귀신이 선사한 잠에도 불구하고 오늘 밤에 탈영하자고 또 아마 밤새 활달해져 있었다. 아내와 아이 생각하면서, 또 탈영 계획을 생각하면서.

-너는 준비 되었어?- 나는 팡의 귀에 대고 속삭였다.

-그래, 팡은 이미 떨고 있었다. 그리고 나는 한번 바깥을 둘러보았다.

출입문에는 야간 당직 군인이 나에게 무엇 때문에 일어났는지 물었다.

나는 낮은 소리로 말했다.

-소변이 마려워. 그리고 나는 바지 단추를 의도적으로 풀고는, 그 악마 같은 소변이 나를 괴롭히고 있다는 것을 보여주기라도 하듯이.

그래서 나는 더 방해를 받지 않고 출입문에서 빠져나올 수 있었다.

병영의 왼편에 있던 화장실 옆에서, 나는 동편을 향해 몸을 돌려, 그 읍내 성벽에서 가장 낮은 부분으로 몰래 달려갔다. 성벽 옆에는 수많은 나무가 있었다. 소리 없이 나는 그 성벽으로 기어 올라갔다. 하느님 덕분에, 이쪽 구역에는 개 짖는 소리가 들리지 않았다. 벽 위에서 나는 옆에 큰 키의 나뭇가지를 손에 거머잡고, 그것 덕분에 나는 그 나무 둥치를 안고, 안전하게 땅에까지 미끄러져 내려올 수 있었다.

나무 곁에서 나는 웅크린 채, 반쯤 눈먼 팡이 도착하기를 기다리고 있었다.

잠시 뒤 손짓을 하는 팡의 모습이 성벽 위에 보이는 것이 아닌가.

하느님께 천 번이나 감사한 일이다!

팡의 두 눈은 언제나 불명확하였지만, 마침내 이곳으로 아무런 위험 없이 도착했다. 나는 성벽에서 내려오도록 도왔다.

그리고 곧장 우리는 밀밭을 길이 방향을 따라 앞으로 몰래 나아갔다.

밀은 이미 충분히 자라 키도 컸다. 우리는 그 밀밭 고랑을 통해서 등을 굽힌 채 앵앵거리는 모기 소리 같은 작은 소리라도 내지 않으려 하면서 앞으로 나아갔다.

거의 반 시간 뒤에 우리는 그 길에서 4리 정도는 멀어진 것 같고 먼 마을에서 첫닭이 우는 소리를 들었다.

나의 등은 아팠고, 내 다리는 무거운 줄이 달린 듯이 무거웠다.

반쯤 눈먼 팡은 빌어먹을 두 눈의 불명확한 시력 때문에 이미 걸어가면서 여러 번 나뒹굴었다.

-빌어먹을- 팡은 다시 땅에 쓰러질 때마다 불평했다. -탈영이 아주 어려운 일이네,

-조용! -나는 팡의 엉덩이를 찔렀다. -저 초소들에 있는 보초에게 우리가 들키지 않아야 해! 팡에게 그들이 악마가 되니!

우리가 그 말을 거의 끝냈을 때, 저 오른편 언덕에서 이 밤의 암구호 소리가 들려 왔다. 이 일이 우리에게 벌어지다니! 우리 둘은 동시에 창백해졌다.

우리는 오늘 밤의 암구호를 모르고 있었다.

그래서, 우리는 우리 발을 끌고, 앞에 있는 저 밀밭 안으로 내달렸다.

그러나 채 1분이 되기도 전에 우리 쪽으로 갑자기, 초소에서 총알 하나가 날아왔다.

-왠지 내 다리가…삼촌 린은 잠시 멈추었다.

삼촌은 손가락들을 왼쪽 다리 위에 난 상처 주변에 두고, 마치 그 상처 자국이 보통의 찻잔 언저리만큼 크다는 것을 보여주려는 듯 했다.

-잠시 뒤 보초 군인들이 총을 쏘아대는 거야.

이번에는, 둘째 총알 소리가 들리자, 반쯤 눈먼 팡이 쓰러졌다. 나는 가능한 한 팡을 일으켜 세워 보려고 했지만, 그런 애씀도 아무 소용이 없었다. 팡은 고랑에서 온몸이 감전된 듯이 뻗어져 있었다.

-이 보게 친구, -팡은 마침내 힘없이 목소리를 내고는 고개를 애써 들어 보려고 했다. -나는 이제 더 이상 걸어갈 수 없어..끝났어…

-뭐라고! 나는 비난하듯이 또 놀랐다. -너는 이런 시간에 몸을 느리게 움직이다니?

-아냐, 친구, 전혀 아니야, -목소리는 더욱 힘이 없다. -나는 총 맞았어. 이걸 보라구, 내 배에 피가 나… 에이! 지금은 우리 고향에 전쟁이 더는 없으면 좋을 텐데…자네가 우리 고향에 가거든, 친구, 내 아내에게 말해 주게, 내가 우리 농사지으러 곧 돌아온다고 말이야…그 말, 그 말을 하는 걸 잊지 말게, 친구…!

그러고는 더는 말이 없었고, 아무 움직임 없이, 고랑에 힘없이 누워 있었다. 정말 걸어갈 수가 없었다. 왜냐하면, 진실을 말하자면, 나는 두 눈으로 팡의 배에 이미 피가 홍건함을 보았다.

-알아들었어!- 나는 위로하였지만, 한편으로 내가 정말 악마 같은 상황에 있음을, 팡이 길을 달려가다 넘어진 것이 악마 같은 일이었음을 생각했다.

-우리가 약속한 그곳 숙영지에서 기다릴게, 너는 가능한 앞으로 더 나아가 보게. 그리고는 내가 더는 무슨 격려의 말을 하겠어? 나는 몸을 돌려 서편으로 내달렸다.

하느님은 정말 감사하게도!

이제 더는 총을 쏘지 않았다.

그러나 나는 그 초소를 지키고 섰던 사람들이 하는 대화는 들을 수 있었다.

나는 단숨에, 최소한 말하자면, 5리는 더 내달렸다고 할 수 있지. 나는 그때 생각하기를, 이제는 아무 총알도 나를 공격할 수 없음을. 그 때문에 나는 한동안 어느 언덕에서 큰 숨을 내쉬고 저 아래를 내려다보았다. 내가 무슨 광경을 보았겠는가! 반쯤 눈먼 팡이 누워 있는 곳으로 횃불이 보이고, 움직이는 보초 그림자들이 보였단다.- 끝이구나!

나는 몸이 떨리기 시작했다. 그러고는 급히 온 힘을 이 발에다 모으고는 말처럼 내달리기 시작했다. 어릴 때 엄마 젖먹던 힘까지 써서 달렸다고 할 수 있지.

아침이 되어, 나는 읍의 인근 다른 마을에 도착했다구.

상상해 봐, 그때 내가 얼마나 피곤해 있었는지를. 그럼에도 나는 마음이 가볍고 힘이 들지 않음을 느꼈어.

나는 어느 움막 같은 여관 앞에 몸을 세웠지. 그러고는, 1달러를, 내가 지난 3달 동안 군대서 받은 유일한 급료가 1달러의 가치를 가지고 있었지. 나는 그 돈으로 평상복을 사 입고, 내가 입던 군복을 아무 주저 없이 인근 변소에 내버렸지!

나는 이제 긴 시간 동안 거침없이 소리를 내던 배를 채우려고 먹거리를 사서 먹었단다.

그리고는 멍하니, 방금까지 달려온 길을 돌아보았단다.

삼촌 린은, 저 먼 샛강의 고요한 물길처럼 똑같이 하얀 구름이 크게 무더기로 쪼개졌다가, 다시 침묵하는 사자의 모습으로 변하고 있는 저 하늘을 향해 두 눈을 들어 고정하고는 갑자기 말이 없다.

-이제 우리는 콧구멍을 삼촌에게 향한 채, 깊은 생각 속에 잠긴 두 눈을 올려다보고 있다. 우리는 그 이야기가 그렇게 끝나면 안 된다는 듯이 이야기를 이어가는 것을 고대하고 있다.

정말로 삼촌 린은 그 점도 느끼고 있었다.

그 때문에 다시 시작했지만, 목소리는 힘이 없고 좀 둔탁했다.

-나에게 약속했던 것을 기다리면서 반쯤 눈먼 팡을 기다리고 있었단다. 하지만 모든 게 헛일이었다. 무슨 일이 일어났는지는, 악마나 아시겠지. -아침부터 오후까지도 길에는 팡의 그림자도 보이지 않았다.

내가 우리의 불쌍한 고향을 함께 떠나, 함께 생명을 구하려고 군대에 같이 입대도 했던 그 반쯤 눈먼 녀석은,…삼촌 린은 다시 잠시 말을 끊었다.

-내가 고향에 도착했을 때 고향 마을은 얼마나 삭막하던지! - 긴 침묵 뒤에 삼촌은 다시 말을 시작했다. -나는 아무도 아는 사람을 만나지 못했어. 우리 집은, -나의 유일한 재산인, 우리 아버지가 내게 남겨주신 유일한 재산이던 우리 집은—이미 잿더미가 되어버렸단다. 농토에는 들풀만 자라고, 귀신은 알 거야. 이곳에는 늙은 암까마귀도 기웃거리지 않음. …마을 뒤편의 어느 부서진 움막에서 나는 해골 같은 모습의 한 여인을 만났단다.

여인이 누구인가? 바로 다름 아닌 팡의 아내가 아니고 누구이겠는가.

선한 일을 하시는 하느님에게 고마움을 표해야지.

팡이 잊지 못하던 그 아이는 아직 살아있다!

그 아이는 나처럼 낯선 이에게 재잘대며, 수줍게 대했는가.

그건, 너희들이 상상해 보고, 나는 이 말만 하고 싶네.

아이는 깡마른 채, 죽지 못해 살아가고 있었지.

-팡 부인, - 나는 넝마 같은 옷을 입은 여인에게 친절하게 말했다. -당신은 나를 아시나요? 내가 팡 친구입니다.

-아야야, 삼촌! - 잠시 나를 멍하니 보더니 그 여인의 목소리가 찢어졌다. -반쯤 눈먼 사내는 언제쯤 돌아오나요?! 만일 아직도 돌아오지 않으면, 나와 내 아이는 배곯아 죽게 될 거요. 빌어먹을 인간이지요. 그이는 정말 멍청하지! 군인들을 모집하던 이가 그이에게 5달러를 주자, 진짜 군대로 가버렸어요, 이 가련한 마을에 힘없고 배곯은 채로 우리를 놔두고요.

내가 그 여인에게 무슨 말을 해 줄 수 있었겠어?

내 마음은 그때 정말 말로 표현하지 못할 정도로 아프기 시작했지. 한동안 나는 말 못 하는 벙어리마냥 가만히 듣기만 했어.

아야, 여인은 너무 감동적이고, 정말 감성이 넘치는 "아내"였어.

내 대답도 듣기도 전에, 여인은 눈물을 닦기 위해 소매를 눈가로 끌어 올렸다.

-그 친구도, 그 친구도 곧 돌아…돌아올 겁니다. 나는 급히 그렇게 깜짝 놀라 말했다. -그이는 발이 피곤해 있어요. 그 때문에 좀 늦게 도착할 겁니다.(*)

Julia Nokto

Du junuloj, du junaj fratoj ili estas. En la profunda folioza, ankoraŭ verda gaŭlianaro ili senbrue, senparole kaŭras, unu apud la alia, je distanco de ĉirkaŭ duonmetro, kun falĉiloj en la mano. La spiron ili retenas, fiksante la tutan atenton al la ekstero, kie, apud la ĉefvojo, sin sternas orflavaj grenkampoj. Iliaj okuloj, enkaviĝintaj en la profundaj orbitoj brilas kiel flagre palpebrumantaj ruĝsteletoj en la oriento. Vestas ili same, uniforme: novaj pajloŝuoj ĉe la piedoj; ĉe la talio zoniĝas pantalono, kies du malsupraj partigoj estas streĉe supren falditaj al la genuoj. La supra korpo estas nuda. Tamen ili ne sentas sin malvarmaj, kvankam estas jam malfrua aŭtuno, ĉar en ĉiuj iliaj vejnetoj ekscitiĝe cirkulas varmega sango. Estas iom da venteto el la okcidento. Ĝi ne blovas aŭtunece, sed agrable, iel printempece. La gaŭlianoj flustras kun ĝi, flustras kun ĝi sube en la herbaro ankaŭ griloj, skaraboj, kaj bruemaj idoj de iliaj gentoj···
En la oriento okcidenten gracie iras la serena luno, sekvata de aro da steletoj, kiuj ridetas al la tero. Kaj la rideto estas same hela kiel la topaza lunlumo. — Estas bela tempo. Ni devas komenci. Tiel pensas la pliaĝa frato. Kaj li stariĝas, rektigas la dorson. Kvankam malgrasa kaj osteca, fortika li tamen aspektas. Altkreska, kuprokolora kaj larĝŝultra — li cetere estas juna, kapabla terkulturisto. Interfrontinte

la manplatojn por momento, li sentas sin fajre varmega en la membroj. — Atendu minuton, — li mallaŭte diras al la frateto, la knabo, — kiam mi signos al vi, tiam sekvu min. Memoru, iru nur sur la piedpintoj, kurbigante la dorson!

Kaj li paŝas prudente, zorgplene eksteren, streĉante la orelojn kaj ĉirkaŭen direktante la okulojn, en kiuj fulmas jam sangaj, fadenecaj ruĝvejnetoj. Antaŭ ol li iras el la gaŭlianaro, li haltas momenton, oblikve tenante la kapon por aŭskulti, ĉu estas homa spiro ekstere. Nenia. Kaj li senbrue disigas la gaŭlianojn duflanken kaj ŝtelesplore elŝovas la ŝultrojn, kiuj ektremetas pro ekmalvarmo. — Fraĉjo!

Ekkrietas subite la frateto, kiu ankoraŭ restas kaŭranta en la herboj. Li tremas, lian tremon kaŭzas nervskuiĝo. Ĉar li estas knabo, sur kies vizaĝo ŝvebas ankoraŭ la naiveco kaj simpleco de dekkelkajara junuleto. Aŭdinte la ekkrion, la viro tuj malantaŭen turnas la kapon. Rapide li mangestas, tio diras al la frateto: silentu. La knabo ne plu kuraĝas eligi eĉ malgrandan voĉon, li nur rigardas lian malvarme ŝanceliĝantan postaĵon en la ombroj de la gaŭlianoj, kiujn skuetas la okcidenta venteto. Kaj li ekŝvitas, sentas la tenilon de la falĉilo frosta en la mano. La haroj rigidas sur la supra korpo, kiu estas nuda.

Perceptante, ke neniu estas nek venas kia ajn homo ekstere, la junulo sentime movas siajn piedojn el la gaŭlianaro. Tuj malaperas lia figuro. Interludas nur la ombroj de la folioj en la lunbrilo, en la profunda gaŭlianaro. La junuleto ektimas kaj ekimagas, ke ia sovaĝa besto ŝtele paŝas al li de la profunda malantaŭo kaj volas lin rabi, larĝe malfermante la faŭkon. Kaj jen li eksentas movon de venena serpento sub la piedo en la herboj, kaj jen alblovas la venteto la spiron de tigroj, kiuj, en nunaj jaroj, pro oftaj bataloj en la montoj, sin rifuĝas al ebenejo kaj sin satiĝas per brutoj kaj knaboj anstataŭ montaj bestetoj. Li saltleviĝas, ŝvito kolektiĝas en grandaj gutoj sur lia frunto kaj dorso. Firme tenante la falĉilon en la mano, li maltrankvile atendas la sciigon de la ĵus elirinta frato. Ne aŭdiĝas lia voko, nek la alveno de lia paŝo. Li pensas en sia nesperta koro, ke li devas alpaŝi por helpi lin plenumi la taskon, por kio la frato kunprenis lin ĉi tien antaŭ ol la suno subiris post la okcidentan horizonton. Kun batanta koro kaj tremantaj piedoj li irigas sin antaŭen. Sed ĉe la rando de la gaŭlianaro li hezite ekhaltas. Li ankaŭ timas esti vidota de vilaĝaj gardirantoj, kiuj povas mortpafi la knabojn senkompate same kiel virojn. Sed dume flanken apertiĝas la gaŭlianoj kaj entrudas tute senbrue nigra figuro. Revenas la frato. — Tuj internen! — spirege flustras la junulo al la knabo. — Pretermarŝos kelkaj homoj. Kaj li tiras la frateton ĉe la mano, rapidas kun li al la plej profunda interna parto de la gaŭlianaro. Ĉe la loko, kie kreskas plej dense la sovaĝaj herboj, ili sin kuŝas, kun ventroj al la tero. Ĉian etan sonon ili evitas kaj malkuraĝas fari. La tremanta knabo eĉ pene retenas sian spiradon, kvankam lia koro batante tamburas en la brusto. La pliaĝa frato premas sian orelon al la tero, por aŭskulti, ĉu proksimiĝas paŝoj de homoj sur la ĉefvojo. Ne estas sono aŭdebla. Kio frapas la orelojn estas la susuro de grenoj en kampoj sube de la ĉefvojo. La venteto alportas ĝin al la gaŭlianaro ja sufiĉe klare. La junulo tuj levas sian kapon, streĉante sian atenton al la susuro, kiu sonas al li tiel dolĉe kaj deloge, ke li tute forgesas lacon eĉ kiam lia stomako bruas pro malsato. Ekbrilas liaj okuloj, kiuj, tra la breĉoj inter la gaŭlianoj kaj iliaj folioj, nun fiksiĝas al la grenkampoj. La grenoj jam maturiĝas, pri kio li jam kaŝe observadas dum multaj tagoj. La grajnoj estas rondaj kaj flaviĝintaj. Kampoj kun tiaj grenoj en tiu ĉi regiono ne plu troviĝas krom tiuj ĉi, kiuj apartenas al kelkaj bienuloj nun loĝantaj en urbetoj.

Tiuj, kiujn kulturis la vilaĝanoj, plejparte restas dezertaj, plenaj de sovaĝaj herboj. La maturiĝantajn grenojn, tiel klaraj en tiu ĉi loko, oni gardas plej prudente kaj severe, ĉar ili estas la ununura vivdaŭriga aĵo en la malfacila tempo. — Se ni du fratoj povus rabi iom da grenoj el tiuj ĉi kampoj, niaj familianoj povas ree daŭre vivi por kelkaj tagoj. Tio estas la celo, pro kio la du fratoj ŝteliras al tiu ĉi gaŭlianaro je la vesperiĝo.

La juna viro fiksas la rigardon al la rabotaĵo de

malproksima, sekreta loko, revplene kaj ekscitiĝe, kvazaŭ malsata kato atendante raton ĉe truo en silento. Li sonĝas, lia kapo pleniĝas de ora sonĝo, kiu forgesigas lin pri la elĉerpiĝo de lia tutkorpa energio. Sed la knabo, nun kuŝanta kun ventro al la malvarma tero, eksentas maltrankvilon en la stomako, kiu restas malplena jam tutan tagon. Jes, li jam trinkas grandan kvanton da akvo antaŭ la sunsubiro, sed la fluidaĵo nun tute perdas la efikon. Lia vizaĝo kaj la membroj ekmalstreĉiĝas. — Fraĉjo, — li eligas tre malfortan voĉon, — mi volas hejmiri, mi volas kuŝi en la lito··· Kaj li sin malfacile starigas. La brakoj senenergie pendas malsupren de la ŝultro kaj la falĉilo en la maldekstra mano volas fali al la tero. — Foriri neeble! Mi vidis, ke venas ĉi tien kelkaj homaj figuroj. Se vi renkontus ilin!··· La juna viro ankaŭ ekpaliĝas, turnante la kapon al la frateto. La revo, sonĝo flugas for, la streĉiĝo perdiĝas en la aŭtuna malvarmo. Li ektremas kaj sentas froston sur la senvesta dorso. La frateto ne plu vortas. Li volas nur sin treni hejmen. Li nun ne sopiras manĝaĵon, kiu, li antaŭscias, tamen restas ne akirebla por li. Li nur volas kuŝi en la lito, firme fermante la okulojn kaj pene dormigante sin en la fabelmondon, kien li frekventis ankoraŭ ofte, kvankam li jam fariĝas junulo. — Kaj pripensu, — la pliaĝa frato malforte aldonas, — ju pli multaj falĉantoj estas, des pli multe da grenoj ni povas falĉi kaj sekve des pli multe da tagoj ni povas travivi. Kaj li varme premas la manon de la frateto, kaj suprenrigardas lian vizaĝon. Li jam ne estas gaja, viveca knabo, kia aspektas antaŭ du-tri jaroj. Li estas enuema, skeleta junuleto, kiu, kiel ĉiuj maturuloj, portas jam la mienon de la melankolio karakteriza por nuna tempo. La okuloj malgaje enprofundiĝas en la okulkavoj kaj nervoze: jen brilantaj kiel flagra flamo dum ekscitiĝo, jen malheliĝantaj kvazaŭ nigra nubo, dum malvigliĝo. La lipoj estas maldikaj kaj mortsekaj. La tuta korpo, en la lunbrilo, donas sur la tero nur ostecan ombron. Jen la sola ombro eĉ volas neniiĝi, ĉar por la knabo fariĝas neelteneble stari: Li volas refali. La pliaĝa frato tuj malsupren klinis la kapon. Li jam komprenas ĉion pri la frateto. Li scias, ke la knabo estas vere malsata. Sed nenio helpas. Malgraŭ tio oni devas ĉiam kaj ĉiel klopodi, ĉar atendas hejme edzino kaj infanoj la nutraĵon kiu estas tiel malfacile akirebla por la malgrandaj homoj. Tage li, kiel ĉiuj junuloj en la vilaĝoj, devas, kun pafilo sur la ŝultro, akompani la soldatojn eniri la montojn por kontraŭbatali la ruĝgerilojn al kiuj li antaŭe aliĝis. La kampoj estas lasitaj al la dispono de la sovaĝaj herboj, kaj la parencoj, malsataj hejme. Ne estas tempo por akiri la vivtenaĵon. Iun vesperon, hejmreveninte, kiam li ankoraŭ ne demetis la pafilon de la ŝultro, la malgrandaj gefiloj tuj kuris al li kaj, large etendante la malgrandajn brakojn, petis manĝaĵon.

— Atendu minuton, — li kutime paliĝis dum tia momento kaj eligis nur la saman, apenaŭ aŭdeblan malfortan voĉon, — mi baldaŭ serĉos bonan manĝaĵon por vi. Kaj li restas stulte staranta, sentante en si, ke li ree mensogis. Amare la brovoj kunŝovas, la frunto sulkiĝas kaj la buŝo konvulsias terure, kiu ŝajne volas elbalbuti tion, sed ne povas. La infanoj tamen ne foriris, aŭdinte la promeson de la paĉjo, ĉar la promesvortoj ĉiam restas neefektivigeblaj. Ili rigardaĉis lin, larĝe malfermante la buŝetojn kaj petege etendante la manetojn. La paĉjo kun senemocia mieno ankaŭ rigardis ilin, iliajn idiotajn okulojn, vaksflavajn vizaĝojn, ostecajn manojn··· Li ne povis plu diri eĉ vorteton. La panjo apude staranta tuj konsterne mallevis la kapon. Ŝi ne kapablis distingi la diferencon inter la patro kaj filoj: Ili ĉiuj aspektis same malstreĉaj kaj elĉerpiĝintaj. Senvorte ŝi brakumis la infanojn en la brakoj kaj iris al la flanka ĉambro, kie malsate ĝemis la blankhara avino. Tie sur la tablo troviĝis pelvo da akvo kun kelkaj eroj da rizoj naĝantaj en ĝi. Senhezite ŝi deprenis ĝin kaj ĝin tenis al la buŝoj de la infanoj, unu post la alia. La etuloj unue skuis la kapojn kaj malkontente balbutis; sed poste, kiam la panjo karesis ilin per kelkaj vortoj, ili englutis la fludaĵon. La vortoj de la suferema panjo estis dolĉaj. Sed la okuloj de la maljuna avino, kiu kuŝis senforte en la lito, malice ekdirektis al la panjo. — Ve, vi estas tiel kruela, vi eĉ kuraĝas forrabi mian lastan vivdaŭrigaĵon… La vortoj, kiujn elparolis tiel senforte la sesdekjara avino, jam englitis sin en la orelojn de la paĉjo, kiu ankoraŭ restis stulte staranta. Ĝemspirante al la ĉielo, li flanken ĵetis la surŝultran pafilon kaj trenis siajn pezajn piedojn eksteren, por serĉi manĝeblan sovaĝan herbon. La herbojn kuiritajn sen salo kaj oleo la infanoj tamen avide manĝis, ĉar restis al ili nenio pli bona. La stomakoj, jam malplenaj dum iom da tempo, ekŝvelis, tuj kiam ili estis plenigitaj de tia manĝaĵo, kiu estis fakte ne digestebla. Post kelkaj tagoj la infanon, kies digestpovo estis malforta, ekatakis la hidropso. Kaj oni nur lasis ĝin kuŝi en la lito. Pasis kelkaj tagoj de malsato. — Aaa…mamma… Post tia apenaŭ aŭdebla, malforta krieto, tiu etulo finis siajn tagojn en tiu ĉi mondo… — Kion fari? — la pliaĝa frato kuntiras la brovojn al la frateto, lia sola helpanto. Ĉi nokton kiel ajn ni devas akiri iom da grenoj. Ne nur por ni kreskuloj, ankaŭ por la ankoraŭ vivantaj infanoj, kies vivojn ni devas longigi. Ni mem ankaŭ ne gustis la kuiritajn rizojn jam plurajn tagojn… Kaj ekflugas tra lia kapo multaj pensoj, zorgoj pri la familio, pri li mem, pri la estonteco: Morgaŭ li devos ree surŝultri la pafilon kiel ano de la vilaĝa armeo*, al kiu oni devigas ĉiujn junulojn membrigi tuj post la foriro de la ruĝarmeo; kaj akompani la

- 266 -

soldatojn eniri la montojn por kontraŭbatali la ankoraŭ restantajn ruĝgerilojn. Pro tio li devas havi iom da nutraĵo en la intestoj, por ke li ne falos dum la batalo··· Krome hodiaŭ nokte postenas sur la kontraŭa monto la najbaroj onklo Fan kaj Nigra Hundo, la deĵoro de la sekvanta nokto estos destinita al li. Plenumi tian taskon necesas ankaŭ energion kaj viglecon. — Fraĉjo, — li denove flustras al la knabo, — ni nepre sukcesu akiri nian celaĵon ĉinokte. Kolektu vian energion. Aŭdinte la vortojn kiuj sonas tiel peteme kaj sincere, la knabo eksentas sian junan koron vibranta. Kaj li senvorte sidiĝas apud la frato. Li palpas lian larĝan manon, kaj la frato karesas lian malgrasan kapon··· Samtempe ili mutiĝas. Ili denove kuŝigas sin unu apud la alia, kun ventroj premantaj al la tero, koncentrigante la sentumojn al la ekstero. La homaj figuroj, kiujn la pliaĝa frato vidis en malproksimo paŝantaj ĉi tien, ankoraŭ ne donas ajnan antaŭsignon. La longaj, mallarĝaj folioj de la gaulianoj susuras en la milda, ĝentila, iom malvarma venteto; kaj iliaj ombroj balancas, balancas abunde kaj senorde. En la plej profunda parto de la gaŭlianaro, inter la ombretoj, en la mallumaĵo, super herboj, flugetas kelkaj lampiroj, kies lumeroj jen aperas, jen neniiĝas, tute kvazaŭ la okuloj de la petolaj koboldidoj. La fratoj, kies okuloj nun montras ne malpli brilaj ol la lumeroj de la lampiroj pro troa strecîĝo, kaŝas sin tiel sekrete kaj akrevide tute vidiĝas kiel iaj bestoj, kiuj spionas en sia groto, spiron retenante, la preterpason de ĝia rabotaj estaĵoj. Jen ekaŭdiĝas paŝo kaj parolo de homoj, fore de la gaŭlianaro. La pliaĝa frato tuj tenas iom alte sian kapon kaj strecâs siajn orelojn al la direkto. — Se nin serĉos en ĉi gaŭlianaro nur unu aŭ du homoj, — li pensas en si mem, — tiujn ulojn mi finos!

Kaj li premas la falĉilon pli firme. Li sentas, ke ĝi, kiun li ne ofte uzis tiujn ĉi jarojn, estas ankoraŭ akra. Sed la knabo ree tremas. Liaj dentoj ekgrincas. Li sentas la tenilon de la falĉilo en la mano rigida kaj malvarma. Li sentas, ke iu ŝteliĝas al li sekrete en la susuro de la gaŭlianfolioj kaj jen kaptas jam lian nudan ŝultron. Li volas fuĝi al sendanĝera loko. La pliaĝa frato tuj premas lin per unu mano al la tero, por ke li ne forkuru nek faru sonon; per la alia mano li tenas la falĉilon pli premfirme. Senmove kaj sensurprize li atendas la malamikon, se li venus. Kvazaŭ li iam manĝis la viandon de tigro kaj drinkis la vinon el la ostoj de pantero, ĉi pliaĝa frato tute timas nenion. La sono de paŝado proksimiĝas al la gaŭlianaro, kaj ekaŭdiĝas la bruo kaj spiro de homoj. Estas aro da homoj, ĉar ilia spiro estas tiel prema. — Signalvorton! Subite alsagas ĉi tien laŭta voĉo flanke de la kontraŭa monto, kie postenas Ma Fan kaj Nigra Hundo Ĉan. La paŝantoj ekhaltas. Oni respondas, same laŭte, al la noktgardantoj en la kontraŭa direkto, en longa ĉeno de rapide eligataj vortoj: — Nokta patrolo, apartenanta al dua tacmento de tria regimento de la vilaĝa armeo. — Be! tiuj uloj ne estas la grengardistoj. — la pliaĝa frato jesas al si mem.

Li aŭskultas, senspire, kion tiuj rondirantaj uloj faros. Kaj li ekpretas sindefendi, se ili entrudus. La patrolanoj restas starantaj kaj parolas. Kelkaj batas la teron per la fustoj de pafiloj, kelkaj sonigas la kuglingojn. Iu ekskuas la gaŭlianojn kaj diras: — Antaŭ ne longe mi vidis homan figuron, kiu malaperis ĉi tie. Kiu tiu ulo estas?

Tiujn ĉi frazojn tute klare aŭdas la kaŝantoj en la gaŭlianaro: ili scias, kiu estas la parolanto. De la voĉo ili rekonas, ke li estas Barbiro Huan, regimentestro de la vilaĝa armeo, sub kies komando la pliaĝa frato iam servis kiel vilaĝsoldato. Li tenas sin tute kvieta, sentima al tiuj eksteraj uloj, kiuj estas pliparte liaj konatoj kaj la loĝantoj de la ĉirkaŭaj vilaĝoj. Sed la frateto denove ekŝvitas froste. — Se tiu Huan eniras ĉi tien sola, — la pliaĝa frato decidas en si, — mi nepre defalĉas lian melonecan kapon. Ĉar li abomenas kaj malamas lin. Tiu ulo Huan estas tro kruela. Li severe ekspluatis la farmulojn inkluzive lin mem per uzuro, en la paca tempo, kiam li loĝis en urbeto kiel monpruntdonisto. Nun, estante regimentestro, multiĝas al li la ŝanco por plenigi lian monsakon. Li rabas alies manĝaĵon, dum li parolas ridete kun li. Kiam li ankoraŭ estis lia subulo, li ordonis lin plenumi la plej danĝeran taskon — nur pro la fakto, ke li ne oferas al li monon. — Ŝajne tiu ulo sin kaŝas en tiun ĉi gaŭlianaron, — Barbiro Huan denove diras. — Jes, mi pensas tiel, — eĥas alia al li. — Eble tiu ulo estas la spiono de la ruĝaj diabloj. Aŭdinte la vortojn, la kaŝanto pliaĝa jesas la kapon al si mem por kelkaj fojoj. De la voĉo li konstatas, ke la eĥanto estas lia bofrato, kies edzino, lia fratino, mortis antaŭ kelkaj tagoj pro ĥolero kaj malsato. — Nu, — diras tria, — ĉu spiono aŭ ne, ni unue donacu al li kelkajn kuglojn. — Bone, pafu! Pa-pa! Oni vere ekpafas. De la posteno sur la kontraŭa monto samtempe aŭdiĝas la eksploda, akra sono. La kugloj, kvazaŭ sennombraj sagoj, akute fajfante flugrapidegas al la gaŭlianaro. La longaj, mallarĝaj folioj, ĝis nun flirtantaj libere en la serena lumbrilo, ekrompiĝas kaj faladas susure, senorde sur la herbojn, en kiuj la skaraboj ankaŭ ekĉesas la kanton. De malproksime ekgrakegas la terurigataj korvoj, disen flugantaj el siaj varmaj nestoj — la grakado tamen restas apenaŭ aŭdebla al la homoj en la profunda gaŭlianaro. La pliaĝa frato en la herboj jam iom alten tenas la kapon, por esplori, ĉu englitas ia homo. Jam plurfoje li frotis la manplatojn, kaj nun ili estas tre varmega. Kun la sperto, akirita tiujn ĉi jarojn dum noktaj bataloj en montoj, li tute sentime kaj trankvile, kun la falĉilo en la mano, atendas la alvenon de la atakantoj. Dume li preme, tamen karese metas manon sur la dorso de la frateto, por ke li ne blinde, konsterne fuĝkuri. Li scias bone, kiel la nesperta koro de la frateto devas bati en tiu ĉi momento. Li estas timema kaj la timemo atingas kulminon en la tempo, kiam li ekaŭdas la pafadon. Tion kaŭzas la akcidento antaŭ du jaroj. Tiam kelkaj soldatoj de iu armeo pasantaj tra ĉi tiun lokon venis al vilaĝoj kaj ekkaptis la junajn terkulturistojn kiel militkuliojn. Onklo Lin, kaptita kiam li estis laboranta en kampo, rifuzis iri kun ili; kaj tial senbedaŭre ili pafis lin ĉe lia kapo. La sono de tiu pafo kaj la sangŝirmita kadavro de tiu maljuna onklo donis al la knabo la impreson, kiu restadas ĉiam neforgesebla kaj ĉiam pli deliriga en lia memoro. — Trankviliĝu! — la pliaĝa frato premas sian buŝon al lia orelo kaj flustras. Dume li sentas lin febranta. — La kuglo ne povas vundi nin, se ni kaŝas senmove. Sed se vi konfuze ekkurus, tiam··· En tia momento, kiu ajn, se estus vidita de la patrolanoj, estos konsiderita kiel :pridubindan figuron", kaj la traktado estas senindulga. Bofrato povas esti mortiganto de la parenco. Kaj nevo povas doni survangon al la onklo! La brua pafado iom post iom malfortiĝas, kaj la kugloj ĉesas fajfi. Anstataŭe bruas la rondirantoj ekster la gaŭlianaro. Kelkaj diras, ke estas nenia spiono, kelkaj laŭtvoĉas, ke la kugloflugado muzikas interese, kelkaj plendas, ke la diablo Malsato ree turmentas en la stomakoj. Post tio estas eksplodo de ridego. Kaj ekkomencas la tro-troto de paŝo. La sono iom post iom foras. Kaj denove silentas la aŭtuna nokto. La luno restas ankoraŭ bela kaj gracia, vidite inter la breĉoj de la gaŭlianoj. La longaj, mallarĝaj folioj flirtas ankoraŭ libere super la kuŝantaj fratoj en la herboj. La pliaĝa profunde spiras. Kaj, forviŝinte la malvarmajn ŝvitgutojn sur la frunto, li ekstariĝas, jen turnante la kapon supren rigardi la ĉielon, jen tenante orelon antaŭen al la susuro de grenoj en la grenkampoj. Sed la frateto ekparaliziĝas. Li konvulsiante rulas sin sur la herboj. — Fraĉjo, — la junuleto malfacile balbutas, — mi ne faros la aferon, mi preferas tranokti kuŝante ĉi tie. — Kio? — la pliaĝa frato ekmiras. Kaj li ekpaliĝas. Ree sur lia korpo gutiĝas la malvarma ŝvito. — Nu, ne timu, — li kunŝovas la brovojn, — estas tute nenio. La noktpatrolanoj jam tute foriras. Do leviĝu kaj sekvu min. Kaj li sin klinas, helpas lin stariĝi de sur la tero, brakumante lin ĉe la ŝultroj. Lia haŭto estas tre malvarma. Dume, flanken forĵetante la falĉilon, la frateto sternas sin tute senmova sur la herboj, sur kies pintoj perlas jam frostgutetoj. Kun senemociaj okuloj li rigardas stulte la vizaĝon, la ostecan konturon de la pliaĝa frato. — Ne pro timo, fraĉjo, sed pro tio, ke nun mankas al mi forto por plu sinlevi. Mi diras la veron, mi ne mensogas. Aŭdinte la senfortajn vortojn de la frateto, ĉion komprenas la pliaĝulo. Li ne plu provas perforte lin levigi. Li restas starante apude kaj ne havas vorton por diri. Lia kapo sin tenas klinanta, malsupren al la knabo, kies maldika, osteca brusto ondadas sub la lunbrilo kvazaŭ stertoranta maljunulo. Dume li sentas sin malvarma, kaj la malvarmsento vekas en li la malplenecon en la stomako. Malvigle li sidiĝas apud la frateto, englutante guteton da salivo. Lin fiksas la okuloj de la elĉerpiĝinta junuleto, kiuj estas tiel senfortaj, senradiaj kaj kompatindaj. Li tuj turnas sian vizaĝon for de la rigardo de la frateto, supren al la ĉielo. La luno jam iras al la zenito, la steletoj palpebrumas malvarme. La frosto faladas. Proksimiĝas jam la noktomezo.

Ektremetas tiam lia koro, tra kiu nun traflugas pripenso. Li imagas, ke ilin eble nun ankoraŭ atendas la edzino ĉirkaŭprenante la infanojn ĉe la brusto, kun okuloj sopire kaj prizorge rigardantaj al tiu ĉi direkto, de kie la aŭtuna vento sendas la susuron de maturiĝantaj grenoj. Kiel ŝi devas esti maltrankvila, kiam ŝi ankoraŭ ne vidas la foririntajn fratojn reveni! La nokto estas tiel terura, tia nokto, en kiu vagantoj estus kaptitaj kiel iaj spionoj⋯ Eble en la patrina sino estus dormantaj la infanoj, kiuj tute ne scias la koron de la patrino; eble ili estus plorege ĝenantaj la patrinon pro malsato. Nu, ili devas ankaŭ esti atendantaj la alvenon de la patro, gapante al la fora, nevidebla gaŭlianaro. Li jam promesis manĝaĵon al tiuj etuloj. En vespero, antaŭ ol ili fratoj komencis gliti en tiun ĉi gaŭlianaron, la infanoj ĉirkaŭis lin, larĝe etendante la manetojn: — Paĉjo, ni estas malsataj⋯ — Bonaj etuloj, — la

patro diris, — mi baldaŭ portos al vi bonan manĝaĵon. Hodiaŭ mi ne mensogas. Hu⋯ La pliaĝa frato profunde elspiras kaj malfacile stariĝas. La falĉilon li reprenas en la mano. — Jam malfruiĝas, — li senenergie, senforte diras, — ni komencu falĉi iom. La frateto tute apatie restas ankoraŭ kuŝanta sur la de frosto malsekita herbtero. Li nun volas tranokti en la gaŭlianaro, li nun ne timas la venenan serpenton aŭ ian sovaĝan beston. Tion li rediras al la pliaĝa frato per sia indiferenta, morna vizaĝo. La pliaĝa frato diras nenion pli. Li rigardaĉas la knabon, la knabo gapas lin. Ambaŭ la rigardoj estas malgajaj. Silento. Aŭdiĝas nur spiro — malforta ondado de la maldika, rip-reliefa brusto. — Bone, — la pliaĝa fine paroletas per apenaŭ aŭdebla voĉo, — vi atendu ĉi tie por momento. Mi mem faros la aferon. Sed memoru, ne blinde nek delire forkuru antaŭ ol mi vokos vin post la afero. Kaj li senbrue, prudente turnas sin eksteren. Kiel malvarme solece estas lia ombro moviĝanta inter la gaŭlianoj en la profunda gaŭlianaro. La knabo ĝin rigardas iom post iom foranta ankoraŭ per la indiferentaj, tamen malgajaj okuloj. — Fraĉjo!
Li subite krias kaj penas sin levi. Enprenante en la manon la falĉilon, kiun li antaŭ ne longe forĵetis sur tero, li ektrenas la tremantajn ŝanceliĝantajn piedojn al la frato. La pliaĝa ekhaltas kaj ĝentile palpas la dorson de la frateto por momento. Ili restas senvortaj.

Kaj nun mano en la mano ili antaŭen glitas, koncentrante la tutkorpan energion sur la piedoj. Ĉe la rando de la kampo, la pliaĝa elŝovas la kapon el la gaŭlianaro, por esplori, ĉu troviĝas la grengardantoj aŭ rondirantoj. Vidante neniun estanta, la fratoj paŝas eksteren; la paŝo de la pliaĝa montras sin la plej decida, ĉar kun decida koro li volas rabi la celaĵon. Dorson klinante, ili apudiĝas al la kampo. Vidate de malproksime, iliaj figuroj tute similas al tiuj de lupoj, kiuj serĉas la rabaĵojn, flaresplorante la postsignojn de bestetoj en ruza maniero. En la kampo ili senbrue kaŭras por momento. La pliaĝa frato prenas grajnon de rizo kaj ĝin gustumas en la buŝo. La semo jam taŭgas por kuiri kaj manĝi. Kun la nova muskola energio, sen scii de kie kreskiĝanta, li ekfalĉas la grenojn. La knabo ankaŭ kunlaboras.

7월의 밤

청년 둘이다. 둘은 형제이다. 잎이 무성하고 아직은 초록인 수수가 커가는 밭 깊숙한 곳에 둘은 거의 0.5m 간격으로 바짝 가까이, 각자 한 손에 낫을 쥔 채 웅크린 채, 아무 소리도 없고, 말도 없다. 숨을 참고서 둘은 자신들의 온 신경을 수수밭 바깥의, 도롯가 옆의 황금빛의 곡식들이 익어가는 벼농사가 잘 된 농지에 두고 있다. 둘의 눈은, 눈구멍 안이 깊숙이 움푹 들어간 채, 마치 동쪽 하늘의 깜박거리며 눈짓하는 붉은 저 별들처럼 빛나고 있다. 둘의 행색은 똑같이 군복차림이다. 발에는 새 짚신이 걸려 있다. 무릎 위까지 힘껏 걷어 올려 접힌, 가랑이 두 개가 달린 바지가 허리까지 와 있다. 상체는 아무것도 걸치지 않아 벌거벗었다. 그러나 둘은 자신을 춥게 느끼지는 않는다, 이미 늦가을이어도, 그들 정맥에 흥분된 뜨거운 피가 돌고 있기 때문이다. 약한 서풍이 불고 있다. 가을바람처럼 불지 않지만, 봄날 바람처럼 어째 좀 따뜻하다. 바람에 밀린 수수나무가 일렁이고, 바람에 밀린 수수나무가 풀밭에서 귀뚜라미, 풍뎅이와, 그 종족들의 시끄러운 어린 녀석들과도 일렁이며 속삭이고 있다…. 지상으로 반짝이는 미소를 보내는 수많은 별무리에 이끌려 동쪽 하늘의 서늘한 달이 서편으로 우아하게 가고 있다. 반짝거리는 미소가 황옥 달빛처럼 같이 밝다.

'지금이 좋은 때야. 우린 시작해야 해.' 그렇게 형제 둘 중 형이 생각하고 있다. 그리고는 자리에서 일어나 등을 한 번 폈다. 피골이 서로 붙을 정도로 앙상했으나, 몸은 건장한 것 같다. 큰 키에 구릿빛으로 어깨는 넓다. - 더구나 젊고, 유능한 농민이다. 잠시 손바닥을 비비자 온몸이 뜨거워짐을 느꼈다.

-잠시만 기다려, 형은 낮은 소리로 동생인 소년에게 말했다. - 내가 신호를 보내면, 그때 나를 따라나서야 해. 발끝은 들고, 몸은 수그린 채 따라와야 하는 것을 기억해.

그리고는 신중하게, 온 신경은 외부로 집중한 채, 두 귀는 긴장해 있다. 이미 핏빛으로 붉은 실핏줄로 번쩍이는 두 눈은 주변을 살피며 걷는다. 수수밭에서 채 나오기 직전에, 바깥에 사람 숨소리가 들리는지 알아보러 고개를 옆으로 한 채 잠시 걸음을 멈춘다. 아무 소리가 들리지 않았다. 그러자 소리 없이 수수나무들을 두 편으로 가른 뒤, 추위가 스며들기 시작하는 것으로 인해 떨기 시작하는 어깨를 도둑을 찾듯이 들어 올렸다.

갑자기 아직도 여전히 풀 속에 웅크리고 있던 동생이 소리를 질렀다. 떨고 있으니, 그 떨림은 신경을 날카롭게 만들었다. 왜냐하면, 아직 소년이다. 여전히 얼굴에는 열 몇 살 나이의 소년 티가 나는 순진과 단순함이 보인다. 그렇게 내지른 소리에, 형은 곧장 고개를 뒤로 돌린다, 갑자기 손으로 신호를 보낸다. 그 신호는 동생에게 -조-용-하-라-!-는 신호다. 소년은 이제 작은 소리도 낼 용기가 나지 않고, 서풍에 흔들거리는 수수들의 그림자 속에서 차갑게 흔들리는 형의 꽁무니만 바라볼 뿐이다. 그리고 식은땀을 흘리기 시작하고, 손에 든 낫에서는 서늘함이 느껴온다. 맨 몸인 상체 중 머리카락이 곤두선다.

바깥쪽에 한 사람조차도 오가는 것이 없음을 파악한 형은 무서움 없이 발걸음을 수수밭 바깥으로 움직인다. 곧장 형의 모습이 사라진다. 달빛에, 수수밭 깊숙한 곳의 잎사귀들 그림자만 서로 일렁이고 있다. 혼자 남은 어린 소년은 두렵다. 저 깊은 뒤쪽에서 뭔가 들짐승이 큰 입을 벌린 채 잡아먹으려고 몰래 달려오는 것 같은 상상을 한다. 또 이제 풀밭의 발아래서 독사가 움직이는 듯한 느낌도 든다.

최근 몇 해에 걸쳐 산 중에서 잦은 전투가 벌어지자, 산에서 피신해 들로 내려온 호랑이들이 산중의 어린 짐승들을 약탈하는 대신에 가축이나 아이들을 약탈해 가고 있다. 그런 호랑이 숨소리도 바람에 실려 오는 것 같다.

소년은 펄쩍 뛰어 자리에서 일어나니, 땀이 이마와 등에 큰 방울로 모인다. 손에는 낫을 단단히 쥐고, 방금 뛰쳐나간 형이 어서 뭔가 소식을 알려 주기를 조급한 마음으로 기다리고 있다. 형으로부터 뭔가 말하는 외침이나, 돌아오는 소리도 없다. 동생은 자신의 경험 없는 마음으로 생각해보니, 형이 해가 서편으로 넘어가기 전에 이곳으로 자기를 데려올 때 말해 둔 일을 처리하는 형을 도와야 한다는 생각이 순간 들었다. 동생은 두근거리는 심장과 떨리는 발걸음으로 앞으로 나아갔다. 그런데, 수수밭의 가장자리에서 주저하면서 멈추었다. 남자는 물론 소년도 비정하게 쏴 죽일 수 있는, 마을 경비하는 사람들이 자신을 발견

하면 죽일까 두렵기도 하다. 그런데 갑자기 수수나무들을 옆으로 힘들여 펼쳐놓으면서, 온전히 조용히 검은 물체가 들어섰다. 좀 전에 멀어져 갔던 형이 돌아온 것이다.

-더 깊숙이 안으로 들어가자, 어서! -큰 숨을 쉬며 청년인 형이 소년 동생에게 말했다. -주변에 사람 몇이 오고 있어,

그리고 동생 손을 잡고는 수수밭의 가장 깊숙한 내부로 내달렸다. 들풀이 가장 밀집해 자라는 곳에 가서야 둘은 배를 땅바닥에 엎드렸다. 모든 가능한 소리를 피하고 싶고, 아무것도 하고 싶지가 않다. 떨고 있는 소년은 온전히 숨을 멈추고, 한편, 심장은 가슴 안에서 북처럼 두근거리고 있다. 그 사이 형은 귀를 땅에 대고, 도로에서 사람들의 발걸음 소리가 가까이 오는지 살피고 있다. 사람 소리가 들리지 않는다. 귀를 때리는 것은 도로의 저 아래 농지의 곡식들이 바람에 일렁거리는 소리이다. 바람 소리에 그 일렁이는 소리가 수수밭으로 충분히 또 분명하게 날아온다. 청년은 곧장 고개를 들어, 그렇게 달콤하게 유혹적으로 들려오는 바람에 일렁이는 들판의 곡식 소리에 온 신경을 집중한다. 그러자 아주 배가 배고픔으로 요란한 소리를 내는 순간조차도, 피곤함도 이젠 온전히 잊은 듯하다. 수수밭과 수수 잎사귀들 사이의 틈새를 통해 들려오는 곡식들 소리에 농지에 집중해 있는 귀가 시끄럽다. 농지 곡식들은 이제 익어 있다. 그 점에 대해 여러 날 몰래 봐 두었다. 곡식 낱알이 둥글고 누렇다. 이 지역에서 그런 곡식이 있는 농지는, 읍에 지금 거주하는 몇몇 지주의 농지인 이곳이 유일하다고 할 수 있다. 마을 사람들이 경작해 오던 농지들은 대부분이 잡초로 뒤덮인 채 황폐해져 있다. 이곳처럼 이렇게 눈에 잘 띄면서도 잘 익은 곡식은 사람들이 가장 엄정하게 또 엄하게 관리하고 있다. 왜냐하면, 그 농지들은 이 어려운 궁핍한 시기에 생명을 이어가는 유일한 수단이 되기 때문이다.

-만일 우리 형제가 이 농지에서 약간의 곡식이라도 서리할 수 있으면, 우리 가족 식구가 다시 며칠이라도 생명을 연장할 수 있을 거야.

이것이 두 형제가 저녁에 수수밭에 몰래 온 목적이다.

청년은, 배고픈 고양이가 고요 속에서 구멍에서 나올 쥐를 기다리는 심정처럼 저 멀리 있는 비밀의 장소에 서리할 대상물을

노려 보고 있다.

청년은 꿈꾼다. 머리는 온통 전신의 힘이 다 빠져나가는 것에 대해 자신을 잊게 만드는 황금빛 꿈으로 가득하다. 하지만 차가운 땅에 배를 대고 지금 누워 있는 동생인 소년은 이미 온종일 아무것도 먹지 못해, 주린 배에서 꼬-르-륵 소리도 느낀다.

그래, 해가 넘어가기 전에 물 한 바가지를 이미 마셨지만, 물은 온전히 효과를 잊고 있다. 얼굴과 사지는 긴장감이 풀리기 시작했다.

-형님, -아주 약한 목소리로 말을 꺼냈다. -난 집에 가서, 좀 눕고 싶어… 그리고는 어렵사리 자신의 몸을 일으켜 세웠다. 두 팔은 힘없이 어깨 아래로 내려가 있고, 왼손에 든 낫은 땅에 떨어질 기세이다.

-지금 집에 가는 것은 곤란해! 여기로 몇 사람의 그림자가 오고 있는 걸 내가 보고 있어. 만일 네가 저 사람들과 만나기라도 하면!… 청년은 마찬가지로 창백해지고는, 머리를 동생에게로 향한다. 그 꿈, 그 꿈은 날아가 버린다. 긴장감은 가을의 냉기 속에서 사라져 간다. 아무 옷도 걸치지 않은 등에서 오싹함을 느끼고 몸을 떤다. 이제 동생은 더 말이 없다. 동생은 오로지 자기 몸이라도 어서 집으로 가고 싶다. 동생은 지금 이전에 알고 있지만, 얻을 수 없는 남아 있는 먹거리도 그립지 않다. 다만 침대에 가서 어서 눕고 싶다. 눈을 꼭 감고, 여전히 자주 가보았던, 이미 청년에 들어섰지만, 여전히 자주 가보았던 동화의 세계 속으로 들어가 억지로 잠을 청하고만 싶다.

-그리고 이 점을 생각해 둬, -형이 힘없이 말을 더한다. -저렇게 서리해 가는 사람들이 많으면 많을수록, 우리는 더 많은 곡식을 베어갈 수 있고, 그만큼 더 많은 나날을 우리는 이겨내며 살아갈 수 있거든. 그리고 따뜻하게 동생 손 하나를 잡고는, 얼굴을 동생을 보러 위로 올려다본다. 이삼 년 전에 보인, 그런 쾌활하고 활기찬 소년이 이제는 아니다. 삶에 지친, 해골 같은 모습의 소년이다, 모든 성인처럼, 현시대에 특징적인 우울한 표정을 이미 안고 살아가는, 삶에 지친 해골 같은 청년이다. 두 눈은 움푹 파여 우울하게도 쑥 들어가 있고 신경질적인 모습이다. 흥분 속에 이글거리던 화염같이 밝았다가도, 풀이 죽은 채, 마치 검은 구름처럼 어둡다. 입술은 얇고 죽은 것처럼 메마르다.

온 신체는, 달빛에 비친 온 신체는, 땅에 앙상한 그림자만 비치고 있다. 이제 그 유일한 그림자마저 없어졌으면 한다. 왜냐하면, 소년에게는 그리 오래 서 있는 것도 견딜 수 없다.

다시 주저앉고 싶다.

형은 곧장 고개를 아래로 떨구었다. 동생에 대해 모든 것을 이미 파악했다. 소년이 정말 배곯고 있음을 알고 있다. 하지만 달리 방법이 없다. 그래도 사람들은 언제나 무슨 방법으로든 애는 써 봐야 한다. 왜냐하면, 집에는 아내와 아이들이, 이 연약한 사람들에게는 그렇게 어렵게 얻을 수 있는 양식을 구해오기만 기다리고 있기 때문이다.

형은 낮에는 마을의 여느 청년처럼 어깨에 소총을 둘러메고 이전에 소속했던 홍군(紅軍) 게릴라를 토벌하러 산으로 들어가는 군인들을 따라나서야 하에 농지마다 잡초만 무성해 있고, 일가친척들은 배고픈 채 집에 있다. 생계를 잇는 것을 구해볼 시기가 아니다.

어느 날 저녁에, 어깨에 메었던 소총을 여전히 떼지 못한 채로 귀가해 보니, 어린 자식들이 곧장 달려와, 작은 두 팔을 넓게 펼치며, 먹거리를 갖고 왔는지 살피는 것이다.

-잠시 기다려봐, -아빠는 순간 일상적으로 창백해진 얼굴로 여전히 똑같은, 거의 들릴락 말락 하는 약한 소리로 같은 말을 반복했다. -내가 곧 너희들을 위해 맛난 음식을 구해올게.

또 그 말을 하고서는 멍하니 그대로 서 있었다. 다시 거짓말을 했음을 자각하면서. 씁쓸하게 눈썹을 움츠렸다. 이마는 다시 주름지고, 입은 뭔가를 발설하려는 것 같았지만 아무 말도 못한 채 입은 공포에 질려 경련을 일으켰다.

아이들은 하지만 아빠가 하는 약속의 말을 듣고서도 아빠 곁을 떠나지 않았다.

왜냐하면, 그 약속의 말은 이제는 실현 불가능한 것임을 알고 있다.

그들은, 입을 크게 벌리면서, 어린 두 손을 뻗어 보이면서, 아빠를 힐끗 비난 조로 바라본다. 아무 감정 없는 무표정한 얼굴의 아빠도 역시 그 아이들을, 그 아이들의 멍청한 두 눈을, 납처럼 누런 얼굴을, 깡마른 두 손을 내려다보고 있다…. 더는 한마디 말도 할 수 없었다.

엄마는 옆에 선 채, 깜짝 놀라 자신의 고개를 숙였다. 아버지와 아이들 사이에서 차이를 구분할 수 없다. 그들은 모두 똑같이 긴장이 풀린 채로, 힘이 빠져나간 모습이다. 엄마는 말없이 두 팔로 아이들을 안고는, 마찬가지로 굶으며, 고통을 당하고 있는 백발의 노모가 계시는 옆방으로 갔다. 그곳 탁자에는 밥알 몇 개가 떠 있는 멀건 물 대접이 있다. 주저 없이 그것을 집어 들어, 그 대접을 아이들 입에다 대고 차례대로 먹였다. 처음에는 그 귀염둥이들이 고개를 내젓고, 불만인 듯한 무슨 말을 했다. 하지만, 엄마가 그 아이들에게 몇 마디 말로 타이르자, 그들은 그 멀건 물을 삼켰다. 고통 속에서도 엄마 말은 달콤했다. 하지만 말없이 침상에 누워 있는 늙은 할머니의 두 눈은 악의적으로 며느리를 향했다.

-저런, 에미야, 너는 독하구나, 내 마지막 생명줄인 이 죽마저도 뺏어가려고 하니… 예순의 할미가 그렇게 힘없이 내뱉은 말은 멍하니 여전히 서 있는 며느리 귓전에 이미 당도했다.

하늘을 향해 한숨을 한번 쉬고는, 자신의 어깨에 둔 소총을 옆으로 던져 놓고는, 무거운 발을 끌고 바깥으로 가, 들에서 먹을 만한 풀이라도 찾아보려 했다. 그렇게 뜯어 온 풀을 소금도 기름도 없이 끓여 아이들에게 주니, 아이들은 그래도 먹고픈 듯이 잘 먹었다. 왜냐하면, 그들에게는 더 나은 것이 없었기 때문이다.

아이들의 한동안 주린 배가, 실제로는 소화될 수 없는 그런 음식으로 채워지자, 다시 배가 불러 오르기 시작했다. 며칠이 지나자, 소화 능력이 약한 한 아이가 부종(浮腫)을 앓기 시작했다. 그리고 사람들은 그 아이를 침대에 눕혀 놓는 것 외에는 다른 방법이 없었다.

굶는 시간이 며칠간 이어졌다.

-아아아…엄마…

겨우 들릴만한 목소리, 그 약한 외침이 있은 뒤, 그 아이는 이 세상에서 자신의 나날을 끝냈다…

-어떡한담?

형은 유일한 도우미인 동생을 보고는 눈썹을 찡그렸다.

오늘 밤에는 무슨 수를 써서라도 약간의 곡식을 구해야 한다. 우리 같은 성인뿐만 아니라, 우리가 생명을 연장해야만 하는,

저 여전히 살아가는 아이들을 위해, 우리는 스스로 여러 날 동안 끓인 밥을 맛보지도 못했다···그리고는, 머릿속에 수많은 생각이, 가족에 대한 걱정, 자신에 대한 걱정, 장래에 대한 걱정과 같은 수많은 생각이 날아들기 시작했다. 내일에는 다시 소총을 메고 마을 군대 일원으로 봉사해야 한다. 홍군이 떠나자, 그 군대에 청년이라면 의무적으로 곧장 가입하게 했다.

그리고 아직도 남아 있는 홍군 게릴라들과 싸우기 위해 산으로 들어가는 군인들을 도와야 했다. 그 때문에 전투에서 쓰러지지 않으려면 배에 뭔가 음식을 넣어두어야 한다.

···그밖에도, 오늘 밤에 맞은편 산에 이웃 두 사람이 -집 삼촌판과 검둥개- 당번을 서야 하고, 다음 날의 밤 당번은 자신이다. 그런 임무를 수행하는 것은 여전히 에너지와 활기가 필요하다.

-동생아 - 다시 동생인 소년에게 말했다. -우리는 오늘 밤에는 우리 목표를 반드시 해내야 해. 이제 힘을 모으자.

간청과 진심이 담긴 듯이 들리는 형의 말을 들은 소년은 자신의 어린 마음이 진동하고 있음을 느낀다. 그리고는 말없이 형 옆에 앉는다. 형의 넓은 손을 더듬어 만져 본다. 그러자 형은 소년의 깡마른 머리를 쓰다듬어 준다···.

동시에 둘은 말이 없다. 둘은 다시 배를 땅을 댄 채, 나란히 눕는다. 바깥 분위기에 집중하면서. 형이 말하던 저 멀리서 이곳으로 오는 사람들 모습은 아직 아무런 인기척이 없다. 수수의 길고도 좁은 잎들이 온화하고, 점잖고, 좀 차가운 배 위에서 일렁거린다. 그리고 수수 그림자가 풍부하게 또 무질서하게 흔들리고 있다. 수수밭의 가장 깊숙한 곳의, 그늘진 곳 사이에서, 어둠 속에서, 수풀 위로는 몇 마리 반딧불이 날고 있었다. 그런 녀석들 불빛은, 온전히 장난하는 땅귀신의 두 눈처럼 보이기도 하고, 보이지 않기도하다. 너무 긴장한 나머지 그 반딧불이 불빛보다 약하지 않게 반짝이고 있는 두 형제의 눈은, 그렇게 비밀스럽게 날카롭게 볼 수 있도록, 뭔가 동굴 속에서 숨을 참고, 약탈 대상이 될 동물이 지나가기만 염탐하고 있는 모습이다. 또, 온전히 짐승 같아 보였다.

이제 수수밭의 저 끝에서 사람들의 발걸음과 말소리가 들려오기 시작했다.

이제 형은 곧장 고개를 좀 높이 들고, 두 귀를 긴장해, 그 방향으로 귀를 쫑긋했다.

-만일 이 수수밭에서 한두 사람이 우리를 찾아 나서기라도 하면, -혼자 생각하기를, 그런 녀석들이 누구라도 나는 없애 버릴 테다!

그러고는 더욱 단단하게 낫을 거머쥐었다. 최근 여러 해 동안 자주 사용하지 않았던 그 낫이 더욱 날카로워 있음을 느꼈다. 하지만, 소년은 다시 떨고 있다. 소년의 입안에서 이는 덜덜 소리를 내며 떨고 있다. 소년은 손에서 낫의 손잡이가 딱딱하고 차가움을 느꼈다, 소년은 자신을 향해 몰래, 그 수수 잎사귀들의 출렁거림 속에서 숨어들어오는 뭔가를 느끼고, 이제 형의 벌거벗은 어깨를 잡았다.

소년은 여기를 벗어나, 안전한 장소로 피신하고 싶다. 그런데 형은 곧장 한 손으로 소년을 땅으로 누르면서, 피신하지도 말며, 소리도 내지 못하게 하였다. 다른 한 손으로는 들고 있는 낫을 더 세게 잡았다. 움직임도 없이, 놀람도 없이. 만일 적이 온다면 그 적을 기다리고 있다.

마치 한때 호랑이 고기를 먹었고, 표범 뼈로 만든 술을 마신 듯이, 형은 전혀 아무 무서움을 모른다. 걸어오는 발소리가 수수밭으로 더욱 가까이 오고, 사람들의 요란한 소리와 숨소리가 들려 왔다.

여러 사람이다.

왜냐하면, 그들의 숨소리가 그렇게 압박이 되었기 때문이다.

-암구호를 대라!

갑자기 이쪽으로 큰 소리가, 마판과 검둥개 찬이 당번을 서고 있는 맞은편 산의 한편에서 큰 목소리가 날아들었다. 걸어오던 사람들이 멈추어섰다. 사람들은 마찬가지로 큰 소리로 둘러 나온 목소리들의 긴 체인 속에서 맞은편 쪽 야간 당번들에게 대답한다,

-마을 군대 제3부대 제2분견대 야간 순찰조입니다.

-에이, 저런 녀석들이 곡식을 지키는 사람이 되지 못하겠어. -큰 형이 속으로 다짐한다. 그렇게 둥글게 걸어가고 있는 사람들이 뭘 할지 쉼 없이 듣고 있다. 그리고는 자신을 방어할 준비를 한다, 만일 그들이 억지로 강요하기라도 하면. 그렇게 순찰 군인들은 선 채로 말하고 있다.

몇 명은 소총의 개머리판으로 땅을 때리고, 몇 명은 방아쇠 주변을 소리 나게 한다. 누군가는 수수들을 건드려 보고는 말한다.

-얼마 전에 나는 여기서 어떤 사람의 인기척을 본 것도 같은데. 그 녀석이 누구지?

이런 말을 수수밭에 숨어 있는 사람들은 온전히 명쾌하게 들었다. 그들은 안다, 말하는 이가 누구인지 안다. 목소리로 그들은 알고 있다, 그자가 마을 군대의 부대장인 이발사 환임을. 환의 지휘 아래에서 형이 한때 마을 군인으로 봉사한 적이 있다. 형은 이제 더욱 조용히 했고, 부분적으로는 지인들과 이웃 마을의 주민들인 외부 사람들도 두렵지 않다는 듯이. 하지만, 동생은 다시 등골이 서늘함을 느꼈다.

-만일 환이 이곳으로 혼자 들어온다면, -형은 혼자 다짐한다, -나는 기필코 그자의 목을 쳐버릴 테다. 왜냐하면, 그자를 증오하고 있기 때문이다. 환이라는 작자는 너무 잔혹하다. 읍내에서 평소의 평화로운 때도 돈을 빌려주는 업자였다. 그자는 형을 포함해, 농민들을 부당하게 착취했다. 이제 부대장으로 있으면서, 자신의 호주머니를 채울 기회가 많아졌다. 사람들과 웃으며 대화하면서도, 다른 사람들의 먹거리를 약탈해 왔다.

형은 당시 환의 부하로 일하고 있을 때, 환은 부하인 형에게 가장 위험한 임무를 수행하라고 명령을 내렸다.

-환에게 돈을 제공하지 않았다는 사실 때문에.

-필시 그자는 자신을 이 수수밭에 숨긴 채 있을 거야. -이발사 환은 다시 말한다. -그래, 내 생각도 그렇소 -대장에게 다른 사람이 맞장구를 쳤다. -아마 그자는 붉은 귀신의 첩자일 거요

그 말을 듣고는, 숨어 있던 형은 몇 번인가 고개를 끄덕였다. 그 말을 한 사람이 바로, -형은 판단한다, -그렇게 맞장구를 한 이는, 며칠 전, 콜레라와 굶주림으로 죽었던 누이의 남편인 매형이다.

-그런데, -셋째 사람이 말했다, -첩자이든 아니든, 우리는 먼저 총알 몇 개는 선물로 줘야지요,

-그래, 총을 쏴-버립시다!

그러고는 일제히 그들은 정말로 총을 쏘기 시작했다. 동시에 맞은편 산에 보초를 서고 있던 자리에서도 날카로운 폭음이 들려왔다.

셀 수 없을 정도로 많은 화살인 것처럼, 총알이 수수밭으로 번개처럼 날카로운 휘-익 소리를 내며 날아들었다. 지금까지는 서늘한 달빛에 자유로이 노닐던, 길고 좁은 잎들이 꺾여 나가고, 후-투-툭 소리를 내며 풀 위로 무질서하게 떨어지고, 그 안에서 풍뎅이들도 노래하는 것을 멈추어버렸다. 저 멀리서 공포에 질린 까마귀들이, 자신의 따뜻한 둥지에서 날아서는 여기저기로 울음소리를 내며 흩어져 간다. -저 울음소리는 그럼에도 깊숙한 수수밭에 지금 있는 사람들에게는 겨우 들릴락 말락 했다.

풀밭에 있던 형은 이제 조금 머리를 들어, 어떤 사람이 잠입했는지를 살펴본다.

이미 여러 번 손바닥을 비벼, 이제 그 손바닥이 벌써 따뜻하다. 요즘 들어 여러 해 동안, 산 중에서 여러 차례의 야간 전투를 겪어본 경험으로, 온전히 겁이 없고, 평온하고, 한 손에는 낫을 쥔 채, 공격자들의 다가옴을 기다리고 있다.

한편, 동생의 등에 손을 눌렀다가, 이제는 다정하게 놓으면서, 소년이 맹목적으로, 놀라 피신하며 달아나지 않도록 하려고 했다. 형은 소년의 경험 없는 심장이 이 순간에 어떻게 뛰고 있을지를 잘 알고 있다. 소년은 겁에 질려 있고, 그 겁은 소년이 총소리를 듣는 순간 극도의 공포까지 갔다. 그 일은 2년 전의 사고가 만들어 낸 것이다.

그때 어느 군대에 속한 군인 몇 명이 이 지역을 지나가면서, 여러 마을에 들어와, 어린 농민들을 군대 물자 수송병으로 붙잡아가기 시작했다.

삼촌 린이 농지에서 일하고 있었는데 붙잡혔으나, 그들과 함께 가는 것을 거부했다. 그러자 그런 이유로, 아무 애달은 기색도 없이 그들은 그 자리서 삼촌 머리에 총을 쐈다. 그 총소리와 그 늙은 삼촌의 피로 얼룩진 시신은 소년의 기억 속에서 언제나 잊혀지지 않고, 언제나 더 공포로 남아 있게 하는 순간을 가져다 놓았다.

-조용!- 형은 입을 소년의 귀에 대고 속삭이며 말했다. 그러면서 동생의 귀가 열이 나 있음을 느꼈다.

-그 총알이 우리를 상처입히지 않았어, 만일 우리가 아무 움직임 없이 숨어 있기만 한다면. 하지만 만일 네가 지금 놀라 뛰쳐나가면, 그때는…누구든지, 만일 순찰병에게 발각되면, 마치

'미심쩍은 인물'로 간주되어, 그런 자세는 용서받지 못해. 매형도 자기 가족의 살인자가 될 수 있어, 생질이 삼촌 뺨에 따귀를 때릴 수도 있어!

요란한 총소리는 점점 잦아들고, 총알들은 휘-익 소리를 내는 것이 중단되었다. 대신에 수수밭 바깥에서 배회하는 사람들 소리가 요란하다. 그중 몇은 아무 첩자가 없다고 말하고, 몇은 총알이 흥미롭게도 음악소리처럼 크게 들린다고 했고, 몇은 굶긴 귀신이 다시 배에서 꼬르륵 소리를 낸다고 불평했다. 그러고는 큰 웃음소리가 들려 왔다. 그리고 발걸음이 총-총 걸음으로 떠나가기 시작했다. 그러다가 그 소리는 점점 사그라졌다.

이윽고 다시 가을밤은 고요하다. 달은 여전히 아름답고 우아한 채로 남아서 수수들의 가지 사이로 보인다. 길고 좁은 잎들은 여전히 자유로이 풀 속에 누워 있던 형제 위에서 바람에 일렁이고 있었다.

이제야 형이 먼저 깊은 한숨을 내쉬었다. 그리고는, 이마에 생긴 차가운 땀방울을 한번 훔치고는, 자리에서 일어나 머리를 들어 하늘을 한번 올려다보기도 하고, 전방 쪽으로 저 농지에 이제 영글어 가고 있는 곡식들의 일렁거리는 소리를 귀로 듣고 있었다.

그런데 여전히 소년은 이제 무력감이 밀려와 발작하듯 수풀 위에서 몸을 구른다.

-형님아, -소년은 어렵게 말을 꺼낸다. -나는 못하겠어. 난 여기 이렇게 누워 있는 편이 더 낫겠어.

-뭐라고? 형이 놀라 말하며 창백해지기 시작한다. 몸에는 다시 서늘한 땀이 방울로 맺힌다.

-저기, 너무 걱정하지 마, -형은 눈썹을 찡그린다. -아무것도 아니야. 야간 순찰하는 사람들은 이제 다 갔어. 그러니 어서 일어나 나를 따라와.

그리고는 자신의 몸을 숙이고는, 동생의 양어깨를 안으면서, 일어나도록 돕는다. 살갗은 아주 차다. 한편, 낫을 옆으로 내던지면서, 소년은 풀에 온전히 움직임이 없어 드러누워 버린다. 풀들의 끝에는 이슬방울이 이미 진주처럼 빛나고 있었다. 아무 무표정한 눈으로 멍하니 형의 얼굴, 앙상한 윤곽을 올려다본다.

-무서움 때문이 아니야, 형님아, 하지만, 이젠 더는 서 있을 힘

이 없어서야. 진짜라구. 거짓말이 아냐. 동생의 힘없는 말을 듣고는, 형은 모든 것을 이해한다. 이제 소년을 억지로 일으켜 세우려고 하지 않는다. 옆에 잠시 선 채로 있다가, 아무 말도 하지 않았다. 머리는 숨이 차서 헐떡거리는 노인 마냥, 달빛 아래서 앙상하고 뼈만 남은 가슴이 뛰고 있는 소년을 내려다보면서 그대로 있다. 한편 형은 자신도 차갑게 느끼고, 차가운 냉기 기분이 배에서 아무것도 먹지 못한 것을 알려다 주었다. 형도 힘에 부친 듯이 소년 옆에 앉아, 침 한 방울을 삼킨다. 그렇게 힘없고, 아무 빛이라고는 없고 불쌍한 채 있는, 그 허기진 동생의 두 눈이 형을 올려다보고 있다.

형은 곧장 얼굴을 동생에게 갔던 관심에서 벗어나, 저 하늘로 돌려 올려다본다.

달은 이미 정점에 가 있고, 별들은 차갑게 껌벅거리고 있다. 냉기가 내리고 있다.

이제 한밤중이 가까이 왔다. 그때, 지금 생각을 스치는 마음에 떨리기 시작한다.

자신을 아직도 기다리고 있는, 품 안에 애를 안고 있는 아내가 기다리고 있음을, 두 눈으로 그리움으로, 가을바람이 익어가는 곡식의 일렁거림을 가져주는 이 방향을 유달리 쳐다보고 있음을 상상한다.

아내는 남편과 시동생이 귀가하지 못하니 어찌 마음이 편안해질 수 있는가! 밤은 이리도 공포스럽고, 이 밤은, 방랑자들이 무슨 첩자라며 붙들어가는 세상인데… 아마 어미 품에서는 그런 어미 심정을 전혀 모른 채 아이가 자고 있을 것이다. 아마 다른 아이들은 엄마에게 배고프다고 울먹이고 있을지도 모른다. 이제, 필시 아이들은 저 멀리, 보이지 않는 수수밭으로 고개를 향한 채 아버지가 돌아오기만 기다리고 있을 것이다,

이미 아이들에게 양식을 가져다 놓겠다고 약속했다,

형제가 이 수수밭으로 잠입하기 직전 저녁에, 아이들은 아버지를 에워싸고는 작은 손을 넓게 펴면서 이렇게 말했다.

-아빠, 우리 배 고파요…

-귀여운 녀석들아,- 아버지가 말했다. -내가 너희들에게 맛난 음식을 가져올게. 오늘은 내가 거짓말을 하지 않아. 후우…

그런 아이들의 아빠인 형은 깊이 한숨을 내쉬고는 어렵사리

자리에 일어선다.

한 손에 낫을 다시 잡는다.

-이미 어두워졌어, -힘없이, 무력하게 말한다. -우리가 조금만 베어가자.

소년은 온전히 냉담한 채로, 서리에 젖은 풀밭에 여전히 누운 채로 있다.

동생은 지금 이 수수밭에서 밤을 지새우고 싶다.

이제 독사도 또 다른 들짐승도 두렵지 않다.

그것을 무감각하고 우울한 얼굴로 형에게 다시 말한다.

형은 더는 말이 없다.

형은 소년을 한번 째려보자, 소년은 형을 멍하니 보고 있다.

두 형제의 눈길은 우울하다.

침묵.

숨소리만 들릴 뿐이다. -얇은, 늑골이 드러나, 앙상한 가슴의 연약한 오르내림.

-그래, 알았어, 형은 들릴락말락하는 목소리로 작게 말한다. -너는 여기 잠시 기다려. 내가 혼자서 일을 처리하고 올게. 하지만 기억해, 이 일이 끝나고 내가 너를 부를 때까지는 멍청하게 아무 생각 없이 내빼면 절대 안 돼.

그리고는 소리 없이, 현명하게 외부로 몸을 돌린다.

깊은 수수밭에서 수수들 사이에서 움직이는 형의 그림자는 어찌나 차갑고도 외로운지.

소년은 점점 멀어져 가는 형의 그림자를 여전히 무관심하게 쳐다보지만, 슬픈 눈길이다.

-형님아!

갑자기 소리치고는 자신을 일으켜 세우려고 애쓴다. 소년은 얼마 전에 땅으로 던져버린 그 낫을 다시 잡고, 떨면서 비틀거리는 발걸음을 내디디며 형을 따라나선다.

형은 걸음을 잠시 멈추고 동생의 등을 점잖게 살펴본다.

그들은 아무 말이 없다. 둘은 손에 손을 잡고서.

둘은 앞으로 미끄러지면, 발에 신체의 온 힘을 모으고 있다.

밭의 가장자리에서 형은 수수밭에서 고개를 내밀어, 곡식을 지키는 사람들이나 배회하는 사람들이 있는지 살펴본다.

아무도 없음을 본 뒤, 형제는 바깥으로 나온다. 형의 걸음은 매우 단호했다.

왜냐하면, 단호히 목표물을 서리할 의도기 때문이다.

등을 굽힌 채, 그들은 농지로 다가갔다.

저 멀리서, 둘의 그림자는 약탈물을 찾는 늑대 모습과 온전히 비슷하다.

논에서 둘은 조용히 잠시 웅크린다.

형은 벼 이삭을 잡고는, 입에 가져가 맛을 본다.

익은 벼 이삭들은 음식으로 요리해 먹기에 딱 좋은 상태다.

새로 생긴 근육의 힘으로, 어디서 나왔는지 모르는 새로 생긴 근육의 힘으로, 그 벼들을 낫으로 베기 시작한다.

소년도 옆에서 돕는다.(*)

Postskribo

La noveloj kolektitaj en ĉi tiu libro estis pliparte verkitaj en la jaro 1935. Tiam, pasigante miajn tagojn en unu antikva urbo en Ĉinio, mi fariĝis iom emociema, tute sen scii kial. Kaj en deprimaj noktoj mi ekrakontis ion antaŭ la olelampo jam
populare uzita en la tempo de miaj prapatroj··· La homoj en ĉi novelaro, inter kiuj mi vivis en miaj knabjaroj, estas plimulte pasintaj. Sed ili ankoraŭ vivas kaj strebas por vivi! Mi tamen volas forgesi ilin, sed mi ion plu verkus. Ĉar estas tre dolorige por mi skribi sur papero la impreson pri tiuj homoj, tiu malnova popolo de mia patra lando. Nun kiam mi relegas tiujn ĉi verkaĵojn en presprovaĵo, estas jam la printempo en 1936. Mi min eksentas indiferenta al ili. Tamen mi lasas ilin esti eldonita en la formo de libro, esperante, ke ili estus iaj memoraĵoj al miaj amikoj, kiuj ja kun bondeziro atendas tiun ĉi novelaron.

글을 마치면서

이 책에 실린 작품들은 주로 제가 1935년에 지은 것입니다.

그때 저는 중국의 한 옛 도시에서 우울한 생각에 잠긴 채, 슬픈 나날을 보내면서, 좀 감상적인 사람이 되었습니다. 하지만, 그 이유를 잘 몰랐습니다.

그래서 저는 풀이 죽은 채로 밤마다 선조들이 널리 쓰던 등불 앞에서 뭔가 이야기를 시작했습니다…이 소설집에 등장하는 인물들은 제가 유년 시절에 함께 살아온 사람들보다 더 옛날 사람입니다.

그러나 그분들은 여전히 살고 있고, 삶의 투쟁 속에 살고 있습니다!

저는 그분들을 잊고 싶기도 하지만, 뭔가 기록해 두고도 싶었습니다.

왜냐하면, 내 조국의 옛 국민인 그분들에 대한 나의 인상을 종이에 기록해 둔다는 일은 정말 가슴 아픈 일이었습니다.

작품집을 다시 읽고 교정하는 지금은 벌써 1936년 봄입니다.

저는 이 작품들에 관심이 이제는 덜한 것을 느낍니다.

하지만 제가 이 작품들을 그대로 책으로 펴내는 것은, 정말 순수한 기대감으로 제 소설집을 기다리고 있을 친구들에게 뭔가 기념이 될 수 있겠다는 희망 때문입니다. (*)

Vortoj derivataj de la ĉina lingvo

Ⓘ ĉopstiko: unu de paro da bastonetoj uzitaj de ĉinoj kaj japanoj por manĝado.

Ⓘ dabino (aŭ "dabingo"): tre malkara bakita kuko el faruno servanta kiel ĉefa
manĝaĵo al ĉinaj laboruloj kaj terkulturistoj, precipe en Norda Ĉinio.

Ⓘ gaŭliano: apeco de sorgo speciale troviĝanta en Oriento, kun longaj kaj
larĝaj folioj kaj seka medolo.

Ⓘ kotui: plej ceremonia esprimo de tradicia saluto, en kiu la salutanto
surgenuas kaj klinas la kapon al la tero samtempe.

Ⓘ lio: ĉina vojmezuro, egalanta trionon de angla mejlo.

Ⓘ mantuo: bakita kuko iom simila al dabino.

Ⓘ muo: ĉina mezuro de tero, kampo.

Ⓘ taoŝo: pastro de taoismo.

중국어에서 취한 낱말들

ⓒ 젓가락: 식사 때 중국인과 일본인이 사용하는 나무젓가락 한 세트.

ⓒ 다빈(茶餠 혹은 "다빙"): 중국 노동자들이나 농민들에게, 특히 북중국에서, 주요 식사처럼 쓰이는 밀가루로 만든, 아주 값싼, 구운 과자.

ⓒ 수수: 길고 넓은 잎과 마른 이삭을 가진, 특히 동부에서 많이 재배되는 작물 이름.

ⓒ 격식에 맞춰 절하다: 전통 인사 예법 중 격식 있는 표시, 사람들이 자신의 무릎을 꿇고, 동시에 고개를 땅으로 숙이는 방식의 인사법.

ⓒ 리(lio): 중국의 거리 단위, 영국 1마일의 3분의 1 정도 거리.

ⓒ 만두(饅頭 mantuo): 밀가루 등으로 반죽하여 소를 넣고, 삶거나, 찌거나 기름에 지져 만든 음식. 다빈과 비슷한 구운 과자.

ⓒ 무(畝:muo): 중국의 논밭의 면적 단위. 약 30평.

ⓒ 도사(道士): 도교에 종사하는 스님, 도교를 믿고 이를 수행하는 사람.

La vivo kaj verkoj de Yeh Chun-Chan

HU Guopeng(Ardo)

Ĵus venis la bona informo post la novjaro de 2023: Fama korea tradukisto kaj esperantisto JANG JEONGYEOL koreigis la novelo-kolekton "Forgesitaj Homoj" de Yeh Chun-Chan el la esperanta originalo, kiu eldonis en 1937, tiu ĉi libro estas bone taksata kiel grava originala verko en la historio de esperanta literaturo. Kompreneble estas feliĉe, ke koreaj legantoj jam havis alian faman verkon de Yeh Chun-Chan, la romano "Montara Vilaĝo", pere de traduko de s-ro JANG JEONGYEOL, kiu eldonis jam antaŭ kelkaj jaroj. Kiam ekkonis la literaturan karieron de Yeh Chun-Chan en 2004, Izrael Epstein, fama tradukisto en Pekino, kiu havas profundan rilaton kun Yeh Chun-Chan, diris: "Li verŝajne estas la sola verkisto kaj tradukinto en Ĉinio kaj la mondo, kiu publikigis literaturan verkon en la ĉina, la angla kaj Esperanto, kaj tradukis literaturaĵon en pli ol dek lingvoj.
Yeh Chun-Chan (pinyin : Ye Junjian , naskiĝis je la 7a de decembro 1914 en Huang'an, Hubei Provinco (nun Hong'an) - mortis je la 5a de januaro 1999 en Pekino). diplomiĝinto de fremdlingva fakultato de Wuhan Universitato en 1936. En 1938, li estis

engaĝiĝis en la internacia propaganda laboro en la tria branĉo de la politika departemento de la milita komitato de la Ĉina civitana registaro. En la sama jaro, li partopreniĝis en la tutĉina kontraŭjapana asocio de Literaturistoj kaj Artistoj, redaktis la angllingvan revuon "Ĉinaj verkistoj"(Chinese Writers) en HongKongo, kaj estis instruisto de Chongqing Universitato, la Centra Universitato, kaj Fudan Universitato. En 1944, li venis al Britujo kiel parolisto pri la situacio de la kontraŭjapana milito de Ĉinio, ĝis 1949 li revenis al Ĉinio. Post la fondiĝo de la nova Ĉinio li estis direktoro de la buroo de Kompilado kaj Tradukado de la Kultura Ministro, vicĉefredaktoro de la revuo "Ĉina Literaturo", sekretario de la sekretarejo de la Ĉina Asocio de Verkistoj kaj direktoro de la Asocio de Ĉina-eksterlandaj Kulturaj interŝanĝoj. Membro de la Centra Komitato de la Nacia Demokrata Ligo de Ĉinio, vicprezidanto de la tria Nacia Popola Kongreso, kaj membro de la kvina, sesa kaj sepa Nacia Komitato de Ĉina Popola Politika Konsulta Kongreso.

Esperanta lernado kaj verkado

Yeh Chun-Chan eklernis Esperanton en mezlernejo kaj estis profunde influita de la ideoj de "monda paco" kaj "homa kompreno" kiuj ekzistas en tiu lingvo. Li volas verki en Esperanto kaj prezenti la vivon kaj sentojn de ĉinoj al alilandaj legantoj en la mondo.

En 1933 ĝis 1936, Yeh Chun-Chan estis studento de la Universitato de Wuhan, li ŝatas legi tradukitajn verkojn, kiuj plejparte el minoritataj nacioj kiel Pollando, Bulgario, kaj Hungario, ili estis ĉinigitaj de Lusin, Bakin, kaj Zhou Zuoren, el kiuj partoj estis tradukitaj per Esperanto kiel ponto-lingvo, tiuj verkoj donis al li grandan influon pro la profunda simpatio kaj kruelaj suferoj de subpremataj homoj, kiuj similas al ĉinoj, havante komunan sorton kaj progreseman penson.

Pli frue dum la tagoj de la vintra ferio de 1932, Yeh Chun-Chan ekverkis sian unuan novelon Je La Jarfino en Esperanto. TiamYeh Chun-Chan kiel deknaŭjara junulo loĝanta en granda urbo, sentis maltrankviliĝon kaj sufokiĝon, la lernado kaj sperto stimulis lian deziron por elkora esprimado. Li volis, ke la popolo de la mondo, speciale la subpremataj popoloj povas aŭskulti la voĉon de la forgesitaj - la ĉina popolo, speciale la malriĉaj kamparanoj el montaraj vilaĝoj, kaj por li Esperanto estas efika ilo por la literatura interŝanĝo de malfortaj kaj minoritataj nacioj.

Ĝis la printempo de tiu jaro 1936, jam estas deksep aŭ dekok noveloj kiujn li verkis. Li elektis dek tri novelojn el ili por redakti kolekton nomatan "Forgesitaj Homoj". Laŭ lia vidpunkto la protagonistoj en la libro estis tute forgesitaj de la mondo, ili neniel estas respektataj kaj konataj de aliaj plimultaj homoj: la titolo de la libro ankaŭ reprezentas lian penson en tiu tempo. Estis bonŝance ke S-ro Xiao Cong, la entuziasma esperantisto kaj eldonisto en Ŝanhajo, fondis la Esperanto-Eldonejo"Verda Folio", kiu ĉefe eldonis kaj distribuis Esperanto-librojn enlandajn kaj eksterlandajn. Li tuj eldonis la kolekton en la printempo de 1937.

Post diplomiĝo de la universitato, Yeh Chun-Chan ne trovis taŭgan laboron en Ĉinio. Iu lernejo en Tokio, kiun fondis unu ĉino, akceptis lin instrui la anglan. Tiam tiu kolekto de noveloj jam estis vendita al Japanio. Japanaj esperantisto - precipe la progresemaj - kiuj tre admiras lin pro tiu unua novelaro de esperanta originalo en la Oriento. Ili donis al li multajn kuraĝojn. Li estis nomata vera verkisto en Esperanto.

Yeh Chun-Chan estas aktiva kaj fervora esperantisto. Li multfoje partoprenis UKojn en malsamaj landoj, kiel movadisto de Esperanto li estis konstanta komitatano de UEA, li verkis kaj prelegis en kaj por Esperanto en diversaj okazoj, kiel mondfama verkisto li studis la historion de Esperanta literaturo kaj verkis artikolon pri esperanta literaturo, kiu aperis en la ĉinlingva volumo de fremdlanda literaturo de la fama Ĉina Granda Enciklopedio. Li ankaŭ esperantigis kaj eldonis esperantan kolekton de la ĉinaj literaturaĵojn: Nova Tasko (1939), en kelkaj esperantaj revuoj aperis famaj verkoj de ĉinaj aŭtoroj, kiujn Yeh Chun-Chan esperantigis.

"Forgesitaj Homoj"

La plejpartaj noveloj en la esperanta originala kolekto "Forgesitaj Homoj", inkluzive "Je La Jarfino", priskribas la vivojn de kelkaj malgrandaj homoj en la malsupera tavolo de Ĉinio. Yeh Chun-Chan kredas, ke la rakontoj pri ĉinaj homoj, kiuj batalas en la griza kaj senespera vivo, resonas pro la sama sorto de alilandaj legantoj en la mondo, por ke en la homa historio la "forgesitaj homoj" ankaŭ lasos noton. Tial la Forgesitaj Homoj estas granda rezulto de juna Yeh Chun-Chan, kiu estas inspirita de la Esperanta ideo de la monda paco kaj la homa interkompreno. Ĝi estas verkita por si kaj por tiuj forgesitaj sampatrianoj, kaj ankaŭ por la "popolo de la mondo".

Aliflanke estas lia profunda sperto por la miskompreno kaj partieco de la okcidentuloj, ke Yeh Chun-Chan konscience prezentis Ĉinion en brila kaj humora stilo, kaj samtempe esprimis sian simpation al la mondo kaj al la homara sorto per la unika viva vidpunkto de la ĉina popolo, liaj verkoj ne nur mallongigis la emocian distancon de orientanoj kaj okcidentanoj, sed ankaŭ korektis la partiecajn stereotipon de iuj okcidentaj legantoj. De la esperanta novelo "Kiel Triumfo Van Reiris al Armeo" ĝis la romano "Montara Vilaĝo" , la beleco de la homeco reflektis ne nur la sagecon kaj racion por fronti la malfacilaĵojn trankviliĝe, sed ankaŭ montras la fidon, ke la homoj finfine forbatos la barojn, kaj interkompreniĝos unu al la alia, kaj venkos kune la malfeliĉojn kaj suferojn. Tiuj ĉi verkoj tuŝas la profundkorajn sentojn kaj memorojn, eĉ trafas la homan spiritan profundon, por tiel ili ne nur apartenas al Ĉinio, al Koreio, kaj ankaŭ al la tuta mondo.

Post la fondiĝo de Ĉinio, kelkaj pecoj el la novelaro Forgesitaj Homoj estis ĉinigitaj en ĉinan de li, poste ili estis kolektitaj en la Elektitaj Noveloj de Ye Junjian eldonita de la Popola Eldonejo de Jiangsu en 1983.

Verkado en la angla lingvo

Lia entuzisamo al la artefarita intenacia lingvo reflektas lian neordinaran vastan vidon kaj homan pozicion. Kvankam "Je La Jarfino" estas nur la unua verko de Yeh Chun-Chan, komence li konscience ligis la emocian sorton de la ĉina popolo kun "la popolo de la mondo", kaj certigis la direkton kaj tonon de la sekva verkado per fremdaj lingvoj.

En 1944, Yeh Chun-Chan estis sendita kiel ĉina raportisto al Britujo por servi al la rezisto al faŝismo, li estis akceptita de la redaktoro de "Novaj Verkoj", kiu invitas lin verki ion angle por tiu ĉi revuo. Pli frue en 1937, Yeh Chun-Chan jam tradukis anglen sian novelon "Kiel Triumfo Van Reiras al Armeo" el la esperanta originalo, la redaktoro tuj publikigis ĝin en la revuo. Post tio Yeh Chun-Chan turnis sin al verkado en la angla lingvo por rerigardi hejmlokon de Ĉinio. En 40aj jaroj sinsekve aperis lia angllingvaj kolektoj de noveloj "La Ignoranto kaj la Forgesito", kaj

"La Blua Valo", la romanoj "Montara Vilaĝo" kaj "Ili Flugas al Sudo" kaj tiel plu. Tiuj angllingvaj verkoj faris Yeh Chun-Chan kiel faman verkiston en la brituja literatura rondo , precipe la romano "Montara Vilaĝo" estis vaste tradukitaj en diversaj lingvoj (inkluzive la esperanta traduko de William Auld), havis grandan influon en la okcidenta mondo. En liaj verkoj troviĝas krom la similaj nostalgiaj elverŝoj, li esprimas la saman tonon simile en fruaj verkoj en Esperanto, la celo de lia verkoj por li ankoraŭ estas "ĉiam la sama: Li esperas, ke fremdlandanoj povas kompreni la vivon, batalon kaj sorton de la ĉina popolo"; , kiel "Montara Vilaĝo" , kiu plenumis figuran bildigo pri ĉinoj kaj ankaŭ pri Ĉinio en la interkultura medio. Aliflanke, la rakontoj de ĉi tiuj ĉinaj homoj ankaŭ riĉigis la signifon kaj valoron de la koncepto de la homara ekzisto kaj disvolviĝo. En Britujo kaj aliaj eŭropaj landoj, liaj verkoj estas vaste legataj kaj bone takstaj en Eŭropo.

Dum la aŭtuno de 1949, la nova Ĉinio estis fondita, tiujare (post sesjara resto en la Britujo) li revenis al sia patrujo. Li tuj turnis sin al la verkado en la ĉina lingvo, kaj kiel fama tradukisto li faris multajn tradukadojn de fremdlandaj literaturaĵoj kaj la ĉinaj literaturaĵoj.

Literatura Tradukado

Yeh Chun-Chan konas pli ol dek lingvojn, inkluzive la

anglan, francan, italan, germanan, hispanan, japanan, danan, norvegan, portugalan kaj Esperanton. Li faris unuajn kaj prudentajn kontribuojn al kulturaj ŝanĝoj inter Ĉinio kaj fremdaj landoj per tiuj lingvoj. Kune kun Qiao Guanhua, Yuan Shuipai kaj Qian Zhongshu li tradukis la poemojn de Mao Zedong en anglan kaj francan, kiuj estas distribuataj tra la tuta mondo; En pli ol 20 jaroj li tradukis pli ol 25 milionojn ĉinlingvajn ideografiaĵojn de antikvaj kaj moderaj literaturaĵoj al la aliaj lingvoj, kaj li ankaŭ ĉefredaktis la faman revuon "Ĉinia Literaturo"; Dum 10 jaroj li ĉinigis la kompletan kolekton de mondfamaj fabeloj de Andersen. Pro lia brila traduko de la verkoj de Andersen, li estis honorita la "Dana Medalo de la Nacia flago" de la Registaro de Danujo.

Ĉefaj karakteroj de liaj verkoj

La ĉefaj karakteroj de lia verkado estas: alta realisma spirito, artista koncepto kaj poezia ĉarmo, kaj simpla kaj klara stilo.

La nomata alta realisma spirito troviĝas en la profunda kompreno de Yeh Chun-Chan pri la veraj sociaj rilatoj el ĉiuj klastavoloj. Li okupas sin al verkado kun forta respondeco. Tial, liaj verkoj, ĉu romanoj, eseoj, ĉu tradukoj aŭ la literaturaĵoj por infanoj, estas plenaj de riĉaj historiaj enhavoj en kiuj vere reprezentas la esenco de reala vivo kaj la tendenco de historia disvolviĝo.

Sed tiuj verkoj ne estas propagandaj materieloj por politika predikado, sed artaĵoj, kiuj integras politikon, historion, filozofion kaj poezion. Laŭ vidpunktoj de multaj verkistoj kaj kritikistoj el aliaj landoj kaj en Ĉinio, ke la verkoj de Yeh Chun-Chan enhavas en si la belecon kaj aromon de la poezio. En liaj verkoj ne estas mirindaj intrigoj, ankaŭ ne bela stilo, male lia stilo estas simpla kaj modesta. Trankvila rakontado kaj priskribo logas la legemon de legantoj.

예쥔젠 작가의 삶과 작품

후궈펑(Ardo)

2023년 신년이 얼마 지나지도 않아, 반가운 소식 하나가 한국에서 왔습니다. 한국의 유명 에스페란티스토이자 번역가인 장정렬씨가 1937년 발간된 에스페란토원작 단편모음집 〈잊힌 사람들(Forgesitaj Homoj)〉을 한국어 번역을 마쳤다는 소식이었습니다. 이 작품은 에스페란토 문학사에서 주요 원작 문학 중 하나로 인정받고 있습니다. 물론 한국 독자분들은 예쥔젠 작가의 다른 유명작품 〈산촌(Montara Vilaĝo)〉을 이미 수년 전에 장정렬씨 번역으로 읽었다면 행운이라 생각됩니다.

2004년 예쥔젠 작가의 문학을 정리한 바 있는 이즈라엘 엡슈테인(Izrael Epstein) -예쥔젠 작가와 오랜 교류를 한 베이징의 유명 번역가는 이런 말씀을 남겼습니다.

"예쥔젠 작가는 중국어와 영어와 에스페란토로 작품을 쓰신 분으로, 중국에서는 물론이고 세계적으로도 유일한 작가이자 번역가입니다. 그분은 10개 이상의 언어를 이해하고 이를 바탕으로 번역 활동을 하신 분입니다."

작가의 삶의 약술

작가 예쥔젠Yeh Chun-Chan(1914년 12월 7일 중국 후베이성(湖北省) 홍안에서 출생-1999년 1월 5일 북경에서 별세)은 1936년 우한대학교 외국어과를 졸업했습니다. 1938년 중국시민정부의 군사위원회 정치부문 제3지대 국제선전 업무에 종사했습니다. 같은 해 전중국항일문학예술가단체에 참여해, 홍콩에서 영어잡지 〈중국작가(Chinese Writers)〉를 편집했고, 충칭대학교, 중앙대학교, 후단대학교에서 교수로 활동했습니다. 1944년 작가는 중국의 항일 전쟁의 전시상황을 알리는 연설가로서 영국에 건너가 활동하였고, 1949년 중국으로 귀환했습니다. 1948년 중국 건국 후, 작가는 문화부 편집 번역부 부장으로 일하였고, 또한 정기간행물 〈중국문학〉의 부편집장, 중국작가협회 서기국 서기, 중국대외문화교류협회 임원, 중국국가민주연맹 중앙위원회 위원, 제3차 국가인민대회 부대회장, 제5차, 제6차, 제7차 중국인민정 치고문위원회 임원으로 활동하였습니다.

에스페란토 학습과 저술 활동

작가는 중학교에서 에스페란토를 배운 뒤로, 이 언어가 가진 "세계평화"와 "인간의 이해"라는 이념에 깊은 영향을 받았 습니다. 작가는 에스페란토로 중국인의 삶과 감정을 저술해 전 세계의 다른 나라 작가들에게 알리고 싶었습니다.

1933년부터 1936년까지 우한대학교 학창시절에, 작가는 루쉰(魯 迅), 바진(巴金), 저우쭤런(周作人)이 중국어로 번역한 소수민족 들-폴란드,불가리아, 헝가리를 포함한-의 작품들을 읽기를 좋아 했습니다. 그 작품 중에는 에스페란토가 교량어가 되어 번역된 작품들이 있었습니다. 예쵄젠 작가에게는 그 작품들이 보여준 억압받고 있던 사람들의 잔혹한 고통이, 공통의 운명과 진보주 의 생각을 가진 중국인들 상황과 너무 비슷해 깊이 감동했습니 다.

더 일찍, 1932년 겨울 방학 때 예쵄젠 작가는 에스페란토로 〈Je La Jarfino〉(세모에)라는 단편작품을 처음으로 지었고, 당시 대 도회지에 사는 열아홉 살 청년으로서, 마음의 동요와 질식을 느 끼고는, 학업과 경험을 통해 마음에서 우러나오는 표현을 해 보 려는 염원은 자극이 되었습니다. 작가는 원하기를, 전 세계시민 은, 특히 억압받고 있는 시민들은 잊힌 사람들의 목소리를 -중 국인들, 특히 산골에 사는 가난한 농민들- 들려주고 싶은 생각 이 많아, 당시로서는 에스페란토가 힘없는 소수민족들과의 문학 교류에 효과적인 도구였습니다.

1936년 봄까지, 작가는 약 17~18개의 단편소설을 써 두었습니다. 작가는 그 작품 중 13개 작품을 골라 "Forgesitaj Homoj(잊힌 사람들)"라는 제목으로 펴냈습니다. 작가 관점에서는, 이 작품 집의 주인공들은 세상에서 잊힌 채 사는 사람들이었습니다. 그 사람들은 다른 수많은 사람에게 알려지지도 않고, 사람대접도 못받고 있었습니다. 그래서 그 작품집 제목을 그리 정한 것은 당시 작가의 심정을 대변하고 있습니다. 다행스럽게도, 당시 샤

오충(Xiao Cong)이라는 열렬한 에스페란티스토이자 출판인이 상하이(上海)에서 에스페란토 잡지 〈Verda Folio〉를 발간하고 있었는데, 그곳 출판사에서 중국과 외국 에스페란토 도서를 발간, 보급하고 있었습니다. 그 발행인이 1937년 예쿤젠 작가의 그 단편작품집을 곧 발간했습니다.

대학을 졸업한 뒤, 예쿤젠 작가는 중국 내에서 적당한 일자리를 구하지 못했습니다. 그런데 당시 중국인이 일본 도쿄(東京)에서 학교를 하나 설립했는데, 이 작가를 영어 교사로 채용했습니다. 당시 작가의 단편작품집이 일본에서도 발매되고 있었습니다. 일본에스페란티스토들- 특히 진보적인 에스페란티스토들은 동양에서 처음으로 에스페란토 원작 단편소설집을 지은 작가를 높이 평가했습니다. 일본 에스페란티스토들도 그 작가를 많이도 격려해 주었습니다. 그래서 그 작가는 실로 에스페란토 작가로 유명해졌습니다.

작가는 활발하고 열렬한 에스페란티스토였습니다. 전세계 여러 나라에서 개최된 세계에스페란토 대회에도 여러 번 참가하였습니다. 에스페란토 운동에 있어 작가는 세계에스페란토협회(UEA)의 상임위원회 위원으로 운동의 일선에 섰으며, 에스페란토로 강연도 수차례 했으며, 세계작가로서 에스페란토문학사를 연구해 에스페란토 문학에 대한 기고문도 썼습니다. 특히 유명 〈중국대백과사전〉의 외국어문학 관련 책에 에스페란토문학 항목을 직접 집필했습니다. 또한 중국문학 작품들을 에스페란토로 번역해 에스페란토문선집 〈Nova Tasko(1939)〉을 발간했습니다. 예쿤젠 작가가 에스페란토로 번역한, 중국 유명작가의 작품도 몇 편이 에스페란토 잡지에 실리기도 했습니다.

『La Forgesitaj Homoj(잊힌 사람들)』

에스페란토 원작 모음『La Forgesitaj Homoj(잊힌 사람들)』에 실린 대부분의 단편 소설은, "Je la Jarfino(세모에)"를 포함해, 중국 민초들의 삶을 그리고 있습니다. 작가 예쿤젠은, 회색의 절망적 삶을 힘겹게 살아가는 중국 사람들 이야기가, 전 세계의 다른 나라 독자들도 비슷한 운명으로 고통받고 있는 것에 대한 반향이 되어, 우리 인류 역사에서, "잊힌 사람들"도 뭔가 언급되기를 믿었습니다. 그 때문에 『La Forgesitaj Homoj(잊힌 사람들)』은 세계평화와 인간의 상호이해라는 에스페란토 이념에 심취된 젊은 작가 예퀀젠의 위대한 성과물이 되었습니다. 이 작품은 자신을 위해 지었으며, 그 당시 잊힌 중국동포들을 위해 짓고, "전 세계 사람들"을 위해 지었던 것입니다.

한편 작가는 서양사람들의 오해와 당파성에 대한 깊은 경험이 있었습니다. 작가는 재치있고 유머가 섞인 필체로 양심적으로 중국을 소개했고, 동시에 중국민의 생활적 관점으로 세계 사람들에게 또 인류의 운명에 자신의 공감을 표시했습니다. 아울러 작품을 통해 동양인과 서양인의 정서적 간격을 좁혀 놓았을 뿐만 아니라, 서양 독자들의 파당적인 반복성을 고쳐놓았습니다. 에스페란토 작품 "Kiel Triumfo Van Reiras al Armeo(반 승리는 어떻게 군대에 다시 가게 되는가" 를 시작으로 대하소설 "Montara Vilaĝo(산촌)" 에 이르기까지, 인간성의 아름다움은 어려움에 직면해 이를 조용하게 헤쳐 나가는 현명함과 이성을 반영하고, 인간은 결국에는 모든 장벽을 부수고, 서로 이해하게 되고, 마침내 그 어려움과 고통을 이겨내리라는 믿음을 보여주고 있습니다. 이 작품들은 인간의 깊은 마음의 정서와 추억을 건드리고, 정신적 깊이를 꿰뚫어 놓았기에, 중국과 한국에는 물론이고 전 세계인에 공감할 수 있습니다.

중국 건국 이후, 『La Forgesitaj Homoj(잊힌 사람들)』 중 몇 편은 작가가 직접 중국어로 옮겨, 1983년 장수(Jiangsu)인민출판사에서 펴낸 모음 『예퀀젠단편소설선집』 에 재수록되었습니다.

영어 저술 활동

인공국제어에 대한 작가의 열정은 작가의 비범한 넓은 시야와 인간 지위를 반영하고 있습니다. 비록 "Je La jarfino(세모에)" 가 예퀀젠 작가의 첫 작품이긴 해도, 초기에는 양심적으로 중국민과 "세계시민" 의 감정적 운명을 연결해, 여러 외국어로 연속적 저술 활동의 방향성을 확고히 해갔습니다

1944년, 작가 예퀀젠은 파시즘 저항 운동에 봉사하러 중국 기자로 영국에 파견되었습니다. 그곳에서 〈Novaj Verkoj(새 작품들)〉이라는 정기간행물의 편집진으로 활동할 수 있게 되었고, 그곳에서 이 정기간행물에 영어로 작품을 쓰도록 초대를 받았습니다. 1937년에 더 일찍이, 작가 예퀀젠은 이미 에스페란토 원작 단편인 "Kiel Triumfo Van Reiris al Armeo(반 승리는 어떻게

군대에 다시 가게 되는가)" 라는 작품을 영어로 번역해 두었기에, 그 정기간행물의 편집자는 곧장 이를 발간할 수 있었습니다. 그 뒤로, 작가 예퀀젠은 중국의 고향을 다시 떠올리며 영어로 작품 활동에 매진했습니다. 1940년대에 연이어 작가의 단편소설들 -"La Ignoranto kaj la Forgesito(무시하는 사람과 잊힌 사람)", "La Blua Valo(푸른 계곡)", 장편소설 "Montara Vilaĝo (산촌)", 장편소설 "Ili flugas al sudo(그들은 남으로 날아가네)" 등- 이 발간되었습니다. 그런 일련의 영어 작품들은 작가 예퀀젠을 영국 문학계에서 유명 작가의 반열에 올려놓았습니다. - 특히, 장편 소설 『Montara Vilaĝo(산촌)』은 다양한 언어로 널리 번역되어,-에스페란토로는 윌리엄 올드(William Auld)가 번역했습니다.- 서양에 큰 영향을 미쳤습니다. 우리 작가 예퀀젠의 작품 중에는 유사한 향수를 자극하는 작품들 외에도, 에스페란토의 초기 작품들과 유사한 논조를 표현했습니다. 작가에게 있어 작품 활동의 목표는 여전히 "똑같습니다. 작가는 외국인들이 중국민의 삶과 전쟁과 운명을 이해할 수 있게 되기를 희망했습니다." 장편소설 『Montara Vilaĝo(산촌)』에서 작가는 상호 문화의 환경 속에서 중국인과 중국을 형상화 했습니다. 다른 면에서 보면, 이러한 중국인 주인공들의 이야기들은 또한 인류 존재와 발전이라는 개념의 의미와 가치를 더욱 풍부하게 만들어 놓았습니다. 영국과 여러 유럽 각국에서 작가의 작품들은 널리 읽히고, 유럽에서 좋은 평가를 받았습니다.

1949년 가을에, 새 중국이 건국되어, 그 해에(6년간의 영국 생활을 마무리하고) 작가는 고향으로 귀국했습니다. 즉시 중국어 저술 활동에 매진하는 한편, 유명번역가로서 외국 문학작품과 중국 문학작품을 수없이 번역하였습니다.

문학 번역

작가 예퀀젠은 영어, 프랑스어, 이탈리아어, 독일어, 스페인어, 일본어, 덴마크어, 노르웨이어, 포르투갈어와 에스페란토를 포함해 10가지 이상의 언어를 알고 있었습니다. 작가는 그러한 언어 지식으로 중국과 외국의 여러 나라와 문화 교류에 있어 초창기의 설득력있는 활동으로 이바지했습니다.

차오관화(Qiao Guanhua), 위안슈이파이(Yuan Shuipai)와 치엔종

수Qian Zhongshu(钱锺书)와 함께 『모택동(毛澤東) 시집』을 영어와 프랑스어로 번역해 세계에 소개했습니다. 20여년간 25백만 자에 상당하는 중국 고전과 현대문학 작품을 외국어로 번역 소개했고, 또한 유명 정기간행물 "중국문학" 의 편집장으로 일했습니다. 10년간 작가는 『안데르센 동화집』 전부를 중국어로 번역 소개했습니다. 이러한 안데르센 동화집의 훌륭한 번역의 공로로, 작가는 덴마크 정부로부터 "국기장" 훈장을 받는 영예도 안게 되었습니다.

예쿼젠 작가의 주요 작품 특성

이 작가의 작품의 주요 특징은 높은 현실주의 정신, 예술 개념과 시적 매력을 갖추었고 단순하면서도 명쾌한 스타일이라고 할 수 있습니다. 이름하여 높은 현실주의 정신은 예쿼젠 작가의 모든 계층에서의 진실된 사회관계에 대한 깊은 이해에서 나온 것입니다. 작가는 깊은 책임감으로 작품활동에 전념해 왔습니다. 때문에, 작품들은, 장편소설이든, 수필이든, 번역이든 아동 문학이든, 실제 삶의 정수와 역사발전의 경향성이 진실로 표현되어, 풍부한 역사적 내용으로 가득 차 있습니다.

그러니, 작품들은 정치적 설교를 위한 선전도구가 아니라, 정치와 역사, 철학과 운문이 녹아 있는 예술품이라 할 수 있습니다. 중국 국내외 여러 나라의 수많은 비평가의 관점에 따르면, 예쿼젠 작가의 작품들은 운문의 아름다움과 향기가 들어있다고 합니다. 작가의 작품 속에서는 놀랄만한 미궁 속에 빠지는 음모가 없어도, 또 아름다운 문체가 아니어도, 정반대로 예쿼젠 작가의 문체는 단순함과 겸손함을 지니고 있습니다. 작가의 조용한 이야기 전개와 서술은 독자로 하여금 작가의 작품을 읽을 수밖에 없는 매력을 느끼게 합니다.(*)

Biciklo de Patro

Weijubin(Jado)

En mia infanaĝo, la biciklo, aĉetita de mia patro antaŭ la fondiĝo de nova Ĉinio (1949), donis al mi la plej profundan impreson. Senfarbigite en multjara uzo, ĝi perdis sian koloron, ke oni ne povus koni ĝian ĝustan produktdaton. La strioj sur la pneŭaj bendoj kalviĝis pro eluziĝo, ke pro troa maldikeco ĝi ekŝvelis je kelkaj lokoj kiam ĝi estis plenigita je aero. Por malhelpi krevon, Patro kusenis ĝin per peco de eluzita kaŭĉuka bendo. Pro tio la pneŭaj bendoj havis dikajn partojn kaj maldikajn partojn, tial biciklante oni ĵetiĝadis kvazaŭ veturante sur malglata vojo. Tamen la biciklo estis importita el eksterlando kaj havis faman markon. Viŝante la biciklon Patro ofte diris kun fiera tono: "Jen objekto kaduka, tamen fortika". Ja temis pri tiu ĉi kaduka biciklo, kiu portis lin de kampo al kampo por semado kaj rikoltado; de vilaĝo al vilaĝo, proksimaj kaj malproksimaj, por labori kiel dungito en foiro. Tagon post tago kaj jaron post jaro Patro tenis sur sin la grandan ŝargon vivteni la tutan familion kun kvar filoj.

La biciklo impresas min pleje ne nur pro ĝia aspekto aŭ fama produktmarko, sed pro la tol-dusako triangula, eluzita kaj pendanta sur la supro de la biciklframo. Laŭ mi en la dusako kuŝis mia tuta sonĝo infanaĝa. Mi naskiĝis meze de la sesdekaj jaroj en la pasinta jarcento. Kiam mi apenaŭ komencis memori ion ajn, mia patrino jam estis konstante malsana; kaj antaŭ mi jam naskiĝis tri filoj, el kiuj la plej aĝa havis dek unu aŭ dek du jarojn. La vivoteno de la tuta familio nur dependis de la klopodado de Patro. Evidente, kiel malfacilaj estas la tagoj. Tiam, en nia loko, la ĉefa greno por nutrado estas sorgo. La sorgogreno de la Sudorienta Parto de Provinco Shanxi diferencas de tio de aliaj lokoj per tio, ke ĝi estas amare acerba kaj malfacile englutebla, kaj kaŭzas al la manĝantoj, precepe infanoj, sekecon en intesto, ke ili ne povas elfeki eĉ dum pluraj tagoj kun ventro ŝvelanta kaj la vangoj ruĝbrulantaj. Kiam ili ne povis elteni la suferon de mallakso, ili, levante la postaĵon, petis la patrinon elfosi la ferbulecan fekaĵon per bastoneto por ili. Sed, eĉ tiajn krudaĵojn kia sorgo, oni ne povas sufiĉe preni. En tiu periodo, la vivstato de tiuj, kiuj vivis en urbo kaj ĝuis la ŝtat-provizitan nutraĵon, estas pli bona ol tio de ni en kamparo. Onidire: kiu ĝuas ŝtat-provizitan grenon, tiu vivas en paradizo. Iam mi ludis kun kamaradetoj, kiuj kun urba loĝanteco ĝuis favoron en vesto kaj manĝo; vidante ke ili manĝas maizfarunan vovon[18], mi eksalivumis, pretervole pensante, kiel feliĉe, se mi povus ĝui maizfarunan

---

18) Vovo estas vaporumita pano el maiz-faruno.

vovon ĉiutage.

Por ŝtopi stomakojn de la familianoj, Patro iris al kampoj seninterrompe en ĉiu tago, laboradante de la frua mateno ĝis la malfrua vespero. Krome, en morta sezono de agrikulturaj laboroj li ankoraŭ klopode serĉis kromokupojn. Antaŭ la fondiĝo de la nova Ĉinio, miaj patro kaj onklo iam administris ne malgrandan restoracion, kiu famis pro bonkuirita frap-patkuko kun peklita viando en nia regiono, kaj ĝis nun en la loka anekdotlibreto oni ankoraŭ povas trovi la registron pri "Frap-patkuko de Fratoj Wei". La frap-patkuko kun peklita viando renomiĝis kiel fama manĝaĵo de Regiono Shangdang, kie mia familio estis. Tie cirkulas diro: "Por viziti foiron kruro al oni doloras;sen manĝi patkukon,oni ĝem-ploras". Tra la tuta jaro, ĉiam, kiam oni okazigas foirojn kaj specialajn ceremoniojn en urbetoj kaj vilaĝoj, ĉu nordaj, ĉu sudaj, restoracioj nepre konkure dungis Patron kiel ĉefan kuiriston. Pago por li estas po 2.5 juanoj tage. Revninte al nia vilaĝo Patro devis transdoni 2 juanojn al la Produkta Grupo, kaj fine li havis nur 0.5 juanon, kiu tamen jam estas ne sensignifa enspezo en tiu tempo.

Kutime foiro daŭris tri aŭ kvar tagojn. Mi kalkulis la tagojn per fingroj, kiam estis la tago, en kiu Patro revenos. Mi ofte kuris el la ĉestrata pordego, kaj sidante ĉe la pordego sur la ŝtono kiu helpis rajdanton surĉevaliĝi, gape fiksis la rigardon al la fino de vojo, atendante sopire revenon de Patro. Kiam la figuro de

Patro aperis de malproksime, mi jam senpacience trotis saltetante kontraŭ Patro antaŭ la biciklon samkiel gaja pasero. Ŝajnas, ke Patro jam antaŭatendis ĉi tiun akton. Descendinte de la biciklo kun rideto, karesante mian kapon, kaj poste levante min facile sur la supran framtubon, li puŝis la biciklon hejmen. Kiam la biciklo haltis en la korto, Patro demetis min teren, etendante la manon en la dusakon ĝis ĝian profundan fundon. Mi fiksis miajn okulojn al la dusako kun granda espero. Patro pene serĉis, elprenante pecojn da sekaj patkukoj kaj mantooj[19], kiuj estis roditaj kaj pecigitaj, donante pecon al mi. Mi tenas ĝin en la mano kiel trezoron, ronĝante gaje kaj ŝpare la sekan manĝaĵon aldonitan de Patro, sentante ĝin tre dolĉa kaj bongusta. Tiutempe mia atendado fariĝis sentimento de feliĉo. Mia bela vivo de infanaĝo forpasis en la atendado de la reveno de la patra biciklo post la foirfiniĝo.   Kiam mi vizitis gimnazion en la fino de la 1970-aj jaroj, inter la kunlernantoj ekfuroris biciklado. Kelkaj el ili loĝis kun mi en la sama strato kaj estis el familioj de ŝtat-oficistoj. Iliaj gefratoj jam perlaboris, tial en plibona vivkondiĉo ili ekhavis novajn biciklojn kun markoj, aŭ Eterno aŭ Fluganta Kolombo. Dimanĉe aŭ post lerneja horo, ili ofte vetkuris per biciklo sur la placo antaŭ la domo de La Revolucia Komitato de nia gubernio. Mi avide rigardis la vetkuron, kaj

---

19) Mantooj estas vaporumitaj tritikfarunaj panoj.

fojfoje intencus elpuŝi la biciklon de Patro por konkuri kun ili, sed tamen, vidante la biciklon de Patro kun kaduka ferframo, mi perdis kuraĝon.

Foje, la allogo supervenkis min, ke mi, kun impulsa kuraĝo, ekrajdis sur la biciklon de Patro. Haltigante ĝin antaŭ la kunlerantoj mi estis preta konkuri kun ili. Tiam mi trovis, ke iuj rigardas min kaj mian biciklon kun malestima mieno. Unu el ili diris: "Ha, kiel kaduka biciklaĉo, ja devas esti ĉe brokantisto; kun tio, ĉu vi ankoraŭ aŭdacus vetkuri kun ni?" Liaj vortoj forte humiligis min, ke mi tuj ruĝiĝis sentante la vizaĝon brulanta kvazaŭ mi estus kaptita ŝtelisto, ne sciante kien fuĝi. Mi hejmen revenis konfuzita kun la biciklo. En tiu tempo, mi estis tre juna kaj neprudenta, opiniante, ke la trivita biciklo donis al mi tian honton, kaj de tiam mi neniam rajdis sur ĝi.

En la 1980-aj jaroj, oni ne plu zorgis pri ĉiutaga pano; la amara kaj acerba sorgofaruno jam fariĝis historio. Ankaŭ nia familio ekhavis novajn biciklojn. En 1986, post la forpaso de Patro, tiun ĉi malnovan biciklon forprenis iu parenco, kiu venis multefoje por ĝin akiri. Mia patrino diris: kiam Patro ankoraŭ vivis, la parenco venis multfoje por aĉeti ĝin kontraŭ alta prezo, tamen Patro rifuzis.

De tiam pliaj tridek-kelkaj jaroj pasis. La biciklo de Patro jam malaperis el nia vivo. Tamen ĝi, kun radiko en la memoro de mi kaj miaj fratoj, videblas pli kaj pli klare kun la paso de tempo, kaj estas neniam forgesebla. Memorante Patron mi ĉiam vidis, ke li klinis la talion palpe serĉante la sekajn patkukon en la bicikla toldusako, tiuokaze mi ofte eklarmis; la pasintaj aferoj per si mem svarmis en mian koron; dolĉo kaj amaro, varmo kaj fristo, ĉagareno kaj ĝojo, ĉio ĉi en tiu ĉi mondo, mergas min en neesprimeblaj sentoj, ke mi porlonge ne povas ĝin forigi. Memorante la biciklon mi ĉiam vidis Patron rideti al ni. Ho, mia neforgesebla biciklo, mia neforgesebla patro nin naskintaj kaj vivtenintaj.

아버지의 자전거

 새 중국이 건국(1949년)되기 이전에 아버지가 구입하셔서 집에서 쓰시던 우리 집 자전거는 어렸을 때 가장 깊은 인상을 남겨주었다. 여러 해 사용해 페인트칠이 벗겨져 그 자전거는 원래 색깔을 잃고, 자전거의 정확한 제조 연도를 모를 정도였다. 공기를 불어 넣는, 자전거 바퀴의 고무 튜브 위의 줄은 오래 써서 하얗게 되어버렸고, 너무 얇아졌다. 그래서, 자전거바퀴의 고무 튜브에 공기를 탱탱하게 주입하면, 튜브의 어떤 곳은 튀어 오르기도 하였다. 그곳은 이전에 고무 튜브가 펑크가 나, 바람이 세면, 아버지는 낡은 고무 조각을 그곳에 덧대어 놓았다. 그 때문에 자전거를 타 보면, 마치 울퉁불퉁한 길 위를 달리는 것 같았다. 그렇지만 자전거는 수입한 외국 유명 상표를 갖고 있었다.
 자전거를 손질하시면서, 아버지는 자주 자랑스런 목소리로 말씀하셨다. "이게 낡아도 튼튼해."
 이 이야기는 아버지께서 이 논 저 논에 볍씨를 뿌리러 가실 때나, 추수할 때나, 또 이 마을 저 마을로 -그 마을이 가깝거나 멀거나 개의치 않으시고- 또 시장에서 날품을 팔며 일꾼으로 사시면서 타고 다니던 낡은 자전거 이야기다.
 아들 넷을 두신 아버지는 나날이 또 해마다 온 가족의 생계의 짐을 짊어지고 살아오셨다.

 아버지의 자전거가 내 인상에 깊이 박힌 것은, 자전거의 겉모습이나 유명 상표를 가진 자전거라서가 아니라, 자전거 프레임의 맨 윗부분에 놓인, 오래된 천으로 만든 삼각형 모양의 안장 때문이다.
 안장에는 나의 어린 시절의 꿈이 온전히 놓여 있었다.
 나는 1960년대 중반에 태어났다. 내가 뭔가 겨우 기억할 수 있을 나이쯤에, 어머니는 늘 병석에 누워 계셨다. 내 위로는 이미 3명의 아들이 있었다. 그중 큰 형들이 12살, 11살이었다.
 가족 생계는 오로지 아버지의 힘에만 의지해야 했다.

그 시절이 얼마나 어려웠던지!

그때, 우리 고향에는 주식이 수수뿐이었다. 중국 산시성(山西省)의 남동부 지역에서 나는 수수는 다른 지방과는 좀 차이가 있다. 이 수수라는 농산물은 쓰고 신맛이 나서 쉽게 삼키기 어려웠다. 그래서 수수로 만든 음식을 먹는 사람은, 특히 어린 아이의 경우에는 그 아이 몸속의 장을 건조하게 만들어, 변비가 생겨 배가 부르고, 힘을 주어 양 볼이 빨갛게 되어도 여러 날 대변을 못 보는 경우가 생기기도 했다. 아이들이 그 변비 고통을 참을 수 없을 때는, 엄마가 자식들에게 그 자식 엉덩이를 들어 아주 단단히 굳어 쇠 같은 변을 막대기로 후벼 파내야 한다. 그러나, 그런 수수라 해도, 수수가 익히지 않은 날 것이라 해도, 사람들이 충분히 먹을 수 없던 시절이었다.

그 시절에는 정부가 주는 배급양식으로 살아가던 도시 사람들의 생활이 시골에 사는 우리보다는 그래도 훨씬 나았다. 당시에는 국가 배급으로 사는 사람을 낙원에 사는 사람이라고 부를 정도였다. 도시에 주소를 둔 친구들은 좋은 음식에, 좋은 옷을 입고 살았다. 나는 한때 그런 친구들과 놀던 적이 있었다. 나는 당시 황록색 강냉이죽을 먹고 사는 그 친구들을 보고는 군침이 돌았다. 나는 매일 강냉이가루로 만든 빵이라도 충분히 먹을 수 있으면 얼마나 행복할까 하는 생각을 해 보기도 했다.

가족의 배를 굶기지 않기 위해 아버지는 매일 쉴 틈도 없이 논에 가서, 이른 새벽부터 늦은 저녁까지 일만 하셨다.

더구나, 농사일이 가장 바쁜 시절에도 아버지는 여전히 또 다른 일거리를 찾아 나서야 하셨다.

새 중국이 창건되기 이전에 아버지와 삼촌은 함께 제법 큰 식당을 하나 운영하셨는데, 우리 식당은 절인 고기가 들어가고, 이를 다져 만든 '솔병권육(甩餠券肉)'이라는 음식으로 꽤 유명했었다. 그래서 당시 그것을 먹어본 사람들은 지금까지도 '웨이 씨 형제가 만든 솔병권육'을 기억하고는, 우리 지역 풍물을 소개하는 책자에도 당시의 우리 음식이 소개되어 있다. '솔병권육(甩餠券肉)'은 나중에는 내 가족의 고향인 상당(上党) 지구의 유명음식이 되었다.

그곳에는 이런 말이 떠돌 정도였다. "장이 서는 날에 장에까지 걸어가면 다리가 아프지만, 그 장날에 그 집의 솔병권육을 먹지 못하면 한숨이 나서 울고 싶은 지경이다."

해마다 읍이나 마을, 또는 북쪽이나 남쪽에 장이 서거나 특별 행사가 열리는 날이면, 그곳 식당에서는 주임 요리사로 우리 아버지를 경쟁적으로 모셔가곤 했다.

아버지가 하루 일하고 받는 품삯은 2.5위안(元)이었다. 우리 마을로 돌아오신 아버지는 2위안을 '생산집단'에 바치고 나면, 결국 0.5위안만 가질 수 있었다. 하지만, 그 당시에는 그 돈도 무의미한 수입이라고는 할 수 없었다.

한 번 그런 장이 서면, 그곳에서 아버지 하시는 일은 삼사일 걸린다.

나는 집에서 손가락으로 꼽아 보면서 오늘이 아버지의 귀가 날짜인지 계산해 보았다.

그래서 나는 자주 도로의 관문까지 달려나간다. 그 관문에는 옛날 말을 탈 때, 승마하려는 사람을 돕는 돌인 승마석이 있는데, 나는 그 승마석에 앉아, 아버지가 귀가하시기만 염원하며, 그 길이 끝나는 지점을 멍하니 바라보고 있었다.

그러다가 아버지 모습이 저 멀리서 보이면, 나는 앉은 자리에서 기다리지 못하고 마치 유쾌한 참새처럼 자전거 타고 오시는 아버지를 향해 달음박질하여 간다.

아버지는 이런 행동을 이미 예견하고 있는 듯하다.

아버지는 나를 보시고는 살짝 웃으며, 자전거에서 내려, 내 머리카락을 한 번 쓰다듬어 주시고, 나중에 나를 살짝 들어 올려 자전거의 지지대 위로 가볍게 올려 주셨다. 그러고는 자전거를 손수 끌고 집에까지 오셨다.

자전거가 마당에 들어서면, 아버지는 나를 땅에 내려놓고, 삼각형 안장의 배낭 안으로 손을 깊숙이 바닥까지 뻗는다.

나는 큰 기대를 안고서 그 배낭으로 눈길을 고정하고 있었다.

아버지는 힘들여, 그 안에서 마른 '솔병권육'이나 만두 조각을 꺼냈는데, 대개 그것들은 제 모양을 갖추지 못한 채 흐트러지거나 이겨진 모습이었는데, 그 조각 중 하나를 내게 내밀어 주셨다.

나는 그걸 마치 보석이나 된 것처럼 받아 쥐고, 그것에 아주 달콤한 맛을 느끼면서, 아버지께서 내어주신 마른 음식을 쥐 갉아먹듯이 아껴 먹곤 했다.

그 기다림이 행복과 감동의 순간이 된다.

내 어린 시절의 아름다운 삶은 장이 파한 뒤, 자전거 타며 돌아오시는 아버지의 기다림 속에 있었고, 나는 그렇게 어린 시절을 보냈다.

나는 1970년대 말에 중학교에 다녔을 때, 같은 반원 사이에는 자전거가 유행이었다.

그들 중 몇 명은 나와 같은 마을에 살았고, 그들 부모는 공무원이었다. 그들의 형들도 이미 취업해 있었기에, 더 나은 생활을 하고 있었다.

그들은 '영원' 또는 '나르는 비둘기' 같은 상표의 새 자전거를 사서 타고 다닐 수 있었다.

일요일이나 학교 수업이 끝난 뒤, 그들은 자주 우리가 사는 현(县)의 혁명위원회 건물 앞 광장에서 자전거 경주를 하기도 하였다.

하지만 나는 그 달리기 경주에 한 번 참가해 보고 싶은 열망으로 그 경주를 보고만 있었다. 때로는 그들과 경주하러 아버지 자전거를 타고 나서볼 생각도 했으나, 이미 낡은 철제 프레임을 가진 자전거를 보고는 그만 용기가 나지 않았다.
그래서 한번은, 그런 유혹에 이기지 못해, 나는 대단한 용기를 내, 아버지 자전거를 한 번 타 보았다.

동료 학생들 앞에서 자전거를 멈추어 선 채, 나는 그들과 함께 달릴 준비를 하고 있었다.

그때 그들 중 몇 명이 내 자전거와 나를 좀 얕잡아 보는 표정을 느꼈다.

그중 이런 말을 하는 이도 있었다: "아, 고물상에 가 있어야 하는 저 낡은 자전거로 경주를 하겠다고. 그걸로 우리와 겨룰 생각을 하다니?"

그 말에 나는 강한 부끄럼을 느껴, 마치 달아날 곳을 찾지 못해 붙잡힌 도둑이나 된 듯하여 얼굴이 화끈하였다.

나는 혼비백산해 자전거를 타고 집으로 돌아와야 했다.

그 시절에 나는 어리석고 분별심도 없어, 낡은 자전거로 인해 수치심을 느꼈다.

그때부터 나는 자전거에 올라타지 않았다.

1980년대가 되어, 사람들은 이제 하루의 빵을 그리 크게 걱정하지 않게 되었다. 쓰고 떫은 맛의 수숫가루는 이미 역사가 되어버렸다.

우리 가족도 새 자전거를 구입할 수 있었다.

1986년, 아버지가 돌아가신 뒤, 이 낡은 자전거를 어느 친척이 여러 번 자신에게 달라고 간청하였기에 그 자전거는 그 친척이 끌고 갔다.

어머니는 이런 말씀을 하셨다.

"아버지가 살아 계셨을 때, 그분이, 몇 번이나, 높은 가격으로 그 자전거를 구입하러 왔지만, 너희 아버지는 늘 그 제안을 거절했단다."

그로부터 30여 년이 지났다. 아버지의 자전거는 이미 나의 삶에서 없어졌다.

하지만, 그 자전거는, 나를 비롯한 형제들의 기억 속에서, 시간이 지나도 더 분명하게 남아있고, 절대로 잊어버릴 수가 없다.

아버지를 생각하면, 언제나 아버지가 그 자전거 안장 속에서 마른 '솔병권육' 을 손으로 찾으러 허리를 숙이는 모습이 생각난다.

그때마다 나는 자주 눈물을 훔친다.

지난 일들의 추억은 여전히 내 마음속에 남아 있다. 달콤함과 쌉쌀함, 따뜻함과 차가움, 슬픔과 기쁨, 이 세상에서의 모든 것이, 내가 표현할 수 없는 감정 속에서 나를 가라앉게 한다.

나는 오래 그 생각에서 벗어날 수가 없다.

자전거를 생각하면, 자식들에게 살짝 웃음 짓던 아버지를 보게 된다.

아, 잊을 수 없는 자전거여,

나를 낳아주고 키워 사회인으로 생활하게 해 주신, 잊을 수 없는 아버지여.(*)

2007년 백중날에

부록 2

[인터뷰] "언어와 정신 공유…우크라이나 편지 제안 수락한 이유죠"[20]

장정렬 한국에스페란토협회 부산지부 편집장

장정렬 한국에스페란토협회 부산지부 편집장. (사진: 정대현 기자 jhyun@busan.com)

---

20) 이 인터뷰는 2022년 5월 10일자 부산일보 이현정기자와의 인터뷰를 기록한 것입니다. 취재는 이현정 기자(yourfoot@busan.com).
이 인터뷰 자료는 <https://www.busan.com/view/busan/view.php?code=2022050418340587424>에서 읽을 수 있습니다.

전쟁이 온 세계를 괴롭히고 있는 요즘, 에스페란토로 쓰인 편지 두 통이 지난달 〈부산일보〉로 날아들었다. 전쟁의 소용돌이 한 가운데서 한국인의 지지와 연대를 간절히 요청한 우크라이나, 피붙이를 보듬듯 우크라이나 피란민들을 포용한 폴란드에서 날아든 편지였다. '평화의 언어' '평등의 언어'답게, 에스페란토는 전쟁 속에서 제 역할을 해내고 있었다.

편지들은 장정렬 한국에스페란토협회 부산지부 회보 'TERanidO(테라니도)' 편집장(전 동부산대 외래교수)의 번역을 거쳐 〈부산일보〉 독자들을 만났다.

"에스페란토가 제 삶입니다" 장 편집장은 42년 전 부산대 재학 시절 에스페란토를 만났고, 지금까지 20권 이상의 에스페란토 번역서를 펴냈다. 무슨 얘기를 꺼내도 '에스페란토'로 귀결되는 걸 보니, 삶 마디마디에는 어김없이 '에스페란토'가 있었을 것이다. 전 세계를 돌며 에스페란티스토(에스페란토를 쓰는 사람)를 만났으며 세계에스페란토협회 아동문학 '올해의 책' 선정위원이기도 해서 수십 년간 인연을 맺은 에스페란티스토들에게 편지 제안을 먼저 했다.

"국내에서는 에스페란토 사용자가 많지 않지만, 세계적으로는 아주 많아요. 그들은 같은 언어와 정신을 공유한다는 이유 하나만으로, 저희가 그 나라에 가면 반겨주고, 자기 나라를 소개해주고, 때론 숙식까지 제공해줘요 반대로 저희도 그렇게 하고요 편지 제안을 흔쾌히 수락한 것도 같은 맥락입니다."

에스페란토는 1887년 폴란드의 안과 의사 루도비코 라자로 자멘호프가 9개 언어의 공통점과 장점만을 뽑아내 창안한 언어다. 모든 사람이 평등하게 사용할 수 있는 언어만 있다면 몰이해에서 비롯된 불화가 사라지고 분쟁이 종식될 수 있다는 믿음 속에 만들어졌다. 폴란드에서 창안된 언어이다 보니 폴란드에서는 이 언어를 일종의 문화유산으로 인식하고 있다. 또 동유럽에 사용자가 많다.

장 편집장이 대학에 다니던 1980년대에는 대학마다 에스페란토 동아리가 있어 보급이 활발했다. 지금까지도 활동을 이어가는 한국에스페란토협회 부산지부도 이때 결성이 됐다. 테라니도라는 정기간행물도 1981년부터 발행돼오고 있다. "그땐 에스페란토로 편지를 쓰며 여행을 꿈꿨는데 1989년 여행 자유화가 이뤄지고, 영어로 된 소통이 더욱 중요하게 여겨지면서 에스페란토의 인기가 다소 시들해졌어요."

하지만 요즘도 대학에서 교양 과목으로 에스페란토를 택하기도 하고, 중고등학교에서 자유학기제나 '에스페란토와 국제 여행' 과목으로 수업에서 다루기도 한다. 대문호 톨스토이가 2시간 만에 배워 술술 읽은 것만 봐도 알 수 있듯, 문법이 규칙적이고 발음이 쉬워 배우기 쉬운 언어로 알려져 있다.

국내에 처음 보급된 건 1920년 김억 선생에 의해서였다. 당시는 일제 강점기로, 자멘호프의 나라 폴란드가 러시아의 지배를 받고 있던 상황과 유사했다. 협회 부산지부는 최근 박차정 열사가 중국에서 '임철애'라는 필명으로 쓴 에스페란토 글을 찾아내 이를 분석하고 있다.

"온 세상 사람들이 같은 말을 쓰던 때가 있었다. 사람들은 힘을 모으기가 쉬웠고 자신감이 넘쳐 신의 자리까지 넘봤다. 하늘에 닿는 탑을 쌓아 올리려다 결국 신의 분노를 샀다. 신은 인간들이 서로 말이 안 통하도록 언어를 뒤섞었다."
성경이 전하는 바벨탑의 이야기처럼, 많은 사람이 같은 언어를 쓰며 하나의 공동체가 되기를 바라는 에스페란티스토들. 한국에스페란토협회는 2022년 11월 부산에서 '제10회 아시아-오세아니아 에스페란토 대회'를 열었다. 3년마다 개최되는 이 행사에 500여 명의 세계에스페란티스토 들이 모였다.(*)

<BeFM Busan> 방송
Worldwide The Interview
<장정렬 한국에스페란토협회 부산지부 편집장>*21)

(들어가는 말)

D   러시아의 침략으로 고통받는 우크라이나의 안타까
운 사연이 '평화의 언어' '평등의 언어' 라고 하는 에스페
란토어로 쓰여 부산의 한 지역신문에 전해졌다고 합니다.

---

21) 위 자료는 2022년 5월 19일(목) 오전 11시 5분 부산영어방송
(FM90.5)에 소개된 <장정렬 한국에스페란토협회 부산지부 편집장>
인터뷰에 쓰인 자료입니다. 이날에는 조대환 부산지부장님이 동행해
주셨습니다. 이 인터뷰 진행은 다니엘 신, 스테핀 윤 두 분이 수고해
주셨습니다.

S   그 내용은 우크라이나 피난민을 받아들인 폴란드에서 날아온 편지라고 하는데요. 세계 공용어라고 알려져 있는 에스페란토어가 제 역할을 하고 있다는 좋은 예가 아닐까 싶어요. 그래서 오늘 더 인터뷰에서는 한국에스페란토협회 부산지부의 'TERanidO'의 장정렬 편집장을 모셨습니다. 안녕하세요.

(에스페란토로 인사)

Saluton, estimataj auskultantoj de "BeFM Busan Worldwide"! Mi estas JANG Jeong-Yeol, redaktoro de TERanidO, la organo de Busana Filio de Korea Esperanto-Asocio. Mi ghojas konatighi kun vi, auskultantoj

(안녕하세요, 청취자 여러분! 저는 한국에스페란토협회 부산지부 TERanidO 편집장 장정렬입니다. 여러분을 만나게 되어 반갑습니다.)

질문 1) 우크라이나 난민을 포용한 폴란드인이 에스페란토로 편지를 써서 부산지역의 신문사에 보냈고요. 편집장님이 그 편지를 직접 번역하셨다고 하는데, 어떤 내용이었습니까?

답변) 청취자분들께서도 아시다시피, 우크라이나는 지난 2월 24일 갑작스런 러시아 침공으로 수도 키이우를 비롯한 많은 도시에서 시민과 군인들이 죽거나 다쳤습니다. 그래서 그 나라 국민 중 일부는 폴란드를 비롯한 여러 인근 국가로 피난을 가야 했습니다. 우크라이나 옆의 나라 폴란드에는 토룬이라는 도시가 있습니다. 이 도시에도 피난민들이 왔다고 합니다. 이 도시의 제35 초등학교 내 유치원 교사인 그라지나 슈브리친스카 (Grażyna Szubryczyńska(이메일:espgsz@poczta.onet.pl) 씨가 우크라이나 시인 페트로 폴리보다(Petro Polivoda)씨가 부산일보에 기고한 기사를 페이스북(facebook)을 통해 읽고, 자신의 학교에 수용된 우크라이나 피난민 아동들의 생활 모습을 기고문 형태로 보내왔습니다. 낯선 나라에 피난 온 아이들이 그곳 아이들과 소통하지 못하고 혼자 전전긍긍하는 모습을 보면서, 만일 폴란드어와 우크라이나어에 있어 공통의 낱말이라도 있으면, 소통하기가 쉬울 텐데 하며 말입니다., 그래서 폴란드어 선생님은 자신이 알고 있는 러시아어와 에스페란토를 통해, 그 피난민 아동들과 소통을 하려고 하였다고 합니다. 그러면서 그 선생님은 전쟁이 어서 끝나고 평화를 되찾은 우크라이나로 그 피난민 아동이 귀국해, 활기차게 자신의 학교 생활을 이어가기를 바라는 마음이 있었겠지요. 위의 우크라이나 시인은 우크라이나 소설가 크리스티나 코즈로브스카(Kristina KOZLOVSKA)의 단편소설집 〈반려 고양이 플로로(Kato Floro)〉를 에스페란토로 번역했는데, 그 작품을 제가 지난 해 번역해, 지난 3월 서울의 진달래출판사에서 국어로 발간했습니다. 그런 계기로 우크라이나 시인의 기고문도 받을 수 있었습니다.

질문 2) 부산에 날아든 두 통의 편지는, 에스페란토가 평화의 언어, 평등의 언어라는 수식어에 걸맞게 활용된 좋은 예가 아닐까 싶어요. 편지를 번역할 때 어떤 기분이 드셨나요?

답변: 러시아 침공으로 어려움을 겪고 있는 우크라이나에 대해서, 우리 시민도 국제 사회 일원으로써 어서 전쟁의 시기가 끝나고, 평화의 시대가 오기를 바라면서 어려움을 당하고 있는 우크라이나에 연대감과 박애 정신을 보일 필요가 있지 않을까 생각했습니다. 전란에 휩싸인 우크라이나 아이들은 자신이 자유롭게 다니던 학교에도 가지 못하고, 시민들은 러시아군대가 쏘아대는 포탄이나 탱크에 대피할 곳도 찾지 못해 어쩔 줄 몰라 하고, 희생자가 생기고, 자신의 거주지를 떠나 다른 나라로 피난해야 하는 상황은 지난 세기에 우리나라가 겪은 6.25 전쟁을 떠올리게 되더군요. 평화가 얼마나 소중한 지를 우크라이나 시인과 폴란드 교사의 기고문을 통해 다시 한 번 느꼈습니다. 또 그렇게 자신의 위치에서 조국의 어려운 상황을 차분하게 국제 사회에 알리려는 그 시인의 애국심에도 감동 받았습니다.

질문 3) 편집장님은 에스페란토가 삶 그 자체라고 말씀하실 정도로, 에스페란토에 열정적인데요. 처음 에스페란토를 접하게 된 계기는 무엇이었나요?

답변: 저는 부산대학교 재학 시절에도 신문 방송을 통해 시내에서 열리는 강연이나 공연, 문화 행사에 관심이 많았습니다. 공학을 전공하면서도 여러 언어에 호기심이 많았습니다. 겨울 방학 때, 교내 게시판과 부산일보 신문에 난 '에스페란토 초급 강습' 기사를 보고, 이 언어에 관심을 가지게 되고, 강습회에 참여해 에스페란토를 배워 익혀 갔습니다. 에스페란토는 1887년 폴란드 안과의사 자멘호프(L.L. Zamenhof) 박사가 창안한 국제어입니다. 그 뒤 외국에서 오는 에스페란토 사용자들과 에스페란토로 대화하면서 해외의 다른 나라 사람의 삶을 엿볼 수 있었습니다. 영어를 잘 배워, 영어권 나라 시민들과 대화를 해 본 경험을 가지신 청취자 여러분처럼, 저는 에스페란토로 한국에 온 외국 여행자들과 대화를 시도하고, 소통하니 신기하게도 이 말이 통하는구나 하고 자신감이 생기더군요. 물론 초보자일 때는 선배 에스페란토 사용자분들의 도움을 받았어요. 외국인이 부산에 오면, 우리 시민들이 소개할만한 곳이 많지 않습니까! 해운대 해수욕장, 동래부 동헌, 부산 박물관, 금정산, 영도 등 외국 방문자들이 좋아할 만한 곳들은 많지요!

질문 4) 에스페란토가 세계인이 공통으로 쓰기에 좋은 언어라고 하던데, 에스페란토는 어떤 언어인지, 어떤 특색이 있는지 궁금합니다.

답변: 가장 큰 특징은 언어의 정신입니다. 시민이라면 누구나 국제 관계에 있어 외국인과의 소통의 필요성을 느낄 것입니다. 에스페란토는 국제간의 소통에 있어, '내 나라 언어도 강요하지 않고, 상대방 나라 언어도 강요하지 않고, 제 3의 언어 에스페란토로 소통하며, 이웃나라와 평화와 우애의 국제 민간 관계를 구축하자'는 것이 그 정신입니다.
또 에스페란토를 잠시 소개하면, 이 언어는 28개 자음과 모음으로 구성되어 있습니다. 문법이 복잡하지않고, 동사 또한 규칙적인 것이 특징이라 할 수 있습니다. 악센트 위치도 고정되어 있

습니다. 즉, 낱말의 뒤에서 둘째 모음에 악센트가 있습니다. 에를 들어, esperanto의 경우, esper-a-nto라고 읽습니다. 기본 모음은 5가지(a, e, i, o, u)입니다, 이 모음에는 변이음이 없습니다. 또 낱말은 〈어근+어미〉의 형태로 되어 있고, 어근은 변하지 않고, 어미는 문법에 맞도록 간소화되어, 불규칙이 거의 없다고할 수 있습니다. 그러니 우리가 활용하기도 쉽고, 낱말 익히기도 아주 효과적입니다. 한 낱말이 명사인지, 동사인지, 형용사인지, 부사인지를 단번에 구분할 수 있습니다. 명사는 어미 -o로, 동사의 시제는 현재는-as로, 과거 어미 -is로, 미래는 -os로 어미를 붙이면 됩니다. 형용사는 -a, 부사는 -e로 끝납니다.

질문 5) 1980년대에는 에스페란토의 보급이 활발했다고 하더라고요. 지금은 다소 인기가 시들해진 것 같은데, 그 이유는 무엇일까요?

답변: 우리나라에 에스페란토가 들어온 역사는 100여 년이 됩니다. 1988년 올림픽 경기 개최 이후로 우리 시민들이 해외여행 기회가 아주 크게 넓어졌습니다. 해외여행 자유화 정책이지요 지금 우리는 그 혜택을 제대로 누리고 있습니다. 그러나 그 이전에는 외국 여행하기가 어려웠는데, 당시 에스페란토 사용자의 경우, 해외여행 기회가, 그렇지 않은 다른 어어 사용자들에 비해, 훨씬 많았다고 할 수 있습니다. 그래서 초급강습회를 열면, 수백 명이 참석했습니다. 또 다른 이유는 외국어 교육 정책이 영어를 최우선으로 두고 있어, 제2외국어나 기타 언어를 선택할 기회가 줄어 들고, 배울 기회도 상대적으로 줄어들었습니다. 그러니 에스페란토에 대한 학습 기회도 대중의 관심에서 다소 멀어졌다고 볼 수 있습니다.
하지만, 요즘은 인터넷을 통해 혼자서도 에스페란토를 접해, 독학할 수 있는 환경이 되어 있습니다. 꾸준히 학습하면, 좋은 에스페란토 사용자가 될 수 있습니다. 중등학교에서 방과후 수업이나 자유학기제에 에스페란토를 '국제 이해의 교과목'으로 활용하기도 합니다. 유네스코(UNESCO) 정기간행물도 에스페란토판이 나오고 있습니다. 한 언어를 알면, 한 세계가 보인다고 하지 않나요? 새로운 창, 에스페란토 창을 통해 국제 사회와의

교류에 나서는 것은 어떤가요?

질문 6) 최근에는 우리나라 시인 만해 한용운의 시를 에스페란로로 번역한 책을 발간하셨는데요. 짧은 시 하나만 소개해 주실까요?

답변: 만해 한용운의 시집 〈님의 침묵〉 중에 "떠날 때의 님의 얼굴" 이라는 시가 있습니다. 한 번 들어 보시겠습니까?

〈떠날 때의 님의 얼굴〉
꽃은 떨어지는 향기가 아름답습니다
해는 지는 빛이 곱습니다
노래는 목 맺힌 가락이 묘합니다
님은 떠날 때의 얼굴이 더욱 어여쁩니다

떠나신 뒤에 나의 환상의 눈에 비치는 님의 얼굴은
눈물이 없는 눈으로는 바로 볼 수가 없을 만큼 어여쁠 것입니다
님의 떠날 때의 어여쁜 얼굴을 나의 눈에 새기겠습니다
님의 얼굴은 나를 울리기에는 너무도 야속한 듯 하지마는
님을 사랑하기 위하여는 나의 마음을 즐겁게 할 수가 없습니다
만일 그 어여쁜 얼굴이 영원히 나의 눈을 떠난다면
그때의 슬픔은 우는 것보다도 아프겠습니다

〈VIZAĜO DE LA KARULO EN FORLASO〉

Floro belas je falanta aromo.
Suno belas je subenira lumo.
Kanto misteras je gorĝ-ĝema melodio.
Karulo pli belas je vizaĝo de sia forlaso.

Vizaĝo de la karulo, post forlaso, travidita de miaj
fantaziaj okuloj, tiel belas, ke mi ne povos rigardi

rekte per senlarmaj okuloj.

Belan vizaĝon de la karulo en forlaso mi gravuru en miaj okuloj.

Vizaĝo de la karulo tiom ŝajne senkoras, kiom ĝi plorigu min, tamen mi ne povas ĝojigi mian koron por ami la karulon.

Se tiu bela vizaĝo forlasus eterne miajn okulojn, tiama tristo pli dolorus ol plorado.

질문 7) 앞으로 편집장님의 계획과 목표는 무엇입니까?

답변: 올해 11월에는 부산에서 제10회 아시아-오세아니아 대회가 열립니다. 그때 참석하는 외국인을 위해 저희 인터넷 소식지 〈TERanidO〉는 우리 지역 문화와 명소를 소개하는 페이지를 마련해 두고 있습니다. 내가 사는 곳을 알리는 것이 중요합니다. 여러분도 독자가 될 수 있습니다. 만일 구독을 희망하시면, suflora@daum.net으로 알려 주시면 됩니다.

장기적 목표는 우리나라 문학작품을 에스페란토로 계속 번역 소개하는 것입니다. 만해 한용운 시인이나 윤동주 시인의 시집은 제가 벌써 에스페란토로 번역 소개했지만, 현대 부산 시인들의 문학 작품도 에스페란토로 소개해 볼까 합니다. 문학을 통한 세계 교류는 여러 방식이 있겠지만, 에스페란토를 통한 교류도 흥미로운 일이 될 것입니다. '2030 부산 엑스포' 와 같은 세계적 행사를 준비하는 우리 부산에서 시민 각자가 다양한 형태의 국제 소통 방식을 가지고 있으면, 더욱 세계시민들과 어울릴 기회가 많지 않을까요? 에스페란토를 통한 국제 문화교류도 뜻 깊은 일이 될 수 있지 않을까요? 에스페란토는 희망의 언어, 평화의 언어, 국제 소통을 지향하는 언어이니까요!

역자의 글

사진 <2010년 여름 중국 산시성 타이유엔시
거리의 악사>

외국 여행은 내 나라 풍경을 되살리는 계기가 됩니다. 중국 여행을 수차례 하면서, 만난 여러 사람의 모습은 제 기억 속에 남아 있습니다. 1992년부터 시작된 역자인 나의 중국 여행은 중국 작가 선생님들과의 만남과 그분들의 작품세계를 엿볼 수 있는 계기가 되어 주었습니다. 중국어를 전혀 하지 못하면서도 중국 작가들과의 만남은 에스페란토라는 언어를 매개로 이뤄졌습니다. 에스페란토를 통한 중국 여행에는 중국 에스페란티스토들이 많이 도와 주었습니다. 그 이야기를 여기 이 작품 『Forgesitaj Homoj(잊힌 사람들)』를 한국 독자들에게 소개하면서, 역자 후기에 써보려고 합니다. 제게는 번역 작업을 인생 여행으로 여기며, 즐거이 이 작업을 이어가고 있습니다. 역자는 에스페란토라는 언어 도구를 세계와 내 나라를 이해하고, 세계시민과 우리 국민을 이해하는데, 특히 번역의 장에서 국제 교류의 공간으로 활용하고 있습니다.

위 사진을 보면, 독자 여러분도 중국 예술가의 모습을 엿볼 수 있습니다. 이 음악가는 거리에서 중국 전통악기 얼후(二胡) 연주하고 있습니다. 이 〈거리의 악사〉 사진은 제가 2010년 여름방학 때 중국 산시성 타이유안 시를 방문해, 며칠 머물면서 거리에서 본 한 장면입니다. 당당하게 자신의 음악 세계를 표현하는 이 〈거리의 악사〉는 언젠가 제 번역 작품 표지로 쓸 생각이었는데, 오늘 여기에 독자들에게 공개합니다.

『Forgesitaj Homoj(잊힌 사람들)』을 접한 계기

『Forgesitaj Homoj(잊힌 사람들)』 작품을 접하게 된 계기를 먼저 독자께 전하는 편이 나을 것 같습니다. 30년 이전으로 이야기는 거슬러 가게 됩니다.

역자는 1992년 8월 한중 수교 직전 중국 산동성(山東省) 칭다오(靑島)시에서 열린 아시아 에스페란토 대회에 참석하게 되었습니다. 당시 저는 예쿤젠 작가의 작품 『Montara Vilaĝo(산촌)』 에스페란토판을 읽고 있었습니다. 이 작품은 1920년대 중국 중부 후베이(湖北)성 작은 산골 마을의 가난한 농민들의 생활상과, 혁명으로 인한 그들 삶의 극적 변화를 담은 역사 소설입니다. 번역가이자 에스페란티스토, 잡지 편집자, 항일 투사였던 중국 작가 예쿤젠 선생이 서방 세계에 중국 혁명의 실상을 알리기 위해 1947년에 영어로 쓴 책입니다. 나중에 에스페란토로 된 번역본을 우리 협회 이영구 교수님을 통해 얻어 읽게 되었습니다. 그 뒤, 그 작품은 제가 우리말로 번역해 2015년 갈무리출판사에서 『산촌』으로 출간되었습니다.

출간 뒤 갈무리출판사에서는 『산촌』 서평회를 이 출판사 사무실에서 여러 평론가와 가진 적이 있습니다. 유투브 자료 (https://www.youtube.com/watch?v=rVNZvO8cmJM) 가 남아 있으니, 관심 있는 독자라면 시청을 추천합니다. 그 평론가 중 한 분의 의견을 여기에 적어둡니다.

1930년 이전의 중국 산촌을 소재로 쓴 단편작품 작가 예쿤젠 선생의 작품들- 『잊힌 사람들』과 『산촌』을 대하면서, 역자인 저는 그 작품들의 배경인 중국의 산촌마을이나 우리나라 시골 마을이 -일제강점기의 조선과, 내전과 혁명 속의 중국이라는 상황만 달랐다는 것을 제외하고는- 유사점이 많습니다. 이 작품들은 역자의 고향인, 어린 시절의 야트막한 산으로 둘러싸인 농촌을 많이 생각나게 해 주었습니다. 이를 박연옥 평론가는 이렇게 쓰고 있습니다.

"1980년대 분단문제를 다룬 임철우의 소설들, 그리고 1990년대 조정래의 역작들이 서사화하고 있는 이데올로기와 역사의 문제는 한국 문학의 본령을 이루고 있다. 제국주의와 식민지체험, 한국전쟁과 산업화의 질곡을 숨 가쁘게 달려온 한국의 근대는 1920년대 중국 농민들이 내전과 혁명의 도정에서 체감한 인간 모멸과 공동체 파괴의 고통을 유사하게 관통해갔다. 당대 중국 농민은 지주와 패전군인들에게 약탈을 당할 수밖에 없었고, 피난민들은 걸인과 폭도 사이를 오가는 불온한 삶을 살 수밖에 없었다. 인민을 위한 변혁을 약속하는 혁명세력 또한 정비되지 못한 시절, 인민의 삶은 풍전등화(風前燈火)의 위태로움 아래 놓였다. 특히 혁명을 왕조의 교체와 변발의 문제로 이해하는 『산촌』의 농민들에게 요동치는 역사는 더욱 혹독한 잔해를 남겼

다." 22)

칭다오시에서 열린 에스페란토 대회를 통해 중국 에스페란티스토들과의 인연을 이어가게 되었습니다. 대표적으로 스슈에친(史雪芹) 선생과의 만남이었습니다. 그분은 제가 궁금해하는 중국 에스페란티스토-작가분들에 대해 물었을 때, 곧장 그분들 -대표적으로 바진 선생님과 예췬젠 선생님, 리스쿤 선생님 -과의 만남에 기꺼이 다리가 되어 주었습니다. 그래서 단편소설 『봄 속의 가을』의 저자 바진(巴金:1904-2005) 선생님과 편지 교환할 수 있게 되고, 그 뒤 『봄속의 가을』 한국어 번역본은, 율리오 바기(Julio Baghy) 작가의 작품 『가을 속의 봄』과 함께 묶어 2007년 갈무리출판사에서 발간해, 2008년 우수도서로 선정되었습니다.

『봄속의 가을』은 1932년 작품으로 이때 작가 바진의 나이는 28세였습니다. 바진은 "이 소설이 온화한 눈물을 흘리게 하는 이야기일 뿐만 아니라, 우리 청년세대 전부의 호소"라고 말하며, "나는 무기처럼 펜을 들어, 이 청년 세대를 위해 질풍같이 달려나가, 죽어 가는 사회를 향해 주저 없이 외칠 것입니다. "J'accuse(나는 고발한다)" 라고 말하며 격변기 중국의 현실을 소설 속에 담아내고 있습니다. 우리는 이 소설에서 중국 현대문학의 거장 바진의 젊었을 때의 목소리를 생생하게 들을 수 있습니다. 갈무리출판사에서는 에스페란토 관련 여러 도서의 출간이 이어졌습니다.

작가 예췬젠 선생과의 만남
한편, 역자는 『Forgesitaj Homoj(잊힌 사람들)』과 『Montara Vilaĝo(산촌)』의 작가 예췬젠 선생님을 1990년대 중반 베이징의 작가 선생님 댁을 방문해 찾아뵐 수 있었습니다.
『잊힌 사람들』 번역 이전에, 예췬젠 작가의 작품 『산촌』을 번역하면서도, 작가와 교류한 이야기는 『산촌』 작품의 번역 후기에 써 두었습니다만, 여기에도 간략히 적어둡니다. 1992년

---

22) *인터넷신문 <대자보>,박연옥 "우리는 다시 돌아온다". 못 없는 자들의 희망",2015년7월.27일자(http://m.jabo.co.kr/35706)

10월 1일자로 역자는 작가 선생님께 번역허락을 얻기 위해, 또 에스페란토판을 읽고 번역하면서 궁금한 부분의 질문이 담긴 편지를 썼습니다. 그 작가의 회신이 -1992년 10월15일 자에 있었습니다.

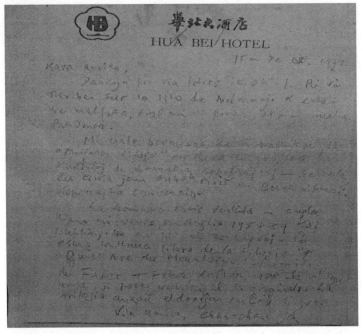

사진 : 작가 예쥔젠 선생이 보낸 번역허락편지 (1992.10.15.)

그해 말 리시쥔[23] 선생과의 편지교환에서 다음 해에 중국을 방문하고 싶다고 했습니다. 리스쥔 선생은 베이징에 오면 그곳 에스페란티스토들을 만나게 해 주겠다며, 내가 관심을 가지는 분야가 무엇인지 묻곤 하셨습니다. 당시 나는 중편소설 『봄 속의 가을』(바진(巴金) 지음, 에스페란토 번역본)의 한국어 번역허락

---

23) 리시쥔(李士俊, 1923-2012)은 중국 에스페란티스토이자 번역가이다. 1939년 에스페란토를 처음 접했으며, 중국이 공산화된 후 에스페란토 전문 잡지사인 엘 포폴라 치니오에서 근무하다 1989년 정년퇴임했다. 『삼국지연의』・『수호지』・『서유기』 등의 중국 고전을 에스페란토로 옮겼다. 필명은 라우룸(에스페란토: Laŭlum).

을 얻기 위해 에스페란토 번역자인 리시쿼 선생님과도 편지교환을 하고 있었습니다. 그 책은 기쁘게도 2007년 10월 갈무리출판사에서 출간했습니다.

이 책 『잊힌 사람들』과 함께 『봄 속의 가을』도 읽으면, 1920년대-30년대 중국의 도시 생활과 청년들의 삶을 또한 볼 수 있을 것이다.

다음 해인 1993년 4월 24일 난징에서 기차 편으로 베이징에 도착해, 에스페란티스토 주밍의 선생님이 안내해주신, 베이징의 지면 호텔에 여장을 풀었습니다.

다음날인 25일, 저는 리시쿼 선생님을 뵙고, 또 예췬젠 작가 선생님 댁을 방문해 작가를 만나는 행운을 가졌습니다.

그날 낮에 저는 베이징의 에스페란토모임에 참석했습니다. 그 자리에서 리시쿼 선생은 에스페란토로 "에스페란토 원작 문학"에 대해 강연해 주셨고, 저녁에 리시쿼 선생은 호텔까지 나를 안내해 주시면서, 호텔에서도 3시간여 선생의 다재다능한 언변을 들으면서, 감탄을 금할 수 없었습니다. 그분은 정말 지칠 줄 모르는 이야기꾼이셨습니다. 지칠 줄 모르는 번역가임은 나중에 알게 되었습니다. 중국의 고전 『삼국지연의』·『수호지』·『서유기』 등을 에스페란토로 옮겼습니다, 리시쿼 선생님의 에스페란토 번역 작업을 통해 동서양이 교류할 수 있는 튼튼한 토대를 마련한 것에, 우리 에스페란티스토들은 리시쿼 선생님의 업적을 잊지 말아야 합니다. 그분의 끊임없는 언변에 누가 감탄하지 않을 수 있겠는가!

그날 저녁, 예췬젠 선생님 댁에서 저를 데리러 사람이 왔습니다. 그이는 작가의 아드님인 예녠셴 씨였습니다. 늦은 저녁에 나는 작가의 고즈넉한 댁을 방문하여, 탁자를 앞에 두고 선생께 인사를 드렸습니다. 작가는 한 시간 정도 시간을 내주셨습니다. 작가와 아드님은 낯선 방문자를 환대해 주셨습니다.

아, 그런데, 아쉽게도 예췬젠 선생이 당시 하신 말씀을 나는 지금 거의 기억할 수 없습니다. 메모라도 해 두었으면 어땠을까 하며,,,아쉽기만 합니다. 그렇게 작가 선생님의 댁을 방문한 나는 『산촌』 번역을 갈무리할 것을 다짐했습니다. 그렇게 그때로부터 30년 세월이 흘렀습니다. 작가는 1999년 암으로 별세했고, 당시 청년이었던 역자는 예순의 나이가 되었습니다.

그다음 날인 4월 26일에는 베이징의 〈중국보도사〉 편집부를 방문하였고, 또 에스페란토로 방송하는 〈중국국제방송〉 에스페란토부도 방문하였습니다.

책 출간과 관련해 중국 에스페란티스토들이 보낸 원고를 보니, 작가 예췬젠 선생은 크로아티아 국민동화 『견습생 흘라피치의 놀라운 모험』(이봐나 브릴리치-마주라니치 지음)을 영어본을 텍스트로 해 중국어로 번역, 출간한 적이 있다고도 했습니다.

이 책은 2013년 산지니출판사에서 에스페란토 번역본을 텍스트로 제가 『꼬마 구두장이 흘라피치』라는 제목으로 출간했으니, 아이들을 사랑하며 안데르센의 동화전집을 중국어로 번역한 예췬젠 선생님의 관심이 여기까지 미쳤음을 보고는, 예췬젠 선생님이 눈길을 보낸 것에 역자 또한 관심이 있음을 보고 놀라움을 느꼈습니다.

한국문학과도 인연이 있는 작가 예췬젠 선생님

또 다른 한 가지, 한국과 관련된 예췬젠 선생님 이야기를 남겨두렵니다.

1932년 10월 일본종합잡지 〈가이죠(改造)〉에 일본어로 단편 소설 '쫓겨가는 사람들'이 발표되었습니다. 이 작품은 당시 조선에서 일제의 농민침탈과정을 소상히 알려, 이 잡지에 실린 내용에도 검열로 인해 삭제된 부분이 많았다고 합니다. 그런데 1933년 일본 프론토사(FRONTO-ŜA)에서 타가기 히로쉬(高木弘: 나중에 알려진 바 오오시마 요시오(大島義夫))[24]라는 에스페란티스토가 이 작품을 번역해, 『Forpelataj Homoj』(쫓겨가는 사

---

24) 역주: OOŜIMA Joŝio(1905-1992) 그는 일본프로레타리아에스페란토운동의 창립자 중 한 사람. 60년 이상을 일본에스페란토운동을 위해 헌신한 인물. 그는 6권으로 된 『Proleta kurso de Esperanto』(1930-1931)를 펴냈으며, 교재 『Esperanto en kvar semajnoj(에스페란토 4주간)』(1961) 와 『Nova kurso de Esperanto(에스페란토 새 강좌』(1968), (kun Miyamoto Masao) 일본어로 『Historio de la japana kontraŭreĝima Esperanto-movado(반체제 일본에스페란토운동사』(1974, 1987)를 미야모토 마사오와 공동 저자가 되었다. 1974년 오오시마는 권위있는 오사카상을 수상하기도 하였다.

람들)라는 제목으로 당시 1,000부를 발간했다고 합니다. 당시 일본 에스페란티스토 오오시마 요시오(大島義夫)는 검열 전의 원고를 구해서 에스페란토로 번역했습니다.

이 작품을 쓴 이는 일제하 대구 태생의 작가 장혁주(張赫宙: 1905-1998)입니다. 그는 에스페란토 번역본의 자기 소개난25)에, "나는 1905년 10월 대구에서 태어났다. 생후 얼마 안 되어서 어머니의 손을 잡고 전국을 떠돌아다녔는데 9-15살까지는 신라의 고도 경주에서 지냈다. 신라의 예술은 나의 어린 시절에 커다란 영향을 주었다. 거기서 보통학교와 농업학교를 졸업했다. 그 후에 중학교에 가서 5년간 공부하였다." 라고 적고 있습니다. 이 작품을 읽은 홍형의26) 선생님은 자신의 책27)에서 "일본 제국주의 탄압과 착취에 견디다 못해 정든 고향을 버리고 살길을 찾아 만주로 흘러가는 이 나라 빈농의 비참한 정경을 그린 것으로서 읽는 사람의 가슴을 메이게 하였다" 고 적고 있습니다. 당시 일본에 유학 중, 니혼대학(日本大學) 사회학과를 다니고 있던 홍형의 선생님은 1931년 4월 일본에서 야수이 요시오에게서 에스페란토를 배운 뒤, 자신의 학업을 중단하고 바로 농촌에 뛰어들게 됩니다.

---

25)역주: 그는 그 자기소개난에 이와 같은 말을 계속 쓰고 있다. "중학교 졸업 후 나는 사회주의운동에 투신하였다. 처음에는 무정부주의에 심취하였지만 얼마 안 가서 회의에 빠져서 사립학교 선생으로 일하면서 나는 오랫동안 이념적 어려움을 겪었다. 내가 23세 때에 나는 보통학교 교사자격시험에 합격하여 공립학교 교사가 되었는데 1년 후에는 사직을 하였다. 그래서 나는 문학가가 되기를 결심하고 동시에 우리 민족을 위해서 헌신하기로 하였다. 당시 농촌 농민들의 비참한 생활이 나를 많이 자극하였다. 그 영향으로 나는 농민에 관한 작품을 많이 썼다. 처음부터 나는 일본문학계에 들어가고 싶었다…. (1932.12.)" 그 뒤 그는 주로 일본어로 작품활동을 했으며, 해방 뒤 일본에 귀화했다.

26)역주: (1911-1965) 함경남도 홍원에서 태어나, 해방 전에는 조선에스페란토문화사를 창립(1937년),해방 뒤에는 대구에서 청구대학교수 (1948-1957), 청구중고교 교장(1963) 등을 역임한 한국에스페란토운동의 선구자. 청구대학 설립자.

27)역주: 『홍형의선생문선』 (pp146-147), 『한국에스페란토운동사』 (김삼수 지음, 숙명여자대학교 출판부,1976년 p155)에 재인용.

사진 : 2010년 8월 역자가 다시 방문해 찍은 예쥔젠 선생 댁
의 사랑방

이 과정을 에스페란토 원작 산문 문학 "La Pioniro en
Vilaĝo" (마을의 개척자)에 쓰게 되는데, 이 작품은 1934년 일본
문예지 〈Aganto〉에 실리게 되었습니다. 그렇게 이 작품은 한국
에스페란티스토에게 다시 영향을 끼치게 되었습니다.
　작가 장혁주의 작품 『Forpelataj Homoj(쫓겨가는 사람들)』(에
스페란토판)은 에스페란토를 교량어로 체코슬라비아어, 헝가리
어, 루마니아어, 불가리아어, 폴란드어와 중국어로 번역되었습니
다. 이 사실은 지난 1995년 오오시마가 그 에스페란토본을 제2
판 발간 때, 언급되어 있습니다. 그런데 놀랍게도 이 작품 초판
의 중국어 번역자가 바로 이 책 『잊힌 사람들』과 『산촌』의
저자인 예쥔젠 선생님이었습니다.
　덧붙이자면, 작품 『Forpelataj Homoj(쫓겨가는 사람들)』(에스페

란토판)의 한국어 번역(한국에스페란토협회 발간)은 2002년에 와
서야 이루어졌습니다. 그 일은 세계에스페란토협회 회장을 역임
한 고(故) 이종영 박사가 추진하셨습니다. 이종영 박사는 한글
번역본에서 자신의 번역본은 "일본어 원작에서 직접 한국어로
번역하였다. 원문에 검열로 삭제된 부분은 에스페란토 판을 보
면서 재생시키고 그 부분은 밑줄로 표시하였다"고 쓰고 있습
니다.

한편, 『한국에스페란토운동사』(김삼수 지음, 숙명여자대학교
출판부, 1976년)에 따르면 『잊힌 사람들』의 저자인 예쥔젠 선
생님은 1930년대 당시, 중국 유명 작가이자 에스페란티스토 바
진(巴金), 한국인 안우생 등과 함께 조직한 중국 상하이에스페란
토협회의 기관지 ⟨La Mondo⟩ 지를 발간해 오고 있었습니다. 당
시 우리나라에 살던 홍형의 선생님은 이 잡지사와 교류하면서
에스페란토로 번역된 우리나라 문학작품선집 ⟨Korea Antologi
o⟩[28]를 중국에서 발간할 계획을 세웠으나, 일본 제국주의의 중
국 침략(1937년 7.7. 사변)으로 인해 그 책 발간이 무산되었다고
합니다.

그렇게 예쥔젠 선생은 당시 중국에 거주하는 독립운동가 에스
페란티스토 안우생[29]과 교류하였고, 당시 조선에서 에스페란토
활동을 한 홍형의 선생과도 필시 교류했을 가능성이 높습니다.

『쫓겨가는 사람들』(일본어 원작 장혁주(1932년 6월작), 에스페
란토 번역:Ooshima Joshio, 한국어 번역 이종영, (사)한국에스페
란토협회 2002년 발간) 제18페이지에 따르면, 이런 문단이 나옵
니다.

---

28)역주: 이 작업은 반세기가 지난 1999년 책의 모습을 갖추었음. 책의
　　정보는 『Korea Antologio de Noveloj 』 (조성호.김우선 편　한국
　　단편소설선집),한국에스페란토협회발간, 1999년.
29)역주: 필명 Elpin(1907-1991) 중국에서 활동한 독립운동가. 안중근
　　의사의 조카. 중국 중산대학에서 에스페란토 시를 강의. 중국 최초로
　　노신의 '광인 일기'를 번역하고, 김동인의 '걸인' 및 유치진의 '소'를
　　번역하여 전 세계에 소개하였다. 1930~40년대에 『Literatura
　　Mondo』 『Orienta Kuriero』 『Voĉoj el Oriento』 『Heroldo de
　　Ĉinio』 등에 시, 소설 등을 번역하여 실었다.

….재동이네가 소작농으로 전락한 까닭은 대략 이러하다.

재동이 아버지는 인암동의 대농이었다. 논 12마지기, 밭 20마지기를 가진 자작농이었다. 그러나 세상이 개화되고 새로운 제도가 들어온 후에는 재산이 점점 기울어져 갔다. 콩기름 등으로 등불을 켜고 있었는데 언제부터인지 석유를 사고, 짚신이 고무신을 바뀌고, 집에서 베를 짜던 옷감도 읍내에서 돈을 내고 사게 되었다. 처음에는 그것이 더 싸다고 생각했는데 날이 갈수록 재산이 축나고 있었다. 마치 도깨비가 조금씩 빼내어 가는 것 같았다. 매년 불어 가는 세금도 체납하기가 일쑤였다. 금리가 싸고 편리하다고 해서 어느새 금융조합에 논밭을 저당잡히고 돈을 빌렸더니 매년 이자가 붙었고, 그때마다 조금씩 논밭이 줄어져 갔다. 드디어 논밭을 몽땅 박태선이 아버지에게 양도하고 금융조합의 돈을 갚아야 했다. 그리고 10년을 재동이는 소작농의 아들로 자랐다….

이 대목은 예퀜젠 선생님의 작품 『Forgesitaj Homoj(잊힌 사람들)』〉에 나오는 장면들과 비슷하게 겹치는 대목입니다. 1930년대 일제강점기 조선의 농촌 모습과, 열강의 문물이 중국으로 들어와, 중국 산촌과 농촌의 피폐해진 경제 상황과 중국의 내전으로 소시민들의 곤궁한 삶과 여러모로 겹침을 알 수 있습니다.

그런 인연으로 이 작품 『Forgesitaj Homoj(잊힌 사람들)』를 제가 번역을 서두르게 된 사연이라 할 수 있겠습니다. 이야기를 더 이어가 보겠습니다.

역자가 저자인 예퀜젠 선생의 연보를 정리하다, 『Forgesitaj Homoj(잊힌 사람들)』이 있음을 알게 되어, 언젠가 기회가 되면 읽어 보리라 생각하고 있었습니다.

그런 차에, 지난 2022년, 중국에스페란티스토 후궈펑(胡國鵬) 선생이 이 작품을 소장하고 있다는 소식을 위챗(Wechat)에서 듣고, 그이에게 스캔해달라고 간청했습니다. 그렇게 해서 이 작품이 제 컴퓨터에 보관하게 되었습니다. 2022년 여름에는 뜻밖에도 예퀜젠 작가의 아드님 별세 소식도 들었습니다. 삼가 고인의 명복을 빕니다.

약 20년 만인 2010년 그 작가의 댁을 두 번째 방문해 보니, 처음 밤에 방문했던 기억과는 다른 모습이었습니다. 호방한 그 아드님 서재에 선친의 작품과 사진들이 놓여 있었습니다. 감회는 정말 남달랐습니다.

작품 『Forgesitaj Homoj(잊힌 사람들)』는 중국에스페란티스토 후궈펑(胡國鵬, Ardo) 씨가 시간을 내어, 『Forgesitaj Homoj(잊힌 사람들)』(1985년 판본, 중국 충칭 LDE 편집부)을 직접 스캔해, 가독성이 없는 낱말들을 일일이 대조해 역자에게 보내 주었습니다.
또 후궈펑 선생은 제가 이 작품의 번역을 마무리하였다고 하니, <예췬젠 작가의 삶과 작품>을 특별 기고해 주셔서 이 책이 더욱 풍성하게 되었습니다.

여기 제가 이 작품 『Forgesitaj Homoj(잊힌 사람들)』을 한글로 번역한 이유는 이렇습니다: -일제강점기에 한국 문학가들과 에스페란티스토들도 분명 교류를 하셨을 작가 예췬젠 선생님은 당시 중국 사회를 어떻게 보고 있었나? -또 그분은 젊은 나이에 에스페란토를 익혀, 이를 문학으로 연결한 원동력은 무엇이었을까? -이 작품에서 에스페란토는 무슨 역할을 하나 하는 것 등이었습니다.

2022년 하반기에 저는 틈틈이 『Forgesitaj Homoj(잊힌 사람들)』을 초역해 두었습니다. 오늘 음력 2022년 12월 30일(양력 2023년 1월 21일)에 마무리하면서 <세모에>(Je la Jarfino)라는 작품을 다시 읽어 봅니다. 이 『Forgesitaj Homoj(잊힌 사람들)』 작품 속에는 중국의 생활상, 관습, 지혜 등을 이야기로 들려주는 삼촌이라는 설서인(說書人)-동화나 이야기를 들려주며 시골을 전전하는 직업인-을 통해 당시 사회나, 그 이전의 삶을 엿볼 수 있습니다.

국제 무역이 자유로운 오늘날도 해외 물품의 국내수입은, 여러 가지 장점이 있지만, 관련 산업 분야에 종사하는 사람들에게는 기회가 되기도 하고, 재앙이 되기도 합니다. 국내의 관련 산업의 쇠퇴를 가져옵니다. 그것이 농산물 분야에서는 더욱 드러나 보입니다. 그래서 각 나라에서는 자국의 농산물 보호조치를 취하고, 유치산업 보호론을 거론합니다.

1930년대 중국과 일제강점기 조선에도 외국 물품이 물밀 듯이 들어와, 지역 농민들의 삶이 더욱 어려워져 있음을 이 작품을 통해서도 볼 수 있습니다. 외국 물품이 국내시장을 교란하고, 이 때문에 이 분야에 종사하는 사람들이 실직하고, 자신의 일터를 떠나, 내몰리는 상황을 적나라하게 보여주는 작품이라고 볼 수 있습니다.

맨 마지막 작품 〈7월의 밤〉에서는 벼 수확을 앞둔 황금벌판에서 서리를 하지 않으면 생계를 이어가지 못하는 농촌 환경은 정말 참혹하다고 할 수 있습니다. 이런 상황을 국제적으로 알린 작품이 『Forgesitaj Homoj(잊힌 사람들)』입니다.
번역 작품 속에 2점의 사진 자료가 포함되어 있습니다. 이 자료는 지난 11월 초 아시아-오세아니아 에스페란토 대회 때 발표한, 한 중국 에스페란티스토의 강연 자료에서 취한 것입니다.

이 『Forgesitaj Homoj(잊힌 사람들)』을 통해 1920-30년대 중국 농촌경제를 이해할 수 있다면, 1970-80년대 중국 상황을 이해하는데 좋은 수필 하나를 〈부록〉으로 실어 두었습니다. 중국 산시성(山西省) 타이유엔(太原)시 수양수가 초등학교 교장 웨이유빈 선생님의 〈아버지의 자전거〉가 바로 그것입니다. 역자인 저는 2010년 여름방학 때 이 학교에 에스페란토 세미나로 방문할 기회가 있었습니다. 이 초등학교는 국제어 에스페란토를 교과목으로 선정해, 영어는 물론이고 에스페란토를 초등학생들에게 병행해 가르치고 있습니다. 저는 2017년 이 글을 읽으면서 2016년 돌아가신 선친이 생각나, 눈시울을 적신 적이 있어, 그 감동을 독자 여러분께도 소개해보고 싶어 여기에 싣습니다.

지금의 우리 시골 농촌은 전기와 수도, TV가 들어오고, 트랙터와 이앙기를 통한 농업에다 아스팔트로 포장된 국도를 볼 수 있습니다. 오늘날의 교통 사정이나 일하는 환경은 100년 전과는 많이도 다릅니다. 스마트폰을 이용한 농작물 관리도 하는 실정이니, 앞으로의 농촌 풍경은 역자의 어린 시절과도 많이 변해 있습니다. 제 어린 시절을 잠시 그려봅니다.

여러 대에 걸쳐 창원 북면 내곡리에서 살아오던 역자의 가족은 1970년 연말에 부산으로 이사를 왔습니다. 아마 자식들의 학업을 위한 부모님의 결정이었으리라 짐작이 됩니다. 당시 저는 초등학교 5학년이었으니, 12살 정도의 나이였습니다. 반세기 전의 일이었습니다.

당시 제가 살던 마을은 1923년경 동요 '고향의 봄'을 쓴 아동문학의 선구자 이원수 선생이 유년 시절을 보낸 창원 소답동에서 몇십 리나 떨어진 산골입니다.

당시 창원이나 마산을 연결하는 포장 안 된 도로에는 버스, 화물차, 우마차, 리어카가 다니고 있었습니다. 5일마다 장이 섰던 마금산 온천이 있고, 그 온천 인근에 제 모교 온천초등학교가 있습니다.

역자의 고향인 마을은 조선전기 무신인 최윤덕(1376~1445) 장군의 출생지인 창원시 북면 내곡리입니다. 그 내곡리 안의 여러 마을 중 한 곳을 사람들은 '도사터'라고 이름 불렀습니다. 마을을 병풍처럼 에워싼 뒷동산에 올라가면, 저 산 위에서는 저 길고 유유히 흐르는 낙동강 본류를 볼 수 있었습니다. 당시 고향에는 아직 전기와 수도시설이 설치되어 있지 않았습니다. 전기 대신에 석유를 이용한 등불, 수도 대신 마을의 공동우물을 이용하던 시절이었습니다. 고향 마을 입구엔 차가 간혹 다니는 먼지가 펄펄 나는 포장 안 된 신작로가 있었습니다.

신작로에 화물차 한 대라도 나타나기만 하면, 우리 아이들은 그 신기한 화물차를 보러 길가의 언덕으로 뛰어갑니다. 마을 어귀를 지나 뱀같이 구불구불한 길을 따라 다른 마을로 향해 달려가는 그 차를 바라봄이 새 현대문물을 이해하는 순간이었습니다.

겨울날에는 눈이라도 온다면, 그날엔 뒷동산에 동네 형들을 따라 토끼 잡는다고 따라다니거나, 여름날 오후엔 소년 소녀들은 자신의 집에서 키우는 소를 뒷동산에 데려가 풀을 뜯게 하고, 동무들끼리 작은 돌을 주워 공기놀이도 하였습니다. 학교 수업을 마친 뒤 집에 돌아오면, 숙제도 밤엔 호롱불 아래서 해야했던 시절이었습니다. 초등학교 시절 낙동강의 지류인 하천의 둑으로 소풍이라도 가게 되면, 그 넓은 모래밭에 심어놓은 땅콩밭에서 커가는 땅콩을 한 번 캐 보는 게 정말 신기한 추억으로 남는 시절이었으니, 오늘날 우리 도시민의 삶과는 사뭇 다르지만, 인정과 정겨움이 있었습니다.

다행히 아버지가 농사일을 하시면서도 부업으로 벼를 도회지로 파는 일을 하신 덕분에 늘어난 소득으로 논밭이 점차 늘어났습니다. 그러니, 농사일은 겨울철을 제외하고는 1년 내내 일손이 필요합니다. 봄날 아버지는 논이나 밭이랑을 갈아엎는 일을 할 때, 소년인 저는 그 논밭의 모퉁이에서 그 일을 지켜보며 심부름을 합니다. 때로는 아버지가 논바닥을 소가 끄는 쟁기로 갈고, 써레로 흙덩이를 정리하면서 그 써레에 아들을 태워 주기도 하셨습니다. 써레를 타고 논의 큰 흙덩이 작은 흙덩이를 지날 때면, 그 즐거움이란 오늘날 어떤 흙놀이보다 재미있었습니다. 써레에서 제가 미끄러지기라도 하면, 그 써레는 멈추어 서고, 써레를 이끄는 소 또한 잠시 걸음을 멈춰야 했습니다. 논밭은 즐거운 놀이터가 되지만, 그런 즐거움은 잠시입니다.
비가 오는 날이면, 우비를 입고 논밭에 물이 넘치지 않도록 물길을 만들어 가시는 아버지는 바쁘셨습니다. 비가 정말 필요한데도 가물어 논에 물을 댈 수 없으면, 아버지는 저 멀리 우물가에서 물을 물동이에 지고 가서, 갈라진 논에 물을 퍼 나르시기도 하셨습니다.
다행히 논 옆에 도랑이 있다면, 그 도랑에 보통 사람의 키 높이 정도 깊이로 웅덩이 하나를 파면 그 안으로 숨어 있는 지하수를 모을 수 있습니다. 그렇게 하면 웅덩이 물을 지렛대를 이용해, 지렛대 끝에 군용 철모 같은 바가지로 논에 물을 어느 정도 옮겨 둘 수도 있었습니다. 간혹 그 웅덩이조차 바닥이 보이는 경우엔 미꾸라지가 몇 마리 보이기도 하면, 그건 소년의 호기심을 더욱 자극합니다.
벼농사를 위해 무논에 모를 쪄내, 논에다 모심기는 당시 소년의 눈엔 마을의 가장 큰 협동의 순간입니다. 오늘은 마을 사람들이 이 논에서 일하고, 내일은 다른 사람 논에서 모를 찌고 모를 심는 어머니와 이웃집 사람들. 그 일꾼의 장딴지에 거머리가 물어도 얼른 그 거머리를 떼내는 바쁜 손길. 분주하게 점심과 중참을 준비하는 그 논의 주인 아주머니.

식사하는 순간은 온 들판이 평온하고도 휴식의 정원이 됩니다. 정겹게 농주를 마시는 사람이 있는가 하면, 식사 뒤 피곤함을 풀기 위해 어느 풀밭에 누워 쉬는 이도 있습니다.

저 먼 들판에서 하루 일을 마치고 나면, 리어카를 앞세우고 하늘에 뜬 달을 보며 그 달빛으로 사람도 차도 거의 다니지 않는 고르지 않는 신작로를 터벅터벅 걸으며 아버지와 소년의 발걸음. 정말 멀었던 십리(4킬로미터)를 걸어, 귀가하는 길. 늦은 시각까지 그 부자가 돌아오기를 기다리시던 할머니와 어머니와 여동생들.

제 선친은 1939년 창원시 북면 내곡리 도사터에 태어나, 1남 5녀 중 넷째로 태어나셨습니다. 아버지가 결혼할 1958년경에는 모친과 막내 여동생과 살고 있었습니다. 아버지는 어머니와 결혼해, 슬하에 1남 3녀를 두셨습니다. 몇 마지기 안 되는 토지를 갈며, 또 농지를 늘여가며, 농촌 청년으로 30대까지 억척같이 농사일을 하셨습니다. 저를 포함한 자식들은 언어와 교육에 관심이 있었나 봅니다. 자식들이 책을 떠나지 않는 생활을 하고 있는 것은 모두 부모님의 지원과 기대와 희망 덕분이겠지요.

조부의 명성이 고을 내에 자자해, 고을 사람들은 선친이 벼를 도시에 파는 '나락장사'를 농사일과 병행했을 때, 그 고을 사람들은 그 조부의 아들임을 잊지 않고, 기꺼이 고객이 되어 주고, 믿음과 신용을 가진 청년으로 제 선친을 대했다고 합니다.

1970년 저희 가족은 자식 교육과 생계를 위해 부산으로 이사를 오셨습니다. 초등학교 5학년에 재학 중인 역자인 필자는 어느 겨울날, 이삿짐을 실은 트럭의 조수석에 앉고, 저를 제외한 가족은 그 트럭의 짐칸의 이삿짐을 부여잡고, 매서운 바람을 맞아가며 2시간여의 시간을 들여 부산 연산동으로 이사 왔습니다. 도시로 이사하신 선친은 가업으로 상업에 종사하시면서 지역 발전을 위해 새마을금고 이사장으로도 봉사하셨습니다.

고향에서의 어릴 때를 생각해 보면, 아버지는 이른 아침에 일어나, 마을 인근의 농지를 돌보셨습니다. 다행스럽게도 농지가 많아, 때로는 십 리나 떨어진 마금산 온천까지 가서 일하시던 때도 있었습니다. 하지만, 아버지는 아들에겐 펜으로 성공하라고 하시면서, 공부를 게을리하지 말라 하셨습니다. 당신은 새벽부터 낮, 늦은 저녁까지도 뙤약볕에서 일하시고, 밤늦은 귀갓길에는 소를 이끌고, 쟁기를 리어카에 싣고 끌며, 달이 있으면 달빛으로, 또 달이 없어도 그 어두운 길을 무서움 하나 없이 묵묵히 걸어가시던 아버지!

그 아버지를 다시 한 번 생각나게 해 준 작품이 『Forgesitaj Homoj(잊힌 사람들)』와 〈아버지의 자전거〉입니다. 돌아가신 아버지를 그리는 자식의 마음은 어디에나 같은가 봅니다. 우리 에스페란티스토 독자들에게 꼭 한 번 읽기를 권합니다.

저는 에스페란토 문학을 한국어로, 또 때로는 한국문학을 에스페란토로 옮기는 작업을 힘이 닿는 한 해 보려고 시작한 것이 벌써 30여 종의 번역서를 갖게 되었습니다. 저의 한 세대가 고스란히 그 안에는 들어있습니다.

어린 시절 집에서 4킬로미터나 떨어진 초등학교 등교를 위해 책 보따리를 짊어지고 어깨동무들과 아침을 달리던 소년은 학창시절을 보내고, 대학 강단에서도 은퇴해, 에스페란토 문학 시민으로 살고 있습니다.

번역 후기 마무리

그렇게 예쿤젠 선생과 그분의 작품 『산촌』과 『잊힌 사람들』을 번역 출간하면서, 이번에도 도움을 주신 에스페란티스토들이 여럿 있습니다. 이 『잊힌 사람들』을 원본을 직접 스캔해, 이를 파일로 전해주시고, 또한 저자의 삶에 대한 기고문을 보내주신 호우국평(Ardo)씨와, 이 스캔 과정에서의 오탈자를 여러 각도에서 살피며 오탈자를 지적해 준 Ardo 선생의 친구분에게도 감사한 마음을 전하고 싶습니다.

저자 관련 방송원고를 이 작품에 번역해 싣도록 허락해 주신 중국국제방송국(Ĉina Radio-Internacia)에도 감사를 전하고 싶습니다.

부록에 〈아버지의 자전거〉 라는 에세이를 통해 중국의 1970년대-80년대를 알게 해준 산시성(山西省) 타이유엔(泰安)시내 백양수가 초등학교 교장 웨이유빈(Jado)에게도 고마움을 전하고 싶습니다.

또 이 『잊힌 사람들』의 재판(1985년판) 중국어 서문을 직접 번역해 주신 개운중학교 정동진 박사께도 감사 인사를 하고 싶습니다. 아울러 새 번역 작품이 나오기까지 옆에서 관심과 격려해 주는 김정택 박사, 박연수 박사, 최성대 교수께도 감사 말씀을 드리고 싶습니다.

일본 제국주의 강점으로 우리나라가 질곡의 시기를 당하던 시기에, 1920년대 중국 후베이성 홍안 지역에서의 산촌 농민들은 당시 궁핍한 생활과 정치환경 속에서 어떻게 살아 왔는가를 『잊힌 사람들』과 『산촌』을 통해 독자가 읽고, 이 시기를 시작으로 해서 나중에 중국이 창건되는 토대가 된 과정을 이해할 수 있다면, 또한 어느 시대에나 '사람이 가장 소중하다' 는 점을 더욱 잘 느낄 수 있다면 저의 번역 의도는 충분하다고 할 수 있습니다.

일제하에서 조국 독립을 위해 국내외에서 일생을 보내신 순국선열들에 대한 후세대의 고마움은 이루 말할 수 없습니다. 6.25 사변의 폐허 속에서도 근대화 산업화를 일구어낸 부모님 세대, 그 뒤 민주화를 위해 젊음을 바친 70년대-80년대를 보낸 우리 세대. 이같은 앞선 세대의 노력에 대해 에스페란토 문학 번역으로 역자는 고마움을 표시합니다.

오늘을 살아가는, 좀 더 성숙하고, 사람 향기가 나는 세상을 만들기 위해 노력하는 사람들에게, "사람" 을 우선시하고 "민주" 의 바탕이 굳건한 토대를 세우는 세대를 위해 일해 온 분들께 이 번역본으로 감사의 인사를 하고 싶습니다.

작가 예쥔젠 선생님 작품은 오늘날 우리가 교류하는 중국이 창건되기까지 어떤 역사가 있었는지를 알게 해 줄 뿐만 아니라, 양국 수교 30주년을 맞는 이 시점에 양국의 문화 이해와 굳건한 우의를 돈독하게 하는데 밑거름이 될 것으로 기대해 봅니다.

이 책 출간을 기꺼이 허락해주신 진달래출판사 대표를 비롯해 편집진에게도 감사의 인사를 하고 싶습니다.

끝으로, 역자의 에스페란토 활동과 번역 작업을 묵묵히 지원해 준 가족에게도 고마움을 빠뜨릴 수 없습니다.

"독자 여러분, 우리 함께 지혜롭게 힘을 내어 봅시다. 우리 각자 오늘에 충실하면 내일이 더 행복하고 사람답게 살아가는 날이 될 것입니다."

2023년 4월
부산 금정산 자락 쇠미산에서

역자 장정렬 씀.